犠牲者の犠牲者

ボー・スヴェーンストレム

富山クラーソン陽子 訳

OFFRENS OFFER
BY BO SVERNSTRÖM
TRANSLATION BY YOKO TOMIYAMA-CLAESSON

ハーパー
BOOKS

First published by Albert Bonniers Förlag, Stockholm, Sweden
Published in the Japanese language by arrangement with Bonnier Rights,
Stockholm, Sweden and the Tuttle Mori Agency, Tokyo.

Published by K.K. HarperCollins Japan, 2021

犠牲者の犠牲者

おもな登場人物

カール・エードソン――スウェーデン警察庁国家犯罪捜査部の警部
ジョディ・セーデルベリ――同警部補。カールの部下
シーモン・イエーン――同警部補。カールの部下
ヤット・ウーヴェ――同警視。カールの上司
ラーシュ＝エーリック・ヴァルクヴィスト――鑑識官
セシリア・アーブラハムソン――法医学者
ダーニエル・サンデーン――検察官
マルヴィン――《アフトンブラーデット》紙のニュース編集室長
アレクサンドラ・ベンクトソン――《アフトンブラーデット》紙の記者
エーリック・ベンクトソン――アレクサンドラの前夫
ヨハンナ、ダーヴィッド――アレクサンドラとエーリックの子供たち
マルコ・ホルスト――犯罪者
アントン・レフ――マルコの知人。犯罪者
ファーディ・ソーラ――犯罪者
イェンス・ファルク――犯罪者
スサンナ・エーリクソン――マルコの事件の目撃者
カーリン・ホフスタ――カールの事実婚パートナー
リンダ――カールの娘

第一部

五月四日　日曜日

外は暗い。涼しい春の空気が公園内を流れていく。わたしは一本の木のすぐそばに立っている。微動だにせずに。もうすぐ真夜中だ。

ストックホルム中心街からは、乗用車やバス、それに地下鉄といった、いつもの背景音が聞こえてくる。もう長いこと気に留めることもなかった、絶え間なく続く騒音なのに、今、突然耳に入ってくる。

公園には人影がほとんどない。夜間、あえてここに来る者はいない。街灯の少ない暗い夜道を恐れているから。想像であろうと現実であろうと、油断ならない危険を恐れているから。わたしのような危険を。

わたしが立つ小さな丘は公園のはずれ、市民農園用の駐車場のそばにある。街灯がひとつ壊れているので、この丘はほぼ真っ暗だ。迷彩服を身に着け、黒いニットの目出し帽をかぶっているわたしの存在に気づく者はまずいない。

今のところ、わたしの下にある歩道を通り過ぎたのは一人だけ。わたしからの距離は、せいぜい二メートルちょっと。その人物にはわたしが見えなかったが、わたしには彼の吐息が聞こえた。短くて速い、何かを恐れているような吐息だった。

それから一時間が経過した。わたしは不安など感じていない。わたしが隠れている場所から駐車場までは三十メートルもない。あそこには、あの男の車が駐車してある。そこへ行くには、わたしの立つ丘の下の小道を通るしかなく、あいつがここを通り過ぎるのはわかっている。

わたしは一瞬目を閉じて、土のにおいを嗅いで、解放感を味わった。安堵感だ。

やっと、あの男の足音が聞こえてきた。冬に撒かれてそのままになっている乾燥した砂利の上を歩く、よろめくような足音が。足を引きずるような歩き方。荒々しく攻撃的で、暗闇の中ですら、何をしでかすか予測不可能な雰囲気を発散している。非情さ。暴力。

男がわたしの真下の暗がりに足を踏み入れてきた。不規則な千鳥足で。すでに取り出した車の鍵を握っている。身構えているのか、それとも恐れているのか――でも、男はまだ悠々と、傲慢なまでに自信たっぷりに歩いている。

あと二メートル。一メートル……

1

五月五日　月曜日

「ここに何があるって？」全身を覆うビニール製の青い防護服を着て、納屋に入ってきた男が言った。

その声に、カール・エードソン警部は振り向いた。

「新たなレイプ事件か？」男は喧嘩《けんか》腰の口調で続けた。

この男の名はラーシュ＝エーリック・ヴァルクヴィスト、鑑識官だ。

「納屋の所有者があの人物を発見したんですよ」カールはそう言って、不自然な角度で壁に掛かっている裸体を顎で指した。

納屋の、木質パネル壁材の隙間と開いた扉から、柔らかな朝日が光をちりばめるように差し込み、濃い灰色の壁、そして、まるで十字架像のようにそこに掛かっている死体を照らしていた。その場に漂う空気は穏やかだった。カールは、光線を浴びて浮遊する埃《ほこり》を目にし、着ている黒いスーツがわずかに温かくなっているのを感じた。

カールは、自分のメモ帳に視線を落とした。

「イェーオルグ・オルソンというその男が六時半頃、緊急通報してきましてね。おれが一時間前にここに着いたとき……」

「なんてこった！」ラーシュ＝エーリックが言った。

カールは目の前の光景をきわめて簡潔にまとめたこの表現に、静かにうなずいた。

「すでに巡査が一人嘔吐《おうと》しましたよ……」そう言って、納屋の一角に目をやった。かろうじて見えるピザのような反吐《へど》の溜まりが、光の筋を浴びて輝いていた。「間抜けなやつだ！　現場を汚す代わりに、気を利かせて外に出るとかできないもんかね」

ラーシュ＝エーリックは概して人間を好まず、とりわけ、事件現場にいる人間が好きではない。その丸い顔はしばしば、何かに腹を立てているような赤らんだ色合いを帯びていて、カールは絶えず心筋梗塞、でなければ脳内出血といった事態に備えていた。なにせ、ラーシュ＝エーリック・ヴァルクヴィストはすこぶる恰幅《かっぷく》がいい。締めた腰ベルトが隠れるほどの見事な太鼓腹の持ち主だ。

「巡査には慣れてもらう必要がありますが……」カールは言った。「やる気満々でしたし、いい仕事をしたかったのでしょう。でも、ラーシュ＝エーリック、おれたちだって若い頃は上官に好印象を与えようと、野心を抱いていたじゃありませんか」

鑑識官は、首を左右に振った。

「野心を抱いたことなんて一度もないね」

彼は、これといった目に見える支えもなく、コンクリートの床から五十センチほどの高さにぶら下がっている裸体に近づいた。

「こんな目に遭うなんて、まったく何をしでかしたんだか」死体を見ながら、ラーシュ＝エーリックが言った。

「いろいろやらかしてますよ」カールは言った。「この男はマルコ・ホルスト、別名ローベット・イェンセン」

「なるほどね。抗争か？」

カールは肩をすくめた。

「どうでしょう。やつは犯罪組織の一員でしたからね。でも、だれがやったにせよ、哀れなマルコはこっぴどくやられたもんです」

ラーシュ＝エーリックは死体のほうに前かがみになって、血だらけの素足を観察した。

「打ちつけられたのか？」

カールはうなずいた。

「そのようですね」

ラーシュ＝エーリックは身を起こした。

「ひどいなこりゃ、磔《はりつけ》とは……釘打ち機《ネイルガン》を用いた可能性があるな。両足の下には小さい木板か。忌々しい！　おたくの班に呼び出しがかかったのもうなずけるってもんだ……」

これといった意味もなく、カールはまたうなずいた。うんざりだった。今日という日はまだ始まったばかりなのに。できることなら、家に戻りたかった。こんなあり得ないような事件は忘れたかった。

「ええ、磔にされたってところでしょうね」間を持たせようとそう言った。「さしつかえなければ、おれは発見者に話を聞いてきますが」

ラーシュ＝エーリックは驚いたように、カールに視線を向けた。

「おまえさんが何をしようと、おれの知ったこっちゃない！」

「じゃあ、終わったら電話をください」いつもの丁寧かつ簡潔な口調で、カールは言った。

今日は五月五日月曜日。時刻は午前八時三十一分。まだ夜明けの薄ぼんやりした空気が漂ってはいたが、それでも、前庭を照らす暖かい春の日差しが輝いていた。そよ風にまじって、三百メートル先の欧州自動車道路18号線からの朝の交通騒音が、カールの耳にはっきりと聞こえていた。朝の疲労感を抱えた通勤者を乗せた何千台もの車が、ストックホルム市内に向かっていた。この帯状に続く人々の流れを除くと、種をまいたばかりの農耕地に挟まれた納屋は、完全に見捨てられていた。でこぼこの細い一本の砂利道だけが、納屋の前の砂利を敷いた庭までくねくねと続いていた。

それでも、この道を見つけ出した人間がここへ被害者を連れてきて――カールは適切な言葉を探した――なぶり殺しにした。そんな行為を実行するには、執念と計画性を要する。こんな納屋が偶然見つかるはずはない。つまり、犯人は以前、少なくとも一度はここへ来ているということだ。目撃者がいるかもしれない。だが同時に、この犯人には周到さがうかがえる。悪い兆候だ。

長い捜査になる予感がした。カールは少しの間目を閉じて、太陽に顔を向けた。エネルギーを蓄えるかのように、自分は植物であるかのように。

彼はもうすぐ五十一歳になる。こげ茶色の髪はこめかみあたりが薄くなりはじめているが、白髪はまだない。加えて、すっきりとした顔立ちのせいか、実際より若く見える。ひと夏、顎ひげを生やしてみたが、白髪だらけになって剃《そ》り落とした。

もうすぐ人生の半分を警官として過ごしてきたことになるが、その間《かん》、ありとあらゆるものを目にしてきた。十六歳の娘は、パパは冷酷なファシストだとしばしば文句を言う。カールが淡々と、言葉遣いの間違いを指摘しようとすると、娘はいつも部屋を出ていく。娘が言おうとしていたのは、おそらく「さめた」という言葉だろうと言ってやりたかった。少なくとも、彼は最近、自分がさめていると感じていた。まるでぬくもりを失ってしまったかのように。幸せであるという強い感情、不公平に対する燃えるような憤《いきどお》り、目の当《ま》たりにしてきた、言葉にしがたいあらゆる残虐行為に対する悲しみや不快感——そんなものは、もう何一つ残っていなかった。

だが、今朝の納屋での光景はカールを強く刺激した。手口が残忍なだけでなく、熟慮のうえの犯行だったからだ。今回ばかりは、無関心ではいられなかった。

それはいいことなのだろうか？　答えは思い浮かばなかった。考えることをやめた彼は、目を開けて、車に向かった。例の発見者は、ここから一キロほど離れたところに住んでいる。

後ろの、半開きになっている納屋の扉の中から、いつものように警官たちを罵《ののし》るラーシュ＝エーリックの声が聞こえてきた。

「バカ野郎どもが！」あの太った鑑識官が盛大に鼻を鳴らすのを耳にしてから、カールは車のドアを閉めて、その場から走り去った。

*

ラーシュ＝エーリック・ヴァルクヴィストは、目の前の死体をじっくり観察した。使いこまれた自身のカバンから、分光カメラとフラッシュを取り出した。彼と同様、青い防護服をまとった助手が戸口から入ってきて、スポットライトを設置しはじめ、納屋の外ですでに鈍い音を立てている発電機までコードを引っ張っていった。ライトが次々に灯《とも》り、納屋全体がまばゆい光に照らされた。

「両足の下の棚板は最近になって設置されたものだな」ラーシュ＝エーリックは助手にそう言って、被害者の足が載っている、一対の棚受け金具《ブラケット》で支えてある小さな板に目をやった。板の上には埃がなく、時とともに古くなった形跡もなかった。今回の目的だけのために取り付けられたのだろう。

「遺体の下に血液がほとんどありませんね」助手が言った。

ラーシュ＝エーリックは、聞き取れないような声でブツブツと何か言った。

埃の舞うなか、床に毛布か何かを引きずった跡が見えた。その上を歩いて、靴跡をはっきり残した者がいる。おそらくあの間抜けな新米巡査の足跡だろうとラーシュ＝エーリックは思った。今すぐに、ここにいる連中一人ひとりの靴跡を採取しなくてはならないということか。余計な手間をかけさせやがって。

彼はまた引きずった跡に目をやった。助手の言うとおりだった。血痕がない。被害者がここで殺害されたのなら、あるはずなのに。

最も注目に値する死体の状況――納屋の壁に磔になっていることを除くと――は、性器がすっかりなくなっていることだった。犯人に〝一式〟丸ごと切除されていた。残っているのは、どす黒い創面だけ。血が噴き出したはずだが……。

そのとき、人間のものとは思えないほど重苦しいうめき声が聞こえた。

ラーシュ＝エーリックと助手が視線を上げた。

突然死体の頭が動き、首をもたげた。顔にかかっていた長い金髪が乱れた。血まみれの顔の黒い割れ目のように、両目が開いた。つい先ほどまで死んでいた男が、想像を絶する痛みと恐怖を込めたまなざしで二人を見つめた。それから口を開けて叫んだ。最初はかすかなうめき声だったが、どんどん大きくはっきりと。空気がなくなるまで叫び続け、最後にはかすれたハーハーという音だけしか聞こえなくなった。だが、男は胸いっぱいに空気を吸い込んでから、また叫んだ。どんどん大きく。

2

青色灯を点灯させた救急車が二台、納屋の前にとまっていた。どうして二台も、とカール・エードソンは不思議に思った。哀れなマルコが受けた暴行のあまりの残忍性に、緊急通報を受理した指令室オペレーターがひどく動揺して、複数の救急車を送ったのだろうか。いずれにせよ、これはミスだ。

それに、マルコにはそれほど同情できなかった。自業自得だと思っている人間もおそらくいるだろう。カール自身がその一人だった。

カールは、発見者の農場主に話を聞いて戻ってきたところだった。農場主には、ストックホルム北部所轄の、あの嘔吐した巡査にすでに伝えたこと以外、もう話すことはなかった。

この日の朝、種まき機を取りにいこうと、トラクターに乗って納屋へ向かったところ、扉に下がっている南京錠がこじ開けられていた。強盗だと思ったがそうではなく、〝かかしのような〟壁の男性を発見したのだという。発見以前は、何も目撃していなかった。車も人間も。

「ここ数日間は、ほとんど農作地にいたもんで」農場主が申し訳なさそうに言った。「納屋へ続く砂利道を走る車を見ませんでしたか。でなければ、この付近の道を通った、見かけない車とか」

農場主は、上唇と歯茎の間に挟んでいた嗅ぎタバコを人差し指で取り出し、ごみ箱に捨ててから、きれいな白いハンカチで入念に指を拭いた。

「協力したいのは山々なんだが、この時期はやたら忙しくてね。農作地にばかり目がいってさ、かみさんが通りかかったって気づかないくらいだ……」

なるほどと言ってその場を去ったカールは今、車にもたれて、納屋の前庭での騒動ぶりを眺めている。マルコが生きていたという思いもよらぬ事実を、把握しようにも把握できないでいた。自分はあの男の姿を見た、間違いなく死んでいた。なのに、納屋の中では今、救急隊員たちが彼を囲むように立ち、生命を存続させようと全力を尽くしている。

カールが戸口から中を覗《のぞ》いていると、救急スタッフが二人出てきて、救急車のうちの一台に向かった。彼は二人に近づいた。

「被害者の状態は？」

スタッフの一人の女性が振り返って答えた。

「稀《まれ》にみる凄《すさ》まじさです」

カールは、この女性の顔はショックのせいか、妙にのっぺりしていると思った。

「助かりそうですか？」

「運がよければ……」

女性は救急車のドアを閉めた。車がゆっくりと走り去ると、その背後にとめてあった黒いベンツ・ステーションワゴンが姿を現した。法医学者の車だ。

法医学者の女性医師はセシリア・アーブラハムソンといい、死者を検視し、死亡診断書を発行する目的で、ここに出向くよう依頼を受けていた。だが、今となっては、救急隊員たちがマルコ・ホルストの命を救おうと最善を尽くす様子を脇で見守ることしかできなかった。その救命活動が終了して初めて、彼女が損傷の法的ならびに犯罪性判断を下すことになる。

カールが知りたいのはそこだった。

判断を待つ間、彼は砂利を敷いた前庭を手前から奥まで歩き、歩数を数えた。二十二歩。次に方向を変えて、右端から左端へ歩いた。三十一歩。

物事を計ったり配列したり分類したりするのが習慣だった。カールは、全開の扉を見つめた。ここは大型農業機械用の納屋なのだろう。戸口は四メートル近い高さだし、コンバインを運転して入れるのに十分な幅がある。もってこいの場所だったわけだ――その日の朝に、農場主が被害者を発見してしまったことを除いては。

マルコ・ホルストが生きていたのは意図的だったのだろうか？　犯人は、マルコが死なないように手加減しながら拷問を加えたのだろうか？　ひどく不快な感情を抱いたカールは、そんな考えを否定した。

納屋から聞こえてくるガタガタという音に視線を上げた。マルコを載せたストレッチャーが押し出されてきた。カールは一歩脇に寄って、ストレッチャーに横たわる、重傷患者の上で揺れる点滴バッグを見ていた。マルコの顔は歪み、金髪は血まみれの房状になっていた。

マルコが生き延びたのは、犯人にとっても計算外だったに違いない。なぜなら、警察側は目撃者が得られたわけだから。

ストレッチャーが救急車に運び込まれるのと同時に、法医学者が納屋から出てきた。

カールは彼女のもとへ歩み寄った。

「どうも」そう言い、いつもながら、セシリア・アーブラハムソン医師に覚えるきまり悪さを感じた。

彼女は長身で鍛えた体の持ち主、そしてとても……尊大だ。カールとしては、これより適切な単語が浮かばなかった。彼女は、いつも高慢で自信に満ちた口調で話をする。ベテラン医師がとる、典型的な優越的態度だ。彼女の持つそんな威厳に、カールは肩身が狭い思いがした。

彼女の上流階級風の物腰が原因なのかもしれない。あのあからさまに当然と言わんばかりの優位性。子供の頃から、妥協したり諦めたりする必要がなかった経験から生じたものなのだろう。

加えて、何度も美容整形をしているその顔からは、感情がなかなか読み取れない――年齢だって推測しがたい。六十近いかもしれないし、三十ちょっとかもしれない。彼女がしゃべると、頬や青い目の周辺の肌がどこか不自然に引きつり、トカゲの皮膚のようにこわばる。微笑《ほほえ》んでも、唇は抵抗するかのようにきちんと動かない。カールにはわからないが、彼女が属する階層では、老化を受け入れないのは当然のことなのかもしれない。凝視していることを気づかれぬよう、彼はなるべくセシリアと顔を合わせないよう努めた。

今日の彼女は、襟だけが白い、こぎれいな黒のブラウスを着ていた。その襟の部分に目をやりながら、カールは尋ねた。

「被害者から話が聞けるのはいつ頃になりますか？」

アーブラハムソン医師は、彼に気づかないかのように、目の前を通り過ぎた。

「それは無理よ」振り返りもせず車に向かいながら、彼女が言った。「被害者は口の奥の舌根から舌を切除されている。二度と話せないでしょうね。それに、今後できなくなるのは、それだけではないけれど」

カールは、医師のあとについていった。

「待ってください」

彼女は返事もせずに運転席側のドアを開け、シートに深々と腰かけた。カールは助手席側のドアを開けて、隣に座った。黒い革製シートのきしむ音に、どれくらいの収入があれば黒革シートのベンツが買えるのか気になった。

「つまり、被害者は口がきけないということですか?」彼は訊《き》いた。

「ええ」彼女が答えた。「両手も使えないでしょうね。指はすべて、指関節から切断されているから」

目撃者はいないも同然か。そう考えたカールは、フロントガラスから外に目をやり、納屋の暗い戸口を見つめた。

「その他に何か?」彼は訊いた。

「顎骨《がくこつ》骨折の可能性も。舌を切除されたときに折れたのかもしれない。けれど、それを判断するのは、レントゲン検査をする緊急医の仕事ですから。指以外に、男性器も切除されています。陰茎根から鋭い刃物できれいに切断してあるわ。陰嚢《いんのう》も完全に切除されていたし」

アーブラハムソン医師はヘッドレストに頭をもたせかけて、天井を見つめた。疲れているのだろうとカールは思った。目を半分閉じている。

「玉袋ということ」抑えた声で説明するように彼女が言った。

カールはうなずいた。陰嚢が何のことかは知っている。

「通常だと一時間以内に出血多量で死亡していたはず。でも、犯人は熱したナイフを使用したと思う。だから、出血が多少抑えられた」

カールは眉をひそめた。

「ということは、犯人はやつを生かすつもりだった?」

彼女は苛立《いらだ》ったように肩をすくめた。

「動機について、言うことはないわ。わたしは事実を明らかにするだけ」

カールはうなずいた。メモ帳を取り出して書き留めた。医師は不満げに彼を横目で見てから、話を続けた。

「あと、被害者は壁に磔にされていた、あなたも見たでしょ。手首と足首を貫いた状態で、壁の梁《はり》に頑丈な釘が打ち込んであった。組織や骨格部分を貫通させるには、相当な力が必要なはず。でも、穴の周りの組織は破損していなかった」

「どういうことなのか、見解を聞かせてもらえますか？」メモ帳から目を離さずに、カールは訊いた。

「綿密に調べてから、もちろんそちらに報告書を送るわ。今のは予備的見解にすぎませんので」

カールは視線を上げて、すまなそうに彼女に微笑みかけた。

「それでも、メモを取りたいんですよ。覚えておけるようにね。それに仕事にも早くかかれますし」

「犯人はネイルガンを使った可能性がある」医師は続けた。「そういった工具を利用すれば、あんなふうに巧妙なきれいな穴が残るから……」

「ラーシュ＝エーリックも同じ考えです」

医師は、話を中断されたことに苛立ちを隠さなかった。

「焼灼《しょうしゃく》したのに、被害者は大量出血している」

「しょう……？」

「熱したナイフのようなものを使ったということ。血液の行方に関しては、鑑識官のほうから詳細な情報がもらえるでしょう」

カールは書き留めた。書き終わるのを待っていた医師は、ロレックス製の腕時計に数回目をやって、対処すべき業務が他にもあることをほのめかした。

「切断はかなり巧みに行われているから、実行した人物は、それなりに刃物の扱いに慣れていて、手術の基礎知識があるんじゃないかしら。軍人、医療従事者、もしかしたら猟師や……」

カールは彼女のほうに顔を向けた。

「医者ということは？」

彼女はうなずいたが、自分の職業に疑いの目を向けられるのを快く思わなかったのか、咎《とが》めるような表情をした。

「そうね、もちろん考えられる……被害者が木板の上に立たされていたという事実には、延命に関する知識と意図がうかがえるし」

「説明してもらえませんか……」カールは言った。

「磔にされると、すぐに窒息に至るものなの。息を吸うたびに自身の体重を持ち上げなければいけないし、体力的にそう長くは続けられないもの。だから、ローマ帝国の時代には、なのに。

最前列に座る、私服警官二人に目をやった。ジョディ・セーデルベリとシーモン・イェーン、ともに警部補。二人とも若く――少なくともカールよりは年下で――彼の班に属している。二人の後ろには、さらに女性警部補一人と、納屋で嘔吐した例の男性巡査が座っている。この三人はストックホルム北部所轄から来ていた。カールは資料に視線を戻した。

「マルコ・ホルストは一九九三年に、付き合っていた女性を刃物でめった刺しにした後、キッチンの床に放置し、出血多量で死亡させたことから、殺人の罪で無期懲役を言い渡されている。その後恩赦を受けて、無期懲役から二十六年間の定期刑に変更された。服役中にマルコ・ホルストと改名もしている。二〇一〇年、わずか十七年で仮出所。その半年後、ストックホルム中心街のヴァーサ公園で、十四歳の少女に性的暴行を加えた。少女の年齢もさることながら、残忍極まる凶行だった。膣と肛門に対して。このレイプで懲役四年、加えて仮釈放中の再犯に対し四年が言い渡された。三週間前に、執行刑期の三分の二を務めたということで、またも仮出所したところだった」

カールは資料から顔を上げた。

「婦女暴行事件の裁判で、マルコは他の軽犯罪でも同時に判決を受けている。薬物所持と銃犯罪と強盗……だが、すでに八年の懲役を受けていたため、これらの犯罪は、量刑にこれといった影響を及ぼさなかった」

カールは、目の前にいる少数の顔ぶれを見渡した。

「減刑なんてクソ食らえだ」シーモン・イェーンはそう言って、座る姿勢を変えた。「裏社会の抗争ですかね？」

カールは両手を突き出して、掌《てのひら》を上に向けるジェスチャーをした。

「やつの犯罪歴を考慮すると、その可能性は十分ある……やつに恨みをもつ人物は一人や二人じゃすまないだろうからな」

「ええ、最高に控えめに言ってもね」シーモンが言った。

「身体部位の切除の他に、直腸から野球のバットが見つかった。おそらく相当な力で挿入されたのだろう。しかも、そのバットには棘《とげ》のようなものがたくさんついていたらしい。われわれがこうして話している今も、摘出手術の最中のはずだ」

「報復？」ジョディ・セーデルベリが言った。「レイプされた少女のことを考えると……両親――でなければ少女自身に――十分な動機がありますよね」

「可能性はある」カールは言った。「ただ、考え抜いたうえでの残虐性という観点から、長年暴力に関わってきた経験豊富なプロの犯罪者が絡んでいる可能性のほうが高い。もちろん、その点も調べてみようと思う。任せていいか、ジョディ？」

彼女はうなずいて、書き留めた。

「他に何か情報は？」彼女が訊いた。

「少女の？」驚いたようにカールは言った。

「いいえ、加害者の」とっさに困ったような笑みを浮かべ、ジョディが言った。「現場での……」

彼女は女性アスリートのように背筋を伸ばして座り、ブロンドの髪を実用的にポニーテールにまとめていた。カールは、高校時代の同級生の女子たちを思い出した。最前列に座り、いつも手を挙げて、試験では常に最高の成績を収めていたっけ。あとになって、少なくともそのうちの一人が拒食症に悩まされ、彼女たち全員が自身の成績にこだわるあまり、不幸だと感じていたと知った。

「ラーシュ＝エーリックの現場検証がまだ終わっていない」カールは言った。「だが、今のところは……何も」

「犯人はどうやってマルコを壁まで持ち上げたんでしょうね？」シーモンが椅子を前後に揺らしながら言った。「めちゃくちゃ重たかったんじゃないかと」

「ラーシュ＝エーリックが見つけたマルコの頭上の梁に残っていた痕跡から、犯人は何らかの道具を使ったと思われる。おそらく、梁に掛けたラッシングベルトに吊るした巻き上げ装置《ホイスト》ではないかと」

「確かなんすか？」シーモンが言った。

彼の口調や身振りはどこか挑発的だ。普通の質問をするときでさえそうだ。

パブで会ったら避けたいタイプの外見をしていた。肉づきのいい、がっちりした体形、クレーター顔、黒に近い短髪と、不快なほど鋭い、刺すような茶色い目。カールはこの男が好きになれなかった。自分の捜査班に彼が配属になったとき、まずは異議を申し立てた。

だが、上司は主張した。「無理だ。やつはおまえの班のメンバーだ！」

「いや」カールは言った。「あくまでラーシュ＝エーリックの仮説にすぎない。だが彼、それにおれ自身も、犯人は被害者の体にベルトを巻きつけて引き上げてから、壁に磔にしたと思っている」

「ホイスト？　それって何です？」巡査が言った。

若いとはいえ、一般常識にかなり問題があるのは明らかだった。でも、読書の代わりにコンピューターゲームに多くの時間を費やす、典型的な新世代なのかもしれない。カールはそう考えると同時に年を感じた。

「ロープやワイヤーケーブルを使った滑車装置みたいなものだ。ヨットにあるような。滑車にロープをかけて、そのロープを引っ張ると、滑車のおかげで引っ張る力が減るから、素手だと持ち上げられないような重い物も持ち上げられる……古代から用いられている技術だ」

巡査は、メモ帳を見つめながらうなずいた。最初のくだりを聞いただけで、耳を貸すのをやめたのだろうとカールは思った。残りの話は、面倒な解説と解釈したようだ。自分の娘も、同じ考え方をしたに違いない。

みんな少しの間、無言で座っていた。カールは資料をめくった。

「法医学者の推測では、マルコは六時間から八時間、壁に磔にされていた」

シーモンとジョディが視線を上げて、カールに目をやった。二人とも同じことを考えている様子だった。

「つまり」カールが続けた。「マルコはおそらく昨夜の午後十時半から午前零時半の間に磔にされたということだ」

「どうやって八時間も生き延びたんだ？」シーモンが言った。

「法医学者の話では、たまたま運がよかったかららしい……」

「犯人はマルコを死なせないようにしたのでしょうか？」ジョディが言った。「つまり、意図的に」

「状況から判断すると、犯人は、被害者の苦痛を長引かせるよう仕組んだ可能性がかなり高い。熱したナイフと棚板の他に、マルコの血液から……」

カールは資料を読んだ。

「……トラネキサム酸が検出されている。出血抑制効果のある薬物だ」

「そいつ、完全にイカれてるな！」シーモンが言った。

「法医学者によると、経血のひどい月経の際によく処方される製剤で、最も一般的なのは〈Cyklo－F〉という生理痛薬。処方箋なしで買えるとのことだ」

しばらく、口を開く者はいなかった。みんなの考えが想像できたカールは言った。

「だからといって、性別を安易に限定しないように」

巡査とシーモンがクスクス笑った。

「今回の犯行はかなり計画的と思われる。衝動やパニックに左右されるような人物の犯行

ではない。これほど練られた拷問をやってのけられる経験者の仕業《しわざ》ということだ」

「裏社会の人間とか?」シーモンが言った。

「ああ、残忍性という点から見るとな。単独犯とも、複数犯とも考えられる……」

「ですが、これほど派手な犯行に及んだのはなぜなのでしょうか?」ジョディが言った。

「この半分でも十分すぎるというか……」

カールも同じことを考えていた。

「制裁だとすると、犯罪組織にいる者たちへの見せしめに違いない。手口は犯人あるいはその組織のトレードマークみたいなものだろう。つまり、自分の権力を示すサインといったところか」カールは言った。

だれも何も言わなかった。

「じゃあ、これで主要な情報は集まったわけだ」カールは続けた。「犯罪組織内の抗争。取引が失敗に終わったのかもしれない。前回のマルコの捜査記録に名前の挙がっている人物のリストを作成する必要がある。というのも……」

カールはどんな表現が適切か、言葉に詰まった。

「……身体的暴行の度合いから見ても、かなりまずいことをやらかしたはずだ。薬物犯罪あたりに目を向けてみるか。任せていいか、シーモン?」

彼はうなずいた。

「リストの人物に話を聞きはじめるということですか?」

「ああ」

「マルコ自身には？」ジョディが言った。

「ああ。今回は目撃者がいるわけだしな。運がよければ、自分を殺そうとした人物を教えてくれるかもしれない」そこで、カールは苦笑せずにいられなかった。「これは〝容易な〟仕事になるぞ……」

「それでもおれは、過去の捜査資料に目を通すんですか？」シーモンが言った。

「ああ、マルコから何も得られないようなら、こちらもそれなりに動く必要がある」

シーモンは何も言わなかった。

「マルコにはいつ話が聞けますか？」ジョディが言った。

「今日の午後には聞けると医者が言っていた」

シーモンが鼻先でせせら笑った。

「やつから話を聞けって言われてもねえ。舌がないのに……」

「答えを書くことならできるでしょ」ジョディが言った。

カールは首を振った。

「残念だが、やつには指もない。イエスかノーで答えられる質問にしようと思っている。もっといい案があるなら、是非とも聞かせてほしいね」

みんな黙って座っていた。カールは、またジョディとシーモンのほうに向き直った。

「さっきも言ったが、派手で凄まじい凶行だ。シーモン、過去に同様の事件がなかったか

調べてくれ。それからジョディ、マルコが消息を絶った時間を確認するように。マルコを最後に見たのはいつか、やつの仲間に訊いてくれ」

ジョディはうなずいて書き留めてから視線を上げて、次の指示を待った。若くて熱心で純粋。カールは、彼女のことが気に入った。二十年前の自分のようだ。

「もしマルコが納屋におびき寄せられなかったとすれば、何らかの形で拉致された可能性だってある。目撃者がいるかもしれないから、探してみるように。拉致目撃などの通報が入っていないかチェックしてくれ」

ジョディがうなずいた。

「マルコの事実婚パートナーだった女性の家族も調べようと思っていたところです」

「まあ」カールは言った。「あの殺人事件はずいぶん前にさかのぼる。加えて、復讐の機会なら、前回マルコが出所したときにもあった。なぜ今まで待つ必要がある？」

「他の要因があって、今になって行動に移したのではないかと思ったからです。母親が亡くなって、父親が独りになったとか……」

「映画の見すぎだよ」また椅子を前後に揺すりながら、シーモンが言った。

ジョディは、目にかかるブロンドの前髪の奥から彼を見つめた。うっとうしいとばかりに。妹が兄を見るかのように。

「そっちこそ、映画の一本でも見たらどうなの？」彼女がシーモンに言った。「学べることだってあるはずよ。人生が一変するくらい……」

シーモンが椅子を揺らすのをやめた。だが、彼が何か言う前に、カールは遮《さえぎ》った。

「よしジョディ、そっちも調べてくれ。でも、優先する仕事ではないからな」

彼女はうなずいた。

「じゃあ、そういうことで」カールは言った。「もうすぐ午前十時か。犯人に半日遅れをとっている。低く見積もったとしても。失われた時間を少しでも取り戻すぞ」

そのとき、カールの携帯電話が鳴った。

4

アレクサンドラ・ベンクトソンは、ストックホルム中心街のクングスホルメン地区に向かって、クングス通りを歩いていた。ひんやりした春の風が、クングス橋に近い駅周辺地区を吹き渡っていた。吹く風で目にかかる髪を、苛立ちながら払いのけた。彼女は高層ビル間を吹き抜ける、身を切るような風が大嫌いだった。春という季節の厄介なところだ。ストックホルム中央駅の線路地帯とブレークホルムステラス通りに挟まれた、新築のオフィスビルのエントランスへ、急ぎ足で向かった。ポケットからスマートキーを取り出して、コード読み取り機にかざすと、カチッという音がかすかに鳴った。

いつものように、エレベーター前には列ができていた。エレベーターの台数が足りないビルを新築するなんて、まったく。彼女は階段を使って、編集室まで上がった。

アレクサンドラは、タブロイド紙《アフトンブラーデット》の記者だ。新聞社は、スウェーデンとフィンランドを結ぶフェリーのような形をした、細長い部屋にある。床いっぱいに敷き詰められた茶色いカーペットまでも、船の通廊を連想させる。編集長室が船首なら、急激に減少しつつある紙版の新聞制作にいまだ従事する者たちは、船尾にいるといったところか。

アレクサンドラは以前、別刷りの付録担当だったが、今は記者で、ニュース編集部に近い、部屋の真ん中で働いている。

最小限の大きさの、自分のデスクに向かった。デスクは薄緑色の高い仕切りで囲んであって、そこに並ぶ、同じような他のデスクとの境界線になっている。若い頃は胸をときめかせながら職場に向かっていたが、今では睡眠不足からくる疲労感を覚えることが多い。

「ああ、やっと仕事ができる記者のお出ましだ」背後から声がした。

彼女が振り向くと、六十歳を少し超えたニュース編集室長、マルヴィンがいた。本名はマルクス・ヴィンテルなのだが、新聞社のデータシステムでは、もう何年も前から略称しか使われていない。マル＋ヴィン＝マルヴィンというわけだ。

「何してる？」彼が言った。

彼の身長は一七五センチしかなく、アレクサンドラ自身とさほど変わらないが、料理が趣味なだけあって、サイズは大きかった。

「パソコンを取り出して、スイッチを入れたところですが、そちらは?」

「おれは一番楽しいことをするだけだよ、つまり仕事……」

彼はニヤリとした。せかすタイプ、彼女はそう思った。気づまりを感じた。マルヴィンに対して、よく覚える感情だ。ふざけているのか本気なのか、つかみどころがない。今、彼は厳しい顔でアレクサンドラを見つめている。彼女に何か不満でもあるかのように。

「つまり、仕事を任せられるということだな」彼が言った。「よかった。実は、頼みたい仕事がある。リンボで起こった殺人事件を取材したいと思ってね。警察がなかなか教えてくれないんだが、えらく惨《むご》い暴行事件だったとタレコミがあって……」

「どういうことです?」アレクサンドラは言った。「殺人、それとも暴行?」

「どうもはっきりしないんだが、スタッファンが電話で得た情報だと、警察が死体を発見したという話だった……でも、もう一度電話して確かめてくれ。かなりセンセーショナルな記事にできそうな事件だったらしい。電話を終えたら、現場に向かってくれ」

「了解」アレクサンドラは消極的な口調だと思われないように努めながら言った。

できれば、一日の始まりは穏やかに迎えたかった。

「ほらほら、アレクサンドラ」マルヴィンが言った。「さぼってる時間なんてないぞ。例のタレコミをメールするから……」

マルヴィンは、ウェブサイトの編集者たちと記者二人が座っているニュース編集部に戻っていった。アレクサンドラは立ち上がって、奥にあるキチネットへ行った。何よりもまず、一杯のコーヒーが必要だ。ウェブテレビ担当のフィーリップとリスベットが、流し台のそばで時間をつぶしていた。

「ミルクがない」フィーリップが不機嫌そうに、顎で冷蔵庫を指した。「この階のどこにもなし。チェックしたんだけどね」

「そうなんだ、わたしはそれでも飲みたいの」アレクサンドラは作り笑いをした。「『困難は人を鍛える』って言うじゃない……」

「じゃあ、そんなもの飲むなよ」フィーリップが言った。「ただ困難なだけだろ」

彼女はカップに注いだブラックコーヒーを一口飲んで、顔をしかめた。

「それより、週末はどう過ごした？」フィーリップが続けた。

彼女は肩をすくめた。

「楽しかったわよ。ゴーレーに行って……」

「ナイス」そう言うと、彼はまた同僚のほうを向いた。

「……海を見たの」アレクサンドラは自分のデスクに戻りながら、小声で呟《つぶや》いた。

マルヴィンのそばを通ったとき、彼に呼ばれた。

「警察がサイトに書き込んでるぞ。殺人じゃない」マルヴィンが思いきり深くもたれかかった回転式オフィスチェアが、不安を駆り立てるほどきしんだ。「だが、ひどく残虐な暴行だったらしい……全段見出しものだ」

その声には、期待がこもっていた。

「わかりました。電話で確かめます……」

「頼んだぞ！」

コーヒーカップを手にしたまま、彼女はパソコンの前に座り、メールを開いて、マルヴィンから送信されてきた情報提供を読んだ。短い文だった。

「拷問。ノルテリエ郊外。男性が納屋の壁に磔。部位切断。殺人事件特捜班召集。特捜班班長はカール・エードソン氏」

情報提供者の名はブロール・デュポン。名前をグーグルで検索してみたが見つからなかった。警官が匿名でメールしてきたのだろう。電話番号もない。

そこで次に、警察のホームページに入り、〈最新の出来事〉の一覧をスクロールした。わずか二行下に、探しているものが見つかった。「殺人／故殺、リンボ。納屋で暴行事件の疑い」。アレクサンドラはそのテキストをクリックした。「午前六時二十五分、リンボの納屋で、激しい身体的暴行を受けた男性が発見された。捜査を開始」。投稿されたのは午前七時二十四分。警察の〈出来事〉の一覧に戻ってみたが、他にリンボ近郊の暴行に関する記事は見つからなかった。

少し考えてから、警察の交換台に電話をかけて、カール・エードソンにつないでほしいと頼んだ。呼び出し音が四回鳴ったところで、男性が出た。

「どうも、《アフトンブラーデット》紙のアレクサンドラ・ベンクトソンと申しますが、電話に出られているのはどなたでしょうか？」

少しの間沈黙が続いたが、それから、諦めた口調で男性が言った。

「さっそくか……」

「カール・エードソンさんですか？」

「ええ、そうですが」

彼女はメモ帳を引き寄せた。

「今朝ノルテリエ郊外のリンボの納屋で発見された男性について、一言お聞かせ願えませんか？」

「捜査に着手したところです」

「もう少し詳しく教えていただけますか？」

「いいえ」

「でも、あなたが班長ですよね？」

「はい」

「何に関する捜査なのでしょうか？」

「暴行」

「最初は殺人事件ということでしたが、そのことに関しては？」

「誤報でした」

電話の向こうの男性が咳《せき》払いをした。

「ということは、その男性は生きているわけですね」

「ええ」

「暴行についてお聞かせ願えますか？」

「ひどく激しい暴行……とても残忍な手口でした」

「男性は納屋の壁に磔にされたという情報を入手していますが、本当でしょうか？」

沈黙。

「確かなのでしょうか……？」続けようとしたアレクサンドラの言葉が遮られた。

「ええ、そのとおりです」

「被害者を発見したのはいつですか？」

「今朝早く」

「男性はどれくらい長いこと、磔にされていたのでしょうか？」

「その点については、お答えできません」

「わかりました。第一発見者はどなたですか？」メモ帳をめくりながら、彼女は訊いた。

「付近に住む農場主です」

「その時点では、男性は死亡していると思われたわけですね？」

「ええ」

「生きていることに気づいたのはいつですか？」

「現場検証中に……」

「なぜ、もっと早く気づかなかったのですか?」

つかのまの沈黙。

「状況から判断して、当然亡くなっていると思ったからです」

アレクサンドラは被害者に関するさらなる質問をいくつかして、納屋の場所を訊き、カール・エードソンの名前のスペルを確かめてから、会話を終えた。

彼女は編集室を見回した。なぜか〝ボッケ〟と呼ばれている男性記者が、デスクで自分に割り当てられた仕事を確認している。彼女の向かいに座るニクラス・ダールは、イヤホンをして記事を書いている。キチネットから戻ったフィーリップとリスベットは、またデスクに着いている。

アレクサンドラは、納屋の壁に磔にされ死亡していた男性が生き返る様子を思い浮かべた。とても鮮やかな光景、不快なほど細部まで鮮明だった。ニュース編集室という現実に返ろうと、体を揺すった。

それから、パソコンで新規の白紙文書を開いて、書きはじめた。

その二十分後、文章を読み返した。よし、まずまずだ。リンボと欧州自動車道路18号線の地図も加え、キャプションを書いた。「暴行被害者の発見現場」。

「今から公開します」彼女はマルヴィンに大声で言った。

「よっしゃ!」

＊

アレクサンドラ・ベンクトソンが《アフトンブラーデット》紙の記者になって十三年、キャリアは下降線をたどっていた。一時期、ニュース編集室長候補に名前が挙がったことがある。新人編集室長用プログラムや研修に参加した。それから、また記者に配転された。その理由を尋ねたが、まともな答えが得られることはなかった。

若い頃は作家志望だった。だが、両親は研究者になれと言った。そこで父親は、彼独自の妥協案を考え出し、娘を医学部に行かせた。在学中は何不自由ない暮らしができるよう、多額の金銭的援助をするからという条件付きだった。

でも、彼女には耐えられなかった。十九年前の四月のある水曜日、三年間通った医学部を中退し、代わりに人文科学を学びはじめた。スウェーデン語や英語、哲学そして文学。医学部を退学したその日に、金銭的援助は打ち切られた。

「得体のしれない文系なんちゃらに出す金などない！」父親はそう言った。

父は、昔の貴族階級の遺物のような考えの持ち主だった。

援助がなくなったアレクサンドラは、何の学位も取得できないまま、大学を去った。まともな知識を身につけることもなく、数年にわたり、無意味な文系科目を勉強したにすぎなかった。

その二か月後、彼女は最初の記事を三千クローナで週刊誌に売った。

　二年後には、夏期休暇中の臨時職員として《アフトンブラーデット》紙で働きはじめた。その後大学時代に出会ったエーリックと結婚し、ヨハンナとダーヴィッドという二人の子供をもうけ——五年前にエーリックと離婚した。

「はかどってるか？」背後から声がした。

　椅子を回転させると、自分の横に立っている恰幅のいいマルヴィンが目に入った。

「地図で発見現場を確認しているところです。このあたりじゃないかと……」

　アレクサンドラは、画面のグーグルマップを指さした。マルヴィンが、眼鏡をかけて覗き込んだ。

「この署にコネはあるか？」

　彼女は首を左右に振った。

「国家犯罪捜査部の特捜班班長のカール・エードソンに話を聞いたくらいです。ストックホルム北部所轄からはまだ話を聞いていなくて……」

「広報部には問い合わせたか？」

「エードソンと同じことを言っています。エードソンからの情報より少ないくらいです」

「わかった。目撃者に話を聞く必要があるな。近隣住民。被害者を発見した農場主、その男性を探し出すんだ。オッレと話して、同行カメラマンをだれにするか決めてから向かうように……」

　マルヴィンは、またパソコンの画面に顔を近づけた。

「どこで見つかったって？　リンボ？」

「はい」

マルヴィンはデスクに戻りはじめた。

「それより、情報提供者がだれなのかわかっているんですか？」アレクサンドラは訊いた。

彼は立ち止まって、彼女をじっと見た。

「メールに書いてあっただろ」

「匿名なので……」

マルヴィンは、どうでもいいというしぐさをした。

「警官だな……」そう言った。

「警官だとわかっているんですか？」

「いや、でも〝特捜班班長〟なんて書くのは、警官ぐらいだろ？　しっかりしてくれよ！」

「はあ。少し気になったものですから」

マルヴィンは、すでに向きを変えていた。アレクサンドラは急いでメモ帳とペンをかき集めて、写真編集者のデスクへ向かった。

不穏な気持ちが体や脚に忍び込み、じっと横たわっていられない。わたしは毎晩、同じ時間に目覚める。思い出そうとしても思い出せない。自分がどこで何をしていたのかわからない、大きな時間的欠落。

最初が最悪だった。あのときは、暴行のすべてが、衝撃的な力でわたしに降りかかってきた。わめき声、血、白い骨幹、音……

一番耐えがたいのは音。わたしの中に入り込んでくる、その音から自らを守ることもできない。あとになってもわたしの中に残っているのが音だ。眠りにつこうとしても、頭の中で響いている。関節がつぶれる音、骨が砕ける音。

別荘を思い出す。玄関前の階段にもたれている昨年からの草、別荘の前の砂利道に根を張った白樺《しらかば》とラズベリー。しばらく、だれもあそこへ行っていないみたいだった。

わたしは砂利を敷いた前庭に、あの男の車を乗り入れた。エンジンを切ると、初春の夜が静まり返った。後部座席から、男のむせるようなうなり声が聞こえるだけだった。近くではモリフクロウが鳴いていた。子供の頃、父親が両手をカップの形にして口に当て、フクロウの真似をしたことを思い出した。ほんの短い間の懐かしい記憶、それから、また静かになった。

わたしは、男の体を縛ったロープを引っ張って、建物の中に入れた。それから、幅広の分厚い床板に、両手と両足をネイルガンで打ちつけて固定した。

遠くから、長距離トラックの低速ギアに切り替わる音が聞こえた。それ以外のすべてのものがしんと静まるなか、トラックの音が不自然なほど長く響き渡った。でも、心を落ち着かせる音だった。現実の世界、本当の世界はまだ外に存在していることを気づかせてくれるかのように。今起こっているのは幻想の時間にすぎず、自分はまた現実の世界に戻れるのだと教えてくれるかのように。

でも、死の瞬間を目前に、痙攣《けいれん》しながらあの男が叫んだとき、真逆になった。あの息苦しい、別荘の部屋が現実の世界で、室外の現実は遠い幻にすぎないかのようだった。

わたしはあの男をそのままにして、車で走り去った。

ヴェリングビーの近く、ヴィンスタ地区のパークアンドライド式駐車場に男の車をとめたときは、すでに朝の五時だった。でも、どうでもいいことだった。駐車場がカメラで監視されているわけでもなく、朝の通勤者もまだ来ていない。最後に残った力で、あの男の車から、一晩とめておいた自分の車に素早く工具を移し替え、トランクを閉めて、車を走らせた。

次に思い出したのは、自分がシャワーを浴びていたこと。真っ赤な血の筋が排水溝に流れ込んでいく。あの男の血で、わたしのではない。

どうやってシャワー室に入ったのか、記憶がまったくない。車をどこに駐車したのか、どうやってアパートの部屋に戻ってきたのか、だれかに見られたのか……でも、何となく途中で姉に会ったような気がする。

もう、何年も会っていなかった。なのに今になって、おぼろげな記憶の断片に姉が現れては、咎《とが》めるようにわたしを見つめる。そして、その場から消え去っていく。

わたしは、そんな姉が大嫌いだ。

5

「こちらの言うことが理解できたら、うなずいてください！」

カール・エードソンは、いまだ朦朧《もうろう》と病院のベッドに横たわっているマルコ・ホルストから少し離れたところに座っていた。病室にいるのは二人だけ。白い壁、青いリノリウムの床。冷たく殺風景。病棟への扉は閉まっていた。カールが苦労して座る姿勢を変えると、靴底が床を擦るきしむ音が、沈黙の中で高く響いた。

ここにいるのが辛かった。におい、そう、病院のにおいが原因なのだろう。幼い頃に、盲腸の手術で入院したときのことを思い出させる。両親は、一日一回しか見舞いが許されなかった。それ以外の時間、彼は仰向《あおむ》けになり、家が恋しくて泣いていた。そして、その間ずっと、まさにこのにおいが漂っていた。

そのときは九歳で、ほぼ一週間の入院を余儀なくされた。退院が近づいた頃には、もう泣かなくなっていた。まるで心の部屋にこもって、扉を閉じてしまったかのように。それからは何も感じなかった。家に戻ってみると、すべてが以前とは違う気がした。父親、母親、弟……自分が入院中に、三人とも交換されたようだった。

マルコのかすれた咳払いで、カールは事情聴取中の自分に返った。

病棟医師は渋々許可を出した。「長くて十五分ですよ。手術後なので患者はまだぼんやりしていますし、強い鎮痛剤を投与しましたから、何か聞き出せるかどうかは疑問ですが……」

カールは時計に目をやった。もうすぐ午後一時四十五分。会話の仕方を説明するので、もう五分も無駄にしてしまった。椅子をベッドに近づけた。スチール製の椅子の脚が床を擦った。

「いいですか、では始めます」そう言って、セットしたビデオカメラをスタートさせた。

「念のため言っておきますが、われわれはあなたが巻き込まれた事件を重要視し、捜査を開始しました」

マルコは無表情でカールを見つめた。

「犯人がだれかわかっていますか？」

マルコはゆっくり肩を動かした。

「多分ということですか？」カールは言った。

マルコがうなずいた。

「犯人を見ましたか？　つまり、犯人の顔を見ましたか？」

マルコは頭を左右に振った。

「覆面をしていましたか？」

マルコはうなずいた。

「なるほど。犯人は複数でしたか、それとも……」

カールは、イエスかノーで答える質問をするよう、自分に言い聞かせた。

「犯人は一人でしたか？」

口ごもるような音を発しながら、マルコがうなずいた。

「なぜ犯人があなたをこのような目に遭わせたのか、わかりますか？」

マルコは首を横に振った。

「わたしはあなたを手助けしたくてここに来ているわけですから、どうか協力してください、いいですね？」

マルコは、どうとも解釈できるような、鈍い動きをした。

「数年前に、強姦罪で有罪判決を受けていますね」カールは続けた。「その際に、他の罪状でも捜査を受けています。違法薬物および銃器不法所持、それに暴行傷害……その中で、今回の拷問に関連していることがあると思いますか？」

マルコはまた、不明瞭に体を動かした。それから、落ち着いた。カールは、この男の反応の鈍さに懸命に苛立ちをこらえた。

「薬物？」

カールはマルコの肩を動かす身振りを見て、「多分」と解釈した。

「それとも、あの少女強姦事件の可能性は？　報復かもしれないと思いますか？」

マルコはゆっくりと、カールのほうに顔を向けた。カールは少しして、彼が笑っていることに気づいた。ほんのかすかな微笑み。そのときのことを思い浮かべ、記憶の中で再生しているのだろうか？

カールは、客観的に話すよう努めながら続けた。

「いいでしょう。では要約すると、確信はないけれど、推測……」

カールは中断した。

「……だれの仕業かわかる気がする。なるほど。レイプ事件が関連しているかもしれない、あるいは、あなたの過去の〝ビジネス〟への報復かもしれない。警察では、前回の捜査で名前の挙がった人物のリストを作成中です……」

カールは腕時計を見た。

「明日、一緒にリストに目を通しましょう」

マルコは、かすれた咳のような音を立てて笑った。

「何がそんなにおかしいのですか？」

マルコはまた天井を見ながら独り笑いをして、自身の世界に浸っていた。

「では」カールは立ち上がった。「また明日」

マルコは目を閉じていた。すでに眠りについたかのように。カールは静かに椅子を持ち上げて元に戻し、その場を去った。

6

「ここだわ」携帯電話画面のグーグルマップから視線を上げ、アレクサンドラは言った。

カメラマンのフレードリック・ストレムがブレーキを踏んで車をとめた。

二人がいるのは、でこぼこの細い砂利道で、右側には緑の若芽が広がる大きい農作地、そして左側には、道に沿って、細い森林地帯が延びている。

二人の前に立つ警官が手を掲げて、停止指示を出していた。警官の背後には、道を遮る、青と白の立ち入り禁止テープが見える。

フレードリックは車を降りたが、エンジンはかけたままにしておいた。

「どうも、《アフトンブラーデット》紙の者ですが、少し写真を撮らせてもらえませんか？」彼が言った。

「ここは立ち入り禁止区域ですので」警官が言った。「中には入らないでください」

「男性被害者の容態は？」

「お教えできません。ここは事件現場ですから」警官ははねつけるように言った。

「もう救急車はここを出たのですか？」フレードリックが続けた。

警官が無表情でうなずいた。

「とっくに」

「他にまだ残っている人はいませんか?」

「警官と鑑識官です」

「今回の暴行事件について少し教えていただけませんか?」アレクサンドラが口を挟んだ。

警官はそっぽを向いて、答えなかった。

「男性の状態について一言」アレクサンドラが続けた。

「新聞で読んでください。いい加減、立ち入り禁止区域から離れるように!」

フレードリックはカメラを取り出して、警官とパトカーを前景にした写真を数枚撮った。目を凝らしても、木の枝の間から、後景に納屋の屋根が垣間見える程度だ。さらに、写真を数枚写したところで、シャッター音に警官が振り返った。車の中に戻ったフレードリックが悪態をついた。

「リンボの半分を立ち入り禁止にする必要なんてないのに。まともな写真だって撮れやしない……」

それ以上を期待するのは無理でしょ、助手席に座るアレクサンドラは思った。

「さて、今からどうしようか?」彼が言った。

「被害者を発見した農場主に会わなくちゃ。住所はわかっているから……」

フレードリックは進行方向を変えられるよう、駐車スペースに車をバックさせた。

「ここに来る途中に、別荘が一軒あったでしょ」彼女は言った。「小高い丘に立っているみたいだったから、そこからのほうが、いい全体像が撮れるんじゃない？　どうせ、帰り道にあるわけだし」

「いやだね」

「わたしはただ……」

「写真ならもう撮っただろ」

フレードリックは車を急発進させた。なるほど、ボルボをこんなふうに運転することで、彼なりに感情表現をしたわけね、と彼女は思った。そして、いまや彼は苛立っている。自分の仕事に口出しされたからだろう。

「いずれにしても、ここよ」別荘へ続く細い私道に近づいたとき、彼女は無頓着に言った。「グーグルによると、例の納屋まではわずか百メートルだけど……」

まずい仕事をしたくないであろう彼がそこを曲がることは、アレクサンドラにはお見通しだった。無意識にそうするはずだ。くぼみだらけの、でこぼこな私道をガタガタと進む間、フレードリックは何も言わなかった。それでも別荘の裏庭に無言で駐車してから、彼は車を降りた。ひそかに微笑みながら彼女はドアを開け、彼に続いた。

別荘が、最後の冬以来使用されていないのは一目瞭然だった。芝生に枯れ葉が積み重なっている。使い古されて錆《さ》びた、旧式の緑色の送水ポンプが庭にある。去年の枯れた草が、玄関へ続く階段にまで達し、段の表面を覆っている。フレードリックは玄関に歩み寄り、ドアノブを下げてみた。鍵がかかっていた。

アレクサンドラは前かがみになって、窓から中を覗いた。居間に違いない。暖炉の前に家具がまとめて置いてあり、白いシーツが掛かっている。

「だれもいないわ」彼女は身を起こした。

フレードリックは彼女を押しのけるように通り過ぎ、細いベランダに沿って進んでいった。

「ほほう」彼が皮肉っぽく言った。

アレクサンドラは彼のあとについていき、家の角を曲がって、裏にあるデッキにたどり着いた。そこからは、細い森林地帯の向こう側にある、百メートル先の納屋や警察の立ち入り禁止テープがはっきりと見える。

「よし、悪くない。なかなかの写真になりそうだぞ」フレードリックはそう言って、カメラを取り出した。

彼女には、それが誉《ほ》め言葉なのはわかっていた。彼が写真を撮ること自体、認めてもらえたということだ。

車に戻る途中、黄色い草の中に光る、何か黒いものがアレクサンドラの目に入った。フレードリックのブーツのすぐそばに落ちている。かがんで拾ってみた。車の鍵。

「何か落とさなかった?」彼女は言った。

「えっ?」

フレードリックは立ち止まって、振り返った。アレクサンドラは目の前に、その鍵をちらつかせた。

「あなたの？」

彼はその鍵を見つめてから、ポケットに手を入れて、同じような鍵を取り出した。

「ぼくのはこれ。きみが持ってるのはＢＭＷのだね」

彼はアレクサンドラから鍵を取って、手の中でひっくり返した。

「破損はしていないようだな。冬の間ずっと落ちていたということはないはずだ……だけど、べったり染みがついてる。わかるかい？」

「だから？」

彼は、半分こげ茶色の染みで隠れている、青と白のＢＭＷのロゴマークを見せた。

「わからないかな？」

「何？」

「血痕のようだ。鍵の持ち主が想像できないかい？」

7

その部屋は小さくて、窓がなかった。クングスホルメン地区の警察庁本部の三階にあり、ごく最近まで倉庫だったが、これまで使っていた部屋の改装工事のため、カール・エードソンとシーモン・イェーンとジョディ・セーデルベリは、この部屋をオフィスとして使うことになった。

よどんだ空気のなか、三人は、擦り切れて傷のついた各自のデスクのそばに立って、箱に詰めた身の回り品を取り出していた。

その作業が終わって、黄色いスポンジの詰め物が顔を出している椅子に腰かけると、体重できしんだ音を立てた。

「さてと」カールは、部屋の短いほうの壁にマルコ・ホルストの写真を貼った。「状況概要の確認を始めるとするか」

ジョディとシーモンが、パソコンから視線を上げた。同時に、ヨーロッパ（スウェーデン出身のハードロック・バンド）の『ファイナル・カウントダウン』のイントロが鳴り響いた。カールは、きまり悪そうな表情で携帯電話を持ち上げて——着信音は、娘が面白半分で提案したものだ——画面に目をやった。

「ラーシュ＝エーリックからだ」弁明するように言って、緑の通話アイコンを押した。

ラーシュ＝エーリック・ヴァルクヴィスト鑑識官は、情報は電話で一度しか伝えないことで知られている。あとは報告書を参照するよう伝え、それ以上、事件に関する話は拒む人物なだけに、みんな、彼からの電話には出る。

「どうも、調子はどうですか？」

カールは鑑識官の機嫌を損ねないよう、礼儀正しく言った。

「そちらから届いた車の鍵だが」ラーシュ＝エーリックが言った。「でしゃばり記者どもが現場から百メートル離れた場所で見つけたという、あのＢＭＷの鍵のことだがね」

書類を見ているかのように、ラーシュ＝エーリックは間を空けた。カールは、それが芝居であることを知っていた。ヴァルクヴィストは資料を見る必要などまったくない。すべて頭に入っている。

「血痕が付着していた。分析したんだが、被害者のものと一致したかどうか聞きたいかね？」

「ええ、もちろん」

「一致した。マルコ・ホルストの血だ。百パーセント確かだ」

「車もマルコのものですか？」

「まず、車種はＢＭＷ Ｘ３」カールの質問がきこえなかったように、ヴァルクヴィストが言った。「小型のSUV。去年ドイツから輸入されている。年式は二〇〇三年、所有者はスウェーデンでは一人だけで、名前はファーディ・ソーラ」

「ファーディ・ソーラ？」カールは言った。

「ソーラは三年ばかり前に、麻薬所持で捕まったが、若いということで釈放になった。それ以来、逮捕されていない。だが、指紋は保管してあった。車の鍵のものとその指紋が一致した。ソーラの住所が知りたいかね？」

「ええ、お願いします」

メモ帳を引き寄せて、ストックホルム自治体内のフルーエンゲンにある住所を急いで書き留めた。

「助かります。さすがですね」

「そういえば、もうひとつ」ラーシュ゠エーリックが言った。

「何でしょう？」

「納屋でガムを発見したよ、扉のすぐ近くで。だれかが吐き捨てたんだろう。ニコチンガムだ」

「犯人が？」

ラーシュ゠エーリックはため息をついた。

「さあな。DNAをデータベースと照合したが、一致したものはない。ファーディ・ソーラが見つかったら、ガムのDNAと照合できるんだが」

「ソーラのDNAは登録されていない？」

「ああ、そのようだね」

「どうして……」カールは言いかけたが、すぐにやめた。

「やつが若すぎたとかそんな理由だろ！」ヴァルクヴィストが言った。「しけた泥棒が逮捕されるたびにDNAを採取する責任なんて、おれにはない！」

「それはそうですよね」カールは言った。

「だが……」

ラーシュ＝エーリックは黙った。カールには、電話を通して彼の息遣いが聞こえた。

「おれに言わせれば、今回の犯人が、地面に車の鍵を投げ捨てて、ガムを吐き出したとは思えないね」

「なるほど？」

「現場からは、犯人の指紋も髪の毛の一本すら採取されなかったんだ。言っておくが、そこまで痕跡を残さないのは容易なことじゃない」

「つまり？」

「ガムは発見者のものかもしれない。あの農場主からもDNAは採取したんだが、まだ照合する暇がなくてね」

「なるほど」

「あるいは、第三者のものということも考えられる」

「で、鍵に関しては？」

「鍵がどうしたって？」ラーシュ＝エーリックが言った。

「他に教えてもらえることがあるかと思ったものですから」

「あったら伝えてるよ」

「そうですよね、すみません」

「でも、鍵の話が出たところで……まあ、これは言うつもりはなかったが、そっちの得意分野だろうからな……」

「はあ……」

「犯人は鍵なしで、どうやって現場を立ち去ったんだ？　鍵がないんだ、車は残っているはずなのに。われわれが知る限り、あそこの茂みの中にＢＭＷはなかった」

「それは」カールは考え込んだ様子で言った。「確かに。鍵を二つ持っていなかったらの話ですが」

「それはまずないだろう」ラーシュ＝エーリックが言った。「じゃあ、報告書を送るよ」

プツッという音が聞こえ、それから静かになった。

「鑑識官はなんて言ってました？」シーモンが言った。

「容疑者がいると言っていた。ファーディ・ソーラ。フルーエンゲンに住んでいる」

カールは、ヴァルクヴィストとの電話内容をかいつまんで伝えた。

「ファーディ・ソーラがマルコを礫にしたと本当に思いますか？」彼が話し終えると、ジヨディが言った。「ガムとか車の鍵にしても、何だかちょっと……」

彼女は両腕を広げた。納得できないと言いたげに。

「だけど」シーモンが言った。「拷問現場から百メートルしか離れていないところで、前科者の車の鍵が見つかったとなると、かなりやばいんじゃないですか？　あのクソ田舎ですよ。そいつが今回の事件に関係ない？　まず、あり得ませんって」

カールはシーモンを見つめた。

「ああ。だろうな。この人物に話を聞きにいく必要があるな。それより、別荘の持ち主については？」

シーモンはデスクからメモ帳を取り、探しているページまで素早くめくってから読みはじめた。

「三十八歳と四十歳の中年夫婦。ヨーハンとエーリン・ヴェーンストレム。四年前から別荘を所有。今年はまだ行っていない、寒すぎる」

シーモンはメモ帳から視線を上げた。

「ナンセンス。暖かかった週末だって数回あったし……」

「二人に、マルコ・ホルストとの接点は？」カールが遮った。

シーモンは首を振った。

「まるでなし。二人とも医療関係に従事。夫は医者で妻は看護師。昨晩は友人宅で夕食会。遅くまで。招待した夫婦に連絡を入れて、確認をとりました。そのうえ、スピード違反の罰金すら一度もなし。絵に描いたような〝ご立派〟夫婦……」

「じゃあ」カールは言った。「フルーエンゲンに出向いて、話を聞くとするか、その……」

名前を書き留めたメモに目をやった。

「……ファーディ・ソーラとやらに」

8

アレクサンドラ・ベンクトソンがリンボから戻ってくると、編集室は閑散としていた。ニュース編集者と記者たちは、別室でミーティングに参加中で、ペールがたった一人、ニュース編集部でウェブサイトの仕事をしていた。

フレードリックが撮った写真は、撮影と同時にカメラから直接転送されるので、すでにシステム内に保存されている。

アレクサンドラには記事を仕上げる仕事が残っている。自分のデスクに行って、素早くパソコンにログインし、スウェーデン・テレビ・チャンネル1《SVT1》のサイトをチェックした。彼女が今朝投稿した記事は、トップからかなりランクダウンしていて、下から数えたほうが早い。それに代わる、サイトでの現在のトップ記事は、欧州自動車道路4号線で起きた交通事故。自家用車とトラックが衝突し、死者一名と負傷者数名。見出しには「数キロにもわたる渋滞」とある。

アレクサンドラはメモ帳を横に置き、DTPソフトを立ち上げて、書きはじめた。「拷問事件の発見者語る：見たことがないほどおぞましい光景」。

別荘の庭で車の鍵を発見したあと、アレクサンドラとフレードリックは、その鍵と発見現場、それと鍵を手にする彼女の写真を撮ってから、納屋を有する農場主の住居を探した。二人が前庭に乗り入れると同時に、農場主の妻が、夫は農作地にいると伝えに車までやってきた。農場主を見つけるのに三十分かかったが、見つかったその男性は、トラクターにもたれて、積極的にその日の朝の話をしてくれた。

車の鍵の発見についても、別の記事が書けそうだった。「本紙記者、車の鍵を発見――拷問事件との関連性」。

突然、編集室にざわめきが戻ってきた。アレクサンドラは、画面から視線を上げた。ミーティングを終えたスタッフたちが入ってきた。マルヴィンが彼女のところへ直行してきた。

「何かつかめたか？」

「被害者を発見した農場主。それから車の鍵です」

彼女は鍵発見までのいきさつを話し、それを警察に届けたことも伝えた。マルヴィンがうなずいた。

「他の連中も来てたか。《エクスプレッセン》紙とかテレビ局とか？」

「いえ、見ませんでした。あの場にいたのはわたしたちだけです」

「でかした！　さあ、バンバン、タイプを打ってくれよ」

アレクサンドラがうなずいた次の瞬間、マルヴィンが続けた。

「で、続報はどうする？」

彼女はまだそこまで考えていなかった。

「被害者についてわかっていることは？」

「前科者ということ以外は、あまり」

「身元を調べてくれ。補足記事になるかもしれないからな」

「了解」

「動機について、警察は何と言ってる？」

「特捜班班長によると、〝広範囲で〟捜査に当たっていると」

マルヴィンは眉をひそめた。

「前科ありか……きっとギャング同士の抗争だろう。ほらほら書いてくれ！」

マルヴィンは、ジョークだとばかりに、ニヤッと笑った。

アレクサンドラには、この上司が理解できない。

9

ファーディ・ソーラのアパートは、フルーエングス通りにあった。三階建ての低層建物で、外壁の漆喰《しっくい》は曖昧な、灰色がかったベージュ。百メートルほど離れたところにある高速道路からの排気ガスと汚染で変色したのだろう。建物の前で、小さい路地がU字形を成していて、その中央が駐車場になっている。アスファルトで舗装した大きなスペースで、駐車場の周りに車道が作られている。子供用の砂場やブランコは見当たらない。

全体的に、活気のない印象だ。

「ぐるっとまわってくれ」カールが言った。「車が見つかるかもしれない」

シーモンは、並んでいる車の前をゆっくりと通り過ぎた。黒いＢＭＷの前で車をとめたが、探している登録ナンバーではなかったので、またのろのろと走り続けた。駐車場の端まで来ると、カールはシートにもたれた。

「アパートの表玄関から少し離れたところに駐車してくれ」

シーモンは円形の駐車場をまた一周してから、表玄関の向かい側に駐車した。エンジンはかけっぱなしにした。彼らは座ったまま、アパートを見上げていた。

「じゃあ、中に入って、呼び鈴を鳴らしてみるとするか」カールは言った。

＊

ファーディ・ソーラの自宅は二階にあった。階段の吹き抜けは清潔で、洗浄剤とコンクリートと煉瓦《れんが》のにおいがした。

部屋のドアには〈F・ソーラ〉と表示されていた。手書きの名前が書いてある紙切れが貼ってあるわけではなかった。カールは、玄関ベルを鳴らしてから待った。

何も起こらなかった。

もう一度押した。

「だれもいないか」残念そうに言ったシーモンは、職務用拳銃をホルスターに収めて安全装置をかけた。

カールは、ドアについている新聞／郵便投入口から、玄関ホールを覗いた。

「しばらく留守にしているようだ。玄関マットの上に、郵便物やチラシが山積みになっている」

ジョディが玄関ドアに貼ってある「チラシお断り！」のステッカーに目をやった。

「こういう表示がしてあるところにチラシを配るのは違法なのに」

シーモンはあきれた表情をした。カールは二人を無視し、階段の踊り場の向こう側へ行き、隣人の玄関ベルを鳴らした。少しすると、初老の女性が、おずおずとドアをほんの少し開けた。

「どうも、カール・エードソンといいます。警察の者ですが」

「警察の方？」女性はカールをしげしげと見た。

「警部です」

「はあ」

「お邪魔してもよろしいでしょうか？」

彼女は少しためらったあと、三人を中に入れた。部屋の中には、古いレースの編み物と重厚な茶色い家具があった。居間にある、赤いフラシ張りの古いソファ一式を見て、カールは子供の頃に父親と行った映画館の座席を思い出した。女性はためらいがちに、三人に腰かけるよう手で示した。そこが応接間なのは明らかだった。ほとんど使われていないような家具なので、三人をキッチンに連れていったほうがよかったのではないかと迷っている女性の様子が、カールには理解できた。

「何かいかがですか？　コーヒー？」

「いいえ、結構です」他の二人が答える前に、カールが言った。「隣人のファーディ・ソーラさんに関する簡単な質問をさせていただくだけですので」

女性は突然、興味津々の様子でカールを見つめた。

「あの人、何かしたのですか？」

「いいえ、何も。ソーラさんに会いたいだけなんですよ」

「ソーラさんを最後に見たのはいつですか？」シーモンが割り込んできた。

かった。

カールは、出しゃばるなと言いたげな視線を彼に送った。だが、それも十秒しか持たなかった。

「いつだったか覚えてませんか?」

「ええっと……はっきりとは。隣人を気に留めることはほとんどなくて。この階は落ち着いて静かなものですから。初老の方が多いんですよ、わたしのような」

「そうですか」カールは言った。「ただ、最後に見かけたのは一日前でしたか? 一週間前? 一か月前……?」

丸いコーヒーテーブルに掛けてあるテーブルクロスの、見えないしわを手で伸ばすしぐさをしながら、女性は考えた。

「少なくとも……数日前には違いありません。ええっと……エルサが前回来たときに見たから、水曜日……そう、水曜日だわ、ということは……一週間半前」

「間違いありませんか?」

「ええ、あの日以来、見てもいないし、音も聞こえてきません。あの人に何かあったのですか?」

カールは首を左右に振った。

「わたしたちが知る限りは何も。先ほども言いましたように、彼に会いたいだけですので」

「ソーラさんを見たときに、特に気になるようなことはありませんでしたか?」ジョディが言った。

　女性は理解できないという表情で、彼女を見た。

「どういうことです？」

　ジョディは、両腕を広げるしぐさをした。

「いつもと様子が違うとか……何か違うとか……」

　初老の女性は首を振った。

「気づきませんでしたが……」三人をがっかりさせるのが残念そうな言い方だった。

「ありがとうございました」カールは立ち上がった。「もしかしたら、またお話を聞きにくるかもしれません」

　階段を下りる三人の後ろから、女性がドアチェーンをかける音が聞こえた。そして、表玄関から外へ出ると、カーテンの後ろに立って、三人を目で追う女性の姿が見えた。

「サンデーン検察官に電話を入れるよ」カールは言った。「それから、鍵屋に来てもらおう」

　カールはその場を離れて、ダーニエル・サンデーンに電話をした。検察官は、三人に家宅捜索許可を与えることにあまり乗り気でなかったが、カールにしばらく説得されて折れた。続いてカールは鍵屋に電話をかけて、電話の相手にここの住所を教え、早急に来てもらうよう頼んだ。

「ぐるっと歩いて、もう一度車を探してみよう……」電話を終えた彼は言った。

三人は分かれて建物群の周りを歩いたが、十分後にはまた、ファーディ・ソーラが住むアパートの玄関前の歩道に立っていた。

「ありませんでした」ジョディが言った。

シーモンも首を横に振った。

「車を発見するために、情報提供を呼びかけなくては」カールは言った。「ファーディ・ソーラに関しても同様だ。運がよければ、この男が……」

「運？」シーモンが言った。「こいつが犯人なのは、あまりにも明らかじゃないですか」

「そうとも限らないわよ」ジョディが言った。「ヴァルクヴィスト鑑識官の言うとおり、腑に落ちないもの。現場に痕跡を何も残さないような犯人が、血まみれの車の鍵を落として、その場を車で去ったりしないでしょ」

「車で去る？」シーモンが言った。「犯人は鍵を持っていなかったんだぞ……」

ジョディが、彼に驚いた表情を向けた。

「プッシュスタートだったって鑑識官は言ってなかった？　エンジンさえかけたら、走り去れるじゃない。ダッシュボードに警告灯が点灯するけれど、エンジンを切らない限りは、どこまでも運転できるわけだし」

しばらくの間、口を開く者はだれもいなかった。

「じゃあ、犯人は別荘の近くに車をとめて、マルコに拷問を加えたあと車に戻り、鍵なしでエンジンをかけて、その場を去ったってことか？」シーモンが言った。

「わたしはただ、それもあり得るって言ったまでで……」ジョディが言った。

「でも、警告灯が点灯するって言ったね」カールは言った。「だったら、犯人は引き返して、鍵を拾ったんじゃないか？」

「確かに、犯人はそうしたかも」シーモンが言った。「ただ、鍵は見つからなかった。焦ってただろうから、まともに捜せなかったとか。いくらそいつが冷血なクソ野郎だとしても、アドレナリンとかその他もろもろをかなり発散させたに違いないわけで……」

そのとき、〈ニッセズ・キー＆セキュリティ〉の車が、建物の正面に向かって曲がってきた。フランス車の白いミニバンだった。

ニッセ——まあ、この際、名前は何でもいいが——は五分もしないうちに、F・ソーラの自宅の玄関ドアを開けた。

「それじゃ」仕事を終わらせたニッセが言った。「他の仕事もあるので、そっちに行きます。あとでドアをちゃんと封鎖するのを忘れないでくださいよ」

カールは上の空でうなずいてから、ドアの内側にある郵便物とチラシの山を注意深くまたいだ。玄関ホールは小さく、左にクローゼットがあるため狭い。ゆっくりと居間へ進んでいった。そこで立ち止まった。

コーヒーテーブルの上に、マールボロのタバコの箱が、きれいに積み上げられている。カールはペンを取り出して、一番上の箱、続いてもうひと箱を突いた。

「空だ。箱は全部、空っぽだ」

「ファーディ・ソーラはチェーンスモーカーなのかもしれないな」シーモンが言った。

「だけど、どうして空き箱を貯め込んでるんだ?」

カールは肩をすくめ、室内を見回した。

「灰皿がない。タバコのにおいすらしない」

「じゃあ、どうお考えですか?」ジョディが言った。

カールは考え込んだ様子で、彼女を見つめた。

「正直言って、わからないね」

シーモンがバルコニーのドアまで行って、外に目をやった。それから振り返った。

「おれに言わせれば、ソーラはマルコを拷問にかけて、鍵をなくして、今頃はどろんですよ」

「そうなの。で、タバコの空き箱については?」ジョディが言った。

「集めてるんだろ。ガキみたいにさ。ビンの蓋とかトレーディングカード、タバコの空き箱……わからないけどさ。物だったり……物だけか。それより、バルコニーにも灰皿はありませんでしたよ。チェックしてみましたけどね」

「わかった」カールは言った。「ヴァルクヴィスト鑑識官に頼んで、部屋の中を調べてもらうとしよう」

10

「被害者の身元が判明しました」アレクサンドラ・ベンクトソンの言葉に、マルヴィンは椅子をクルリと回転させて、にっこりした。

「よくやった。で、だれなんだ？」

「マルコ・ホルスト。グーグルで少し検索したところ、名の知れたワルです。数年前に起きた、凶悪な強姦事件に関連した記事で、本紙でも取り上げたことのある人物でした。タントルンデンで十四歳の少女を強姦し、有罪判決が下った際に、氏名と写真を公表しました」

「報復の疑いはないのか？　少女側からの」

「警察は、そういったことは何も言っていません」

「犯罪組織同士の暴行事件といったところか」落胆した口調で、マルヴィンが言った。

「……拷問事件」アレクサンドラが訂正した。

「ああ、そのとおり。拷問とはな。ワクワクしてきたぞ。他に何かつかめたか？」

「被害者の受けた暴行に関する情報も得られましたが」

「記事にしても大丈夫な内容か？」

彼女は自信なさそうに、頭を揺らした。

「かなり残虐なので……」

「ぎりぎりの範囲で書けるだけ書いてくれ。おれがあとで目を通す」

「氏名は？　公表します？」

「それは少し待つように」

「了解」

「それはそうと、そいつは犯罪組織の一員だったのか？」

「以前記事にした当時は違いました」

「調べてくれ」

マルヴィンは身を乗り出して、人差し指でデスクを連打した。

「さあ、バンバン、タイプを打ってくれよ」彼が言った。

アレクサンドラは、このバカげた表現に嫌悪感を覚えた。

11

カール・エードソンは、ストックホルム南部にある小さな3ＬＤＫの自宅アパートの玄関前に車をとめた。今夜は運がよかった。いつもなら、なかなか駐車スペースが見つからないのに。

サイドウィンドウから、二階の部屋の窓が三つ見える。居間の窓のベージュブラウンのカーテン、バルコニーのドア、シーリングライト。

キッチンの青いカーテンの向こうで動くカーリンの姿が見える。キッチンのスポットライトに照らされながら、冷蔵庫の扉を開け、何かを取り出して、扉を閉め、調理台の下の引き出しの中をいじくり回している。カールには、彼女の香りや夕飯後のキッチンのにおいが想像できた。

カーリン・ホフスタは、カールの事実婚パートナーで、二人は四年前に出会った。カーリンは離婚したばかりで、カールは離婚してもう何年にもなっていた。彼は結婚に失敗してからというもの、だれかと恋愛関係になることはもうないと思っていた。社交的な性格ではないし、近寄りがたいタイプだ。

ところが、カーリンはどこからともなく、彼の人生に突っ込んできた。文字どおり、突っ込んできた。ノル・メーラシュトランド通りの車列で、赤信号で停止していたカールの車に、カーリンの運転する車が後方からもろに追突してきたのだ。

彼女は、何もなかったかのように、バックしようとした。それから車を降り、慌てふためいた口調で謝罪した。ページボーイにカットされた金髪で、明るい青の瞳、そして不安げながらも満面の笑み。

カールは非難するつもりでいたのに、気づくとコーヒーに誘っていた。

今、彼は車の中に座り、彼女が居間のソファに深々と腰を下ろす様子を見ている。部屋のテレビがついている。壁にチラチラ瞬く光が見える。腕時計に目をやると、九時十五分。『九時のニュース』を見ているのだろう。

居間の隣の窓は明かりが消えている。破綻した結婚で生まれた彼の娘、リンダの部屋。いつもは母親宅に住んでいるが、一週間おきの週末——それに、母親と喧嘩をしたとき——にはカールのところへやってくる。でも、たいてい部屋にはだれもおらず、明かりも消えている。今夜のように。

カールはまた、シートにもたれた。外はほぼ真っ暗だ。清掃してまもない通りは、街灯が放つ光の円に照らされている。車内はピザのにおいがする。助手席には、ピザボックスが置いてある。腹が空いて、帰り道に買ったものだ。今はもう、空腹感は消え失せていた。帰宅して、テレビの前のソファでカーリンに寄り添いたい気が失せてしまったのと同様に。

カールはハンドルに両手を置いたまま、ひと気のない、都市郊外の通りを見つめていた。待っていた。何を待っているのかわからないまま。でも何となく、ここがくつろげる場所だった。無人地帯のような、仕事と家庭の中間。何の要求もなければ、彼を観察する者もいない。そこに存在するのは彼のみ。そして時間。

彼は目をつぶらず、ただ空虚に、通りを眺め続けた。街灯の下、ひたすら早足で歩道を行く数人が、また暗闇の中へ消えていく。この道沿いの二、三百メートル手前にある、地下鉄シャルマルブリンク駅から来たのだろう。

それからまた通りには、ひと気がなくなった。

次に時計を見ると、十時を回っていた。カールは車から降りた。ピザを手に道を渡って、表玄関をくぐった。

12

アレクサンドラ・ベンクトソンはテーブルに三人分の食器を並べた。パスタの入ったシチュー鍋とミートソース入りのフライパンをテーブルの上に置いた。疲れて、頭痛がしていた。仕事の時間は終わったのに、まだ気持ちが高揚していた。アレクサンドラが記事にしたマルコ・ホルストの経歴は、サイトでしばらく三位に位置していたが、今は真ん中あたりまで下がっている。それでも、まあまあの出来だ。

「ヨハンナ！」彼女は娘を呼んだ。

返事はない。大きいアパートではないのに。レーンファーナス通りとコックス通りの交差路にある小さめの４ＬＤＫで、残っていた数少ない賃貸物件のひとつだった。以前住んでいた１ＬＤＫからそこに移れたのは、運がよかった。

娘を呼びに行きながら、彼女は悪態をついた。玄関ドアから玄関ホールの床にかけて、靴が散らばっている。iPhone用イヤホンと一緒に居間の床に落ちている娘のセーターを一枚、拾い上げた。ソファの背もたれには毛布が垂れ下がり、コーヒーテーブルの上には、飲みかけのヨーグルトらしきものが入ったコップが置きっぱなしだ。その横には、しなびたバナナの皮がある。

「まったく」アレクサンドラはブツブツ文句を言った。「後片づけする人がだれもいないだなんて」

一番奥に、寝室と仕事部屋を兼ねた彼女自身の部屋がある。そのすぐ隣の部屋のドアをノックした。

「ヨハンナ！」ドア板に口を近づけて呼んだ。

返事がなかったので、ドアを開けて中に入った。

叫び声が聞こえ、娘が母親のほうを向いた。娘は胸元が大きく開いた、その細い体にはだぶだぶのドレスを着ていた。アレクサンドラには見覚えのあるドレス。だれかの結婚式のパーティーで、自分が身に着けたものだ。

「ちょっと、ママ！　何なの、勝手に入ってこないでよ！」

娘はiPhoneを手に、友人とFaceTimeの最中だった。

「何でもないから」ヨハンナが友人に言った。「ママが部屋に入ってきただけ。でも、追い出すから！」

「ヨハンナ！」できる限りの厳しい声で、アレクサンドラは言った。「ご飯よ。今すぐ来なさい。今すぐに！」

「出てって！」

アレクサンドラは、ドアを閉める娘にため息をついた。部屋の中から、娘の声が聞こえてきた。「じゃあ、切るね。ママがうざいのなんのって……そう、とんだビッチなのよ！」

アレクサンドラは一瞬、ドアをこじ開けて怒鳴る寸前だったが、そんな気持ちを抑えてドアノブを握る手を離し、キッチンに戻った。またも口論をする気力はない。

五分後にヨハンナがやってきた。あのドレスから、短すぎるＴシャツと穴あきジーンズに着替えていた。三人分の食器が並ぶ食卓に目をやったが、何も言わなかった。娘が腰かけたところで、アレクサンドラは、彼女の皿に食事を盛りはじめた。

「野菜も忘れずにね」すぐに食べはじめたヨハンナに言った。「それに、わたしはまだ『どうぞ』って言っていないわよ」

うなった娘は、ナイフとフォークを置いて、椅子の上でのけぞった。

「冗談でしょ！　ふざけてるんだよね、ママ！」

「ふざけてなんていないけど」アレクサンドラは言った。

「いい加減にして！　こんなこと、いつまでも続けられないってば」

「お願い、ヨハンナ、今はやめて！　大変な一日だったのよ、オーケー？　だから、今はやめて」

「だれか新しい人見つけたほうがいいよ」ヨハンナが言った。

びっくりしたアレクサンドラは、突然、興味深そうに娘を見つめた。

「そうかも……」

「まじ?」ヨハンナが言った。

「そんなことしないわよ。でも、わたしだって……」

ヨハンナが頭を振った。

「食べはじめてもいい?」そう言った。

アレクサンドラはうなずいた。

「どうぞ」

二人は無言で食事をとった。食べ終わると同時に、ヨハンナが立ち上がった。「テーブルを離れてもいい?」

アレクサンドラは、またうなずいた。

「食器を流しに片づけるのを忘れないで」そう言ったが、すでに遅かった。ホールからヨハンナの大きな声が聞こえてきた。「ママが片づけてよ……」

少ししてから、娘の部屋のドアが閉まる音が聞こえた。

アレクサンドラは自分の席の向かいにある、手つかずの空の皿をじっと見ていた。ゆっくりと手を伸ばし、皿の横のテーブルクロスに触れてから、少しの間そのままでいた。それから素早く立ち上がり、食器を片づけはじめた。

13

カーリン・ホフスタは居間を見回した。カールと分かち合っているこの3LDKは、昔の独身アパートのように壁や床が茶色づくしで、そこにあらゆる時代のあらゆるスタイルの家具が置いてある。相続したという六〇年代のソファ、ステイン塗装を施した三〇年代の整理ダンス、ガラスと金属から成る八〇年代のサイドボード。壁紙は、若い頃通ったビールのにおいがするピザ屋の壁を思い出させるような赤茶色と黄土色で、何の変哲もないエンボス加工が施してある。

越してきたときは、モダンで明るい部屋に変えようと切実なチャレンジ精神を抱いていたが、三年住んだ今では、もう締めている。

目の前の低い台に置かれた大型の薄型テレビでは、映画が放映されている。カーリンは見ていなかった。少なくともじっくりとは見ていなかった。決まりきったことをするだけ。毎晩、同じことの繰り返し。

内心、自分が我慢していることを認めていた。他の何かを求めていること、もうすぐ四十五歳を迎える自分という女性に、よりふさわしい何かを求めていることを。でも、口には出さなかった。

四年前に離婚してから、教師の給料では、バンドハーゲン地区の1LDKを除くと、選択肢は限られていた。そしてカールと出会って、当然のごとく彼のアパートに越してきた。だが、カーリンには何も変えてほしくないというのが彼の希望だった。部屋の中はそのまま、何も変えないでほしがった。それはきっと、カールにはほっとできる場所が必要だからなのだろう。つまり、彼が目にする悲惨さに耐えられるよう、不変なものが必要だからなのだろう。カーリンは時折、そう考える。でも、本当のところ、その点に関しては、彼が理解できなかった。

彼女はテレビのチャンネルを変えようとボタンを押したが、何も起こらなかった。正しいボタンを押したのかも、定かではなかった。そういえばカールが最近、ブロードバンドに接続するボックスを取り付けていたっけ。悪態をついてリモコンを投げつけたが、そのままテレビを見続けた。

玄関ドアを開ける音に、カーリンは立ち上がった。

「おかえり」大きな声で言ったが、返事はない。

カーリンは滑らかな早足で、玄関ホールへ行った。前夫は、彼女はフランス人女性のように〝可愛らしい〟と言っていた。数少ない、彼からのお世辞のひとつだったが、カーリンはその表現が気に入っていた。

「ただいま」彼女を目にしたカールが言った。

「どうして返事をしてくれなかったの?」

「いやあ、聞こえなかったから」

「何してたの？」彼女は言った。

「ピザを買ってた」

「わたしが言いたいのは、もうすぐ十時半になるってこと……」

カールは、何も持っていないほうの手で、顔を擦った。

「仕事」そう言って、ピザボックスを手に、キッチンへ入っていった。

顔を合わせても、もうキスもしてくれない。付き合いはじめた頃は、そんなことなかったのに。原因は自分、それともカール？　多分、彼だわ。

「食べる？」キッチンにいるカールが訊いた。

「食事ならもうすませたから。そういえば、リンダから電話があったわよ」

カーリンは戸口に立ち、ドア枠に寄りかかった。カールはナイフとフォークを出してから、ボックスを前に座った。

「そうやって食べるつもり？　箱から直接？　せめて、お皿に移したらどう？」

彼は答えなかった。

「リンダはなんて言ってた？」答える代わりに、そう訊いた。

彼女は体を起こしてから、食器棚へ向かった。

「元気そうだったわよ。あなたに話があったのよ。そっちに電話をかけたらしいけど……」

「マスコミが、ある事件について電話をしてきだしたものだから、出たくなくて……」

「電話番号を見たら、リンダからだって気づいたはずなのに」

カールは、ピザを刺したフォークを口に運ぶのを途中で止めてから、肩をすくめた。

「何の用だったんだい？」彼は機械的に咀嚼しながら、そう訊いた。

「週末にここに来てもいいかって」

カールは、チーク材の茶色いキッチンテーブルの上にナイフとフォークを置いて、パートナーを見上げた。

「今週末はあっちが娘を預かる番じゃないか。どうしてそんなことを訊いてきたんだろう？」

カーリンは、カールのために出した皿を促すようにピザボックスの横に置いてから、グラスを出して水を注いだ。

「彼氏を連れてきたいみたいよ」流し台に顔を向けながら、カーリンは言った。

不本意ながら、彼女はまごついていた。自分の子供に関することでもないのに、どうしてまごつく必要があるのだろう？

「彼氏？」カールが言った。

「ええ、そうらしいわよ。ちなみに、トーマスっていうんですって」

「何だって？」

「彼氏よ、トーマスって名前の」

「聞こえたさ。ただ、知らなかったよ、あの子に……彼氏がいるなんて」

「その彼氏の携帯から電話をしたのかもしれないわね。だから、娘からの電話だって気づかなかったんじゃないかしら」

カールがうなずいた。

「テレビでも見る？　映画とか」

「もう遅いから……」

「じゃあ……」

カーリンはカールを見つめた。

「仕事が大変なの？」片手を伸ばして彼の頬に触れながら、突然優しい声で彼女は言った。

彼は何も言わずに、彼女の手を握りしめた。

「いつも以上にきついの？」彼女は訊いた。

彼は頬の手を取って、両手で挟んだ。彼女は、励ますように微笑みかけた。

「あっちに座りましょうよ」

カーリンはおそるおそる、カールをテレビの前のソファまで引っ張っていった。

「ピザが」カールが抵抗した。

カーリンは、彼の髪を優しく撫でた。

「座っていて。わたしが持ってくるから」

彼の前に皿を置いたカーリンは、驚いた声で言った。

「冷めてるじゃない。どのくらい車の中に置いてたの？」

「しばらく」カールが言った。

カーリンはうなずいたが、いぶかしげな目をカールに向けた。彼が違うタイプの男性なら、だれかに会っていたのでは、と疑うところだ。でも、今はそう思っていない。

14

五月六日　火曜日

郵便物は、Ａ４サイズのパッド入り封筒に入って届いた。どこの文房具店でも購入できる、白い定番封筒だった。住所は、レーザープリンターで印刷したものが貼ってあった。普通切手で、消印はストックホルム。

ただ、重い郵便物だった。

手に持って重さを量ったアウグスト・オーストレム判事は、警備員を呼ぶことを少し思案したが、それからひとり微笑んだ。

やれやれ、恐れの感情に惑わされるだなんて！　怯えたウサギを思わせる人生を送る羽目になる、そんな例はいくつも見てきた――人間にふさわしい人生とは言いがたい。そしてアウグスト・オーストレムは心に決めていた。自分は厳《おごそ》かに生きるのだと。

それに加えて、危険物が同封されていないかチェックするため、来信はすべてスキャンされると、自分に言い聞かせた。

まだ、朝九時にもなっていない。ブラインドを通して入ってくる春の日差しが、心地よくて温かな線を描くように、デスクを照らしている。オーストレム判事は封筒を手に、ゆったりとオフィスチェアにもたれた。彼の後ろには、床から天井まで、記録文書や法典、それに報告書や専門雑誌がぎっしり詰まった本棚が複数立っている。加えて、かなりの数の純文学も並んでいる。純文学作品を置いているのは他でもない、想像力が刺激され、他の人たちの心の内面を把握したり、その内面がいかに奇異で奇妙になりうるかを、よりよく理解するのに役立つから――そのおかげで、自分はよりよい裁判官になれる、とアウグスト・オーストレム判事はつねづね強く主張していた。

郵便物には控訴裁判所の住所が書かれているが、彼個人宛になっている。おかしなことではない。通常は一日に二十から四十通の、大きさも厚さも異なる郵便物を受け取る。犯罪者からの、「地獄へ堕ちろ」と手書きの脅しが届いたこともあれば、さまざまな機関からの正式な要請もある。講演依頼やカンファレンス参加依頼も受け取るが、一貫して断ってきた。

判事は、明らかに仰々しいほどぶ厚い封筒に対して眉をひそめた。読むのにかなりの時間を要する内容なのだろうと確信し、それなら、もっと生産的で社会に役立つことに時間を費やしたいと考えた。

「バカ者たちが!」開封しようと赤いビニールテープを剝がしながら、彼はブツブツぼやいた。

招待状かバカげた賄賂《わいろ》の類だろうと想像していた――ならば、自身の原則に従って、送り返すつもりだった。

だが、封筒の中身は紙ではなく、何か柔らかいものだった。衣類か何かだろう。賄賂を送り返すときにいつも添付する、厳しい表現の手紙を想像して、彼は微笑みながら――中身を取り出した。

判事は、もう笑っていなかった。

封をしたビニール袋の中にある、陰嚢とペニスつきの男性器〝一式〟がはっきりと見えた。陰茎根の周りの皮膚には、恥毛までついている。少しの間、彼は郵送物を凝視した。その間あらゆる細部や睾丸の周りの硬くなった皮膚のすべてのしわ、縮れた恥毛の一本一本が、彼の意識内に取り込まれた。

それから胃がむかついた彼は、床に袋を落とした。大きなサクラ材のデスクの上に嘔吐するのを避けようという一心で、ごみ箱の中に吐こうと、急いで向きを変えた。

＊

ニルス・ラーヴェル弁護士は、オーストレム判事ほどうまく体をコントロールできなかった。担当中の訴訟の書類が散乱している、高級オーク材デスクの上に嘔吐した。

「くそっ、何だこりゃ！」床に投げつけたビニール袋から、飛び退《の》いて離れた。

ラーヴェル弁護士が悪態をつくのは非常に稀だが、今回の状況は例外的だった。

青いビニールを通して、十本の暗藍色《あんらん》の指が見える。すべて指関節で切断されており、傷口は血糊《ちのり》で黒ずんでいる。

「うわぁー！」弁護士は叫んだ。

彼の女性秘書が、部屋に飛び込んできた。

「何ですか？　どうしましたか？」

ニルス・ラーヴェル弁護士は、彼女を凝視した。

「うわぁー！」間抜けた表情で、彼は繰り返した。

同時に、デスクの上の嘔吐物を目にした秘書は、思わず後ずさりした。

「具合でも悪いのですか？」

彼は首を横に振ってから、口に手を当てて、ひっくり返っている自分のオフィスチェアのそばにある、床の上のビニール袋を顎で指した。

「それだ！」彼は忌々しそうに言った。

秘書は彼の視線を追って、ビニール袋に目をやった。

「はい？」理解できずに、彼女が言った。

「見えないのか！」ニルス・ラーヴェル弁護士は、大声で言った。

彼女は一歩近づいてみた。青いビニール袋の中身が明らかになった瞬間、なすすべもなく叫び声をあげながら、口に手を当てた。

「どうしましょう……」無意識に、押し殺すような声でそう言った。

それからパニック状態で言った。

「警察！　警察に通報しなくては！」

15

三人は、切断された指が入った袋の写真を見つめていた。カール・エードソンがパソコンのマウスをクリックすると、新たな写真が現れた。

「舌だ」彼はそう言って、写真を指した。

三人は、プロジェクターの放つ光に照らされた、例の小さなオフィスに座っていた。ブーンと音を立てている投影機は借りてきたもので、灰白色の短いほうの壁に、腫れあがった暗藍色の舌が映し出されている。むっとする空気と置きっぱなしのコーヒーのにおいで、みんなが抱いている不快感が増した。

指や性器と同様に、同じような青いビニール袋に入った舌は、異常なほどリアルに見える。

「舌を受け取ったのはグン・アクセルマン。まあ、少なくとも、行方不明だったマルコ・ホルストの部位は見つかったことになる」

いつもより顔が青白いジョディは、気分が悪そうだった。シーモンは、いかつい顔の裏で平静を保とうと努めていたが、彼の左目がピクピク動いていることに、カールは気づいていた。ストレスを感じている証《あかし》だ。

「マルコ・ホルストの部位だということを確証づけるため、舌が入った袋は他の部位と一緒に、国立法医学センターにある」カールは言った。

彼がプロジェクターをオフにすると、写真が消え、部屋は暗くなった。ジョディが天井の照明をつけると、蛍光灯の白い冷たい光が、部屋を満たした。

「他にも知らせておくべきことがいくつかある」カールは続けた。「マルコ・ホルストの体の一部を受け取ったのは、すべてマルコに関連している人物だ。アウグスト・オーストレム判事は、少女に性的暴行を加えた罪で四年前にマルコに判決を言い渡している。ニルス・ラーヴェル弁護士はマルコを弁護し、グン・アクセルマン氏が検察官だった。三人に話を聞いてみたが、どうして自分たちのところにこんなものが送りつけられてきたのかわからないと言っている。判決以後、原告ともマルコ・ホルストとも接触はなかったそうだ」

「それで、だれもファーディ・ソーラに対する訴訟には関わっていないわけですか?」シーモンが質問した。

カールはうなずき、マルコ・ホルストとファーディ・ソーラの写真が貼ってある壁へ向かった。体の部位の写真と野球バットの写真を、マルコ・ホルストの写真の下に貼った。

「これだが」カールは、指の節で性器の写真を叩いた。「マルコがレイプした少女とその家族を強く示唆している気がするんだが、家族に話は聞いてみたか、ジョディ?」

彼女は気まずそうに首を振った。

「いいえ、連絡がとれたのが、昨夜遅い時間だったものですから。ですが、今日の午後、会うことになっています」

「そうか。マルコに殺された事実婚パートナーに関してはどうなっている? 女性の家族に電話をしたか?」

「何も得られませんでした」ジョディが言った。「母親は亡くなっていて、あの一夜については兄と父親の二人には、アリバイがあります。確認しました。二人は捜査の対象から外していいと思います」

シーモンが擦り切れた椅子にもたれると、椅子は不安を掻き立てるようなきしむ音を発した。この男、どこか不可解で不快な笑みを目元に湛《たた》えて満足げだ、とカールは思った。

「ファーディ・ソーラについてはどうだ?」カールは言った。「過去のマルコ・ホルストの捜査記録に名前はあったか?」

シーモンは腕を組んだ。

「全然。今朝念のため、犯罪容疑者リストと犯罪記録をもう一度調べてみたんですが、二人は会ったことすらないようでした。縄張りもかぶっていなかったようです」

「わかった」カールは言った。「だからといって、二人が顔見知りでないということにはならない。ともかく、今日マルコ・ホルスト訪問の際に持参するリストには、ファーディ・ソーラの名前も載せておく。あとは、ラーシュ゠エーリックが、ソーラのアパートについて何と言ってくるかだな。あるいは、ソーラ自身がどう言うかだ——やつを発見できたらの話だが。ソーラとやつの車に関する手掛かりは？」

二人の警部補は、揃って首を左右に振った。

「わかった。他には？」

ジョディはノートに視線を落とし、余白に小さい輪を描いた。シーモンはぼんやりと前方を見つめていた。

「それでは」カールは壁から離れた。「捜査を続けるとしよう」


昨夜、また姉が電話をしてきた。何も言わずに、電話口で呼吸をするだけ。でも、それが姉であることはわかっている。いつもわかっていた。

お互い憎み合っているのが残念だ。

二人で遊んだときのことが頭に浮かんだ。あまりにも大きすぎるわが家の裏にある、父も母も決して来ない庭の片隅に、二人の秘密の世界があった。わたしたちはそれぞれ、父からナイフをもらった。わたしたちに武器の扱いをマスターさせたくてくれたものだ。大切なことだ、父はそう言った。性別は関係ないのだと。そういう点では、父は中立的だった。ルールならとっくにわかっていたから、チェックする必要もなかった。わたしたち二人は十メートル距離を置いて向かい合ってから、それぞれナイフを出した。刃の部分を持った、そうするものなのだとだれかに教わったから。そして、カウントダウンをした。「三、二、一……」それから、お互いめがけてナイフを投げた。ナイフが空中を飛ぶまで、かわすことは許されなかった。それまでは、両足が地面についていなくてはならない。

わたしたち二人は、力の限り、できるだけ正確に投げた――それから、ヒューッと音を立てて飛んでくる鋭い刃のナイフを避けようと、地面に身を投げ出した。あえぎながら、興奮しながら、わたしたちは、どんどん強く投げた。

一度、ナイフがわたしの腕をかすった。出血しはじめた。傷はそれほど深くなかったが、血がわたしの白い肌を、小川のように流れ落ちた。

「ママのところへ行ったほうがいいわ」姉が言った。わたしは首を振った。

「続ける、楽しいから」

次にナイフが当たったのは姉だった。姉が芝生で滑ったときに、くるぶしの脇に沿って、見事な切口ができた。彼女の白いサンダルに血が流れ落ちた。

二人で顔を見合わせて笑った。ちょうどそのとき、だれかがわたしたちの名前を呼んだ。急いでナイフを隠すと、ナイフの上に転んだことにしよう、意図的でない事故ということにしようと二人で決めた。

わたしたちの傷に包帯を巻く母親は、けげんな顔でわたしたちを見たが、何も言わなかった。母には理解する気がなかった。わたしたちは彼女にとっては宝石のような子供たちで、しつけがよくて健常で、恥ずかしくない存在だった。それ以外は、想像もしなかった。わたしたちが誕生したときに、母はわたしたちがどんなタイプなのかを決めてしまった。わたしたちは成長する必要はなかった。最初から完成されていたから。

でも、母親は理解していたに違いない。知っていたに違いない。

わたしにはそれ以外、考えられない。

16

薄緑色の階段の吹き抜けに立つジョディ・セーデルベリ警部補が自己紹介をしたとき、夫妻はよそよそしい目つきで、じっと彼女を見つめた。

「ヨーナス・ニルソンさんとマリー・ニルソンさんですか?」彼女は言った。

二人とも無言でうなずいた。

「昨日、お電話を差し上げた者です……お邪魔してもよろしいでしょうか?」気まずい感情を抑えられぬまま、ジョディは言った。

「警察とおっしゃいましたが?」彼女を中に入れずに、男性が言った。「身分証はお持ちですか?」

ジョディは三十二歳だが、実際より若く見える。今は固いお団子ヘアにしているのに、滑らかな顔立ちのせいか、ティーンエイジャーのような印象を与える。それを自覚している彼女は、慣れた手つきで警察手帳を見せた。

ヨーナスは身分証をじっくり見た。

「本当に必要なのですか?」ようやく彼が言った。

きまり悪そうに、ジョディはうなずいた。

「すみませんが……」

ヨーナスは一歩脇に寄って、彼女を中へ入れた。

アパートの部屋は明るくて、整頓されている。大きな窓に掛かっている薄手で明るい色のカーテンから、春の日差しが優しく差し込んでいる。寄木張りのぴかぴかの床に、白い日の光が反射している。グレーとえんじ色の洗練されたインテリア。レトロにはまだ達していないものの、家具はどれもアンティークだ。ジョディにとっては、住居全体が、母方の祖父・祖母の住まいを思い出させるものだった。だが、ヨーナスとマリーは五十代だ。

夫妻はソファの端に並んで腰かけて、緊張で背筋を伸ばした。二人とも、ジョディに座るよう、しぐさで示さなかった。それでもジョディが二人の向かいの安楽椅子に腰かけると、ヨーナスはばつが悪そうに体を動かした。

彼は細身の男性で、スーツに白いシャツを身に着けている。髪はおそらく若白髪なのだろうが、まだふさふさしていて、きちんとカットしてある。彼は、ズボンのしわを引っ張っていた。

「どういったご用件でしょうか？」マリーが言った。

彼女は夫と同様細身で、シンプルなワンピースを着ている。ブロンドのショートヘア。ヨーナスより若く見えるが、エネルギーを抜き取られたように、夫より青白くて弱って見える。そわそわと、膝の上の手をひねっている。

ジョディは、二人とも縮んで小柄になった印象を受けた。ソファや服、それに二人の人生が、数サイズ大きくなりすぎたみたいに。

「電話でもお伝えしましたが」ジョディは言った。「今回わたしがお邪魔したのは、あの男……」

ここへの道中、どう言い表そうか考え抜いてきたが、それでも、話をどうやって切り出そうか迷った。

「……お嬢さんに性的暴行を加えた、あの男の件で来ました」

その言葉に、やはり二人ともビクッとした様子だった。

「あの男がどうかしたのですか?」マリーが言った。

ジョディは、彼女の緊張した表情を見つめてから、慎重に切り出した。

「マルコ・ホルストが一昨日から昨夜にかけて、ひどい暴行を受けました。詳細はお話しできませんが、その暴力行為……お嬢さんへの暴行を連想させるような形跡が見つかりました。復讐をにおわせるような形跡だったものですから」

ヨーナスとマリーは手をつなぎながら、黙って話を聞いていた。続きとか説明を待つかのように、いぶかしそうな顔つきだ。

「つきましては、日曜の夜に何をなさっていたのか、お二人にお訊きしたいのです。つまり、一昨日ということですが」

ジョディは、この質問に対する二人の反応を観察した。少しの間、夫婦は理解できずに、目を見開いて彼女を見ていた。それから、張りつめた表情になった。

「どういうことです?　もしかして……」ヨーナスの声が詰まった。「……わたしたちを疑っているのか?」

最後の言葉を強調したヨーナスの口から唾液が飛んで、ガラス製のコーヒーテーブルに散った。ジョディは、ガラス板の表面にくっきりついた唾液の点を見つめた。

「そうなのか?」ヨーナスが続けた。「だとしたら……」

ジョディは動揺を見せぬよう、気を引き締めた。

「いえ、わたしはただ、お二人から話をお聞きしたいだけです。参考までにお話を伺えれば、お二人を捜査対象から除外できます」

夫は黙ったが、ジョディから視線を逸らさなかった。

「ここにいました」カーディガンの裾を指でなぞりながら、突然マリーが言った。

ヨーナスが不安げに妻のほうに向きを変えたが、彼女は、何か言おうとする夫を止めた。

「落ち着いて、ヨーナス。わたしたち、あの事件について話せるようにならなくちゃ。こんなふうに続けるわけにはいかないもの……この際だから」

彼女は、それまでとは違った口調で言った。敵対心は消え、残っているのは諦めだけだった。マリーは、ジョディのほうを向いた。

「いつもわたしたち。わたしたちだけ。ほとんどいつも、このアパートにいます。友人もほとんど残っていません、あの……忌々しい事件以来」

彼女は説くように、ジョディをじっと見つめながら言った。

「あのような出来事が、家族に何をもたらすのかわかりますか? エーリンのレイプ……あの男の恐ろしい行為をどう呼ぼうと……家族全体に影響を及ぼしたんです。立ち直ることはないでしょう。わたしは毎日悔やんでいます。あの事件を防げなかった自分自身を責めています。娘のそばにいなかった自分を。守ってやれなかった自分を……あの子を一人で外出させたことをね……」

マリーは言いたいことを抑えるかのように、口に手をやった。夫が彼女の膝に手を置いた。

「マリー、落ち着いて……」

彼女は夫の手を払い、険のある声で言った。

「ううん、落ち着いてなんていられないわ！　わたしにそういう言い方しないで、ヨーナス、話したいのよ！　もう、たまらないわ、どんなに話したかったことか。わたしたち、うんざりするほど口をつぐんできたじゃない！」

自制して涙をこらえようと、マリーは激しく息をした。だれも何も言わなかった。聞こえてくるのは、押し殺すようなすすり泣き、そして、再び妻の膝に手を置いたヨーナスがなだめるように撫でる、ワンピース生地の音だけだった。

ヨーナスがジョディに視線を上げた。

「いいえ、わたしたちは復讐なんてしていません。これがそちらの疑問に対する答えです。エーリンは一人暮らしをしています。ずっと前からね。西海岸のセーリング学校の高等部に通っているんです……三年生。世界一周セーリングに参加していて、今はカーボベルデ共和国にいます。秋には十九歳になるんですよ。わたしたちにはあの子しかいません、一人っ子なんです。そして、その娘は家を離れてしまった」

涙が音もなく、彼の頬を伝わった。

「マルコ・ホルストと最後に会ったのはいつですか？」ジョディは言った。

ヨーナスは彼女を見上げた。

「裁判でです。あの男が法廷から連れ出されるとき。二度と見たくない……あんな獣《けだもの》は。わたしたち家族は、もう十分すぎるほど、散々な目に遭ったんだ！」

ヨーナスは声を張りあげたが、それも絶望を表現したにすぎなかった。

「あの男がひどい暴行を受けたとおっしゃいましたね」彼が続けた。「気の毒とは言えません。わたしたちがやってやりたかった。死ねばよかったのにと思いますよ。ですが……」

彼は頭を振った。

「……わたしたちはやっていませんから」

夫の隣に縮こまって座る彼の妻は、自分の両手を見つめながら、また薄いカーディガンの裾に触れていた。

「もう何をする気力もありません」

「助けを求めようと考えたことはありませんか？」ジョディは言った。「つまり……これからの人生を生きていくために。あの事件を……乗り越えるために。プロの療法士の助けを借りて問題に取り組むことも可能ではないかと……」

「いいえ！」マリーがジョディの話を遮った。「みんなそう言うんです。あの人たち、どうして援助を求めないのかしら、どうして何もしないのかしらってね。でも、プロの援助は求めましたよ。療法士や心理学者たちの治療だって受けましたし、あらゆる薬だって試しました……でも、どうなるものでもない。なかったことにはできないのですから。消えてなんてくれません。乗り越えることもないでしょう。人生を続けられるよう努めるだけです。娘のエーリンはやり遂げましたから……」

マリーは黙ったが、それから囁《ささや》くように言った。

「……でも、わたしたちにはできないんです」

彼女は夫の手を取り、指の節が白くなるほど強く握った。夫は空いた手で妻の頰を撫でてから、非難するような視線をジョディに向けた。

「他に何かご用はありますか？」

ジョディは書き留めたメモを見てから、頭を振った。

「いいえ、ではこれで」

彼女は立ち上がってから礼を言い、玄関ホールに出た。最後にもう一度夫婦に視線を向けると、二人は抱き合っていた。二人とも、ジョディが去ったことには、気づいていない様子だった。

17

カール・エードソンは、また病院のにおいを意識しないよう努めた。あの消毒液と薬品と病気のにおい。

「すみませんが、どなたですか？　お見舞いにいらしたのでしょうか？」

若い看護師が廊下に立つカールの行く手を遮った。彼女の息はコーヒーのにおいがした。どうして病院に来ると、においが気になるのだろう？

「わたしは警部のカール・エードソンといいます。マルコ・ホルストさんに事情聴取を、と思いまして。昨日も来ています」

ポケットの中を探してやっと見つけた警察手帳を、看護師に掲げてみせた。

彼女は突然、微笑んだ。胸に着けている名札にはイヴォンヌ・Kとあった。

「そうですか。すみませんでした、部外者が何人も来たものですから。それに、ここは病棟ですし……」

カールは丁寧にうなずいた。

「昨日もいらしたのなら、ご存じですよね。八号室の第二ベッドです。まっすぐ行ったところの右手にあります。病室にいるのはあの方だけです。ひどく……落ち着かない様子でした」

「ほんの短時間の聞き取りですみますので」安心させるようにカールは言った。「それはそうと、他にだれが彼の見舞いに来ていましたか？」

無関心な口調で尋ねたが、内心不安だった。

「ええっと」彼女は腕を大きく広げた。「友人だと思いますが、知人……ともかく患者さんに似た感じの人たちでした。同じようなタイプということです。友だちという感じの……」

彼女は微笑んで、職員休憩室へ戻っていった。カールは彼女が行くのを見届けてから、廊下を歩きだした。

前日と同様、制服姿の警官が、マルコ・ホルストの病室の前に座っていた。見たことのない顔だったので、カールはまた、警察手帳を掲げた。警官はすぐに立ち上がった。

「どうだ仕事のほうは？」カールは、努めてくだけた口調で訊いた。

警官は疲れた様子だった。

「正直言うと、取り立ててこれといったことはありません」

〝退屈〟と言いたいところを、上司に対して、その言葉は使いたくなかったのだろう、とカールは理解した。

「では、マルコの見舞客はだれもいないということかね？」

警官がうなずいた。

「監視して数時間になりますが、その間、見舞いに来た人物はいません。先ほども言いましたように、平穏でした」

何も言わないカールを見て、警官は不安げに、重心を片足からもう片方の足に移した。

「まあ看護師たちは来ますが、あくまでも仕事ですから。違いますか？」警官が言った。

カールはうなずいてから、八号室のドアを開けた。

マルコ・ホルストは眠っていた。仰向けになって、目を閉じている。彼を起こさなくては、と考えたカールの心に戸惑いが広がりはじめた。一瞬起こすのをやめて、またあとで来ようかとも考えたが、警官としての責任を優先し、任務を実行せざるを得なかった。

病室には、使用していないスチール製ベッドが三台あり、すべて、しわのないシーツとオレンジ色の毛布でベッドメーキングしてある。カールはマルコのベッドへ向かい、咳払いをしてから言った。

「ホルスト？」

反応なし。

「マルコ・ホルスト！　ハロー！」

マルコが寝ながら本能的に自己防衛の動作をしても、素早くかわせるよう身構えながら、彼に軽く触れてみた。暴力への備えができている人間なら、何をしてくるかわからない――戦場での兵士、凶悪犯、常に死の脅威に晒されながら生きる人間。だが、マルコは動かなかった。

カールは彼を激しく揺すったが、すぐに手を離した。

何かおかしい。マルコ・ホルストはぐったりしている。顔を近づけてみると、息をしていない。脈を取ろうとしたが、体が冷たい。

ベッドのヘッドボードに巻きつけられたナースコールがぶら下がっている。カールはコールボタンを押した。ドアの赤いランプがついたが、それ以外は何も起こらなかった。一分以上経過したところで、やっと、廊下で会った看護師が病室のドアを開けた。カールは看護師の名前を思い出そうとしたが、思い浮かばなかった。

「どうしましたか?」冷静に言った看護師が、ナースコールのボタンを押して、表示灯を消灯させた。

「マルコ・ホルストは……」カールは言った。「亡くなっているようです」

18

ジョディは急いで道を渡って、自分の車に向かった。訪問したばかりの、あのぐったりと落胆した、ソファに座る夫婦から遠ざかりたい気分だった。

エンジンをかけて車を出した。午後のこの時間、ミンネベリは静かな地区だ。犬を連れて散歩する人もいなければ、子供も買い物に出かける高齢者もいない。人や車の行き来の少ない通りを急いで走り、スヴァットヴィークスリンガン通り経由で、海の見える中心街へ戻った。マリーナに来たところで、通りの反対側に立つ樹木の下に駐車した。息苦しさのせいだろう、とジョディは思った。あの夫婦のところで目にした、気のめいるような無気力。自分の母親を思い出させた。

バックミラーを動かして、自分の姿が映るようにし、涙が頬を伝わるなか、自分の顔を観察した。それから目を閉じて、シートにもたれ、蘇る記憶に身をゆだねた。

学校から帰宅したとき目にした、朝食の食卓に座り続けている母の姿。中身が半分入ったコーヒーカップの横にある、乾いたオープンサンド。乾いた汗や流し台の汚れた皿のにおい、閉まったブラインドの内側が常に暗かったテラスハウス。

父親が二人のもとを去ってから、ああなった。父がサンドラに出会って、アメリカへ戻ってしまってから、ああなった。

ディック・シャーマン。

彼女は父の苗字をミドルネームにした。ジョディ・シャーマン・セーデルベリ。だが、その名を使うことは決してない。

それでも、パパっ子だった。父は彼女を、子供が鑑賞禁止だった映画に連れていってくれたり、テラスハウスの外の芝生で彼女とレスリングごっこをしてくれたり、プールにある一番高いトランポリンから一緒にジャンプしてくれたり、母方の祖父母の別荘で野球を教えてくれたりした。女の子らしく細いながらも、あまりにも速く背が伸びた彼女は、緊張で手を震わせながら、両手で重い野球のバットを握って、ボールを打とうとした。ボールが勢いよく通り過ぎて、彼女の背後の茂みの中に落ちても、父は「難しいシュートだったろ？　おしかったな」と叫んで、娘の背中を軽く叩いてくれた。

なのに突然、彼はジョディの人生から消えてしまった。父は最後に彼女の部屋に入ってきたとき、彼女を抱きしめて、また会おうと言った。「またっていつ?」ジョディは訊いた。彼は目を逸らして呟いた。「クリスマスには会えるかもな」

母はとうとう入院して薬物治療を受け、数週間後に青白い顔に作り笑いを浮かべながら、自分の妹宅に預けていたジョディを迎えにきた。その後の母は、虚しさを埋めたり償いをしたりしようと努めた。二人で森の中で長時間乗馬をしたり、ベリーを摘んだり、母の意に沿うようなことをした。でも、娘が喜んでいるか確かめるように、母は絶えず不安そうに、ジョディに目をやった。そしてジョディは母を慰めようと、鞍の上やテントの出入口から微笑み返した。

息苦しさや喪失感はまだ残っている。時折ジョディのもとに戻ってくる。眠れないときとか、何かが記憶を呼び起こしたときに。例えば、ヨーナスとマリー・ニルソン。

一度、療法士に電話予約を入れたことがある。でも、行かなかった。それよりも、記憶を回避しようと決心した。それと同じ理由で、心理学科を一年で退学した。

その代わり、彼女は警官になった。

彼女はやっと頭を上げて、目を開いた。深呼吸を一回してから、バックミラーに微笑んだ。それから、エンジンをかけて、その場を走り去った。

19

「マルコの死……」シーモン・イエーンが勢いよくドアを開けて小さなオフィスに入ってきたので、カールは話を中断せざるを得なかった。

「シーモン」カールは不機嫌そうに言った。「ようこそ」

「やつを見つけました！」シーモンが言った。

彼のほうに向きを変えようとしたジョディの椅子が、きしんだ音を立てた。シーモンは脚を広げ、両手を腰に当てて、ドアの内側に立っている。

「だれを？」カールは言った。

「アントン・レフですよ」

「なるほど、で、どこのどいつだ？」

「二十三年前に、マルコ・ホルストが撲殺しかけた男」シーモンは抗議するかのように、ドスンと椅子に座った。「警察が捜査を始めたんですが、打ち切られましてね。マルコの野郎は裁判にかけられることもなかった」やつが有罪なのは明らかだったのに」

シーモンは、同僚からの質問を待つかのように、ドラマチックに間を置いた。

「どうして？」仕方なく、ジョディがやっと訊いた。

シーモンが、感謝するように微笑んだ。

「アントン・レフが、マルコに不利になる証言をすることを拒んだから。階段で転んだとか適当な言い訳をして。それでマルコ自身は、だんまり作戦を押し通したってわけですよ」

カールは眉をひそめながら、彼を見つめた。

ジョディは熟考していた。

「どうやってその情報を入手したの?」彼女が言った。

「そりゃ容易じゃなかったけど、こっちにはコネがあるんでね……」

シーモンが誇らしげに笑った。カールはうなずいた。

「なるほど、わかった、シーモン。続けてくれ。そのレフって男は、今回の捜査にどう関わってくるんだ?」

「そこなんですよ。そいつは過去に一度、有罪判決を受けているんです。一度。一度だけ。マルコに撲殺されかかる四年前に」

「何の罪で有罪になっているんだ?」

「拷問まがいの犯罪で重傷害。それでピンと来たんです。精神鑑定まで受けたらしいですよ」

「で、鑑定結果は?」

シーモンは、あきれた表情をした。

「それが、どうしようもないクソ鑑定で……そのブタ野郎のレフは、完全に正常ってことなんです。数学の天才である以外は、何もなし。やつにおかしいところはまったくなし。

そんな結果が出るなんて信じられない。だけど、言ったように、司法精神医学治療病棟の間抜けたちは、せん妄とか疾患の明らかな兆候は発見できなかった。やつは懲役四年の刑を受けて、三年で出所してます。それ以降は何もなし。まともに暮らしてるみたいです。新しい道を選んで、仕事を見つけてますよ」

カールは両手で顔を擦った。

「でも、きみは、その男はまだ拷問を続けていると思っているわけだな？」そう言って、今回に限り、とげとげしい目に熱意がこもっている部下を見つめた。

「やつの昔の仲間に話を聞いてみたんです。ノルテリエ刑務所で、やつと一緒だったタレコミ屋。オスカションって苗字ですが」

「それで？」

「少なくとも、そのオスカションによると、レフはイカレてるってことなんですよ。完全に。他人がどんなに苦しもうともがこうと、まるで他人事。それどころか、楽しんでいる様子なんだとか。刑務所内でもいろいろやらかしたらしく、オスカションは、やつのことをひどく恐れていました。レフはおそらく殺人も犯しているだろうが、刑務所送りにならずにすんできたとのことです。ずる賢い野郎だ」

「で、きみはどう思っているんだ？」カールは言った。

「何も。でも正直言って、イカレたサディストが突然、他人を苦しめるのはよくないと悟って、親切なナイスガイになるなんてこと、まずあり得ないですって」

外へ走り出たあとだった。そしてシーモンがバルコニーへ出ると、男は弧を描くように柵を乗り越えて、下の地面へと飛んだところだった。

「クソッ！」シーモンが叫んだ。

この部屋は三階にある。飛び降りたりしたら、死ぬ恐れがある。男の怪我の状態を見るため、急いで柵に向かいながら、救急に連絡しようと、シーモンはポケットから携帯電話を取り出した。だが、いざ柵に来てみると、地面までは二メートルもないことがわかった。建物は大きくて険しい岩肌に面していた。

百メートル先に、駐車場と地下鉄ヘーカルエンゲン駅方面に走る男が見える。シーモンは指令システムに電話を入れて男の外見を伝えたが、逃してしまったことはわかっていた。男を捕らえられる確率は低かった。

シーモンは室内に戻った。カールが居間の真ん中に立って、ズボンにいらついた目を向けながら、汚れを払っていた。

「どうしたんです？」ジョディが、自分たちしかいない室内を見回した。

「わからないんだが、これにつまずいて……」カールが言った。

彼は床からロープの輪を拾い上げたが、すぐに手を離した。ロープには茶色い血痕がついている。

「一体何に使用したんだ？」シーモンが言った。

カールはそのロープから、一歩後ずさりした。

「それなら鑑識官が答えてくれるだろう。さあっ、中を見て回るぞ」

部屋全体が空っぽだった。〝こだわり〟の家具がないだけでなく、だれも住んでいないような雰囲気だった。居間には低い台に載ったテレビがあり、その向かいには椅子が一脚。だがソファとかコーヒーテーブルはない。じゅうたんもなし。三人の歩く音が、室内にこだまする。どの壁にも何も掛かっていないが、玄関ホールと同様に、以前絵が掛かっていた、四角形の跡が残っている。

居間のドアのひとつが、小さなキッチンへ続いていた。キッチンには、せいぜい二人しか座れないようなテーブルと、錆びついた鉄製プレートが二つの小さなコンロ、古いタイプの冷蔵庫があるが、冷凍庫はない。ここで食べたり調理したりした形跡もない。調理台はきれいで、テーブルには何も載っていない。

三人は玄関ホールに戻ってから、寝室として使われている部屋へ入っていった。部屋の真ん中に、色褪せた淡い緑色のベッドカバーが掛かっているベッドメーキング済みのシングルベッドが一台。天井から裸電球がひとつぶら下がっているが、それ以外の家具や衣類は、室内には見当たらない。だれかが飛び出してくる恐れを考慮して、シーモンが慎重にクローゼットを開けた。だが中にあったのは、スーツが一組とシャツが数枚、それにジャケットが一着だけで、すべてきちんとハンガーに掛かっている。肩パットと襟の大きい、八〇年代スタイルのようだ。

カールとジョディにクローゼットを任せたシーモンは、ホールに出た。きしんだ音を立てている、こげ茶色で木製のバスルームのドアが半開きになっている。シーモンは足で開けた。

中は真っ暗だった。痕跡を損なわぬよう、肘で電気をつけたシーモンは、暗いわけが理解できた。窓に黒いゴミ袋がテープで張りつけられていて、その前には発泡スチロール板が置かれていたからだ。バスルームのドアの内側にも、発砲スチロールが貼られている。そのことを除くと、普通の洗面所だ。

洗面台も便座も昔ながらの薬棚も……すべてぴかぴかだった。トイレの蓋はおりている。洗面台と鏡はきれいにしたばかりのようだ。だが、ここがあのきつい消毒液のにおいの元だった。それに、定義しかねるもうひとつのにおいの元でもあった。シーモンはすぐに手で鼻を覆った。それから、二人を呼んだ。

「わっ、ひどいにおい！」入ってきたジョディが言った。

シーモンは浴槽のほぼ全体を隠している、花柄のシャワーカーテンを顎で指した。

「カーテンを引いてもらえないか？」シーモンが言った。

浴槽の中に何があるにせよ、それが原因で、あの男がバルコニーから飛び降りたのは確かだった。カールは職務用拳銃を取り出して、撃鉄を起こしてから、ジョディにゆっくりとうなずいた。シーモンはすでに自分の拳銃を握っていた。ジャケットの袖で手を覆ったジョディが、おそるおそるカーテンを引いた。中を確かめようと前かがみになったシーモンは、思わず後ずさりした。

「うわ、何だこりゃ⁉」

浴槽は縁ぎりぎりまで満たされていて、水は不透明に近い暗赤色。頭がひとつ、浴槽の縁に載っていた。女性のようだ。長時間そこに横たわっていたかのように、女性のブロンドの毛先は赤く染まっていた。体の残りの部分は、赤い水の中に隠れている。胸部だけが、二つの島のように水面から突き出ていた。

20

五月七日　水曜日

「わたしの推測では、女性は死亡してから五、六日経過しています」セシリア・アーブラハムソンはそう言って、目の前に座る少数の前で、パソコンから顔を上げた。

グレーづくしのこのオフィスには、カール、ジョディ、シーモン、ラーシュ゠エーリック・ヴァルクヴィストの他に、この日は、カールの直属の上司でもある、ヤット・ウーヴェ警視も参加していた。

セシリアの顔を観察したカールは、今日の彼女は若く見えると思った。でも、彼女がその視線に応えると、すぐに目を逸らした。

「直接の死因は出血多量」彼女は続けた。「主に背中の深い傷二箇所から多量の出血がありました」

セシリアはクリックして、被害者の背中の写真を映し出した。脊椎に沿って、長くて深い切り傷がある。

「犯人は、脊柱起立筋の側面部を削《そ》ぐように切り取っています」

カールは理解できずに、眉をひそめた。

「切り身」彼女が言った。「犯人は女性を切り身にするように肉を削いだということです」

「どうして？」ヤット・ウーヴェが言った。「どうして人間を〝切り身〟にするんだ？」

セシリアは肩をすくめた。

「わたしはただ、遺体に見られる身体損傷と医学的事実から、犯人が用いた手段に関する結論を出すだけです。動機については、刑事のみなさんにお聞きになってください」

ヤット・ウーヴェはメモ帳に書き込みながら、聞き取れないような小声で何か呟いた。

「他に何か？」カールは言った。

「ええ、女性はきつく縛られていました。おそらく長時間にわたって。ロープが足関節と手首に食い込んでいて、部分的には骨まで達していました。凄まじい痛みを伴ったと思われます」

彼女は、集まっている人々を見渡した。

「それ以外の点に関して言えば、依存症の兆候は見られませんでした、つまり、アルコールや薬物の痕跡はないということです。毒物もね。鎮痛薬も採取されませんでした」

「性的暴行は？」カールは訊いた。

「いいえ、その痕跡はありません。被害者の女性は、少なくとも美容整形を一回受けています。豊胸手術。手術も注入物も、さほど高質とは言えません。多分、あまり丁寧な仕事をしてくれない、国外の施設で受けたのでしょう」

「マルコ・ホルストの身体損傷との類似性は？」カールは続けた。

「いいえ、二人とも切断されていること以外は何も。わたしが気づいた類似点はそれだけです。あとはそう、二人とも大量出血しています」

セシリア・アーブラハムソンは、パソコンからプロジェクター用のケーブルを抜いて、自分の席に戻った。

「もちろん皆さんには、すべての説明を含む報告書をお送りします」腰かけながら、彼女が言った。

「売春婦だったということは？」シーモンが言った。

「その可能性もあるが、身元が判明するまで、はっきりしたことは言えない」カールは言った。

カールがうなずいて合図を送ると、ラーシュ゠エーリック・ヴァルクヴィストが、小さな半月形の老眼鏡を外しながら、無表情で小さな演壇へ向かった。

蛍光灯の明かりで、その表情が重苦しく見える。職業柄目にしてきた悲惨さすべてが、この日の彼に重くのしかかっているかのようだ。彼は体を揺らしながら、すでに腰の位置に収まっているジーンズを引っ張り上げた。それから、きちんと横分けにしていた白髪を掻き上げて、咳払いをした。

「この女性だが」そう話を切り出した。「被害者の身元はまだ判明していない。女性行方不明者情報の手掛かりで一致するものはなく、DNA登録とも一致しなかった。だが、指紋と歯型を送っておいた……」

ジョディはキーワードをいくつか書き留めてから、また視線を上げた。

「女性を縛っていたロープは、どこのマリンショップでも購入可能な一般的なもので、既存の店と連絡をとって情報が得られるかもしれないが、あまり期待はできないのではないかと……」

彼はまた咳払いをした。

「さらに、アパートの部屋から採取した痕跡は、三人のものだった。被害者、アントン・レフ、さらにわれわれが身元を特定できなかった一人の人物。部屋は徹底的にきれいにされていた。極端なほど徹底的に、と言ってもいいくらいに」

彼はまたジーンズを引っ張り上げた。今度は白と赤のチェックのフランネルシャツをきちんとジーンズに入れた。

「バスルーム以外で血痕が見つからなかったことから、女性は、浴槽で肉を削がれて亡くなったと思われる。それ以外、女性に関して注目すべきことはなし」
ラーシュ＝エーリックは、また咳払いをした。

「マルコ・ホルストに関しては」彼が続けた。「送られてきた各部位を調べてみたところ、すべてマルコ・ホルストのものと判明」

「部位に犯人のものと思われる痕跡は？」ジョディが言った。

「マルコ・ホルスト自身の痕跡以外はまったくなし。一本の毛髪もなし、一滴の唾液も血液もなし」

うなずいたラーシュ＝エーリックは、自分の席に戻りはじめた。

「想像どおりでした」カールは言った。「現場があそこまできれいだっただけに。ありがとう、ラーシュ＝エーリック」

カールは立ち上がって、演壇に向かった。

「承知のとおり、マルコ・ホルストが死亡しました」

シーモンが、椅子を前後に揺り動かすのをやめて、勢いよく前のめりになったので、椅子がドスンと音を立てて、床にぶつかった。

「やつの死因は何ですか？」シーモンが言った。

カールは参加者たちのほうを向いた。

「モルヒネだ」

「えっ？」ジョディが言った。

「まさか！」シーモンが言った。「麻薬常習者の手元に薬を置いておくなんて、どこのどいつだ……？」

カールは咳払いをした。

「マルコ・ホルストが何かしたわけではない。そもそも指を切断されている男が、注射できたかも疑わしいからな」

「どういうことだね？」ヤット・ウーヴェ警視が、憤慨したようにカールを見つめた。「警察がマルコ・ホルストを監視なしの状態で入院させたために、犯人が堂々と病室に入って、納屋で成し遂げられなかったことを達成したとでも言いたいのかね？　だれにも気づかれることなく？」

カールは首を振った。

「いいえ」意気消沈した声で言った。「残念ながら。ある意味、そのほうが捜査にとっては好都合だったかもしれませんが……」

「何だって？」一瞬狼狽《ろうばい》したヤット・ウーヴェが言った。

「犯人の手によるものではありません。看護師が誤った分量の薬を投与したんです。通常注文しているものとは違う強度のモルヒネが病棟に届いて。一ミリリットルにつき五ミリグラムだったのが、二十ミリグラムになっていた。マルコが強い痛みに襲われて、抑制できないほどひどく叫んだらしいのです。それで、当然のごとく慌てた看護師が、ラベルをチェックしないで、通常どおり投与してしまった結果……マルコは亡くなったわけです」

「冗談ですよね？」シーモンが言った。「そんなバカな」

カールはうなずいた。

「信じられない」

「みなさんが怒るのも当然です」カールが言った。「ですが、もうどうしようもない。病院側は今回の出来事をすでに通報しています」

「では、病院がわれわれの最重要目撃者を殺したということですか？」ジョディが言った。

カールはまたうなずいた。

「投与量が四倍強かった……セシリア、説明を任せてもいいですか？」

懇願するように、法医学者を見つめた。

「死因は、呼吸抑制により引き起こされた窒息。低血圧との合併症だと思われます。両方とも、モルヒネ過剰摂取の際の典型的な症状です」

少しの間沈黙が続いた。それから、シーモンが立ち上がった。

「冗談じゃない！」

カールは答えなかった。

「十ミリリットル出血が足りなかったおかげで、死なずにすんだやつがいたわけですよ、わかりますか？　十ミリリットル……なのに、二日後に、〝たまたま〟モルヒネが過量投与されて……コロリとお陀仏《だぶつ》ですか！」

マルコ・ホルストの死の責任を、彼の病室に足を踏み入れた人物たちになすりつけるように、シーモンは攻撃的な口調で言った。シーモンを好きになれない理由はこれだ、とカールは悟った。彼の言葉そのものではなく、彼の物言いなのだと。

「その看護師に話を聞いたのですか？」ジョディが言った。

「ああ」カールは言った。「ショックを受けている。病院側はすでに医療社会福祉監察局のほうに通報している。念のために、その看護師が日曜夜から月曜にかけて何をしていたのかも確かめた」

「それで？」シーモンが言った。

「彼氏と一緒に映画館へ行って、その後、その男性宅に泊まったそうだ。彼氏がそれを証明している」

「病院側がそのミスに気づいたのはいつだったんだ？」ヤット・ウーヴェが訊いた。

「わたしが気づきました」カールは言った。「昨日の午後に。彼に事情聴取することになっていたのですが、そのときには亡くなっていました」

ヤット・ウーヴェは、頭を左右に振った。

「病院側は一体全体、何をやってるんだ……？」案ずるようにヤット・ウーヴェは言った。

「ってことは、今となっては殺人捜査ってことになりますよね？」シーモンが言った。

「いや」カールは言った。「少なくとも、マルコ・ホルストに関してはそうとは言えない。厳密に言えば、犯人から受けた損傷が原因で死んだわけじゃないからな」

カールは演壇に両手を置いた。

「では、ひどく残忍な拷問による死者が二人。そして、例の少女の両親は捜査の対象から完全に除外となると」彼がちらりと目を向けると、ジョディはうなずいた。「われわれが接触しなくてはならない人物は二人。ファーディ・ソーラとアントン・レフ。このうちの一人のみにこだわらずに捜査を進めることにしたい」

「だけど」シーモンが、また椅子から身を乗り出した。「レフなら現行犯で捕まえたじゃないですか！」

「いや」カールは辛抱強く言った。「現行犯で逮捕はしていない。逃げられたじゃないか、覚えているだろう……」

「でも、おれの言っていること、わかりますよね……」

「いや。それに今、そんな議論をする気はない。この二人の容疑者両方を対象にした捜査を行っていく」

シーモンは勝利したばかりなのに、失格を言い渡されたボクサーのような表情をしている、とカールは思った。個人的な事件になっているかのように。彼の事件であるかのように。

カールは大きな声で言った。

「他には？」

ジョディが、顔にかかっている長い髪を払った。

「お伝えしたいことがひとつあります。このミーティングが終わり次第、一人の目撃者に会うことになっています」

部屋にいる全員が、彼女のほうを向いた。

「目撃者って、何を見たんだ?」カールは言った。

「男性の拉致です。日曜日に、連れ去りらしき状況を目撃したと通報してきました。その女性をここに呼んでいるんです。拉致されたのは、マルコ・ホルストかもしれません」

21

「お待たせしてすみません」ジョディ・セーデルベリが言った。

がらんとした取調室に一時間以上座っていたスサンナ・エーリクソンは、退屈そうだった。

「こんなに待たされるってわかってたら、ここにはまず来なかったんですけど」その女性が言った。

「申し訳ありません」ジョディはそう言って、彼女の向かいに腰かけた。

「こちらはわたしの上司です」

「警部のカール・エードソンといいます」カールは女性に手を差し出した。

彼女は興味津々の表情でカールを見つめながら、握手をした。

「スサンナ・エーリクソンさんですね？」ジョディの横に座りながら、カールは言った。

「お越しくださって、ありがとうございます」

素っ気ないしかめっ面をしていなければ、きれいな顔をしているのに、とカールは思った。引き締まった薄い唇、喫煙者のような、顔に浮かびはじめたばかりであろう網状のしわ、黒く染めたセミロングの細い髪。左手と右手の指関節には〝Ｌｏｖｅ〟と〝Ｈａｔｅ〟というタトゥーが入っている。

カールは書類に目を通した。女性は秋に三十六歳になるようだが、老けて見える。デスクの上には、彼女に向けたビデオカメラとマイクが設置してある。彼女は、カールがスイッチを押して録画と録音をスタートさせる様子を目で追っていたが、何も言わなかった。

「あなたは三日前の不法自由剝奪に関する通報をなさっていますね、そうですね？」カールは言った。

「不法自由剝奪？　何それ？」彼女は、笑いながら続けた。「拉致ということなら、ええ、通報したのはわたしよ。でも、あのときは相手にしてもらえなかった。ひっどい扱いされたし」

女性は考え込むように、カールとジョディを見つめた。

「それなのに、今になって重要って、どういうことなの？」

カールは咳払いをした。この女性は侮れない。

「こちらが捜査中の事件にとって重要かもしれないのです……詳細はお話しできませんが、見たこと聞いたことを、もう一度話していただけませんか?」

手を見下ろしたスサンナが、突然、繊細に見えた。

「日曜日のこと。病気の母を見舞った帰りだった。〈エシュタ・ホスピス〉に入院していて、もう長くないのよ。だから……ほぼ毎日、見舞いに行ってるわけ。少なくとも、そうしようと努めてはいるわね」

彼女は人差し指で〝Ｌｏｖｅ〟のタトゥーを撫でながら、深く、聞こえるように大きく、一呼吸した。

「とにかく見舞いの帰りはよく、少しぶらぶら歩くのよ。わかるでしょ、気持ちをすっきりさせるため。日曜日にタント地区を歩いたのよね、あそこっていいところ。夕方を過ぎると人もあまりいないし。わたしはヘーゲシュテーンスオーセンに住んでいるから、方向的には正しいでしょ。わたしって、そっちが思っているほどバカじゃないんで」

カールは、自分たちはそんなふうには思っていない、と断言した。

「お話を聞いているだけですよ。続けてください」

「とにかく、自宅までリリエホルムス橋経由でずっと歩いて帰るときがあるのね。たいていは、ホーンシュトゥルから地下鉄で帰るんだけど」

カールは根気よくうなずいた。

「何を目撃したのか教えていただけますか？」

「オーケー、オーケー……あれは……三日前のこと。そうそう、日曜日。どこへ歩いていこうか、よく考えてなくて。ボーッとしてたのよ、母のことで……」

「わかりますよ」カールは言った。

「突然、昔のことを思い出すのよね、ずっと忘れていたことを。長い長い橋の上を走って、手をつないだまま、ドボンと水に飛び込んだこととか……」

スサンナは話を中断して、気まずそうに笑った。

「もう、母親のことで頭が変になっちゃって。あのクソばばあ、ほんとどうしようもない。だけど、死ぬ寸前だから、仕方なく……」

彼女はむしゃくしゃしたように、手の甲で目を擦った。

「構いませんよ。お好きなように話してください」ジョディが言った。「こちらは急ぎませんから」

カールは励ますようにスサンナにうなずき、話し続けるよう促した。

「とにかくね、そこを歩いてたら、何かが聞こえたのよ。小枝か何かみたいな。ポキッて感じの音。わたし、立ち止まって、あたりを見回したのよね。そのとき、五十メートルくらい離れたところで、男が二人動いているのが見えたの。最初は喧嘩って思ったんだけど、そのうち一人が、バタンキュー状態のもう一人の男を引きずっていると気づいちゃって」

カールはデスクに身を乗り出した。

「バタンキュー？」

「そう、気絶してるって感じで。薬や酒で酔っ払ったみたいな。わたしにわかるわけないじゃない。でも、タント地区だものねえ」

「正確な場所はわかりますか？」

「市民農園用の駐車場の近く」

彼女は、不安そうにカールを見つめた。

「で、とにかく、二人は公園から来て、わたしは見られたくなかったから、茂みの後ろに隠れたの。あの男は苦労しながら、もう一人の男を引きずってた。何度も立ち止まってたわ」

「〝男〟とおっしゃいましたね。引きずられていたのは女性ではなく、男性だったのは確かですか？」カールは言った。

「そう思うけど……暗かったけど、重たそうだったし」

「わかりました。他には何か」カールは続けた。「何か言っていませんでしたか？　引きずっていた男性のほうですが」

「全然、一言も。車まで来たら、後ろのドアを開けて、後部座席に男を押し込んだのよ。でも何度も車の外に落ちたわ、バタンキューした男がね。で、男はまた押し込んでた。その男ったら乱暴な扱いするのよ、古い掃除機でも扱うみたいに。押し込まれた男が怪我をしたって構わないみたいだった。そのときに思ったのよ、あの人、拉致されたんだって」

「どんな車か覚えていますか？　色とかナンバープレートの番号に関してはどうですか？」カールは言った。

　スサンナは首を振った。

「うーん、車のことって全然わかんない。大きかった。ダークカラー。黒だったかも、わかんない……」

「でも、その男性たちに会ったら、そのうちの一人でも特定できると思いますか？」ジョディが言った。

　スサンナは少し考えていた。

「かも。さっきも言ったように、暗かったから……」

「二人の顔は見ましたか？」

　スサンナがうなずいた。

「まあ、男を後部座席に押し込んでドアを閉めたときに、振り返ったしね……」

「それで？」

「その男は覆面をしてた。銀行強盗がかぶるような目出し帽。わかるでしょ？」

「では、顔は見ていないということですか？」ジョディは、失望を隠しきれなかった。

「ちょっと待って、落ち着いてってば！　その場を走り去る直前に、帽子を取ったのよ。目出し帽をかぶったままで街を走り回るなんて、ちゃんちゃらおかしいじゃない」

　彼女はかすれた声で笑った。

「では、そのときに男の顔を見た？」

彼女はうなずいた。

「ほんの一瞬だけ」

「数枚写真をお見せしたら、男性たちを特定できると思いますか……？」

スサンナは、まずジョディに、それからカールに目をやった。

「今？」

「ええ」

「二人とも正気じゃないわ。まずは、何か食べなくちゃ。それから家に戻って、子供の世話をしなきゃいけないし」

「お子さんたちは、おいくつですか？」カールは言った。

「十五と十七」

「電話を入れれば、少しくらいなら、自分たちで何とかなるのでは？」

「かも……」

「よかった」

「でも、食事のほうは？」彼女が言った。「何か食べなきゃ。お腹が空くと、気分が悪くなるのよ。バカみたいにカーッとなるっていうか……」

「ここにいるジョディが、何か注文しますよ。ピザでいいですか？」

スサンナがうなずいた。

「それとコーラも。普通のね。クソみたいなダイエットコーラはやめてよね……」

「もちろん」ジョディが言った。「少し待っていただけますか？　ピザと写真を持って、戻ってきますから……」

「あと、普通のコーラも」スサンナが言った。

「……あと、普通のコーラですね」

＊

一時間後に、ジョディがオフィスのドアを開けた。ノートパソコンを脇に抱えて、不満そうな表情をしていた。カールは彼女を視線で追ったが、何も言わなかった。ジョディはパソコンをデスクの上に置いてから、椅子に腰かけた。すぐに椅子の座面が深く下がったので、一瞬彼女が子供のように見えた。彼女はレバーを引いて、高さを元に戻した。

「スサンナ・エーリクソンはマルコ・ホルストを特定しました。間違いないと言っています。ですが、もう一人の男に関してはダメでした。写真を何度か見直したのですが……ダメ。最後には怒り出して、写真を見るのも拒否」

「どうしてまた？」

ジョディは躊躇《ちゅうちょ》した。

「原因はシーモン。ひどく横柄だったんです。取調室で、軍人のように振る舞ってしまって……」

「シーモンと話をするよ」

カールは、彼はこういった状況には不適任だと思った。それから、シーモンにはどんな状況が向いているのか考えてみたが、何も思いつかなかった。

「やつは今、どこにいるんだ？」

「ちょっともう！」苛立った口調で、ジョディが言った。

彼女の椅子がまたも、ゆっくりと一番下まで沈んだ。座面を上げたり下げたりするガス圧式が、明らかに機能していない。

「ここって、どういう場所なのよ！」そう言って、椅子を押していく。

「残り物のがらくた置き場だ」カールは言った。「がらくたとおれたち……」

部屋の一隅に、押しやられた椅子が二脚とデスクワゴン、廃棄された本棚もある。ジョディは壊れた自分の椅子をそこまで動かしてから、二脚のうちの一脚の椅子を選んだ。彼女が座ると、その椅子も床に向かって下がっていった。悪態をつきながら最後の椅子を試してみると、体ごと沈むことはなかった。

「それより、シーモンは？」カールは言った。「やつはどこにいる？」

「外回りです。またオスカションにレフの話を聞くと言ってました」

カールは立ち上がって、ジョディのところへ行った。

「どのレフの写真を、彼女に見せた？」

ジョディは画像ソフトを立ち上げて、該当の写真までスクロールした。

「この写真？　やつが服役中のものだ。少なくとも十五年前の写真だよ」

「これしか手元になかったものですから」

「おいおい、頼むよ！」カールは自分の席に戻った。「他にもあるはずだろ！」

それから自制した。

「すまなかった。きみの言うとおりだ。レフは出所以来ずっと、派手な行動は控えていたからな。それより新しいのはパスポート写真すらないだろう。スサンナ・エーリクソンには直接顔を見てもらうしかないな――やつを連行できたらの話だが」

ジョディがうなずいた。

「あと、ファーディ・ソーラの写真は何年前のものだ？」カールは続けた。

「ましです。数年前のものなので」

カールはペンを一本手に取ってから指の間に挟み、くるくる回した。

「監視カメラは？　タント地区にカメラが設置されているか調べたか？」

ジョディが立ち上がりながら、うなずいた。

「一台もありません」

カールは、聞こえないような小声で何ごとか呟いた。

「スサンナを家まで車で送ると約束したんです」ジョディが言った。「警察のせいで一日が台無しになったとかグダグダ言うものですから……それに、気の毒ですしね……」

彼女は、素早く感情を呑み込んだ。

「……お母さんのこと」

カールは上の空でうなずいた。

「わかった……そうしてくれ」

ジョディがいなくなっても、カールは座ったままで、空いている彼女の椅子をじっと見ていた。アントン・レフのことを考えていた。そして、ファーディ・ソーラのことを。車にエンジンをかけたあとで、どうやって車の鍵をなくすというんだ。それに、どうしてマルコ・ホルストは壁に磔にされていたのだろうか？

カールは首の後ろで両手を組んで、椅子にもたれた。違和感を覚える。自分たちが見逃している何かがあるはずだ。

同時に、座っている椅子が下に沈みはじめた。彼は悪態をつきつつ立ち上がり、ジョディの椅子と交換した。それから後悔し、だれかに見られているかのように、部屋の中を見回した――そして、椅子を元に戻した。

22

外は寒かった。日没とともに、それまでの暖かさも消えてしまった。典型的な、ヒヤッと肌寒い春の晩だ。九時半を少し回ったところだった。アレクサンドラ・ベンクトソンは、ブルッと身を震わせた。見知らぬ人間の車に乗って、自分は一体何をしているのだろう。隣の運転席には、目と口の部分に穴が開いている目出し帽をかぶり、黒い革ジャケットと暗い色のジーンズというダークカラーの服を身に着けた男性が座っている。テロリストのように見えるが、警部補なのだという。

その日の朝早く、彼女は〝ブロール・デュポン〟からメールを受け取っていた。会いたいということだった。

そして今、二人はテレフォンプランにある、エリクソン社（スウェーデンの通信機器メーカー）の昔の立体駐車場にとめた、彼の赤い小型のＢＭＷに乗っている。ここに、自分たちの車以外は駐車されていない。夜間の駐車には、この古びた立体駐車場ではなく、野外駐車場を利用するからだ。エリクソン社の機能主義に基づいた建築物と同時に建てられた駐車場だが、それ以降は老朽化をたどり、次第に荒れ果てるにつれて、夕方や夜間は、不気味なほど荒涼とした場所になっている。

ここで待ち合わせることを主張したのはデュポン警部補だった。

「普段、犯罪を扱う記事は、あまり書かないんですよね？」アレクサンドラに目を向けずに、その男性警部補が、覆面の下からくぐもった声で言った。

「ええ」彼女は素っ気なく言った。「あまり。一般ニュースの記者なので。でも、今回の事件を最初にスクープしたのはわたしなんです」

男はうなずき、フロントガラスから慎重に外を見て、バックミラーにも目をやった。

「どんな話を聞かせていただけるのですか？」

「いくらもらえます？」

「わが社の情報提供者への通常の謝礼は五百クローナ、公表に至った場合ですが」

彼は笑った。

「それじゃ足りないな。この……」

話を中断した彼は、おそるおそる左右を見回した。彼女にも聞こえた。だれかが何かにぶつかった音。コンクリートの壁に、金属の音が響いてこだました。それから、また静かになった。

二人は待った。もう、音は聞こえない。人の気配もない。通りがかりの若者たちが、何かを蹴飛ばしたのだろう。

「もう少しなら出せます。多くは払えませんが。だったら、それなりの内容でなくては」

男は何も言わなかった。

「どうしてわたしに連絡してきたのですか？」彼女は言った。

「どういうことです？」

「どうして話すことにしたのですか？　お金のため？」

彼は、フロントガラスからまっすぐ前を見続けた。

「不満がある、ということですかね……」

「なるほど」

彼はためらったが、それから言った。

「カール・エードソンは、ヘーカルエンゲンで殺害された女性の特捜班のリーダーでもあるんですよ」

アレクサンドラは考えた。

「その女性に関する記事なら、もう書きました。死体で発見された件ですよね。殺人事件の捜査。それの何が目新しいのでしょうか？」

「警察は、その女性とマルコ・ホルストを関連づけているんです」

「なぜです？　同一犯の疑いでもあるということですか？」

警部補は笑った。

「同一犯ですよ」

「どうしてわかるのですか？」そう言いながら、アレクサンドラはハンドバッグからメモ帳を取り出して、書き留めはじめた。

「われわれ……警察が、ヘーカルエンゲンで女性を殺害したその男を、事実上、現行犯逮捕したからです」

「なるほど。それで、マルコ・ホルストとの関連性については？」

警部補はハンドルを強く握り、運転するかのように、右左に少し回した。それから、語りはじめた。

＊

その十五分後に、アレクサンドラ・ベンクトソンは赤いBMWを降りた。警部補は即、車をスタートさせて、その場を去った。スロープを下りるときのタイヤのきしむ音が、わずかに聞こえた。

アレクサンドラは五分待ってから、立体駐車場から自分の車を出した。今回の茶番は、警部補からの指示によるものだった。刑事ドラマの見すぎだろうとひそかに思ったが、彼の機嫌を損ねることは避けたかった。

空腹を感じて、オーシュタ地区にある〈パルミーラ・ケバブ〉へ車を向けた。走っている間に、エアコンの暖房を最大にした。レストランの前に駐車したとき、車内はほのかに暖かくなっていた。彼女は店に入り、持ち帰り用のケバブ・ラップを注文した。

「他に何か?」膨らんだ腹にはあまりにも小さすぎる白いTシャツを着た、がっちりした体格の男性が言った。

「コーラもください」彼女はそう言って、クレジットカードを読み取り機に差し込んだ。

支払いをすませ、アレクサンドラは小さいビニール袋に入った、ホイルで包んだラップを受け取った。

制服を着た二人の警官がレストランに入ってきて、彼女の後ろに並んだ。彼女が通り過ぎると、うなずいて挨拶をしてきた。

助手席に座って、横のセンターコンソールにケバブを置いてから、パソコンを取り出した。すでにマルヴィンには電話を入れて打ち合わせていた。マルヴィンは今回はひどく乗り気だった。

「よくやった、ベンクトソン！」伝え終わったときに彼が言った。

彼女はケバブを一口かじり、食べながら書きはじめた。

一時間後に書き終えた。それだけでなく、カール・エードソンに電話をかけて、公式コメントを求めたりもした。今、文を編集室に送ったところだ。シートにもたれて、筋肉を伸ばした。長時間座りっぱなしだったため、筋肉痛を感じはじめていた。

車内が寒くなってきた。外に目を向けようと思ったら、窓ガラスが曇っている。外を見ようと、小さな丸の形になるよう手で擦った。歩道にはだれもいない。ケバブ・レストランも閉店している。時計に目をやると、まもなく十一時半。

少しして見ると、送った記事は、全段見出しでサイトの一番上に掲載されていた。

実況：警察、札付きサディストを追跡中

ストックホルム市ヘーカルエンゲン地区で死体で見つかった二十代女性を殺害した容疑で、警察は札付きサディストの足取りを追っている。

本紙が独自に入手した情報によると、今週初めにリンボで拷問を受けた状態で発見された男性との関連性も捜査中とのことだ。

警察の情報筋によると、容疑者は逃走中で、非常に危険な人物の恐れありとのこと。

本紙が入手した情報では、犯人は四十三歳の男性とのことだが、特捜班班長カール・エードソン警部は、コメントを控えている。

「目下言えるのは、警察側が取り調べを行いたい容疑者は数人いる」とのこと。

警察のミス

火曜日、警察がリンボでの拷問について、四十三歳の男性の取り調べを行おうとした際、二十代の女性の死体を発見した。女性はナイフで切断されるなどの拷問を受けて死亡した。鑑識官が現場検証を行った際、切断された部位は発見されなかった。

本紙の情報筋によると、警察が現場となったアパートの一室に駆けつけた際、四十三歳の男性容疑者がその場にいたにもかかわらず、取り逃がしている。大がかりな捜索活動が行われているが、男はいまも捕まっていない。

札付きサディスト

四十三歳の容疑者は、過去に虐待的暴行で有罪判決を受けており、本紙が入手した情報によると、非常に危険な人物とのこと。警察側は、この男性容疑者のＤＮＡと過去の未解決類似犯罪を照合することにしている。

カール・エードソン警部は「こうしたケースでは常に行う通常作業」と説明しており、

一般市民にとって危険人物という情報を否定している。

「警察はそのような判断を下していないことから、注意を呼びかけていません」とのこと。

拉致目撃者

警察は、日曜日から月曜日にかけての深夜、タント地区で、引きずられて車内に押し込まれた、意識不明の男性を目撃した人物に事情を聞いている。警察はこの男性がリンボで拷問を受けた状態で発見された、四十七歳の男性と見ている。死亡した女性の身元は、いまだ判明していない。

また姉から電話があった。また、吐息が聞こえた。

姉のことは考えたくない。でも、考えずにはいられない。

子供の頃は、二人で違う遊びもした。一人が仰向けに寝て、もう一人がナイフを手に、その上にうつ伏せで載る遊び。わたしが上のときは、姉の胸部にナイフを押しつけようとし、姉はかわそうとする。下に横たわる側が、ナイフをかわして、相手を突き放し、状況を逆転させれば——勝ち。二人は順番に下になる役を受け持った。

不思議なことに、二人とも怪我をしなかった。わたしたちが慎重だったとは思えない。

起こり得ることを恐れていなかったのだ。死ぬかもしれないという不安もなかった。どうでもいいことだった。

ただし、父に見つかったことで、この遊びは終わりを告げた。

父がいつもより早く、国軍本部から帰宅した。二人とも気づかなかった。彼がわたしたちの部屋のドアを勢いよく開けて、「これはこれは」と言ったとき、初めて気づいた。いきなりドアを開けて、わたしたちのしていることに驚くふりをするというおふざけは、父のアイデアだった。そしてその日、父はそれを実行した。

わたしが腕を震わせ抵抗するなか、ちょうど姉がわたしの喉元にナイフを押しつけ、全体重をナイフにかけようとしたときだった。

父は、わたしたちを凝視するだけだった。長い間、三人ともじっと動かずにいた。奇妙な静物のように。それから、父は手を差し出した。姉は立ち上がって、ナイフを渡した。「もう一本」と父が言った。わたしはデスクから自分のを取り、手渡した。それ以来、わたしたちが父に二度とナイフを任されることはなかった。

でも、母も父も、そのときの出来事に触れなかった。二人とも、「病気だ」とか「暴力的」とか「手に負えない」「正気じゃない」といった、普通でないことを表す一般的な語彙《ご》が身についていないかのようだった……少なくとも、そういった単語を口にすることができなかった。

ときどきわたしは、あれは夢で、本当にあんなことが起こったのか、確信が持てなくなる。それとも、すべてわたしの空想にすぎないのか、わからなくなる。でも、電話で姉の吐息を聞くと、すべてが頭に浮かんでくる。そのとき、わたしは悟るのだった。

23

五月八日　木曜日

「おはようございます！」オフィスのドアがバンと音を立てて全開するのと同時に、そう叫ぶ声がした。

ビクッとしたカールは、デスクにコーヒーをこぼした。戸口に女性が立っていて、面白そうに彼を見つめている。顔馴染みの女性だ。

彼女はアグネータ・カレッティ。ダークヘアで可愛らしい小顔の三十代の女性。

カールは彼女が苦手だ。並外れた記憶力の持ち主で、その記憶力で捜査に一役買ってくれる——カールは、シーモンは彼女を通してアントン・レフを見つけたのだと確信していた——一方で、その記憶力ゆえ、他人より少し優位に立っている。仕事で扱った物事はすべて、何の問題もなく、細部にわたるまで思い出せる人物だ。アグネータに見つめられると、いつもカールはつい感じてしまう。自分がとうの昔に忘れた、恥ずかしかったりきまりの悪かったりする出来事を、彼女は思い浮かべているのだろうと。

アグネータは、警察庁本部の事務管理を担当する公務員だ。だが、彼女ほど軍人的な人間をカールは知らない。軍人的なカリスマという点で彼女に匹敵する人物がいるとすれば、それはシーモン・イェーンだけだろう。ただ、このことはアグネータには言っていない。シーモンにも。

「おはようございます」先ほどより普通の口調で言った彼女は、部屋の中を見回した。「ここでお仕事ですか？」

「ああ」こぼしたコーヒーを本日付の新聞《ダーゲンス・ニーへーテル》紙で拭き取りながら、カールはできるだけ気さくに言った。「一時的にね」そう付け加えた。

「なるほど！　警部を探していたんです」彼女は、カールのほうへ向かってきた。

カールは椅子を後ろに引いた。

「この郵便物ですが、『連続殺人捜査班カール・エードソン様』宛になっているんです。わたしの知る限り、そういった班はありません。ですが、それなら直接お渡ししてもいいのではと思いまして……」

アグネータは、パッド入りの白い封筒を差し出した。

「ありがとう」カールはためらいがちに言った。「中身は何だね？」

彼女は顔をしかめた。

「ご存じとは思いますが、他人宛の郵便物を開封することは許されておりません」

彼女がけげんな顔で見つめるなか、彼は封筒を手に載せて量った。軽いから、大きいものではないようだ。両面から押してみると、消しゴムぐらいの大きさの、小さな盛り上がりを感じる。

「班のメンバーはどこに？」アグネータはジョディとシーモンの、だれも座っていない椅子に目をやった。

「外回りだ」カールは素っ気なく言った。

今朝、ジョディとシーモンの二人を、マスコミに漏れた情報のことで叱った。立腹し気分を害したシーモンの怒り方は、カールに疑いの目を向けさせるほどだった。ヤット・ウーヴェに相談しようかと思ったが、するだけ無駄だろう。

「開けないのですか？」アグネータが言った。

彼女がその場を去るそぶりを見せなかったので、カールはデスクからハサミを持ち上げながら、ため息をついた。封筒の一番上の端を注意深く切り取って、中を覗いた。アグネータは彼の肩越しに覗き見した。底にある黒いもの以外、封筒には何も入っていないようだ。

「ＵＳＢメモリ！」彼女はすぐに言ってから、姿勢を正した。カールは紙を一枚デスクの上に置き、その上に中身を出して、封筒を空にした。その小さなスティックをじっと見た。片面に『サン・ディスク』と書いてある。

「鑑識に見てもらおう」カールがそう言った瞬間、アグネータは失望した表情を浮かべた。

「興味津々だったのに。わかりました、わたしが直接、鑑識のほうへ回します」彼女は手を差し出した。

「いや、自分で持っていくよ。あっち方面に行くから、そのついでに」

24

ヘーゲシュテーンスオーセンにあるアパートの吹き抜け階段は、揚げ物と古いタバコのにおいがわずかに漂っているが、明るくてきれいだ。フユボダイジュのライムグリーンの壁、黒い鉄の手摺《てす》り、グレーがかったコンクリート。

アレクサンドラ・ベンクトソンは、家庭的なにおいがすると思った。住人名のリストをチェックして、お目当ての人物を見つけると、エレベーターに乗って、最上階である四階のボタンを押した。

その階にはドアが三つある。表札を見て、スサンナ・エーリクソンのドアの前で立ち止まった。探していた部屋だが、彼女はためらった。ドアの前に立ち、指を伸ばして玄関ベルを押そうと思ったとき、部屋の中から音が聞こえた。皿を洗う音、ラジオ……

それから突然向きを変えて、またエレベーターで下まで戻った。マルヴィンに何と言おうか？　いきなり押しかけるのは厚かましすぎる。スサンナが毒舌を浴びせてきて、取材を拒否する可能性が高すぎる。そう言い訳しよう。マルヴィンなら「ナンセンス」と言いながらも、受け入れてくれるはずだ。

アレクサンドラは足早に玄関を出て、少し離れたセーデル通りに駐車している自分の車に急いだ。運転席に深く腰かけてから、建物の最上階にある窓に目をやった。あそこがスサンナ・エーリクソンの部屋に違いない。

ハンドバッグから携帯電話とヘッドセットとメモ帳を取り出した。一番上にスサンナの携帯電話番号が表示されている。その番号を押して待った。

五回目の呼び出し音で、常習的喫煙者のような、かすれた声の女性が電話に出た。

「どうも、わたしはアレクサンドラ・ベンクトソン、《アフトンブラーデット》紙の記者をしています。スサンナ・エーリクソンさんでしょうか？」

アレクサンドラは、緊張して答えを待った。

「どうしてそんなことを訊くんです？」その声の持ち主が言った。

「質問をいくつかさせていただきたいのですが、ちょっとよろしいですか？」

「さあ、どうでしょう……どんな質問？」

この人だ。住民登録によると九月に三十六歳を迎え、住所はヘーゲシュテーン地区のセーデル通りのスサンナ・エーリクソン。

「エーリクソンさんは週末に、タント地区である人物が拉致される現場を目撃なさっていますよね？」

「えっ……なんでそんなこと知ってんのよ？」

アレクサンドラが待ち望んでいた質問だ。

「コネがあるものですから。目撃したのですね？」

ためらうような沈黙、それから――

「はあ……」

「それで、昨日警察に行かれたわけですね？」

スサンナはまた躊躇したが、それから渋々言った。

「ええ」

アレクサンドラはペンを取って、メモ帳に書き留めはじめた。

「どんなことを話されたのですか？」そう言って、向こう側の通りにある玄関を見つめた。

「警察に、ということですが、事情聴取で」

「それは話せないわよ……それにわたし……ってか、あんたには関係ないことでしょ？」

アレクサンドラは経験から、そういったことを議論するつもりはなかった。その代わり、質問を続けた。

「ですが、その人が拉致されるところを見たんですよね？」

またもや、おじけづいたような沈黙。

「ええ」

「エーリクソンさんは、どこにいたのですか？」

「駐車場から少し離れたところ、茂みの後ろ……」

アレクサンドラはメモを取った。よし、そう思った。答えやすい、事実に関する容易な質問で、彼女をかわすことができた。

「目撃された側は、あなたの姿を見なかった？」

「ええ」

「でも、あなたはその人物たちを目撃したわけですね？」

「そう、だから警察に通報したんじゃない。何なのよ、一体？」

「その人物を特定できると思いますか？」スサンナの質問を無視して、アレクサンドラは言った。

「さあ、どうかしら」

「でも、警察では写真を見せられたのでは？」

「ええ、あんたどうしてそのこと……」

「見覚えのある顔の写真はありましたか？」

「ええ、引きずられたほうの男……あの顔は特定できたけど」

「その男性の名前は？」

「マルコ……何とか。おかしな名前」

「ホルスト？」

「そうそう」

「もう一人の男性は？」

「あの図体のでかい男を引きずってた男ってこと？」

「ええ」

「いいえ、見せてもらった写真の中に、その男のはなかったわ……」

「一枚もなし？」

「まったくなし……」

「確かですか？」

「知るわけないじゃない。警察でもゴタゴタ言われたのよ、『百パーセント確信していただかないと』とか『時間をかけて』とか……何度も写真を見せられて」

「それで？」

「ノーって言ってるじゃない。わたしが見た男の写真はなかったってば」

アレクサンドラは、最上階の部屋を見つめてから、書き留めた。

「でも、その男の顔は見たのですよね？」

「見たって言っても……暗かったし、少し離れていたから」

「なるほど」

「あの男が車を出すちょうどそのときに、車内のライトがついたのよ。そう、そのとき、ちらっと……」

　アレクサンドラは、その光景を頭に浮かべた。ドアが開いて、犯人の顔を照らすライト。

「その男は、覆面のようなものはしていませんでしたか？」

「車に乗り込んですぐ、覆面を外したのよ」

「その男の顔をもう一度見たら、わかると思いますか？」

「わかるかも。でも、男の写真はなかったんだってば……」

「ええ、そうおっしゃっていましたね。そこに立って、事件の成り行きを見ている間、どういうお気持ちでしたか？」

「何が起こっているのかわかってからは、恐ろしかったのなんのって」

「どうしてですか？」

「わかんないけど、何かされるんじゃないかって思ったし……」

「また写真を見にいくのですか、警察へ？」

「写真のことは知らない、でも、容疑者がいて、その人の顔を見ることになるとかって……捕まったらの話だけど」

　アレクサンドラは、また部屋を見上げた。

「ありがとうございます。こちらからの質問はこのくらいです。エーリクソンのスペルは、sが二つですね？」

「そう」

「お仕事は何をされているのですか？」

「店員。バンドハーゲンの生協で働いてるの」

「今日もお仕事ですか？」

「ええ、あと二時間ほどで。今週は夕方勤務なの」

「今はご自宅ですか？」

「ええ……なんでそんなこと訊くのよ？」

警戒心が戻ってきたようだ。

「お仕事に行かれる前に、うちのカメラマンを今からそちらに派遣して、エーリクソンさんのお写真を撮ってもよろしいですか？」

「新聞記事になるの？」

「ええ、そのつもりでしたが。写真を一枚撮らせていただいても構いませんか？」

沈黙。

「今？」

「ええ」

「オーケー、いいと思うけど……」ためらいがちに女性が言った。

「助かります！」

話がついたアレクサンドラは、通話を終了した。熟考して、一瞬ためらった。それから、マルヴィンに電話をかけた。

「目撃者に話が聞けました」上司が電話に出たときに、そう伝えた。「ヘーゲシュテーンにカメラマンを送って、女性の写真を撮ってください。家にいられるのは、あと一時間だそうです」

彼女は上司に住所を告げた。

「よくやった、ベンクトソン！」そう言って、マルヴィンは電話を切った。

25

鑑識官のアンデシュ・ポウスネは三十歳前後で、顔立ちがよく、黒い巻き毛の持ち主だ。会議用テーブルの上に置いたノートパソコンに、慣れた手つきで素早くログインして、複数のプログラムをスタートさせた。

「オーケー」そう言って、細長い部屋に集まっている顔ぶれを見渡した。

シーモン・イエーンとジョディ・セーデルベリがテーブルの両サイドにある椅子に座って、足踏みしていた。面白い映画でも見るかのごとく、二人とも待ちかねるように、黒い画面を見つめている。

そこから数席離れた場所に、カール・エードソンがラーシュ゠エーリック・ヴァルクヴイストと一緒に座っている。

「USBには、一分ほどの映像が保存されていました。それ以外は何も」アンデシュが、集まっている少数のメンバーたちに言った。

カールと同僚たちがうなずいた。

「はいはい、わかりました。そろそろ、映像を見せてもらえませんか？」シーモンがぶっきらぼうに言った。

どうして彼があれほどせっかちなのか、カールには理解できなかった。体は大人、中身は子供という感じだ。

「もちろん」アンデシュが言った。「ただし、忠告しておきますが、今から目にする内容は、かなりショッキングなものです」

シーモンが心持ち身を乗り出した一方、ジョディはアンデシュの身振りで何かを察したのか、身を守るように体を半分背けた。カールには彼女が理解できた。彼自身は、すでにその動画を一度見ている。また見る気はなかった。二度見たくなるような内容ではない。

「忠告をありがとう。スタートしてくれ。すませてしまうのが賢明だと思うので」

アンデシュがボタンを押し、動画が始まった。

「携帯電話で録画したものです」質の悪さときめの粗さを言い訳するために、アンデシュが参考までに言った。

スクリーンに、黒い胸毛に囲まれた、男性の乳首がクローズアップされる。手袋をした手が映し出され、その手は火のついたタバコを持っている。ゆっくりとじらすように、タバコの火が乳首に近づき、最後には肌に強く押しつけられる。男性は叫び声をあげ、火から逃れようと、必死ながらも無駄に体を前後に動かしている。動画が揺れたところで、今度は焦点が男性器に当てられる。手袋をした手が、また画面に映し出される。再び、火のついたタバコを手にしている。またじらすようにゆっくりと、男性のペニスに手を近づける。今度は、タバコが性器に押しつけられる前に、すでに男性が悲鳴を上げている。苦痛の叫びが突然やむと、動画も止まった。

「先ほども言ったとおり、あまり快い動画ではありません」アンデシュが言った。「被害者は痛みのあまり、意識を失ったと思われます」

ジョディはショックを受けた様子だが、シーモンは激怒しているようだった。彼は立ち上がって悪態をつきながら、ぐるぐる歩き回っている。

「クソ、なんだよ！　こんなやばいものは見たことない！　だれだ、こんなことするやつは？」

「落ち着け」カールが言った。「席に着くんだ」

シーモンはドンと腰かけてから、短髪を両手で掻き上げて、部屋の中を見回した。

「この映像について他に言えることは？」カールは言った。

「いいえ」アンデシュが言った。「何もわからないんです。くまなく調べましたが、タグが何も残っていなくて。地理情報も著作権に関するタグもなし。パソコンで編集されたに違いありません。犯人か他の何者かが、手掛かりになるような情報をすべて削除しています、残念ながら」

「見ればわかる身体的特徴もな」ラーシュ＝エーリックが口を挟んだ。「タトゥーとか傷痕とかほくろもない」

「マルコ・ホルストの体ではないということは？」ジョディが言った。

「何言ってんだ」シーモンが上を向いた。

カールは彼に注意を払わなかった。

「いい質問だ」カールはジョディに言った。「この火傷だと、数年前に負ったものだとしても、一生痕が残るだろう。でも、マルコ・ホルストにこういった痕はなかった。念のために、セシリアに訊いてみる」

「では、この男性は、三人目の被害者の可能性がある？」ジョディが言った。

カールはうなずいた。

「だけど、こいつはどうして警察にこの悲惨な動画を送りつけてきたんだ？」シーモンが言った。「クソ、一体何が目的なんだ？」

スタイリッシュではあるが、驚くほど座り心地の悪い会議用椅子に腰かけているカールは、姿勢を変えた。

「さあな。警察よりも自分のほうがずっと頭が切れることを見せつけたいとか……」

ジョディがうなずいた。

「タバコの箱のことが頭に浮かびました。ファーディ・ソーラの部屋で見つけたあの箱。動画と何か関係があるんじゃないかと思うのですが」

部屋にいた全員が、彼女のほうを向いた。ジョディはシーモンに目を向けた。

「ソーラがあの箱を集めているんじゃないかって言ってたでしょ、シーモン。アイスホッケー選手のカードみたいに。そうかもしれないわ。トロフィーみたいなものなのかもよ。拷問を記憶に残せるようなもの、そして、頭の中で繰り返せるようなものなんじゃないかしら」

シーモンが何か言おうとしたときに、カールが立ち上がって止めた。

「わかった。ソーラの部屋にあった空のタバコの箱と映像内のタバコに関連性があるとすれば、ファーディ・ソーラへの疑いは強まることになる。だが、やつを取り調べるまで、あるいは、この第三の被害者を見つけるまで、われわれの捜査方針は変わらない。さあ、仕事を続けよう」

立ち上がったジョディとシーモンは、部屋を出た。カールは戸口で立ち止まり、アンデシュのほうに向きを変えた。

「その動画を捜査資料に加えておいてくれないか？」

アンデシュはうなずいた。

26

ステーファン・ベリィは駐車している車両を見ながら、ストックホルムのトゥーレ通りをゆっくりと歩いていた。彼は駐車監視員として勤務していた。誇れるような仕事ではないが、かといって不満を抱いているわけでもない。もっときつい仕事に就いていたこともある。レストランでの仕事、トラック運転手、清掃作業員……数え上げると、両手の指が必要になるほどだ。そしてひとつ、またひとつと辞めた。だが、駐車監視員の仕事は好きだった。芸術活動と組み合わせやすいからだ。それに、本当の意味で彼が時間を費やしているのは芸術だった。

ヴェステルベリヤ地区の工業地域に小さなアトリエを借りて、抽象的で立体派の自画像を描いていた。今までに展示会を三回開いた。あまり他人に言っていないが、展示会は市外の城にあるカフェ、カトリーネホルム市図書館、そしてグレンゲスベリ町文化会館で開かれた。

人生を通して今のところ、二枚の作品を売って、合計二千三百四十クローナを売り上げた。仕事は何かと尋ねられると、こう答えていた。仕事は駐車監視員だが、趣味で絵を描いていると。

一か月前に三十四歳になったが、今まで自分のことを芸術家と見なすことはなかった。だが五分以内に、彼の芸術はまったく違った方向へ進むことになる。死とか拷問とか腐敗した体を題材として、一年以内に芸術家として遅いブレークを果たすことになる。将来だれかに尋ねられたら、自分は芸術家で、バイトとして駐車監視員の仕事をしていると答えるだろう。

そんなことなどつゆ知らず、彼は右に曲がって、自分の担当区域の端に当たるオーデン通りへ入った。スヴェア通りまで行ってから北へ曲がって、スヴェアプラーンへ向かって歩くつもりでいた。

歩きながら、口笛を吹いていた。気温は十一度、時刻は夜の九時近くで、暗くなるのが早かった。壁に背中をもたせかけ、顔を赤外線ヒーターに向けたカップルが、それぞれのコーヒーカップを手にテラス席に座っている。男性がタバコに火をつけ、満足げに煙を吐いている。肌寒い晩なのに楽しそうだ。スズメが数羽、パンくずを求めてテーブルの脚の間を素早く動き回っている。

ステーファンがスヴェア通りへ曲がった時点で、三分が経過していた。ゆっくり歩いて、駐車券を念入りかつ規則正しく確認しながら、駐車してある車両をチェックしていた。

彼の芸術活動を変えることになる車は、フレイ通りに差しかかったところに駐車してあった。すでに違反駐車券が数枚、フロントガラスとワイパーの間に挟まれていて、最初に挟まれた券は、日光と雨で巻き上がっていた。

一番古い券を読もうと、ステーファンはフロントガラスのほうへ前かがみになった。所有者に撤去の警告を出す時期か調べるためだった。そのとき、においがした。

車両の吸気口から、かすかなにおいが漂ってきた。供の頃に、父親と森の中で腐敗した鹿の死骸を見つけたことがある。耐えがたいほどの悪臭で、青白いうじ虫が鹿の皮膚の下を這っていたり、鼻や半開きの口から出てきたりしていた。思い出しただけで、ステーファンはいまだに気分が悪くなる。

隙間や排気口のにおいを嗅ぎながら、車の周りを歩いた。それから歩道に立って、車をじっくり見た。最初の違反駐車券は、九日前に発行されている。一瞬躊躇したが、携帯電話を取り出して警察に通報した。

彼は確信していた。

自分が感じたのは、死体のにおいだと。

27

スサンナ・エーリクソンは行き先も決めぬまま、車へ向かった。夜十一時過ぎだった。

本来ならば就寝すべきなのだが、母親のガンのことを考え、抑えきれない戸惑いに駆られていた。

無意識のうちにエンジンをかけて、車を街へ向けた。頭の中がいつになくそわそわし、自分の思考でないような気がした。どこからともなく、幼少時代の思い出が浮かんできた。お菓子を買いたくて、母親の財布からお金を盗んだときにくらったびんた、怪我をしたときに、人差し指で額を撫でてくれた母……

自分らしくないと感じたスサンナは、悪態をついた。そして、自分のあとに駐車場から出た車に気づかなかった。

顔を上げて〈リリェホルメン〉の標識を目にしたスサンナは、突然、自分がどこへ向かっているのか悟った。グレーンダール地区にあるマリーナ。母方の祖父のボート、スサンナの母が愛し、祖父から受け継いだ木製のギグ。また、だれかに引き継がれることになる。ガンはあっという間に広がった。わずか数か月で、母の細い体のあちこちに転移した。医者の発見が、あまりにも遅すぎた。

スサンナは赤信号で停止した。青になるのを待つ間、体中に広がった悲しみの代わりに痛みを感じたくて、腕をつねってみた。自分が母親を愛していたなんて、以前は理解すらできなかった。なのに今は、母の命があと数か月と考えて、息苦しさを感じる。

後ろの車のクラクションに、彼女はビクッとした。気づかないうちに、信号は青に変わっていた。急いでローギアに入れて、車を走らせた。

グレーンダール港に到着すると、海のそばに車をとめた。ドアを開けて、外に出た。あたりは暗かった。もうすぐ真夜中。風が出てきて、夜空には暗い雲が漂っていた。

通りの反対側は埠頭《ふとう》で、その向こうには停泊場のある、長い木製栈橋が見える。クラブハウスの後ろの陸上艇置場には、たくさんのボートがいまだに冬眠するように並んでいる。

たった一本の街灯が栈橋を照らしているが、数メートル行っただけで、闇に覆われてしまう。岩と係船柱《ボラード》に打ち寄せる波の音や、風できしむ係留索具の音を耳にしたスサンナは、急にすすり泣いた。今年の夏に、母親のボートが出港することはない。

彼女はそのボートをどうしてももう一度見たくなった。そして、うまくいかなかった群島巡りを思い起こしたかった。エンジンが故障して、土砂降りに見舞われるわ、両親が口論を始めるわで、無言のまま港へ引き返したっけ。あのときの母親の悲しい顔を思い出し、今になって初めて、母は本当に悲しかったのだと悟った。そして、群島巡りが何もかもうまくいかなかったことも悟った。

スサンナは車のドアを閉め、ロックしようと鍵を取り出した。

サイドウィンドウに映る動きが目に入ったとき、彼女は本能的に反応した。くるりと向きを変えて、脇へ一歩逸れた。それと同時に、鈍いバンという音とシューッという音が聞こえた。地面の彼女の足元に糸状のものが数本落ちている。わけがわからぬまま、彼女はその糸を見つめた。

それから視線を上げると、二メートル離れたところにいる黒い服を着た男が手にした、自分に向けられている銃が目に入った。糸はあそこから来たのだ。男は覆面をして、迷彩服を着ている。

二人は見つめ合った。

それから、彼女は気づいた。あの見覚えのあるスリムな体つき、あの動き。

「あんた、あんたよね！」

タントで目撃した男。でも、どうやって彼女の居場所がわかったのだろう？　それから、ピンときた。新聞記事。《アフトンブラーデット》紙のインタビュー。

彼女は向きを変えて、走りはじめた。ひと気のない港から、人がいて店があって、安全なグレーンダールス通りへ戻るため。スサンナは途切れ途切れに息をした。息切れすら感じないうちに、もう口の中に血の味がする。アドレナリンが彼女をかきむしっていた。突然、走っても走ってもどこへも行けない夢を見ているかのように、脚が重く感じられた。

背後から自分を追う、軽やかな早足が聞こえてくる。

スサンナはずっと、もうすぐ肩に手が置かれるか、テーザー銃からのシューッという音がまた聞こえてくるものと思っていた。

スピードを上げるため、懸命に脚をもっと速く動かそうとした。通りをめがけて走り、クラブハウスを通り越した。そんなとき、つまずいた。波のように押し寄せるパニックが体を走り抜けたが、よろめきながらも何とかバランスを取り戻した。一瞬、生協や路面電車の停留所まで走り続けようか迷った。運がよければ、あそこに人が立っているかもしれない。でも、結構な道のりだ……

そうせずに、艇置場に向かうことにした。

振り返らず、信じがたいほどゆっくり進みながら、道を渡って砂利を敷いた場所へたどり着いた。そこには、防水シートとボートが、浮桟橋に打ち上げられたクジラのように並んでいる。街灯の光が届かないので、彼女は濃い闇に包まれた。同時に、重い雨粒を頭に感じた。防水シートが風に吹かれ、バサバサとなびく。シートがなびくたびにスサンナはビクッとした。追いかけてくるのがだれなのか、振り返って確かめたかったが、進み続けざるを得なかった。行き当たりばったりで右へ左へと曲がり、大量のモーターボートやヨットの間をさまよった。

最後に、一枚の防水シートの下に飛び込んだ。ヨットのキールに体を押しつけて、可能な限り、姿が見えないように足を引っ込めた。それから、気づかれないようにできるだけ静かに息をしながら、じっとしていた。

わたしは道を渡って、艇置場まで彼女を冷静に追いつめた。低いバリケードは、艇置場への盗難目的の車両の侵入防止には役立つが、徒歩の侵入者に対しては何の防止にもならない。

その艇置場には、まるでひと気がない。街灯の届かない場所に出たわたしは、テーザー銃をバックパックにしまい、代わりにファーディ・ソーラの拳銃を取り出して、右ポケットへ隠した。

最後にもう一度、通りに素早く目をやってから、ボートの間を歩いた。風で防水シートがせわしなくバサバサと音を立てている。一瞬立ち止まって、手作りの木製の浮桟橋とボートの間の、わずかに照らされた迷路に目をやった。彼女ならどの道を選ぶか、想像してみた。彼女の立場に立って考えてみた。広い道が一本、まっすぐに延びている。これだとあまりにもあからさまだ。もっと細い二本の道が右と左にある。右を選ぶことにした。彼女ならその道を選択したような気がするから。ゆっくりと注意深く、その暗い道を進んでいった。両側に背の高いヨットが数隻並んでいる。身を隠すにはもってこいの場所だ。

突然、防水シートが動くのが目に入った。風になびく他のシートとは違う。一番奥にある、ジャッキスタンドの脚のすぐそば。防水シートの下で、短くて形のはっきりしない影が動いている。わたしは立ち止まり、銃を上げて、その塊《かたまり》に迫った。

28

三人の刑事がスヴェア通りに到着したときには、雨が降っていた。カール・エードソンはヘッドライトの光に浮かぶ、白い線のような雨を見つめた。街灯があるのに、ヘッドライトに照らされていない箇所は真っ暗だ。それでも、遠くからでも立ち入り禁止区域は見える。青色灯を点灯させた二台のパトカーがとまっていた。そのすぐ横にはレッカー車がとまっており、オレンジ色の警告灯を点灯させながら、辛抱強く待っていた。それに、どういうわけか、青色灯を点滅させた救急車もとまっていた。

騒動の現場の真ん中に、ＢＭＷが一台駐車してあった。警察が雨の影響を受けずに捜査ができるよう、トランクを覆う白いテントが張ってあった。その路上駐車場は青と白のテープで立ち入り禁止になっており、その車両は、可搬式作業用照明で強く照らされていた。

シーモン・イェーンはその場を通り過ぎ、スヴェア通りに少し入ったところで、違法駐車をした。そこに、男性二人の乗った目立たないグレーのバンがすでに待機していた。カールが二人にうなずいて会釈すると、運転手も頭を下げた。バンの二人は、病院や警察のために、もう何年も遺体搬送を担当してきた。

「さあ、行きますよ。天気はよくなりませんって」シーモンが雨の中に出ていった。

ジョディは車から飛び降りて、急いで彼に追いついた。その一方で、すぐにうなじを伝ってダークカラーのスーツの下に流れ込みはじめた雨も気にせず、カールはぶらぶらと歩きながら、二人に続いた。

三人が立ち入り禁止現場に到達する前に、青色灯を消した救急車が向きを変えて車道に出て、ゆっくり走り去った。間違ってここに呼ばれたのだろう、とカールは思った。雨の中、立ち止まっていた数人の野次馬たちは、フェイスブックやインスタグラムに投稿するに値するような出来事が起こらないとわかると、その場を離れた。

駐車監視員のステーファン・ベリィは、まだ現場に残っていた。女性警官が質問をしている最中だった。二人は雨に濡れないように建物の玄関口に立っているが、それでもステーファンは濡れているようだ。女性警官が彼の話を小さなメモ帳に書き留める間、渋々車を指していた。少しして、警官がお礼を言うと、彼は急ぎ足でその場を去り、地下鉄オーデンプラーン駅へ下る階段へと向かった。

ジョディとシーモンは、車両を囲んでいる立ち入り禁止テープのそばで、制服警官に身分証を見せた。警官は、顔見知りのカールに対してうなずき、そのまま通した。

それから三人とも、ビクッと動きを止めた。

突然の、思いもよらぬ悪臭に、カールはふらついた。嘔吐反射は何とか抑えたが、すぐさま鼻を押さえた。隣のジョディが、こみ上げる吐き気をこらえる音が聞こえた。

「なんのにおいだ！」手で口を押さえたシーモンが言った。「車の中で、何をしたんだ？」

「死者」女性の声が聞こえた。「腐敗しているわ」

セシリア・アーブラハムソンがテントから出てきて、見たところ、悪臭や雨に動じることもない様子で三人に近づいた。職業柄、慣れているのだろう、とカールは考えた。それに、彼女は雨具の役目を果たしているビニールの青い防護服を着ていた。

「男性一名」彼女は淡々とした口調で言った。「状態悪し。死後、しばらく経過。どれくらいかは、まだ不明。まずは解剖……」

「死因に関して何か言えることは？」

彼女は首を動かして、否定的な身振りをした。

「いいえ、まだ。でも、おそらく亡くなったのはここじゃないわね」

彼女は振り返って、テントの中を見るよう、カールにしぐさで示した。彼はトランク内に横たわる、腐敗した死体に目をやった。そのそばには、死体から流れ出た、乾燥した体液の染みがついている。男性は裸で、皮膚はかなり黒ずんでいて、斑点状のものがある。

「それは何です？」カールは口に手を当てながら言った。「何かの斑点？」

セシリアは、彼の視線をたどった。

「火傷ね」そう言ってから、言い足した。「おそらく」

うなずいたカールはテントから出て、顔についたにおいを洗い流してくれる雨を満喫した。セシリアがそのあとから出てきて、彼の隣に立った。

「どれくらい急ぐ必要がありますか？」青い防護服を脱ぎながら、彼女が言った。

「可能な限り早く」

セシリアはため息をついた。

「了解。明日の朝、すぐに見ます」

彼女は雨の中、急ぎ足でグレーのバンに乗る男たちのところへ向かった。遺体を法医学室へ搬送してもらうためだろう。

「死体の男はだれなんです？」シーモンが言った。

カールは彼のほうを振り返った。その後ろに立つジョディは、まだ気分が悪そうだった。

「わからない。まだ不明だ」

「ファーディ・ソーラだと思いますか？」ジョディが小声で言った。

「車内の男、それとも、われわれが追っている男？」カールは言った。

シーモンが、聞き取れない声で何か呟いた。カールが聞き取れたのは「レフ」だけだったが、カールが何か言おうとしたときに、ラーシュ＝エーリックが突然、テントのすぐ横に現れた。

「よし」ラーシュ＝エーリックが部下たちに言った。「ここまでの仕事は終了したか？」

彼の隣の、がっちりした体格の男がうなずいた。ラーシュ＝エーリックはグレーのバンに乗っていた男たちのほうを向いた。二人は今、雨の中、ストレッチャーの両側に立って辛抱強く待機している。

「搬送してもいいぞ」鑑識官は、二人にうなずいて指示を出した。

それから、テントの中に向かって、通りの向こう側まで聞こえるような大声で言った。

「遺体を搬送車に移動させたら、次はこの車両を移動してもらう。レッカー車の連中に、荷台に載せるように言ってくれ。前回みたいに、ロープで引っ張るようなバカな手段じゃなくてな」

彼はカールのほうに向きを変えた。

「車のナンバーは調べたか？」

カールは首を横に振った。

「だと思ったよ。BMW、ファーディ・ソーラの車だ。でしゃばりな新聞記者たちが見つけた、血まみれの車の鍵のことは伝えただろ。あの鍵がこの車に合う」

「なるほど」

「それより、もうひとつ」

カールは無言で待った。

「トランクの中でガムを発見した。だれかが吐き出したんだな、というより、死体のすぐ脇に、べったり押しつけてあった」

「犯人の仕業ですかね？」

ラーシュ＝エーリックはため息をついた。

「おれにわかるはずないだろ。DNA鑑定をしてみるさ。まずはファーディ・ソーラかもしれん、トランクで発見された、目下どこのだれだかわからない人物のものと照合するのがいいだろう。それから、マルコ・ホルストが発見された納屋のガムと同じものか調べる。ニコレット二ミリグラム」

「お願いします。納屋で発見したガムがだれのものか、まだわからないのですか？」

「ああ。少なくとも、あの農場主のＤＮＡとは一致しなかった。マルコ・ホルストのＤＮＡとも」

「そうですか……犯人のものという可能性もあるわけですね？」

ラーシュ＝エーリックは黙っていたが、やっと言った。

「以前も言ったが、この犯人が、現場を徹底的にきれいにしたあとで、ガムをあちこちに吐き出すとは思えないね」

「あるいは？」

「今回見つかったガムは、おそらくファーディのものだろう。やつのＤＮＡが確実に手に入ったら、照合してみるさ」

「あるいは？」カールは言った。

「『あるいは』なんて、おれは言っていないが」

「ええ、ですが……」

「あるいは、トランクの中にガムをくっつけた、他の間抜けだろう。あの車に乗ったことのある人間ならだれでも該当する。マルコ・ホルストのガムだって同じだ。何の意味もないかもしれない」

「あるいは――それがすべてかもしれない」

カールはそう考えた。

「とにかく、知りたいんじゃないかと思って言ったまでだ」ラーシュ＝エーリックは、その場を離れた。

「ありがとうございます」カールは彼に向かって、大声で言った。

しかし、ラーシュ＝エーリックには聞こえなかった――あるいは、どうでもいいことだった。

29

スサンナ・エーリクソンは、じっとして待った。周りの音に耳を澄ました。夜風に音を立てて、ボートにぶつかる防水シート。支索のキーキーという音。そして、彼女が恐れていたもの。砂利を敷いた艇置場を歩く音。乱れることのない早足で近づいてくる。彼女は体をこわばらせた。追跡者に見つかってしまった。足音は、彼女のすぐ近くで止まった。

それから、いろいろなことが次々に起こった。

だれかが、顔を覆っていた防水シートを蹴飛ばして剝がした。懐中電灯のくらむような明かりに照らされ、目を保護しようと腕を上げた。立とうとしたとき、防水シートのロープに足が絡まり、地面に転倒した。手が伸びてきて彼女の腕をつかむと、引っ張り上げて立たせた。

「やめて！」スサンナはその言葉を発しようとしたが、出てこなかった。やっとのことで囁いた。「殺さないで！」

「えっ？」低くて力強い声が聞こえた。

スサンナが見上げると、大きい男が前に立っている。覆面はしていないが、憤慨しているようだ。

「殺さないで！」彼女はまた懇願した。

「何のことだ？ それに、人のヨットで何してる？」彼女の腕を強くつかみながら、男が言った。

「人のヨット……？」

何のことなのか把握しようとしながら、スサンナは困惑した顔で男を見た。

「何か盗んだのなら、今すぐ出せ！」

スサンナは訳がわからないまま、男を見つめた。

「違う、違う……」やっと言った。「わたし……だれかに追いかけられていたんです。その男はわたしを……だから、ここに隠れただけ。そちらのボートの下に。何も盗《と》ったりしてませんから」

男は胡散臭そうに彼女を見た。しばらく何も言わなかったが、それから、彼女をつかんでいた手を緩めた。

「その男に何をされると思った、って？」

「殺されると……」スサンナは呟いた。

男は笑った。

「本気か？　ここで？」

彼は艇留場を指すようなしぐさをしながら、また笑った。

彼女はうなずいたが、自分の顔が赤らむのを感じた。突然、すべてがバカらしく、非現実的に思えた。ばつが悪いとはこのことだ。

「実は、目撃しちゃったんです」スサンナは説明しようとした。「あのリンボの拷問事件のこと。新聞で読まれたかもしれませんけど……」

男の表情が一変した。突然、真剣な顔つきになった。

「えっ？　あの記事はあんたのことだったのか？　インタビューを受けたんだろう？《アフトンブラーデット》紙か《エクスプレッセン》紙に」

彼女はうなずいた。

「あれ、わたしです」

男は、彼女の足元に唾を吐きかけた。

「なんてバカなんだ！　あんた、信じられないほど間抜けだな」

「はあっ？」

「犯人がまだ捕まっていないのに、殺人未遂に関する目撃者が、新聞のインタビューを受けるとは……これを何と呼べばいいものやら」

彼女は感情を呑み込んだ。

「さあ」男がぶっきらぼうに言った。「こんなところにいちゃいけない」

彼は、防水シートをヨットに掛けはじめた。

「何してるんです？」

「あんたが荒らしたヨットを覆っているんだよ。泥棒がいないか確かめに来ただけなんだ。先週、道具をいくつか盗まれた。それに、あんただって、一人で帰宅するわけにいかないだろう。送っていくよ」

「ってことは、信じてもらえた……？」

男は防水シートをかぶせる動きを止めて振り返り、彼女を見つめた。

「信じる？」彼は頭を振った。「現にあんた、インタビューに応じてただろう……！」

彼はヨットを覆い続けた。スサンナは、彼の働く姿を見ていた。そのがっちりとした体格と強そうな手――突然、緊張感が解け、彼女は泣き出した。振り返った男は、無言で彼女を見つめ、またヨットを覆う仕事を続けた。

「名前は？」二人でその場を去るときに、男が訊いた。

「スサンナ、スサンナ・エーリクソン」

男はうなずいた。

「おれはペーテル、ペーテル・カールソン」


マリーナを抜けて、海に一番近い、港のすぐ上にある建物の入り口に消えていく二人を、わたしは見つめていた。体格のいいあの男は、おそらくあそこに住んでいるのだろう。二人が建物の中に消えてから、少し待ったあと、急いで車に戻った。

どうすることもできない。今は。今夜は。

あそこから走り去るとき、ほっとした。ひどく緊張していて、不快なことから免れたかのように。歯医者での診察を避けられたかのように。

彼女の顔が、まだ浮かんでいる。あの見開いた目が。「あんた、あんたよね！」でも、わたしの顔を見てはいない。見たのはわたしの覆面、わたしの目出し帽だけ。

何となく、帰り道に思ったことがある。それは、わたしは安全だ、心配ない、あの女性を殺す必要はないということ。

のちに彼女のことを考えてみても、果たして殺せたかどうかすら確信が持てない。殺せなかったと思う。

わたしは邪悪ではない。悪意から、こんなことをしているわけではない。

30

五月九日　金曜日

遺体の冷たさが白いタイルの壁と青いリノリウムの床まで伝わったかのように、その部屋はひんやりとしていた。遺体は安置用冷蔵庫に保管されているので、目にはつかない。それでも、部屋全体に死が漂っている。

真ん中にステンレス製の解剖台が四台あり、台ごとに排水設備が備わっている。大きな窓から、ずっしりと雨を含んだ灰色の朝日が差し込んでいるが、すぐに、天井の照明にかき消されてしまう。部屋には消毒剤のにおい――それと、漠然とした不快なにおいが立ち込めている。カールは、遺体からのにおいだと想像した。根拠はないが、そのにおいがどことなく伝染するような感覚を抱いた。

それから、スヴェア通りに駐車してあった、あの車からのにおいを思い出した。

青い防護服をまとったセシリア・アーブラハムソンは、一番奥の台で作業を行っている。

大きな解剖台に載る遺体の皮膚には無数の斑点があり、まるで子供の遺体のように細くて小さい。カールが近づく音に気づいた彼女は、姿勢を正した。

「まだ作業は終了していませんが」ただそこに来ただけの彼が、何か不適切なことでもしたかのように、彼女は言った。

カールは腕時計に目をやった。午前八時ちょっと過ぎ。

「こんな早い時間にすみません。でも、今回の一連の事件と関連があるなら、できるだけ早く、すべての情報をいただければと思いまして」

セシリアは返答せずに、切開した腹部や胸部から、さらに内臓を取り出す作業に戻った。カールは近づいて、法医学者の前に横たわる男を見つめた。その死体がファーディ・ソーラだとしたら、小柄な男だったのは疑う余地がない。顔は確認のしようがなかった。頬は乾き切っており、眼窩は空洞だ。顔面の皮膚は、体の他の部位より損傷が激しい。顔には茶色の斑点が集まって、大きな火傷の痕のようなものを形成している。

視覚的にこの被害者を認識するのは不可能だと考えたカールは、腹部に嘔吐反射を感じたが、喉にこみ上げるものを何とか抑えた。

「こうなった原因は何なんでしょうね？」しわがれた声でカールは言った。

「状態悪し」肝臓らしきものを量っている計量器から視線を上げずに、セシリアが言った。

「肝臓、千三百五十四グラム」彼女は、胸ポケットで赤く光るディクタフォンに向かって言った。

次に、肝臓にメスを入れる。

「脂肪肝初期」

「死因は何ですか？」カールは訊いた。

「まだ断定はできないけれど、熱傷死と考えるのが妥当ではないかと」

カールはうなずいた。火傷の痕が全身にあるこの小柄な男性は、感染症か何かを患っているように見える。

「タバコによるものじゃないかしら」彼の質問を想像したかのように、セシリアが言った。

「火傷の中から、タバコの葉が見つかったので」

また胸がむかむかしてきて、カールは一歩後ずさった。

「映像が送りつけられてきたんです」彼は慎重に言った。「映像を保存したUSBメモリで、乳首と性器に火傷を負わされた男性が映っていました……そちらに転送しようと思っていたのですが、時間がなくて……」

カールは自ら話を中断した。セシリアは続きを待つかのように、彼をじっと見た。ひどくまごついたカールは、咳払いをした。

「この男性ではないでしょうか？」

「ええ、同様の火傷の痕のある遺体が他にないとしたらね。この男性には、あなたが挙げた部位に火傷痕があります」

「じゃあ、タバコ一本で、このすべてを……やった人物がいると？」

「タバコ一本じゃ無理だと思うけど」皮肉なしに、彼女が言った。「それどころか、一カートンは必要なんじゃないかと。火傷の痕を数えたところ、七百四十五箇所。そのほとんどが、深さ二～四ミリで直径六ミリ」

カールは、ファーディ・ソーラ宅にあった、タバコの空き箱の山を思い出した。

「時間がかかったでしょうね」

セシリアはうなずいてから、エプロンと手袋とフェイスガードを外しながら、解剖台を離れた。

「サンプルをいくつか分析する必要がありますが、さっきも言ったように、直接の死因は熱傷だと思われます。場合によっては、熱傷によって引き起こされる臓器不全」

カールは、彼女の一歩後ろを歩いた。

「その人物はだれなんでしょうか？」

「あなたが言ったでしょう、ファーディ・ソーラじゃないかって。それを否定する事実はありません。でも、身元特定には、そちらの専門家に任せる必要があるわ。わたしの専門分野じゃありませんから」

「わかりました」カールは言った。「他に何かわかったことは？」

彼女がうなずいた。

「全身に及ぶ七百四十五箇所の火傷の痕。興味深いことに、そのほとんどが、顔と男性器の周りに集中しています。背中は比較的少ないわ」

「どういうことだろう？　上向きで縛られていたということですか？」カールは言った。

彼女が鋭い目でカールを見た。

「どうかしら。確かに、縛られていた痕はあったわ。でも、何かに打ちつけられてもいた、おそらく床にね。両手首と両足首に、生前につけられた釘の傷痕がはっきり残っています」

「マルコ・ホルストのように壁に磔にされたのではなく……？」

「壁に磔にされたかもしれないわ、でも、上向きで両腕を上げた状態で亡くなっているから、多分、床に打ちつけられていたと思います」

カールはどれほどの痛みだったか想像しないよう努めたが、それでも、ひどい痛みだったろうと思わずにはいられなかった。

「興味深いことにね」セシリアは冷静に続けた。「背中って感覚があまりないの。偶然かもしれない。あるいは、犯人に十分な医学知識があって、そのことを知っていたから、背中に無駄な時間を費やしたくなかったのか」

カールは何も言わず、感情を呑み込んだ。どれだけ耐えられるか判断するように、セシリアが自分を観察していることに気づいた。

「実は、他にもお見せしたいものがあります。興味深いと思われるのではないかしら」

セシリアは遺体の前に戻った。助手が折り畳み式の台車を取り出してきて、車輪で立つ状態にし、冷蔵庫に入れるために、遺体を台の上に移しはじめた。

「遺体の向きを変えて」セシリアが助手に言った。「そうじゃなくて、右側が下になるように」

彼女は遺体の左側に身を乗り出して、ペンで掌サイズの箇所を指した。カールには紫色の死斑以外、何も見えなかった。

「何ですか?」

「そこ」彼女はまた指した。「前回わたしが調べた男性と同じ痕よ。マルコ・ホルスト。テーザー銃の痕」

ファーディ・ソーラは、錯乱したように叫んだ。プライドはまるでなかった。わたしには、のどかな環境のなかでわめくあの男の声がまだ聞こえる。タバコのにおいと焼ける肉のにおいをまだ覚えている。

耐えられなかった。

彼が三十分叫び続けたところで、わたしは耳栓をした。彼のうめき声に耳を傾ける理由などなかった。

わたしが選んだ別荘は、車で南に一時間ほど行ったところにあった。その道中、わたしは何も言わなかった。その分、ソーラは一層しゃべった。

「おい、解放しろよ！」テーザー銃のショックから立ち直った彼が、後部座席からしゃがれた声で非難を込めて言った。「頼むよ、望むものなら何でもやるからよ。ってか、おれ、あんたに会ったことねえよな？　なあ、あんた、とんでもない間違いを犯してるぜ！　人違いだ、オーケー？　クソ、オーケー？」

ソーラは、わたしが耳を貸さなくなってからも、ずっとこの調子でまくしたてていた。怒りを込めた呂律《ろれつ》の回らないしゃべり方で。わたしは答えなかった。言うことなど何もなかった。それに、正直なところ、彼の言っていることが理解できなかった。

最後の道のりは、細い砂利道だった。ようやくわたしが別荘の前に車をとめてエンジンを切ると、彼はまたわめいた。

「ここ、どこだよ？　何する気だ？」

わたしは彼を車から引っ張り出してから、別荘の中へ引きずり込み、防水シートの上に寝かせた。それから、道具の入ったバッグを取ってきた。わたしが素早い動きで、彼の右手首をネイルガンで床に釘づけにしたとき、彼は、わたしが何をしたのか見なかった。もう片方の手を打ちつけたとき、ソーラは、ある種のショック状態に陥った。目を白黒させて、頭を前後左右に動かし、何か聞き取れないことを呟いていた。

作業を終わらせたわたしは体を伸ばして、ネイルガンをバッグに戻した。

それに代わるものとして、タバコを一箱取り出した。箱を振ってタバコを一本出し、火をつける間、彼はわたしの動きを視線で追っていた。ソーラの顔にそのタバコを近づけて初めて、彼は察した。彼の目がそう言っていた――確実に悟っていた。

彼はわたしを凝視した。それからタバコに目をやった。

「それは……」

やはり思い出したようだ。

「やめろ」彼が叫んだ。「やめろ、やめろ、やめろ、やめろ……」

わたしは頬から始めた。ソーラの髪の毛をグッとつかんで、床に強く押しつけると同時に、タバコの火を無精ひげで覆われた頬に押し込んだ。彼の体は激しく震え、ピンと張ってブリッジの姿勢に反った。彼は顔を背けようとしたが、わたしは、顔の動きと同じ方向に手を移動させて、彼の皮膚にタバコを埋め、タバコが崩れて床に落ちるまで押しつけた。次々にタバコに火をつけ、行為を続けた。折れたものにはまた火をつけて、カートンが空になるまで続けた。彼は数回気絶した。そのとき、わたしは新鮮な空気を吸いに外へ出た。

五時間してから、やっと彼の命が尽きた。その忍耐力には賛辞を述べたいくらいだ。あの男があれほど持ちこたえるとは思ってもいなかった。

そのあと、彼の車まで死体を引きずっていった。体の大きさの割に、わたしはかなりの体力がある。特に、何かに集中しているときには。それでも、死体を持ち上げてトランクに入れるときには、その重さに驚いた。ソーラは生前、あらゆる点でうんと小さい男だったのに。

あとになって思い浮かんだのは、体が重いのは、死が重くのしかかっているから、ということだった。亡くなると、体がわずかに軽くなるという話は聞く。それは、魂が肉体を離れるからだと。だが、そんなことはない。わたしの経験からいえば、死人の体のほうが、例外なく、生前の体より重い。

別荘をきれいにして、わたしの痕跡を取り除いたあと、彼の車を運転して、同じ道を走って中心街まで行き、駐車して、鍵をかけて、地下鉄で帰宅した。

驚くほど容易にことが運ぶ。すぐに慣れた自分にもびっくりしている。

もっと前にやっておけばよかった。

31

アレクサンドラ・ベンクトソンは、スマートキーをコード読み取り機に向けて掲げ、編集室に入った。九時少し前。ニュース制作責任者たちが、ちょうど朝のミーティングから戻ってきたところだった。アレクサンドラは自分のデスクに着いてパソコンにログインし、報道発表と大手新聞社のウェブサイトに目を通した。

「おはよう。何してる？　楽しいことか？」

マルヴィンが来て、隣に腰かけた。

「イエンス・ファルクの追跡調査を、と思っていたところです。昨年の秋に、本紙で記事を書いた小児性愛者。今日、控訴裁判所で判決が下されることになっていて……」

「そうか」マルヴィンは、がっくりした口調で言った。

「この裁判を傍聴して取材できるか、調べようと思うんです。衝撃的な記事が書けるかもしれませんから」

「いや」マルヴィンがしかめっ面をした。「その事件なら、すでに一度記事にしているだろ。判決が下ったら、それを書いてくれるだけで十分だ。TT通信社が記事にするだろうから、それを使おう。目下、ファルクはどうでもいい」

マルヴィンは、ふんぞり返って微笑んだ。

「それより、任せたい仕事がある。」

「警察からまたタレコミがあった」

「どんな？」

「メールを読んでみてくれ。うちで、スヴェア通りの車の中から発見された死体の記事を載せただろ」

アレクサンドラは、ためらいがちにうなずいた。

「きみが記事にした他の事件と関連がありそうなんだ。そのあたり調べてもらえるか。関連性が見つかれば、連続殺人犯の記事が書ける」

アレクサンドラは、メモ帳を手元に引き寄せて、書き留めはじめた。

「調べてみます」

秘密でも暴露するかのようにマルヴィンは前かがみになった。だが口にしたのは――

「タレコミ警官とはうまく連絡を取り合っているか？」だった。

〝ブロール・デュポン〟警部補とは、アントン・レフの情報を受け取って以来、連絡がとれないでいた。電話が通じない、少なくとも、彼女がかけた場合は。

「どうなんでしょう。あれから、連絡をとっていないので……」

「じゃあ、今すぐとってくれ」

うなずいた彼女は、警察の電話交換台を通せば何とかなるかもしれないと思った。

マルヴィンは自分のデスクに戻りかけたが、忘れものでもしたかのように、突然向きを変えて、またアレクサンドラの隣に腰かけた。他の者に聞かれないよう、小声で言った。

「頭をよぎったことがひとつある。殺人犯がきみに接触してくるかもしれないから、気をつけるんだぞ。いいな？」

「ご忠告ありがとうございます。でも……どうして犯人がわたしに接触すると思うんですか？」

「きみは、この殺人犯に関する記事をいくつか書いてきたじゃないか。変な連中ってのはどこにでもいるからな。壁にだれかを磔にして、あそこをちょん切ることと比べたら、きみに接触するというのは、そうおかしな考えじゃないだろ」

マルヴィンは笑みを浮かべて、立ち上がった。

「ともかく、気をつけるに越したことはないってことだ」

彼が自分のデスクに戻ったところで、アレクサンドラはまたパソコンを開いた。マルヴィンから、情報提供者のリンク先を張りつけたメールが届いていた。通常のタレコミ同様、内容は簡潔だったが、携帯電話の番号が書いてある。

アレクサンドラは椅子に寄りかかって、デスクの上に置きっぱなしにしていたコーヒーを飲んだ。焦げて酸っぱい味がしたが、カップの中に吐き出したい衝動を何とか抑えた。それから、その番号に電話をかけた。

若くて不安そうな声の男性が、電話に出た。

「どうも、《アフトンブラーデット》紙のアレクサンドラ・ベンクトソンと申しますが」

「あっ、さっそく」囁くように男性が言った。「少々お待ちください……」

沈黙が少し続いたあと、同じ男性の声がまた聞こえた。

「場所を変える必要があったもので」彼が説明した。

「昨日、車の中から遺体で発見された男性に関して情報をお持ちだとか……？」

「はい」突然、熱っぽく言った。「いくらもらえるのですか？」

「掲載した場合は、五百クローナ……」

「えっ、その程度？」

「わざわざありがとうございますという、気持ち程度の額です。掲載された場合、それから、他社の新聞記事になっていない場合ですが……」

男性は長いこと黙っていた。まったく違った額を期待していたのだろう。彼は手を引くだろう、とアレクサンドラは思った。

「わかりました」彼が言った。「まあ、いいか。大したことじゃないかもしれないし……というか、五百クローナ以上に値するほどの内容じゃないかもしれないので」

「それで、話したいことというのは？」

「おたくが記事にした男、スヴェア通りで発見された、例の男のことですよ。なぶり殺しにされてたってこと、書いてませんでしたよね。暴行を受けたとしか」

「なるほど」

「その男は、なぶり殺しにされたんです。タバコでね。むごたらしいのなんのって。数百ものタバコによる火傷の痕。あんな惨いのは見たことがない……」

アレクサンドラは黙っていた。

「まあ……これがこっちからの情報ですけど」

「どうやって入手したのですか？」

「法医学室に勤務しているので。助手として」

彼女は、支払いの手配ができるよう、この男性の名前と情報を書き留めて、お礼を言った。それから、警察の広報担当者に電話を入れた。

「昨日スヴェア通りで発見された死体に関する捜査責任者はどなたでしょうか？」

「少々お待ちください……」

数秒、沈黙が続いた。

「カール・エードソンですが」同じ声が聞こえた。「国家犯罪捜査部の。電話番号をお教えしましょうか？」

「いえ、結構です。知っていますので」

電話を切ったアレクサンドラは、考え深げに編集室を見渡した。エードソンが特捜班班長なら、少なくとも警察側は、この前の事件と関連づけたのだろう。彼が、関連性のない複数の事件を担当するとは思えない。

「なぶり殺し」彼女は考えた。マルヴィンが喜びそうだ。だれから情報が入手できるか調べる必要はないかもしれない。

カール・エードソンに電話をした。

「どうも、アレクサンドラ・ベンクトソン、《アフトンブラーデット》」電話を切られないように、素早く言った。

電話の向こうから、ブツブツ呟く声が聞こえた。

「昨日スヴェア通りで発見された遺体について、お聞かせ願えませんか？」

午前十時を少し回ったところだった。外はまだ雨が降っていて、小さなオフィスは、濡れた服とコーヒーの酸っぱいにおいがした。そのにおいで、カールは幼い頃の遠足を思い出した。いつも雨、濡れたナップサック、先生たちの魔法瓶にいつも入っていたコーヒー。

「タバコのパッケージに書いてある注意書きの意味が、今になってやっとわかりましたよ。『喫煙は死に至ります』」シーモンが自分のジョークに笑った。

カールは笑わなかった。シーモンに厳しい視線を送った。

「昨夜、スサンナ・エーリクソンが襲われた。運よく、何とか逃げ切ったが、次はそうまくはいかないだろう。昨日も言ったが、捜査が極秘なのは、こういった理由からだ。彼女の名前をマスコミにリークした者にすべての責任がある」

ジョディは動揺し、シーモンはもうニヤニヤしておらず、デスクを見つめていた。カールはシーモンの顔が引きつっていることに気づいた。ストレスを感じたり、動転したときにする顔つきだった。

「彼女には、一時的に特別警護をつけることにした」カールは続けた。「これ以上マスコミにリークしないということで同意してもらえるか？」

カールはコーヒーを飲んだ。

「では、次に進むとしよう。BMWの中の死体は、ファーディ・ソーラ。ラーシュ＝エーリックから今朝、身元特定の連絡があった」

カールは雑務係が短いほうの壁に取り付けた、新しいホワイトボードへ向かった。前回の事件の写真や地図は、すでにボードに貼ってある。一番上のアントン・レフの写真の横にあったファーディ・ソーラの写真を、他の被害者たちの写真が並べて貼ってある列へ移動させた。そこにはすでに、マルコ・ホルストと、浴槽で発見された女性の写真がある。カールは黒のマーカーを取り、女性の写真の下に書いた。アメリア・ジェロフ、二十七歳。

「浴槽の女性の身元も特定できた」カールは言った。「ブルガリア出身、おそらく数年前からこの町で娼婦だった。風紀犯罪課の目が届いていなかった人物」

カールは、アメリア・ジェロフとアントン・レフの間に線を引いた。シーモンは腕組みをしてホワイトボードを見つめていたが、まったく別のことを考えている様子だった。

「オーケー」カールは続けた。「被害者全員が拷問に晒されている。マルコ・ホルストにもファーディ・ソーラにも、テーザー銃らしき痕跡があった。二人とも打ちつけられていた、おそらくネイルガンで。マルコは壁に磔にされ、ソーラは仰向けの状態で、床に釘づけにされていた可能性が高い」

カールは二人の写真の下に〝テーザー銃〟、それから〝釘〟と書いた。

「さらには、マルコ・ホルストの事件現場の近くで、ソーラのＢＭＷの鍵が発見されている」

カールはマルコ・ホルストとファーディ・ソーラを線でつなぎ、そこに〝ＢＭＷ〟と書いた。

「マルコは二十三年前に一度、アントン・レフに暴行を加えている」

アントンとマルコの間に線を引いて、〝暴行、二十三年前〟と書いたカールは、一歩下がった。

「他に関連性を思いつく者は？」

「ガム」ジョディが言った。

「そうだった」カールは、またホワイトボードへ戻った。「ソーラのガムは、ヴァルクヴィストがマルコが見つかった納屋の戸口のそばで発見したのと同じ種類だった。二ミリグラムのニコチンガム」

カールは、マルコ・ホルストとファーディ・ソーラの写真の下に〝ニコチンガム〟と書いた。

「鑑識は、レフの自宅アパートでもガムを発見したんですか？」ジョディが訊いた。

「いや、発見していない」

懐疑的に写真を見つめていたシーモンは、椅子に寄りかかった。

「どうにも腑に落ちないのは」彼が言った。「動機です。犯人がマルコの体の一部を弁護士たちに送りつけたのはなぜなのか？　ブルガリア出身の娼婦が切り身にされたのはなぜか。タバコで拷問を受けたファーディ・ソーラが、自身の車のトランクで腐敗しなきゃいけない理由は？　この三件の関連性ってゼロじゃないですか！」

カールはうなずいた。

「これまでわれわれは、違法薬物あるいは武器をめぐる犯罪組織内の抗争という仮定から、捜査を行ってきた。犯罪のプロの手口だと……」

彼はそれらの単語を、ボードの真ん中に書いた。それから、そこに〝個人的な報復〟と書き込んだ。

「報復は当てはまらないのでは？」ジョディが言った。「少なくとも、レイプの報復に関しては。少女の両親は、捜査の対象から除外したわけですし」

「それは承知している。だが、報復の線はもう少し、残しておこう」カールは言った。

「シーモン、マルコの捜査で名前の挙がった人物に話を聞いてみたか？」

「少し。でも、何も得られなかったんですよ。服役中か仲間にかくまってもらっているかのどっちかなんで……」

「ファーディ・ソーラは麻薬所持で捕まったことがある、と鑑識官が言ってませんでしたか？」ジョディが言った。

「ああ、そのとおり。新しい人物リストを作成して、マルコのと比較してもらえるか？」

カールがシーモンにうなずいて命令した。

三人は、ホワイトボードに目をやった。

「ファーディ・ソーラに関することがもうひとつある」しばらく黙っていたカールが言った。「ジョディ、きみの言ったとおり、やつはちょっとした麻薬がらみで一度捕まっている。ポケットの中に入っていた大麻が少し多すぎただけだ。その罪で服役することはなかった。ただ、ここ数年マークしているセーデルテリエ・ギャングのメンバーだった」

「どこにでもいるようなワルじゃないか」シーモンがそう言ってコーヒーを一口飲んだが、しかめっ面をして、すぐにカップに吐き出した。

「冷たくてまずい、クソみたいなコーヒーだな！」

カールは話を中断されるのが嫌いで、テーブルマナーがなっていない人間は不快だと思っている。食べ物に入っている髪の毛のような存在だ。苛立ったときに使う、平板な声で話を続けた。

「ファーディ・ソーラが逮捕されたとき、捜査員たちは、やつの携帯電話をくまなく調べた。その際、携帯のメモリーカードに動画を見つけたんだが、その動画の中で、やつと二人の仲間が、少女に拷問を加えていた」

カールは無言の間を入れた。ジョディもシーモンも、じれったそうに彼を見つめた。

「十分間近く、三人は代わる代わる、その少女にタバコの火を押しつけていた。乳首と性器の周りに。『売春婦』と叫びながら。動画の少女は、せいぜい十四から十五歳で、移民としてこの国に来たと思われる」

一瞬、室内が静かになった。

「ひどいわ」ジョディが言った。「どうしたらそんな惨いことができるの……」

シーモンがオーバーに両腕を広げ、指先が自分が吐き出したコーヒーの入ったカップにあたって倒れた。

「何だよ、そのクソみたいに忌々しい事件！」

「動画は、日中、住宅地域で撮影されている」カールは続けた。「拷問で積極的だったのはファーディ・ソーラだが、他の二人も加わっている」

「でも、服役したことはないって言ってませんでしたか?」ジョディが言った。

カールはうなずいた。ジョディは頭が切れる。

「そのとおり。このことでも刑務所《ムショ》送りになっていない。この少女が見つかっていないからな。新聞などでもかなり報道されたんだが、だれも名乗り出なかった。それゆえ――告訴取り下げとなった。やつも他の二人も、何の罰も受けなかった――動画が存在しているにもかかわらず」

室内が静かになった。姿勢を変えたシーモンの椅子が、きしんだ音を立てた。ジョディはずっと、ボールペンをカチカチ鳴らしている。

「じゃあ、ファーディ・ソーラは、報復目的の拷問で熱傷死に至ったということですか?」

やっと彼女が口を開いた。

カールはホワイトボードの〝報復〟という言葉を丸で囲んでから、ファーディ・ソーラの写真まで線を引いた。

「偶然のはずがない」彼はそう言って、二人の警部補のほうを向いた。「似かよった内容の映像が警察に送りつけられてきたんだ。犯人が、あの出来事を忠実に再現したかったかのようにな」

シーモンが彼を凝視した。

「マルコ・ホルストのときと同じじゃないですか」むかついたように言った。「あのケツの穴の棘付きバットだって、報復……」

カールは、いぶかしげに眉を上げた。

「無理やり押し込んだ……そうですよね？」シーモンが言った。

今回に限り、カールにはシーモンが理解できた。カールにしても、またマルコ・ホルストの拷問シーンを頭に浮かべたくはなかった。彼はうなずきながら言った。

「おれも同じことを考えた」

しばらくの間、だれも何も言わなかった。

「それでも、腑に落ちないことはあります」ジョディが突然言った。

シーモンが苛立ったように、彼女に顔を向けた。

「あの女性。アメリア・ジェロフ。彼女は当てはまらないのでは？　他の二人には犯罪歴があって、惨いことをしてきた。でも、この女性は、そんなことはしていません。強いて言うなら、お金のために体を売ったことぐらいで……彼女は被害者です。他の二人は加害者」

「今わかっている範囲ではそうだ」カールは客観的に言った。「一理あるな。それに犯行の手口にも違いが見られる。彼女には、ネイルガンやテーザー銃は用いられていない……」

けだ」

「ってことは」シーモンが言った。「他の二件の事件とはまったく別物って言いたいわけだ」

「そう」ジョディが言った。「でも、アントン・レフは、どうしてマルコ・ホルストとファーディ・ソーラを拷問にかける必要があったの？　彼が犯人だとしたら、アメリア・ジエロフは、まったく違う理由で殺されたことになる」

「その可能性はある」シーモンがうっとうしい物言いをしてくる前に、カールは急いで言った。「だが、アントン・レフを引っ張ってくるまでは、情報が不十分だ」

「動画に映っている、他の二人はどうなんですか？」シーモンが言った。

「どういうことだ？」

「ファーディ・ソーラが少女に拷問を加えたとき、他に二人いたって言ってたじゃないですか……ファーディ・ソーラに報復したとすれば、その二人にも当然、報復したくなるのでは？」

「そうだな。その二人のことも調べてみよう」

「おれに任せてくださいよ」シーモンが言った。

33

シーモン・イェーンは、十五歳でスクーターを盗んで補導されたときに、警官になろうと決心した。補導担当の初老のベテラン警部補は、彼を脇に押しやって、こう言った。

「おまえが今までしてきたことに、おれはまったく興味がない。人生の半分を刑務所で過ごすようなバカ者になりたいか――それとも、襟を正して別のことをしたいか、決めるのはおまえだ」

シーモンは、別のことをすると決心した。けれど、それだって偶然だったのかもしれない、と考えることがよくある。今、自分が追いかけて捕まえているようなバカ者の一人になっていた可能性だってあるのだ。

悪い警官でないことは自覚している。頭はいいほうだし、機敏だ。でも、衝動的で短気だから、すぐにキレる。さらに、大柄で、がっちりした体格だから、怖がられることがよくあるのは気づいている。どうでもいいことだ。必要とあれば、同僚や町のチンピラたち相手に優位性を保つため、自分のいかつい見た目を利用している。

彼は今、捜査車両でノシュボリのローケス通りに向かっている。午後十二時半なのに、どういうわけか、朝のような渋滞が発生していた。中心街から郊外まで一時間以上かかった。のろのろとしか進まないため、またもブレーキを踏まなくてはいけないことに、シーモンは悪態をついた。やっとのことで目的地に到着したときは、一時四十分になっていた。

その住居地域は灰色がかっていて、衰えの気配を感じさせ、だれかが住宅修理の決定を下さなければ、年々荒れ続けていくだろう。何年も前に廃車になっていてもおかしくない車が、路上にとめてある。駐車場の街灯のそばに、茶色い三人掛けソファが置いてあり、街灯が居間の異様なフロアランプのように、ソファの上にそびえ立っている。

「なんで、こんな状態になるまで放っておくんだ?」車をロックしながら、シーモンは大きな声で独り言を言った。

今朝たまたま選んだ、黒のレザージャケットとドクターマーチンのブーツが、その場の雰囲気にマッチしていた。駐車場から共同住宅へ向かう間、自分が育ったアパートに戻ってきたような安堵を覚えた。歩道の真ん中に、子供用自転車が乗り捨てられている。シーモンはそれを持ち上げて、物置の壁にきちんと立てかけてから、また歩き続けた。

二十代前半の男性が数人、振り返って、彼を視線で追っていたが、気にしなかった。

シーモンは北部の町キルナで、鉱山労働者の子供たちに混じって育ち、その地区の路上で、喧嘩を覚えた。その後は、まず軍隊で山岳猟兵として、続いて警察学校で腕を磨いた。彼は恐れを知らなかった。

目的の部屋番号を見つけるまで、シーモンは階段を上り続けた。玄関ドアの横の入居者名リストに、イブラヒム・エスラルの名前は載っていなかった。スプレーで落書きしてあるエレベーターは避けて、黒い鉄の手摺《てす》りのついた、ごま塩色のコンクリートの階段を上りながら、ドアの名前をチェックした。階段は揚げ物と香辛料のにおいがする。シーモンの子供の頃の階段が、ベーコンと不快な汗のにおいだったように。各階の廊下に置いてある、自転車やベビーカーや引っ越し用段ボール箱を注意深くまたいだ。

三階で、手書きの紙を貼ったドアを見つけた。〝エスラル〟。シーモンは、ドアを強く叩いてから待った。少しすると、初老の女性がドアを開けた。

「どうも。警察の者でシーモン・イェーンといいますが」

その女性の怯えた目を見た彼は、急いで言い足した。

「事件とかいうことではありませんから」

シーモンは微笑もうと努めた。

「イブラヒム・エスラルさんに話を聞きにきただけですが、いらっしゃいますか？」

その初老の女性は、ショックを受けたように、少しの間シーモンを見つめてから、両手を顔に当てて、すすり泣きながらアパートの中へ消えた。面食らったシーモンは、女性を視線で追った。何かおかしなことでも言っただろうか？

彼女に代わって、セーターとジーンズ姿の、もっと若い女性が出てきた。

「どなたですか？　ご用件は？」女性は、ぶっきらぼうに言った。

シーモンが、先ほどの女性に言ったことを繰り返すと、若いほうの女性は彼を凝視した。

「いいえ、イブラヒムは亡くなりました。彼が死んだとき、警察はだれも助けに来てくれなかった。それが今になって……犬のようにこのこと……」

「はあっ？」シーモンは一瞬あっけにとられたが、すぐに冷静になった。「どういうことです？　こっちは……」

シーモンが話を続ける間もなく、女性は彼の目の前でドアをぴしゃりと閉めた。

少しの間、シーモンは握り拳を掲げて、またドアを叩こうとしていたが、考え直して、階段を下りていった。

車の中で、カールに電話をした。

「聞こえませんでした？」シーモンはイライラしながら言った。「やつは死んでましたよ」

「聞こえたよ」カールが冷静に言った。「動画の三人目の男マルクス・イングヴァションも死んでいた」

「ええっ？　どうやってわかったんですか？」

「ちょうど、エステルホルム署と話し終えたところだ。あそこがこの事件の捜査担当なんでね。二人とも一週間ほど前に、至近距離から撃たれた。処刑ってところか。ただ、拷問にはかけられていない。だが当面の間、犯人はおれたちが追っている人物という推定で行くとしよう……すべての資料をうちの班に送るよう要請をした」

「何が起きてるってんだ？　死亡者四人、マルコ・ホルストを加えると五人ですよ！　アントン・レフはどこに隠れてやがる？　あの野郎を逮捕してやるぞ、今すぐに！」

「やつが犯人ならな……」カールが言った。

「あそこまでイカれた人間は、やつ以外にいないでしょうが！」

「だといいがな。今すぐ署に戻ってこい。おれのところに、今回の銃撃事件に関する捜査資料があるから、マルコとファーディの関係者リストと照らし合わせてくれ」

カールが電話を切った。シーモンが助手席に携帯電話を投げつけると、跳ね返ってドアに当たり、シートの後ろに消えた。

「クソ！」彼は悪態をつきながら、右手でハンドルを叩いた。

それから、目に涙が浮かんだが、彼にはどうしようもなかった。

この不意の号泣発作は、三年前に離婚して、現在住んでいるファシュタ・ストランド地区の茶色で殺風景な1LDKに越してから始まった。初めは気にしていなかった。離婚が原因だろうとか、むかついているからだろう、一人暮らしにも慣れるだろう、そのうち治まるだろうと思っていた……

だが、最近は頻繁に発作が起こる。自分の中で、何かが壊れていくみたいに。そんな気分は嫌だから、弱さや悲惨さと闘おうと、ジムに通いはじめ、強迫的にハードなトレーニングに励むようになってきていた。子供のようにすすり泣く自分の姿を他人に見られるのを、ひどく恐れていた。そんなことがあってはならない。

視線を上げると、車の渋滞に突っ込む寸前だった。

「クソ！」大声で叫んで、急ブレーキを踏んだ。

34

その記事に、文章はあまり入っていなかった。カール・エードソンから受けた叱責もあって、彼女が記事にしたのは、昨晩目撃者が襲われたという事実を除くと、大した内容ではなかった。

「目撃者は今回は何とか逃れたが、それだってきみのおかげじゃない。警察側では、殺人未遂という扱いになる」会話を終わらせる前に、カール・エードソンが放った言葉だ。

それでも、大見出しとしては十分だった。「目撃者の女性、殺されかける」。マルヴィンが気に入る記事になった。

「スヴェア通りの死体の件は？　訊いてみたか？」

「そんな余裕はありませんでした」彼女はメモ帳を見下ろした。「いきなり電話を切られてしまって。カンカンでした」

「そうか、残念だな。法医学者に電話をしてみたらどうだ、何か得られるかもしれない」

そう言うと、マルヴィンは彼女の隣の、空いている椅子に腰かけた。

「どうしてですか？」

「拷問の跡があったか、教えてくれるかもしれないだろ」

「イヤです」アレクサンドラは、珍しく強い口調で言った。

マルヴィンが、問うように彼女を見つめた。

「そんなことしたって、無駄なときが多いじゃないですか」彼女は言い訳がましく言った。

「前にも訊いてみました。でも、無言。だんまり。訊こうとしただけで、怒鳴られたんです。『強引なハゲタカ』と罵られて」

「わかった。じゃあ、別のやり方で当たってくれ……」

「あちこちに電話をして……」

マルヴィンは不満そうだったが、うなずいた。

「あと、もうひとつ」彼女は言った。「今日、今から病院に行かないと」

「なんでまた？　健康そうなのに」

「ちょっと……私的なことで。一時間ほどで戻ります」

マルヴィンは立ち上がった。

「どうしてもというなら、仕方ない……」

携帯電話が鳴ったので、彼は電話を耳に当てて、もう片方の手を動かしながら、いなくなった。

アレクサンドラはメモ帳とレコーダーをハンドバッグに入れてから、カーディガンをはおった。

「じゃあ、ちょっと出かけてくるから」向かいに座る記者に言った。

パソコンの画面からぼんやりと目を上げたその記者は、何かに向けて片手を上げた。

「いってらっしゃい」のつもりに違いない。

35

イェンス・ファルクは、春の太陽を見上げて目を細めた。自由の身だ。拘禁生活を送ってきたが、やっと自由になった。控訴審で無罪判決を受けた。地獄は終わった。そのうえ、偶然にも、この日は彼の誕生日だった。六十二歳。

拘置所の外にあるベリィス通りは、犬の糞のにおいがし、冬に撒いた砂利が残っている歩道は、春らしく、ザクザクと音を立てた。イェンスは砂利を蹴散らした。だれも迎えに来ていない。帰宅の脚すら、自分で何とかしなくてはならないとは。永遠のように長い期間、拘置所に閉じ込めておきながら、扉を開けて「じゃあな」ときた。「すみませんでした」の一言すらなく。看守が一人「がんばれよ」と言ってくれただけだ。彼はまた砂利を蹴散らして、二百メートルほど離れた地下鉄ロードヒューセット駅目指して歩き出した。

自分に背を向けた家族のことが頭をよぎったので、また砂利を蹴ると、少し埃が舞い上がった。蹴るのはこれで三回目。仕返ししてやろうと考えていた。今すぐというわけではないが、そのうちに。ずっと考えていた。拘置所で、考える時間ならたっぷりあった。家族を連れて、山で釣りをしよう。和解の旅ってやつだ。ラーパンの海岸に、小さな丸太小屋があるのを知っていた。このおれを裏切るとどうなるか、思い知らせてやる。家族のことを頭に浮かべただけで、筋肉がピクピク動き、腹部に痙攣を覚える寸前だった。

家族は警察に通報した。あいつらはサツに電話をしやがった。

昨年の秋のことだ。霧雨が降り、風が強くて、外は真っ暗だった。だれも外に出たがらないような天候。なのに突然、玄関ベルが鳴った。

「おい、開けろ！」彼は叫んだ。

だが、妻も娘も返事をしなかった。二人は隠れていた。そして、イェンスがドアを開けると、外に警官たちが立っていた。

「イェンス・ファルクか？」警官の一人が言った。

「おれに何の用だ？」

「話を聞きたいので、中に入らせてもらいたい」

「断ったら？」

「その場合は、署に同行してもらう。そこで話そう」

警官は二人いて、そのうち一人は女で、同僚の斜め後ろに立っていた。答えずに、彼は少しの間、二人を凝視してから言った。

「じゃあ、入れよ。何だってんだ！」

彼は身振りを抑えようとしたが、動きがぎくしゃくと、大袈裟になりはじめた。自分でもどうしようもなかった。

警官たちは居間に座った。彼のソファに。

「何の用だ？　おれは何にもしてねえ！」

すると二人は、性的虐待の話をしはじめた。警官は彼の居間に座り、彼が娘をレイプしたと主張した。このおれが！　大胆にも、おれのうちでそんなことを言うとは！　自分の娘を！

「マリアにオルガ、こっちへ来い！」イェンスは、家中に響く声で怒鳴った。

少しして、彼の妻が居間に入ってきた。その後ろに、哀れなバカ娘オルガがいた。

「こんなことしたのはおまえらか？」彼は警官を顎で指した。

女警官がソファから立ち上がった――ところで、だれが、警官に座るよう言った？　おれじゃねえ――そして、マリアとオルガのもとへ行った。

「少し離れたところに座りませんか？」女警官はそう言って、答えを聞かずに、妻と娘とキッチンへ向かいはじめた。

少しして三人が戻ってきたところで、女警官が同僚にうなずいた。

「署まで同行願います」男の警官が言った。

「おれはどこへも行かねえよ！」

「不要にことを荒立てないように。イェンス・ファルク、逮捕する」

「なんでだよ？」

「娘さんに、繰り返し性的暴行を加えた容疑で」

自分が何を怒鳴ったかは記憶にないが、警官を振り切って、マリアのところへ走り寄り、殴ってダウンさせたのは覚えていた。顔面に強烈な右ストレートを一発食らわせてやった。

彼は、妻が床に崩れる様子を覚えていた。そして、オルガの叫び声も。警官たちが彼に飛びかかって手錠をかけ、彼の顔を床に押しつけたことも覚えていた。

「ただじゃおかねえからな」息が詰まりそうな声で、イェンスは言った。「覚えてろよ！」

妻と娘は、ショックを受けた表情で、警官に連行される彼の姿を追っていた。だが、彼にはお見通しだった。あの二人が、自分を警察に売ったのだと、家族である自分に背を向けたのだと。

建築現場で、どれほどあくせく働いてきたことか。寒くて隙間風の入る、濃い灰色のコンクリートと鉄の、クソみたいな建物。すべて家族のためだった。なのに、あいつらが感謝の気持ちや忠誠心を見せたことなんて、一度もありゃしない……

「おまえら、覚えとけよ！」警官にパトカーの後部座席に押し込められるときに、彼はわめいた。

そのわめき声は裏返っていた。その後の静けさ。パトカー。拘置所。裁判。控訴。そして、新たな裁判。

だが、彼はやっと自由の身だ。警察が間違っていた。彼は、訴えられるようなことは何一つしていない。

「拘置期間に対する損害賠償請求をしたらどうです？」彼の弁護士が言った。

「まったくそのとおり、おれはするぜ！」

地下鉄駅まであと一歩というとき、突然一人の女が彼のもとへやってきた。考えに没頭して、それまで気づかなかった。でも、彼女は彼を待って、拘置所からあとをつけてきたに違いない。ほう、いい女だ。ダークブラウンのロングヘア、青い目にふっくらとした唇。

「どうも、《アフトンブラーデット》紙の者ですが、質問をいくつかしてもよろしいですか？」

「どんな質問だよ？」

「自由の身になった感想をお聞かせ願えませんか？　半年間、拘置所にいましたよね？」

薄い緑のカーディガンを着ているその女は、持っている小型ＩＣレコーダーを彼の前につきつけた。イェンスは最初、はねのけてやろうと思ったが、彼女を観察しながら、背筋をピンと伸ばした。

「やっとだ！　そういう気分だな。やっと！　ずっとわかってたさ、おれを逮捕するべきじゃなかったってな」

「判決が言い渡されたとき、あの場にいたんです」《アフトンブラーデット》の女記者が言った。「あなたが無罪判決を受けたとき、お嬢さんはひどく取り乱していたようですが」

「あの……」

あのあばずれと言うところだったがこらえた。代わりにこう言った。

「嘘ついたことを後悔でもしてるんじゃないのか、おれの知ったこっちゃない……」

「そうは見えませんでしたが」

「あんたに何がわかる？　おれは無罪。わかったな！　裁判官が、おれは無罪って言ってるんだぜ。裁判官がな！　あんた、何様のつもりだよ、この……」

「裁判官はそうは言っていませんでしたよ。あなたが有罪ということを証明できなかったと言ったまでで……」

「おい、名前を名乗れよ」

イェンスは、彼女の顔の前で手を振った。

「アレクサンドラ、アレクサンドラ・ベンクトソンといいます」

「おい、アレクサンドラ、報道くそビッチ、地獄に堕ちろ！　おれは自由なんだ！　あんたが何と言おうと、それは変えられねえってわけよ！」

彼がICレコーダーを払いのけたので、レコーダーが飛んで歩道に落ちた。

「どけ！」彼はアレクサンドラに言った。「おれは地下鉄に乗るんだよ！」

彼女は一歩脇に寄って――賢明にも――彼を通した。イェンスは、だらしなくぎくしゃくした足取りで、素早く地下鉄駅へ下る階段に向かい、消えていった。

アレクサンドラは立ち止まったまま、彼を目で追った。横に並んで歩いていた三人組が、彼女にぶつかった。くそったれ、思わず苛立ってそう思ったが、苛立っているのは、自分自身に対してだった。ここに来なければよかった。マルヴィンの言うとおりだ。記事にするほどのことではない。ストーリーがない。

でも、どういう心境か訊きたかった、あの男の顔を見たかった、後悔しているか確かめたかった。

*

36

時計に目をやった。イェンス・ファルクは予想より遅い時間に出所した。診察にこれほど時間がかかるはずがない。どこに行っていたのか、マルヴィンに訊かれるだろう。何とか言い訳を見つけなければ。彼から、やめろとはっきり言われていた、イェンス・ファルク事件の取材に勤務時間を費やすなど、マルヴィンが受け入れるはずがない。

彼女は早足で、編集室のあるシェーレ通りへ向かった。

コーヒーカップを手にオフィスチェアの背にもたれていたカールは、オフィスに戻ってきたばかりのシーモンを見つめた。

「どこへ行っていたんだ？」

「どこも何も」シーモンが、脱いだジャケットをデスクの上に投げつけたので、書類が数部、床に落ちた。

「ちょっと、少し落ち着いてよ」ジョディがそう言って、書類を拾い上げた。

「渋滞！　常に渋滞。まったくどうしようもない街だ。市内を車で移動するのを禁止すべきだ」

「で、きみにだけは、許可が下りるってわけか……」カールは言った。

「はあっ？」

「何でもない」カールはコーヒーをすすった。

カールは目の前の、印刷した捜査資料をめくった。

「例の二人は、六日前と七日前に射殺されている。まず、イブラヒム・エスラル、それからマルクス・イングヴァション。エスラルは二発、イングヴァションは三発。二人とも、自宅近辺で撃たれている。エスラルは、片側が塞がっただれも歩かない地下横断歩道で、そして、イングヴァションは公園でやられた。目撃者はいない」

彼は視線を上げた。

「セシリアがファーディ・ソーラに関して言っていたことが正しければ、この二件は、ソーラ殺害の一日後か二日後に起こったことになる」

「アントン・レフとの関連性は？」ジョディが言った。

カールは首を左右に振って、資料を閉じた。

「なしだ。少なくとも、今わかっている範囲では何もない。それに、この殺人犯は、まったく違った手口をとっている。ファーディ・ソーラが殺害されてから両日中に、この二人が撃たれたという事実をものすごい偶然だとするなら、犯人は別の人間だと言うところなんだが」

しばらく、だれも何も言わなかった。

「アントン・レフ、マルコ・ホルスト、ファーディ・ソーラ、それにいまや、イブラヒム・エスラル、それからマルクス・イングヴァションが関与していた、麻薬や武器の不法取引を探ってみよう」

シーモンは、デスクの上を指で強くコツコツと素早く叩いた。

「マルコ・ホルストの捜査で名前の挙がっていた人物は、もうすべて調べましたよ。結局、何も見つからなかった。マルコ・ホルストの事件に関しては、全員にアリバイがあります。薬物取締課にも問い合わせてみたんですが、そっちも、情報なし」

「今回挙がった、新しい名前に関しては？」カールは言った。

「まったく」

室内は静かだった。シーモンは、指でデスクを叩き続けていたが、カールに睨《にら》まれてやめた。

「アントン・レフ」ジョディが言った。「彼のファイルを読んだところ、ひどい家庭環境で育ったようです。父親がどうしようもない大酒飲みで、家族をあざだらけになるほど殴っていたみたい」

「そんなやつは、掃いて捨てるほどいる……」シーモンが言った。

「そうよね、もちろん。でも、アントン・レフの父親は、自分の娘を男たちに売った罪でも起訴されているのよ。有罪にはならなかった。でも、アントンの姉が、かなり奇妙な状況のもと、亡くなっているの。一九八五年、ノルテリエのグラーン公園で、遺体となって発見された。虐待と暴行による死よ。その罪で有罪になった者はいない。アントンが十二歳のときの出来事」

「ああ、それならおれも読んだよ」カールは言った。「だけど、そのことが、ファーディ・ソーラやつの友人と、どうつながると思っているんだ？」

「あくまでも推論にすぎませんが」彼女はホワイトボードへ向かった。

髪を搔き上げてから、赤いマーカーを手に取った。

「マルコ・ホルストは、未成年の少女をレイプして有罪判決を受けています」

ジョディはマルコの写真の下に、〝セックス〟と書いた。

「ファーディ・ソーラとイブラヒム・エスラルとマルクス・イングヴァションは、少女を性的虐待する自分たちの行為を、携帯電話で撮影している」

三人の写真の下にも、〝セックス〟と書いた。

「そして、アントン・レフの姉は性的虐待を受けていた」

カールは両手で顔を擦った。苛立っているときによくするしぐさだ。

「つまり、きみが言いたいのは……」

「……結びつけているのは、性的暴行を受けた女性たち」ジョディが言った。「そして動機は、彼らへの報復」

「どうして？」シーモンが言った。

「お姉さんのためかもしれない。アントンは自分の父親のような男を嫌い、同じような行為に及ぶ連中を殺してまわっているとは考えられない？　代理ミュンヒハウゼン症候群みたいに。父親を殺す代わりに、三人を殺した……父親がまだ健在か、調べるべきでは……」

「……もう調べたよ」シーモンが話を中断させた。「四年前に死んでいる。事件性はないようだ。自分の嘔吐物で窒息死。アルコール依存症。そして母親は、子供たちがまだ幼い頃に母国のフィンランドへ逃げて、それっきり音沙汰なし。フィンランドの警察に問い合わせたところ、母親は去年死亡したそうだ」

ジョディは、いぶかしげにシーモンを見た。

「乳がん。病院で死んだんだと。でも、きみの推論はそれでも腑に落ちないね……」

「えっ、どこが腑に落ちないのよ？」

「アメリア・ジェロフ。レフの浴槽で、切断されて発見された女性。姉の報復ならば――なんで弱者の娼婦を切り身にしたりするんだ？　きみの推論に従うと、その女を買う連中あたりを切り身にするはずだろ」

しばらく、沈黙が続いた。

「でも、なかなかいいところに目をつけたじゃないか、ジョディ」やっとカールが言って、デスクの上の書類をかき集めはじめた。「レフを捕らえたら、問い詰めてみよう。やつは一体、どこにいるんだ……？」

「次の被害者を殺すのに忙しいんじゃ」シーモンが言った。

彼はまた、指でデスクをコツコツ叩きだした。カールは無視したが、シーモンが正しいような気がした。

「それで、情報提供のほうは？　何か得られたか？」

ジョディは首を振った。

「五十件ほど寄せられていますが、直接アントン・レフの行方に関係するものはありません」

カールは腕時計に目をやった。古いオメガで、高校卒業のときにプレゼントとしてもらい、二回修理に出している。傷の入った文字盤を見ると、午後六時を少し回ったところだ。

「そろそろ、家に帰るか。続きはまた明日」

「明日は土曜日ですけど」シーモンが言った。

「わかっている」カールは言った。「残念だが……」

鼻を鳴らしたシーモンは、デスクの上のジャケットを取って、素早く部屋から出ていった。

37

午前零時に近かった。砂場やブランコにはひと気がない。そよ風が若葉の間を吹き抜けることもなく、ライラックの茂みは穏やかだ。中庭は閑散としている。それでも、シド・トレーヴェルは、ここ数週間に幾度となく感じたような感覚を覚えていた。だれかが自分を観察している。そして彼は、そんな気配に無頓着なタイプではなかった。

中庭を囲む、赤煉瓦色の集合住宅に目をやった。ここスカルプネック地区のピルヴィンゲ通りに住んで四年になる。ほとんどの窓は暗かったが、シドは立ったまま、長いこと待っていた。向かいの建物の表玄関が突然開き、犬を連れたフードをかぶった男性が出てきて、角を曲がって消えた。見覚えのある顔。シドが感じていたのは、あの男の気配ではなかった。

シドは中庭を見回した——芝生、アスファルトの道、遊び場、そしてライラックの茂み。

手には、いつも携帯しているナイフを握っていた。使い方ならお手の物だ。ナイフのほうがいい。音が出ない武器だし、目撃される危険性も少ない。

彼はやっと後ろを向いて、中庭から通路を抜けて、道路に出た。さっきの犬を連れた男性が通ったのと同じ通路だ。

シドの車は、この通りに駐車してある。最大級のディーゼルエンジン搭載の大型アウディQ7。国内でこれほど大きいエンジンは購入できないので、ドイツから個人輸入した。本当なら、路上駐車はしたくなかった。危険すぎる。だが昨日、中庭にとめていたら——駐車違反で罰金をとられたり、隣人からの苦情が来たりするにもかかわらず、よく勝手にとめていた——子供たちに、傷をつけられてしまった。トランクからヘッドライトまで、石で片側に一直線。悪ガキどもを見つけたら、その石をどう使うか教えてやるところだ。

ピルヴィンゲ通りはスカルプネック地区のはずれにあり、バーガルモッセンへ続く緑地に面している。街灯にごく近い場所を除くと、芝生と森の木立は暗かった。

シドはポケットに手を入れて、ナイフの存在を確かめ、安心感を味わってから、自分を尾行しているのがだれなのか考えながら、車まで歩きはじめた。

キムだ、彼はそう思った。あのブタ野郎キムかもしれない。確かに、車の支払いのことで彼を騙したことはあるにせよ、支払いが遅れるなんてことは、だれにでもあることだ。

車！　そう考えた。すぐに悟った。あまりにも衝撃的に浮かんだその考えに、彼は転びかけた。

キム、あのクソったれ野郎……車に傷をつけたのはあいつだ！　ここに来たのはあいつだったのか！

シドは早足で車へ向かった。運転席の下に拳銃を隠してある。M1911、アメリカ合衆国のよく知られた軍用拳銃。今となっては、ナイフだけでは不十分だ。ある光景が、頭の中を駆け抜けた。キムが地面に横たわって、命乞いしている。拳銃を手にした自分が、彼を見下ろすように立っている。

次の光景――椅子に縛られた状態で座っているキム。やつに制裁の印を刻もうとしている自分。口を切り裂いて、ピエロのように笑った口元にしてやる。やつに噂を広めさせたいだけで、殺す気はない。シド・トレーヴェルに嫌がらせをするとどうなるか、他の連中に思い知らせてやる。

シドは今年の春に四十九歳になり、体調は絶好調だった。週三、四回、ジムでトレーニングに励んでいる。キックボクシングのトレーニングもしている。大柄だが、大きすぎるわけではない。大切なのは、不格好にならないことだ。最後に体重を量ったとき、体重計は九十一・五キロを指した。腹部に触れてみた。脂肪はない。筋肉のみ。一八八センチの筋肉だ。

車まであと一メートルというとき、彼は素早く振り向いた。暗闇にだれかがいる。

「クソったれキム、出てこいよ」暗闇に向かって叫んだ。

答えはない。

「地獄に行きやがれ！　とっ捕まえてやるから、覚悟しろ……」

何が起こったのか、わからなかった。拳銃を取ろうと、運転席のドアを開けて手を伸ばした瞬間、衝撃が走った。その直後の激痛で、体の内部がねじ曲げられる感覚を覚えた。筋肉がまだ言うことを聞いてくれたなら、わめき散らしたところだ。でも、全身が痙攣を起こして引きつけを起こしたようだった。両脚が痙攣しながら広がり、なすすべもなく地面に倒れ込んだ。

それから、だれかに両腕をつかまれ、体をねじってうつ伏せにされ、後ろ手に縛られるのを感じた。体を動かそうとしても、腕は震えるばかりで、言うことを聞かなかった。立ち上がろう、脚を動かそう、抵抗しようとしたが無駄だった。その人物に、手と同様、両脚もなすがままに縛られるのを感じることしかできなかった。

少しして、後部ドアが開く音が聞こえ、両脚をつかまれるのを感じた。頭を何度もアスファルトにぶつけながら、歩道を引きずられて、後部座席に押し込められた。最終的に、体の自由が利かないまま、体の一部は床に、一部はシートに横たわっていた。わかったことといえば、自分はテーザー銃で撃たれたこと。それから、両腕と両脚を縛られていること。叫ぼうとしても、聞こえるのは、自分の不規則な呼吸だけ。

車の床にうつ伏せ状態だったが、何とか首をひねって、自分を撃った人物を見ることができた。だが、顔は目出し帽で覆われている。

「キム？」シドは声を絞り出した。

それから、口と目に銀色の粘着テープを貼られて、目の前が真っ暗になった。

頭をドアに押しつけられるような姿勢で横になっていた彼は、少しでも楽になろうと体を動かしてみたが無駄だった。エンジンが鈍い音を立ててかかり、ギアが入って車が動きはじめたとき、ガクンと体が揺れるのを感じた。

また叫ぼうとしたが、聞こえるのは、粘着テープの下からの、くぐもった呟きだけだった。

38

五月十日　土曜日

そのアパートの一室は半年以上空き家だったが、オスカル・ブリンドマンは突然、だれかがそこに越してきたことに気づいた。七十二歳のオスカルは、その新しい隣人が気に入らなかった。以前そこに住んでいた若い女性がいなくなって寂しかった。彼女は引っ越してきたその日に、挨拶に来てくれた。名前はマリー・マッツソンで、彼の新しい隣人だと自己紹介してくれた——そして、助けが必要だったり、騒音が気になるときは、いつでも言ってほしいと言ってくれた。それをきっかけに、二人は知り合いになった。時折オスカルが彼女をコーヒーに招待したり、脚の調子が悪いときは、彼女が買い物の手伝いをしてくれたりした。

でも、彼女は引っ越してしまった。消えてしまったというほうが的確かもしれない。さよならも言わず、ただいなくなってしまった。そして、部屋は空き家のままだった。数日前までは。

新しい隣人には一度会ったきりだ――ゴミ出しの際に。オスカルは挨拶をし、手を差し出して、このアパートへようこそと言った。そわそわした様子でためらいがちに、その男性も挨拶をし、自分の名前を言って目を逸らした――アントンと言った。

身なりはきちんとしていたが、顔つきに性格がにじみ出ていた。疲れ果てた様子、イライラした表情、深いしわ、悪意に満ちた目。犯罪者のようだ、とオスカルは思った。

それ以来、その隣人を見ることはほとんどなかった。一応アントンという名前らしいこの人物は、だれも起きていないような非常識な時間に部屋に出入りしていた。

だが、オスカルはなかなか眠りにつけない人間で、早朝に目覚めることも多かった。膝の痛みが原因だった。ベッドに残ったまま、もう一度寝ようと試みることもあったが、諦めて起き上がり、コーヒーを淹れて新聞を読むのが常だった。痛みで目覚めるのは、新聞配達のせいなのかもしれないが、彼にはわからなかった。でも、オスカルが玄関ホールへ行くと、新聞はいつも冷たかった。新聞配達のカバンの中にある朝の冷え込みが、新聞にまだ残っているかのようだった。

この日、キッチンテーブルに着いたオスカルは、コーヒーカップを横に置き、丁寧に新聞を広げた。けれど、階段から音が聞こえてきたので、玄関ホールに行って、覗き穴からドアの外を覗き見した。

あのアントンという男が帰宅したところだった。男は階段であたりを見回してから、コソコソと中へ入って、ドアを閉めた。オスカルが新聞と冷めたコーヒーのあるキッチンへ戻ろうとしたそのとき、隣人のドアがまた開く音が聞こえた。男はゴミ袋を手に、階の反対側の奥にあるダストシュートへ急ぎ足で行った。その間、男がドアを開けっぱなしにしていたので、室内がよく見えた。

オスカルは息を呑んだ。玄関ホールとバスルームはきちんとしていた。外出着が帽子棚の下に掛かっていて、その下に、靴がきちんと並んでいた。バスルームのドアに掛かっているガウンまで見えた。

でも、すべて、女性用の衣類だった。ホールに掛かっているのは女性用コートで、シューズラックに並んでいるのは女性用の靴。そして、オスカルには見覚えのあるものだった――すべて、元隣人マリーのものだった。

39

シーモン・イェーンがオフィスに入ってきたのは、午前十時過ぎだった。カールとジョディは、すでに一時間そこにいた。

「何をしていたんだ？」カールが言った。

シーモンは、頭を振るだけだった。

「決まってるでしょ、渋滞ですよ、いつもいつもクソ渋滞。土曜日ですら。北部のキルナに戻ったほうがよさそうだ」そう言って、倒れるように椅子に座り込んだ。

それと同時に、カールの電話が鳴った。彼は何も言わずに、長いこと耳を傾けていた。

それから、ジョディのデスクの上のメモ帳を引き寄せた。ジョディは、カールにペンを差し出した。

「遅い時間？　でも、まだ……なるほど。わかりました。お名前は……オスカル・ブリンドマンさん……」

カールは話しながら、メモを取った。シーモンは退屈そうにホワイトボードを見ながら、ペンをかじっていたが、ジョディは興味ありげに、カールのほうに身を乗り出した。

「階段ですか……うるさい？　そうですか。ですが、どうしてここに電話を……？　そうですか、それはすみませんでした。つなぐべき部に取り次ぐのは、そう易しいことではありませんので……どういったふうに……？　はあ……どうやってわかったのですか？　覗き穴から見えた……女性用の服、その男性は女装をしていた？　違う、なるほど……玄関ホールが女性用の衣類だらけということですね。でも、それは構わないのでは……その男性のものではない。はあ……ええ、調べてみましょう……もちろん！　お電話ありがとうございました。ええ、役立つ情報かもしれません……ちょっと待ってください、お住まいは？　わかりました。いいえ、外出しないでください。ええ、ドアには鍵をかけて、大丈夫ですよ……」

それから、カールは電話を切った。

ジョディは待ちわびるように、カールをじっと見た。

「正直なところ、電話をこちらに取り次いだのがだれなのかわからないね……」

「でも……？」彼女が言った。

「突破口が開けたかもしれないぞ。時期と容姿も一致する。それに、自称アントン」

40

アントン・レフは、寝ぼけ眼《まなこ》で暗い寝室を見回した。ベッドの横の時計は、十時半を示している。午前中だ。日中は寝ている彼は、どうして目覚めたのか気になった。窓のブラインドは閉まっているので、外は見えない。でも、眠りながら音を聞いた。気がかりな音だった。

よく聞こえるように、ベッドから体を半分起こした。だれかが階段を歩く音なのだろうが、ここ数日間は神経質になっていたので、うたぐり深くなっていた。それに、自分の直感を信じることを身につけていた。

掛け布団を横に払いのけて、何ごとかチェックしようとしたそのとき、寝室のドアが開け放たれた。

強い円すい状の光が彼に向けられた。だれかが叫んだ。

「警察だ！　動くな！」

アントンは、転がってベッドから出ようとした。ベッドサイドテーブルの上に拳銃があるし、床から届く。でも、拳銃に手を伸ばしたときに、自分に飛びかかってきた一人の警官の影が目に入った。

その男性警官の膝がアントンの胸を直撃し、彼を床に戻した。息が詰まると同時に、アントン・レフは降参した。

警官に胸部からおりるよう身振りで示しながら、警察はどうやってここがわかったのか不思議に思った。きわめて慎重に行動していたし、早朝以外、アパートの部屋から出ることはなかった。

だれかに見られるなんて考えられない。それから思い出した――隣人。

警官が彼を床から引きずり上げて、壁に押しつけた。パンツ以外何も身に着けていないアントンは、苦しそうにあえいだ。

「電気をつけろ！」その警官が叫んだ。

突然、天井灯からの光で部屋が照らされた。制服警官が二人、自動小銃を向けて、戸口に立っていた。照明を浴びたアントン・レフの細い体は、透明がかって見えた。

「服を着ろ！」警官は、彼をハンガーのほうに押しやった。

アントンはとっさに隠そうとしたが、自分の背中にある、格子のような傷痕がはっきり見えるのはわかっていた。縦横に乱雑に走る白い線、成長期に鞭で打たれた痕だ。

「おれ、何もしてねえよ」いまだ息苦しそうにしながら、彼はかすかなうめき声をあげた。

「同行するって。なんでなのか、教えてくれよ」

警官は、服のあるところまでアントンについていき、一枚一枚調べてから、アントンに手渡した。

服を着ると、警官は彼の両腕を背中に回してつかみ、壁に押しつけて、その手首に手錠をかけた。アントンは、何の抵抗もしなかった。

「複数の殺人容疑で逮捕する」

「さっぱりわかんねえよ」また普通に呼吸ができるようになった今、アントンは冷静に言った。「殺人？」

「アメリア・ジェロフ他、数名を殺害した」

「だれ?」

「おまえが浴槽で肉を削いだ女性だ」警官が言った。

「ああ」アントンは言った。「そういう名前だったんだ。知らなかったよ」

＊

その三時間後、アントン・レフが認めたのは三つのことだけだった――浴槽であの女性を殺害したこと、自分の名前はアントン・レフ、そして、マリー・マッツソンの部屋を、黙って又借りしていたこと。このことを聞き出すのにかかった時間は計十五分。

その他の時間は、まったく無意味だった。カール・エードソンが質問をしても、アントン・レフは基本的に、二つの答えを繰り返すだけだった。「おれじゃねえ」と「何のことか、さっぱりわかんねえな」

カールがファーディ・ソーラに関する五度目の質問をしたときも、彼は、落ち着いて忍耐強く、だれなのか知らないと答えた。

「マルコ・ホルストは知っているだろ?」

「マルコ……?」

「ローベット・イエンセンだ、服役中に改名している」

アントン・レフは冷静にうなずいた。自分の置かれている状況にまったく心を乱すことなく、穏やかな声で単的に答えた。

「ああ、ローベットなら知ってる。おれを殺そうとした。おれは身を守った」

「どうしておまえを殺そうとしたんだ?」

レフはデスクを見下ろしながら、どう答えるかを沈思しているようだった。

「原因は女。ローベットの女」

「その女性がどうしたというんだ?」

「リーサってんだ。と思うけど。ずいぶん昔のことさ」

「それで?」

「おれ、その女と……関係持っちまってよ」

「それで?」

「あの女、ローベットに見つかっちまって、てか、おれたち。というか、おれがな」

レフは警官たちを熱心に見つめながら、両手をデスクに押しつけていた。カールは、彼をじっくり観察した。

「どんな関係だったんだ、おまえとその女性は?」

レフは驚いた表情で、視線を上げた。

「おれたち……付き合ってた」

「なるほど。こちらが言いたいのは、おまえはその女性を愛していたのかということだ」

カールは言った。

レフは質問を熟考した。

「いや」やっと答えた。「寝たんだよ。いい女だったし、どこか魅力的だったから。それだけさ」

「わかった。それからどうなった?」

「おれ……」

彼が黙った。明らかに、話しにくい内容のようだった。

「あの女を縛りつけて、まさに……」

「……切りつけるところだった?」カールはそう言うと同時に、黙っておけばよかったと後悔した。

レフがゆっくりうなずいたので、カールはデスクに身を乗り出した。

「取り調べ中のアントン・レフがうなずいた」カールはそう言った。

レフの当惑した視線に、カールはデスクの上のレコーダーとマイクを顎で指した。

「ああ、でもそこまでいかなかった。おれたち、ローベットに見つかっちまったからよ……おれが見つかった。あいつに殴り殺される寸前だったぜ、野球のバットでな」

「なのに、階段で転んだと主張したのは、なぜだ?」

「もっとひどい目に遭ったことあるし、あいつに、あの女のこと……おれが何をしようとしていたのか、言いふらされたくなかった。ちゃらにするって意味だ」

「なるほど。だが、おまえは一度、女性を拷問にかけて、捕まっているだろ……」

レフはうなずいた。

「その前。ローベットに会う前さ。つまり、そのマルコとやらに……おれも若かったし、バカだった……」

「でも、それから学んだということか？」

レフはうなずいた。

「ああ、今の今まで、警察はおれを逮捕できなかっただろ……」

彼は笑った。カールは、もの問いたげに眉をひそめた。

「他にも拷問して殺した女性はいるのか？」

「殺してなんかいないさ。拷問だってしてねえし。さっきの女以外は……」

「アメリア・ジェロフ、ブルガリア人」

「ああ、そいつだけさ」

「どうやってその女性と知り合った？」

「もう訊いただろ」

「ああ、また訊いている」

「覚えてねえな。あいつが浴槽に浸かっていて、警官がドアを叩く前のことは、何にも覚えちゃいない」

「まったく何も？」カールは懐疑的に言った。

「何にも。錯乱してたのか、病気が再発したのかもな。まあ、以前患っていたんでね」

カールはため息をついた。アメリア・ジェロフ殺人容疑で逮捕できるだけでも、喜ぶべきなのだろう。

「だが、ファーディ・ソーラとイブラヒム・エスラルとマルクス・イングヴァションについては?」

レフは冷静に首を振った。

「そんな名前聞いたことねえよ」彼は穏やかな声で言った。「だれだよ、そいつら?」

カールは諦めた顔をした。

「検査用綿棒でサンプルを採取する必要がある。DNA鑑定を行うんでね」

取り調べで初めて、レフが不安そうにカールを見た。

「痛いのか?」

「いや」カールは立ち上がった。

「よかった……」

「そろそろ休憩をとろう。アントン・レフの聞き取りは十三時五十七分終了。五月十日土曜日」

＊

「何かおかしい」カールがそう言ってオフィスチェアに深々と腰かけると、椅子はすぐに沈みはじめた。

「えっ?」シーモンが言った。

「おれたちが捜しているのはやつじゃないと思う。アントン・レフじゃないと確信している」椅子がこれ以上、下がらないところで止まるまでの間、カールは脚を前に伸ばした。カールは、シーモンとジョディの席のちょうど真ん中に当たる、壁の茶色がかった赤の染みを目を凝らして見ていた。

「どうしてですか?」ジョディが言った。

「あいつを信じるからだ」

「頭のイカれたサディストのことを?」シーモンは胸の前で腕を組んだ。

「ああ。やつはおそらく正気じゃない。でも、いわゆる犯罪者とつるんでいたわけでもない。強盗でもなければ、麻薬密売人でもない。ファーディ・ソーラとかマルクス・イングヴァションの名前なんて聞いたことないという、やつの言葉を信じるね。彼らには会ったこともないと思う」

シーモンは首を振った。

「いや、やつは嘘をついてる!」

カールは両腕を広げた。

「サンプルを採取したから、あとはDNA鑑定の結果待ちだ。指紋じゃ一致しなかった。まったく一致なし。どこにもなし」

「筋が通っていると思います」ジョディが言った。

彼女は立ち上がって、殺人事件に関連する写真や覚え書きが貼ってある、ホワイトボードへ向かった。

「レフとジェロフを除くと、他の事件はつながります――少なくとも、つなげやすくなります」

彼女は赤いマーカーを使って、他の名前を丸で囲んだ。

「これらの事件では、犯罪者への拷問が特徴です。例えば報復、見せしめ願望といった、明らかな特性が見られます。それに、犯行の手口も、それなりに類似点があります。テーザー銃やネイルガン……アントン・レフとアメリア・ジェロフの事件では、そうした特徴はまるでありません。あるのは、無防備な被害者に向けられたサディズムだけではないかと……」

シーモンは両手を後ろポケットに突っ込んで、ふてくされた顔をしていた。カールはうなずいた。

「アントン・レフは完全に頭がおかしい。残りの一生、どこかに閉じ込めておきたいよ。あいつが女性の削いだ肉をどうしたか、想像するのもおぞましいね……」

シーモンがすぐに言った。

カールは続けた。

「封筒に入った状態で見つかるのを待つばかりだな」

「やつを捕らえたことを誇りに思うべきだ。よくやった！　だが、アントン・レフが以前マルコ・ホルストとつながりがあったのは、単なる偶然だろう。アントン・レフの件はストックホルム北部所轄に任せようと思う。アメリア・ジェロフ、それにマリー・マッツソンの行方も。少なくともDNA鑑定の結果が出るまでの間は」

「クソー!」シーモンは立ち上がり、革のジャケットを素早く取って、部屋から出ていった。

「どうしたんだ?」カールは言った。

「がっくりきてるんですよ」ジョディが言った。「事を複雑にするのが嫌いな人だから。物事は白か黒かしかないってタイプですから」

カールはジョディを見つめたが、何も言わなかった。

「今から何をしましょうか?」ジョディが言った。

「待つ」

「待つって何を?」

「次の被害者だ」

ジョディは驚いた。

「諦めてしまうのですか?」

カールは、オフィスチェアに掛けていた背広を取った。

「そうかもしれないな。でも、今日は土曜日だ。今から休みだ。それに値するだけの仕事ぶりだったじゃないか。みんな、よく働いたよ」

彼女の問うような表情を見て、カールは笑った。

「今これ以上の進展は望めないから、そんなときは休むのが賢明だ」

「わかりました」彼女は少し落胆した表情を見せた。

「じゃあ、月曜日に会おう。元気でやる気満々の状態でな」カールは楽しそうに話そうと努めてはみたが、ただ威勢がいいだけの言い方になっているのは自分でもわかった。

それ以上バカなことを言い出す前に、急いでその場を去った。

41

アレクサンドラ・ベンクトソンは、ジムでベンチプレスから起き上がった。

筋肉質の腕は激しい運動で震え、激しく呼吸した。

「ありがとう」ベンチプレスでバーベルを持ち上げるときに後ろに立ち、最後の反復で手助けをしてくれた男性に言った。バーベルの重さは五十キロ。

彼女はウォーターボトルを取って一口飲み、フリーウェイトへ向かった。上腕二頭筋を鍛えている男性が、こちらをじっと見ていた。視線を気にせず、十キロのダンベルを二つ取り上げて、肩のトレーニングを始めた。歯を食いしばって、鼻で荒く息をし、汗と鉄とゴムのにおいを吸い込んだ……

娘のヨハンナを預かっていない週には、ほぼ毎日トレーニングをする。ジム、でなければ、オシュタ湾に沿ったジョギングコースで。心が空っぽになり、トレーニング後、シャワーを浴びているときに感じる、体内に広がる平穏が好きだった。

エーリックと離婚してから、新しい相手は見つけていない。日々することがありすぎて、気力が残っていなかった。

晩になって、今日が土曜日だということを考えないようにした。テレビの前で夕食をとった。おろしたチーズをかけたトルテリーニ。でも、一応皿に盛って、レタス少々とトマトを添えた。そして、詰め物を包んだ小さなトルテリーニは、スプーンのほうが食べやすいにもかかわらず、きちんとナイフとフォークで食べた。スプーンですくって食べる。アレクサンドラはその表現が大嫌いだった。パスタをひとつひとつ、きちんと二つに切り分けてから、フォークで口に運んだ。

テレビの音は消してあったので、映像だけが目の前で動いていた。食べ終えると、ナイフとフォークを横に置いて、後ろにもたれた。それから目をつぶって、疲労感が体を浄化し、眠りに導いてくれることを願った。

だが、うるさいハエの如《ごと》く、目を閉じた途端、疲労感は消えてしまった。

十分後に、彼女は諦めた。テレビの音量を上げて、番組に集中しようとした。このほうがずっといい。

42

カールはテレビを見ていなかった。メモ帳を手に座り、ここ数日の出来事を整理していた。テレビから聞こえる歌は聞いたことがあるが、オリジナル版を歌ったアーティスト名が出てこない。

「まったく」彼に尋ねられたリンダが言った。「今、出演してるじゃない。それがこの番組の狙いなのよ。見てないの？」

カールは答えなかった。リンダは、彼氏のトーマスとソファに座っている。二人とも居心地が悪そうだ。トーマスが彼女にもたれて何か言ったが、カールには聞き取れなかった。

「えーっ？」リンダが、明らかにばつが悪そうに、あきれた表情をした。

カーリンはお菓子と紅茶を並べて、その場を盛り上げようとしてくれていた。今は安楽椅子に腰かけて、注意深くリンダとトーマスが座るソファに視線を注いでいる。カールも二人を見つめた。

カールもカーリンも、トーマスに会うのは初めてだった。カールには、自分は好ましいことを目にしている、という確信が持てなかった。トーマスはリンダより年上で、腕にタトゥーを入れていて、カールからすると刺激的な、今どきの若者らしい服装をしている。破れた汚いジーンズ、ギターと〝Ｂａｄ＆Ｂｏｌｄ〟というテキストがプリントされている、穴が開いたTシャツ。それに、顔にピアスをしている。

カールは自分の娘を見た。ここ最近で変わってしまった。内にこもり、いちいち突っかかってくる。それに素っ気なくなった。前妻に話してみたが、あっさり笑い飛ばされた。

「そういう年頃なのよ、カール。あなたが年をとったの。昔の自分がどうだったか思い出せないの？　試してみたいのよ……」

昔のことならよく覚えている――でも、あんなじゃなかった。あんなふうではなかった。カールはドラッグやアルコールを試すよう誘惑するような、自分を悪の道に引きずり込むような女の子とは付き合っていなかった。

咀嚼筋を楽にしようと努めた。かかりつけの歯医者の話だと、カールの大臼歯には、摩耗の初期症状が見られるのだという。でも、タトゥーを入れた、ソファのあの青年を見ると、また咀嚼筋が引きつるのを感じた。

どうして彼があそこに座っているのか、どうしてリンダが彼と付き合っているのか、カールには理解できた。カールとは逆の、完璧なまでの、反抗的な今どきの若者だからだ。

心の中で、前妻の声が聞こえた。

「あの子だって親離れする必要があるのよ。それは受け入れなくちゃ、カール」

どうしてだ？　そう考えたカールは、メモ帳を置いて、テレビの音楽をかき消すほど大きな声で言った。

「ここでソファに腰かけていないときは、何をしているんだい？」

トーマスは驚いたように顔を上げてから、自信なさそうにカールに向かって微笑んだ。

「パパったら！」トーマスが答える前に、リンダが言った。

「ギターを弾いてます。まあ、趣味って感じで……」

「バンドに入っているのかい？」

「うーん、そこまでうまくないんで。今のところはまだ」

カールはうなずいた。

「でも、練習して、上達はしているんだろう？」

トーマスは肩をすくめた。

「だと思いますけど……」

カールはそうは思わなかった。トーマスは二十歳を超えている。すでに起こっていないことは、これから起こることなどない。ともかく、あの態度では無理だ。

「大学とかは？」

「ちょっと、パパ！」リンダが言った。

「いや、働いてます」

「どんな仕事？」

「宅配」

カールはうなずいた。トーマスに、ここから出ていけ、二度と顔を出すなと言いたい衝動を抑えた。

「からかってるのね！」リンダが言った。

「えっ？　パパはトーマスと話しているんだ。どうしておまえが腹を立てるんだ？」

「パパは話してるんじゃなくて、取り調べをしてるのよ！　寝ても覚めても、サツでいなくちゃいけないわけ？」

「悪かった。そういう口の利き方はやめてくれないか」

　リンダはソファから立ち上がった。

「そういう口の利き方って何よ？　パパがいつもみんなに使っている口調じゃないの！　上から目線のサツ口調！　こういう言い方されるとうざい？　だったら、わたしの世界へようこそ」

　リンダはカールを見つめた。娘の目に憎しみがこもっている？　どこから来るんだ？　今になって浮かんだのだろうか？　それとも、ずっと前から浮かんでいた？

「思っていることくらい言ったらいいじゃない！」リンダが言った。「頭に来たとか！　でも、パパは座ったまま、取り調べをして判断するだけ。いつだってそう。みんなに罪悪感を感じさせるのよ！」

　突然、部屋の中が静かになった。トーマスはじっと自分の膝を見下ろし、カーリンは口に手を当てている。立ったままのリンダは体を震わせながら、父親を睨んでいる。そして、腹立たしげに涙を拭いた。

「あのね、パパ！　わたしは無実よ！　何もしてないから。法に触れるようなことは何にも。パパが気に入らないことだってしてない」

カールは何も言わなかった。聞こえてくるのは、テレビの音楽とカーリンのすすり泣きだけ。

突然、リンダが向きを変えた。

「行こう、トーマス！」

「えっ？」

「行こうって言ってるの！　あなたの家へ行くのよ。こんなところになんていられない」

安楽椅子に腰かけたカールは、二人が出ていく様子を見つめていた。二人が玄関ホールでジャケットを着る音が聞こえて、ドアがバンと勢いよく閉まった。それから、静かになった。

カールは、娘を追いかけるべきだと思った。状況を解決して、愛していると言うべきだと思った。二人の意見がうまく一致したとき、二人で森を散歩したとき、二人で話をしたとき、そして、一緒に映画を見に行ったとき、どんなに楽しかったかを思い出させたかった。

でも、何がうまくいかなかったのか理解できなかった。カーリンのところへ行って、慰めようと思った。腕を回して、「きみのせいじゃない」といった類の言葉をかけたかったが、そんな気力はなかった。

今唯一、衝動に駆られていること。それは外へ出て、車の運転席に座り、自分のために作り上げた無人地帯へ消え去ることだった。だが、ちょうどそのとき、彼の携帯電話が鳴った。電話に出て話を聞き、「今から行く」と言って電話を切った。

それから、安楽椅子から立ち上がった。

「呼び出しがかかった」目を赤く腫らして、もうひとつの安楽椅子に座っているカーリンに言った。「事件だ」

「代わりに行ける人はいないの？」カーリンが割れた声でそう言って、カールを見上げた。

「土曜日の晩なのに……」

彼は首を横に振って、何と言っていいのか、何をすべきなのか不確かなまま、少しの間立ち尽くしていた。頭に何も浮かばなかったので、玄関ホールに行ってジャケットを着た。

「じゃあ、行ってくる！」彼は部屋の中に向かって叫んだ。「遅くなるかもしれない、起きて待っていなくてもいいから」

答えは返ってこなかった。

43

「今度は何が起こったんだ？」

カールはボルボから降りて、彼が到着するまでその場を任されていたシーモンのところへ向かった。ストックホルム北部のスポンガ駅にあるパークアンドライド式駐車場は、青と白の警察のテープで立ち入り禁止になっていた。現場自体は、駐車場から少し奥に入った、コンクリート高架橋下だ。鑑識官が半円形になるよう設置したスポットライトに、車両が一台照らされている。カールはその周りで仕事をする鑑識官たちに目をやった。

「トランクに一人の死体」シーモンが言った。「免許証によると六十二歳男性。死後それほど経過していない模様……ここに来た法医学者の話では、死後二十四時間以内とのこと」

「どうやって発見されたんだ？」

「数人のバカどもが車を盗もうとしたところ、顔を切り刻まれて、片目にアイスピックが刺さった死体をトランクで見つけて、ショックを受けた。それで、警察に通報したってわけです……〝匿名〟で」

シーモンは皮肉を表す、エアクオーツ（両手の人差し指と中指を折り曲げるジェスチャー）をしてみせた。

「どういうことだ？」

「通報したとき、そのバカは名前を言うのを拒否したんですが、自分の携帯の発信者番号通知をオンにしていたことを忘れてたんですよ」

カールはうなずいた。

「だれなんだ？　被害者のほうだが……」

「イェンス・ファルク。自分の娘への性的虐待で起訴されて、控訴裁判所で無罪になったばかりの野郎です。地方裁判所で勾留の決定を受け、半年間拘置所にぶち込まれていたんですけどね」

「それがどうして、うちに連絡がきたんだ？」

「ずる賢い巡回中の警官が、うざい事件だから、うちに回してきたんじゃないですかね。まあ、わからないですけど……」

「なるほど。死因はアイスピックなのか？」

シーモンは肩をすくめた。

「そうみたいですね。でも、法医学者がなんて言ってくるか」

カールは駐車場の入り口を塞いでいるパトカーのあたりを見回して、セシリア・アーブラハムソンの黒いベンツを探したが、そこにはなかった。シーモンが彼の視線に目をやった。

「来るのが遅すぎ」シーモンが素っ気なく言った。

カールは時計を見た。二十三時十五分。若者の集団が道の向かい側から見ていたが、駅から少し離れた駐車場やバス停はひと気がまばらだ。普段はあまり事件など起こらない閑静な地区なのだろう、とカールは思った。それから、トランクの死体のことを思い出した。

「死体を発見した者たちに話を聞く必要がある」

「連中に簡単に聞き取りをしたんですが、得られたものは何もなし。あいつらがワルの予備軍ってこと以外は……あんな連中は、今のうちにブタ箱にまとめて入れて、ショックを与えておくほうがいいんですよ。そうしたらあとで、あいつらの顔を見なくてすむかもしれないし……」

カールはびっくりした表情で、シーモンを見た。

「どうして、もっと早く電話をくれなかったんだ?」

「うちの班が扱うべき事件かはっきりするまで、土曜の夜にあなたに電話をする勇気があるやつなんていませんって」

「じゃあ、きみは、今回の事件はうちの担当だと思ったわけか?」

「犯行の手口……激しい暴行を受けてトランクに入れられたペド野郎……まさしく、うちが捜査している事件と同様のパターンじゃないですか……」

カールは胸のつかえを感じた。自分は次の被害者を待つと言った——そして今、その被害者が出たようだ。重い足取りで、鑑識班が調べている車両に近づくと、ラーシュ゠エーリック・ヴァルクヴィストがイライラしたように彼を見た。

「今度はあんたかい」ラーシュ゠エーリックが呟いた。

「今晩は」

「何しに来た? 現場を荒らすこと以外に、何か?」

「ここが犯行現場なんですか?」

「違う、死体がここに捨てられただけだ」

ラーシュ＝エーリックは苦労して立ち上がり、体をまっすぐに伸ばして、カールを見下ろした。

「まあ、拷問が適切な表現かどうかはわからんが、顔は原形をとどめていない。めった刺しの〝包み〟と言ったほうがいいか」

ラーシュ＝エーリックは顔を歪めた。

「犯人はアイスピックを使用したんですか？」

「おいおいカール、そのことなら法医学者に訊いてくれ」

「そうしますよ」カールは平然と言った。「ただ、ある程度明らかなんじゃないかと思っただけで」

カールは微笑んでみせたが、ラーシュ＝エーリックは腹立たしげに首を振った。

「いや」

「他に何か？」

「こっちが知る限りは何も。だが、さっきも言ったように、セバスチャンに訊いてくれ」

「セバスチャン？」

「法医学者。新顔。セバスチャン・ランツ。ここに邪魔しに来た。おれに言わせると、学校でもっと学んでもらいたいタイプだね」

「あとは？」

「拷問の痕跡は？」

「手掛かりはない。そっちが知りたいのがそのことならな。今のところ、まったくなしだ」

ラーシュ＝エーリックは、何か言おうと口を開いたカールを拒絶するように見た。そして、あっさり遮った。

「頼むから、セバスチャンに話を聞いてくれ！　でなきゃ他のだれかに。だれでも構わないから！　こっちはそろそろ仕事に取りかかりたいんでね。報告することが見つかり次第、報告書を送るから」

カールは駐車場の入り口に立って携帯電話で話をしているシーモンのところへ戻った。カールが近づくと、シーモンは素早く、話を終わらせた。

「……ああ、わかった。感謝するよ……」

「用件は何だったんだ？」カールは、シーモンの携帯電話を顎で指した。

「被害者の奥さんに旦那の死を伝えた同僚と話してたんですよ」

「何か特別な理由でも？」

「向こうから電話をしてきたんで。奥さんと娘さんは、訃報を冷静に受け止めたとのことでした」

「そんなことで電話をしてきたのか？　二人が訃報を冷静に受け止めたと伝えるために？」

シーモンは首を振った。

「違いますって。二人に聞き取りを行った結果を伝えるためですよ。二人は捜査の対象外」

「えっ？」

「昨夜、妻と娘がどこにいたか証明できた人物が複数いましてね。二人は今回の事件に関係なし――まあ二人があの野郎に死んでほしいと望んだとしても、理解はできますがね」

カールは深呼吸してから、百メートルほど先にある、バス乗り場と駅周辺に目をやった。最適な場所だ。犯人は、パークアンドライド式駐車場に車をとめてから、冷静にその場を立ち去り、通勤電車かバスに乗ることができたはずだ。だれに注意を払われることもなく。

さらに複数の死体が発見されることになる、彼はそう思った。

44

五月十一日　日曜日

立ち入り禁止テープは外され、車両は運び出されて鑑識へ搬送された。ジョディ・セーデルベリは駐車場に入り、パーキングメーターのすぐ横の、空いているスペースに車をとめた。この細長いアスファルトの路面に駐車してある車は、ほんの数台。ほとんどの人々は自宅にいて、コーヒーを飲んだり、家族と朝食をとったりしているのだろう。新聞をガサガサとめくる音とかラジオが流れる音、子どもの頃を思い出して、心が和んだ。母がゆっくり寝ている間に父と過ごした早朝のことが脳裏をよぎった。自分と父の二人だけ。父がホットケーキを作ってくれて、メープルシロップをたっぷりかけるので、フォークで刺して口に運ぶと、シロップがだらだらこぼれ落ちた。「ほらっ、これが本場のホットケーキだぞ」アメリカ文化をジョディに伝承しようと、ニヤリと笑って、よく言っていた。母は「砂糖と小麦粉のかたまりじゃないの」と咎めた。父は何も言わなかったが、母の背後でジョディに目くばせしてみせた。

ジョディは微笑んだ。それから記憶に封をして、思い出が昔の映写機のフィルムのように絡まる前に、ディック・シャーマンのことを考えるのをやめた。

その代わり、車を降りて、水で満たされたアスファルトの大きな幅広の割れ目を巧みに避けながら、二十メートル先の高架橋へ向かった。昨夜発見された車両やトランクで見つかった死体の形跡はない。車がとめてあったコンクリート高架橋下に立つと、橋のつなぎ目を通り過ぎる車の音が上から聞こえた。彼女はあたりを見回した。ここからだと、三百メートル先にある郊外の小さなショッピングセンターはほとんど見えない。駐車場の中でも一番死角の場所だ。

犯人はこの駐車場をよく利用し、ここから通勤電車に乗って街へ行っていたのだろうか？　そうは思えなかった。駅に近すぎるし、あまりにも犯人個人の生活圏にも近すぎる。だが、駐車場を利用したことはあるのだろう。以前このあたりに住んでいたのかもしれない。

日陰になっている高架橋下を離れると、うなじを照らす強い日光を感じた。ブレーキをかけながら、北部からの通勤電車がプラットホームへ入ってきて、少ししてから、加速しながら彼女の横を通り過ぎて、ストックホルム中心街へ進んでいった。

シーモンが夜中じゅう、プラットホームの防犯カメラの映像を調べていたが、おかしなことは何も見つからなかった。車両から駐車券も見つかっていないので、時間を頼りに調べるわけにもいかない。わかっているのは、イェンス・ファルクは金曜日に釈放されて、車が土曜の夜に見つかったことだけ。拘置所を出てから、ファルクは何をしていたのだろう？

自分たちは、何を見逃しているのだろう？

捜査対象の被害者すべてに共通している特徴は、レイプと虐待。ということは、動機は報復だと考えられる。個人的で残虐な報復。だが、イェンス・ファルクの娘と妻、それに、動機を持つであろう人物たちすべてにアリバイがあり、捜査の対象から除外されている。

ジョディは、思わずため息をついた。

可能性が最も高いのは、やはり裏社会の抗争ではないだろうか？　連中は何らかの理由で彼らを探し出し、始末しているのだろうか？

だが、どうして？　何が原因で、被害者たちはこんな形で拷問にかけられたのだろう？　ジョディとシーモンは、被害者とその関係者について調査して、パソコンでリストを作成し、オフィスの壁に貼って比較してみた。だが、何も見つからなかった。マルコ・ホルスト、ファーディ・ソーラ、マルクス・イングヴァション、イブラヒム・エスラル、そしてイェンス・ファルクには、共通点が何もない。

まるで犯人が、無作為に被害者を選んだみたいだ。

ジョディは、ふと立ち止まった。無作為。その言葉が頭の中で跳ね返った。犯人は過去に罰せられた人間に焦点を絞って、その中からランダムに被害者を選出したのだろうか？　過激右翼の活動家が、あまりにも甘すぎる判決に抗議する意味を込めて、自らの手で、より厳しい罰を加えた？

何かに気づいたかのように、ジョディは腹部が縮むのを感じた。

それから頭を左右に振って、自分の考えを否定した。個人的に関係のない人間を、あんな形で殺害する人間などいない。殺害の手口には……感情が込められすぎている。親密すぎる。赤の他人ならば、遠くから殺すものだ。〝レーザー男《マン》〟（一九五三年～。本名ヨン・アウソーニウス。九〇年代にレーザーサイトを搭載したライフル銃やリボルバーで、主に移民を攻撃したスウェーデン人）がそうだ。

プロの人間の仕業？　彼女は次の瞬間、そう考えた。接近戦に参加経験のある者、人を殺したり殺害を間近で目にしたことのある者、実務経験のある軍人？

ジョディはゆっくり歩いて車に戻りながら、携帯電話を取り出した。カールに電話をしようと思ったが、躊躇した。何と言ったらいいのだろう？　そんな気がする……？

ポケットに電話を戻した。明日話をしよう。

あと一時間で、ソフィアと遅い昼食を食べることになっている。大学で心理学を専攻していたとき、同じ講義に参加していた古い友人だ。〈ヴィラ・シェルハーゲン〉で会って、お茶を飲みながら、サラダと数種のナッツが載った、ヘルシーなオープンサンドを食べる予定でいる。そして、ソフィアの二人の子供の話や、ジョディが講義に出なくなった理由、男という生き物の行動、それからまたもソフィアの子供の話をきくことになるだろう。二人が会うと、毎回そうだ。二時間後、ジョディは帰宅して、テレビでラブコメディーを見る。ピザを食べて、何もしないつもりだった。

45

五月十二日　月曜日

「捜査のほうはどうですか？」電話で自分の名前を伝えてすぐに、アレクサンドラ・ベンクトソンは言った。

時間は午前十時を少し回ったところで、彼女はまだ、この日最初のコーヒーを前に座っていた。週末のシフト勤務者が、スポンガ地区で車のトランクから男性の死体発見という短い記事を掲載した。今入った情報によると、死体には拷問されたような痕跡が見られたという。週末にこの記事を書いた記者は、すでにカールスコーガ郊外のテラスハウスで起きた火災の記事を担当している。そのため、アレクサンドラがスポンガ事件の続報担当になった。

「今、あなたと話している時間はありません」電話の向こうのカール・エードソン警部が、素っ気なく言った。

「そう言われても、これがわたしの仕事ですから……」

沈黙。

「お時間はとらせませんので。いくつか簡単な質問をさせてください。被害者の身元と犯行の手口についてお聞かせ願えませんか？」

カール・エードソンはため息をついた。

「犯行当日に無罪を言い渡された男性……」

「どういった罪で起訴されたのですか？」

「娘に性的暴行を加えた罪」

驚いて、アレクサンドラは床にペンを落とした。

「イェンス・ファルク……？」囁くような声で言った。

「身元はまだ公表していませんが、まあ、そういうことです……どうしてわかったのですか？」

アレクサンドラは、ゴクリと唾を呑んだ。同日、その男に会ったとは言えない。マルヴィンに知られたら大ごとだ。

「その男の記事を書いたことがあるので。あの事件を追っていたんです。どのようにして亡くなったのですか？」

「暴行を受けて、死亡」

「どういった暴行ですか？」

またも、カール・エードソンのため息が聞こえた。

「現状では、お話しできません」

「本紙が入手した情報によると拷問を受けたとのことですが、それについてお聞かせ願えますか？」

「こちらからのコメントは控えさせていただきます」

アレクサンドラはニュース編集室を見渡した。数人が、週末のことやマリアトリエットでのマンション見学について、立ち話をしている。彼女は目の前にあるメモ帳に「犯人？」と書き留めた。

「他に質問がなければ」カール・エードソンが言った。

「今回の事件を、最近起きた殺人事件と関連づけていますか？」

「ノーコメント」

「なるほど。では、こういう質問ならどうでしょう。今回の事件と最近起きた事件との関連性はないとお思いですか？」

またも沈黙。それから、カール・エードソンが小声で言った。

「いいえ……」

「では、今回の殺人は、最近起きた事件と同一人物による犯行の可能性もあるということですね？」

「はい」

「そう思われる根拠は？」

またため息が聞こえた。

「根拠は何もありませんが、目下捜査中の事件の手掛かりのひとつが、同一犯の可能性を示唆しています」

「なるほど。どういった手掛かりですか？」

「別の事件と結びつくようなこと、それが何なのかはお答えしかねます」

「犯行の手口ですか？」

「すみません、ノーコメント。今後の捜査を左右する内容ですので、ご理解ください」

「犯行の手口以外に、今回と別の事件を結びつけるものは？」

「つい先ほど申し上げたように、現状、詳細をお話しすることはできません。機密扱いの捜査情報ですから」カール・エードソンがこわばった声で言った。「残念ですが、これ以上お話しする時間はありません。会議がありますので……」

「あとひとつだけ質問させてください。そちらの広報部によると、アパートの一室でアメリア・ジェロフという女性を殺害した疑いで男性を一人逮捕したということですが――その男は、まだ容疑者なのですか？」

「ええ、当面は」

「どういうことですか？」

「DNAの鑑定結果を待っているところで、それまでは捜査対象から除外できないということです。もう行かなくては……」

電話を切る音が聞こえ、シーンとなった。アレクサンドラはパソコンのキーボードを引き寄せ、記事を書きはじめた。画面の向こうに、廊下を歩くマルヴィンの姿が見える。彼女はパソコンの陰に身をかがめた。後ろに立たれて、あのくだらない「さあさあ、バンバン、タイプを打ってくれ」を聞かされるのはご免だった。

46

　カール・エードソンは、むしゃくしゃしながら携帯電話を見つめ、先ほどの会話に不快感を抱いていた。そもそも、なぜ彼女に話してしまったのだろう？　携帯電話の機能ボタンをいろいろ押してから、やっと「おやすみモード」を見つけた。それから、ソルナ市へ向かった。赤い煉瓦の低層建物の外に駐車し、少し待ったあと、彼を見覚えていた助手がうなずいて、中へ入る許可を出してくれた。何度も会ったことのある助手だが、名前が思い出せなかったカールは、きまり悪そうにうなずいてから、解剖室へ向かった。

　暖かい午前の日差しが大きな窓から差し込んでいたにもかかわらず、カールはいつもながら、違和感を感じた。白いタイル、ステンレスの台、排水溝、まとめて置いてある解剖器具。ハイテクの病理作業場のようだ。死者たちの部屋。恵まれない死者たちの部屋。カールはそう思った。大きな声で言った。

「死因、死因について何かわかりましたか？」

　今回の法医学者はセシリア・アーブラハムソンではなく、セバスチャン何とかだった。セシリアは高慢な医師だが、それでもカールとしては、彼女のほうがよかった。この若い医師は微笑みながら、握手できないことを詫びるように、防護用の手術用手袋をした手を振った。

「セバスチャン・ランツです。お会いするのは初めてですね」

　カールはうなずいてから、彼の指に目をやった。手袋をしていても異常に長い指なのがわかる。〝ピアノ指〟ってやつなのだろうが、解剖室だから〝骸骨指〟のほうが適切か。

「カール・エードソンです」

セバスチャンがまた微笑んだ。澄んだ青い目。清らかな目だった。

「目に刺さっていたアイスピックが死因ですね。先端が眼窩を貫通して、脳の奥まで刺さっていました。延髄と小脳にまで達しています。即死、またはそれに近いと思われます」

カールはうなずいた。

「犯行後に、犯人か他のだれかがアイスピックを引き抜いた際、先端の部分だけが眼窩に残ったようです」

「なるほど……他には？　被害者について何か言えることは？」

セバスチャンは、被害男性が横たわる解剖台に向かった。頭部が鋸で切断され、脳が取り除かれていた。頭蓋が半分しか残っていないその男は、奇妙な人形のようだ。だが、それよりもカールの目に入ったのは、鋭いもので皮膚と肉を部分的に剝ぎ取ったかのように、完全に外見が損なわれた顔だった。

「初老の男性、六十歳くらいですかね」セバスチャンが言った。

「六十二歳」カールは言った。

セバスチャンが、同意するようにうなずいた。

「でしょうね……凄まじい状態ですよ。顔と性器周辺の損傷は生前、つまり、まだ生きているときにつけられたものです、おそらくアイスピックで」

カールはまたうなずき、若い法医学者が、死体の股間と腹部の上で長い指を動かす姿を見た。

「テーザー銃の痕跡は？」

セバスチャンはびっくりして、カールに目をやった。

「いいえ」躊躇しながら言った。「ぼくが見た限りは」

「もう一度調べてもらえませんか？」

カールに能力を疑われたかのように、セバスチャンは気分を害した様子だった。

「他には何か？」カールは続けた。

「古い傷もいくつかありました。多分、刺創ですね。数えたところ、胴部と胸部に十一の刺し傷。さらには、両腕に防御創もいくつか。おそらく、ナイフを使った深刻な喧嘩でしょう。損傷の程度から判断すると、生き延びたのは、ある意味奇跡ですよ。ですが、先ほども言ったように古いものです」

「どれくらい前の？」

セバスチャンは頭を小刻みに振ると同時に、不自然なほど長い右手の指で、同じ身振りをした。

「難しいですね。瘢痕組織から判断すると、二十年前。三十年前かもしれません」

カールはうなずいた。

「犯人は、どうやって被害者を動かないように固定したのでしょう？　意見はありませんか？」

「えっ?」

セバスチャンはまた、びっくりした表情でカールを見た。

「手首と足首に釘とかロープ、紐の痕はありませんでしたか? でなければ、血腫とか怪我……」

セバスチャンは首を横に振った。

「ただ、後頭部に乾いていない血の痕がありました。頭蓋骨に骨折は見られませんでしたが、被害者が意識不明になるには十分な量です。犯人は柔らかいものを使用したと思います」

「具体的に考えられるものは?」

「自分は武器の専門ではありませんが、砂を詰めた靴下あたりではないかと」

カールはまたうなずいた。

「被害者が縛られていたことを示唆する痕跡を発見しなかったのは確かですか?」

「ええ、何も」

「なるほど、助かりました。報告書を送ってもらえますか?」

「もちろん」

カールは向きを変えて、部屋から出ていこうとした。すでにゾッとしていた。

「そういえば、もうひとつ……」背後でセバスチャンが言った。

振り返ったカールは、眉を上げた。

「大したことではないかもしれませんが、一応お知らせしておこうと思いまして」

「何でしょう?」カールはなかなか要点を言わないセバスチャンに、苛立つ気持ちを抑えた。娘のリンダから物事を聞き出そうとするときと同じくらいのもどかしさだ。

「口の中にガムが入っていたんです。それってちょっと……」

「えっ?」カールは、セバスチャンとステンレスの台に横たわる、切り開かれて器官を取り除かれた死体のところへ戻った。

セバスチャンは、きまり悪そうな顔をした。

「まあ……襲われたときに被害者自身が噛んでいたものなのでしょうが、口から落ちずに残っていたのは少し奇妙だなと思ったものですから。無意識に呑み込まなかったのも不思議です。先ほども言ったように、殺害される前に、おそらく意識はなかったわけですから」

カールは、彼の話を聞いていなかった。無意識に体をこわばらせていた。解剖室の外の廊下にいる、自分を惑わす未知の犯人に攻撃を仕掛けるかのような緊張感を感じ、息を凝らした。

「そのガムはまだありますか?」

セバスチャンがうなずいた。

「ええ、捨てようかと思ったのですが、考えて……」

「よかった!　どこにありますか?」

若い法医学者は、壁のすぐそばの台に置いてある段ボール箱へ向かった。手を伸ばして、封をした青いビニール袋を取り上げた。

「これです」

「鑑識のほうに送って……いや、待った！　自分で送ります」

「わかりました。でも、どうして……？」

カールは、愚か者を見つめるような視線をセバスチャンに向けた。

「DNA鑑定をしてもらうため。少し考えればわかることでは？」そう言ってから、すぐに後悔した。皮肉は禁物だ。

「でも、被害者のDNAならすでに鑑定済みですが……」

「こちらが必要なのは、被害者のDNAではないのですよ」

セバスチャンは、ぽかんとした表情でカールを見つめた。

「じゃあ……だれかが彼の口の中に、ガムを入れたということですか？」

カールはうなずいてから、袋を手にその場から立ち去った。核心に少し近づいたような気がした――それに、時間がなかった。


違う！

嘘だ。イェンス・ファルクをやったのは、わたしではない！　わたしはあの男を殺していない。どうやったらそんなふうに考えられるのだろう？　あいつとわたし、あいつとわたしの被害者を結びつけるとは。

何とか自制する前に、わたしは叫んでいた、大きな金切《かなき》り声で。それから、目を閉して深呼吸をしながら、キッチンテーブルの上に両手を置いて、じっと座っていた。気にすることなどない、と自分に言い聞かせた。どうでもいいことだ。もしかしたら、いいことかもしれない。

十分確信しているわけではないが、ようやく自分に戻った。いつもの自分に。

昨夜、姉から電話があった。今回は話しかけてきた。「わたしがやったの」と。白髪のまじった黒髪で、目と口の周りにしわのある、彼女の顔がすぐに浮かんだ。わたしの記憶にある姉ではなく、老けていた。それから、彼女は電話を切った。

わたしは姉が嫌いだ。

幼い頃から、苦痛を与え合ってきた。心身ともに。姉は可愛くて出来がよく、わたしはどちらでもなかった。喧嘩腰で強情でうるさかった。両親は姉のほうを好んでいた。わたしに対しては、ためらいがちに接していた。

わたしだけが愛されていなかったわけではない。わが家で愛されている者はいなかった。

普通の人が考える愛は存在しなかった。わたしたちは、面倒を見合っていた。社会福祉事務所は、わたしたちのことを恵まれているとか、守られた子供時代を過ごせる特権階級と評価しただろう。

でも、ひどく大きな家、高級車、メイド、庭師、ブランド服、おもちゃの数々、フランスのプロヴァンス地方での休暇、目に見える具体的なものすべて……それを除くと、わたしたちは……精神的な栄養失調だった。

父と二人だけになったときの気まずさは、今でも覚えている。お互い、何を言ったらいいのかわからなかった。まるで、わたしは道端で独りで泣いている子供で、そのわたしを見つけた父が警察に連れていってくれるかのようだった。

だから、わたしと姉は、なるべくしてこうなった。

一度、姉を押し倒した。姉が仰向けの状態で、わたしが彼女の腹部にまたがり、両膝は彼女の腕の上にあった。姉は身動きがとれなかった。わたしは片手にハサミを持っていた。姉の黒い髪の毛を少し切ってみると、彼女はやめてと叫んだ。だから、髪の代わりに、姉の左の耳たぶを少し慎重に切ってみた。耳たぶに切り込みはできたが、ほんの少ししか血が出なかった。がっくりしたのを覚えている。不快に思ったと言ってもいいくらいだ。そして、ひどい空虚感に圧倒されたことを覚えている。

のちに、どうしてあんなことをしたのか母に訊かれたが、答えられなかった。単に、わからなかった。あとになって、考えてみた。二人とも現実の世界に存在するのか、試したかったのだと思う。本当に血が出るか見てみたかった。自分と姉は生身の人間なのか、知りたかった。

数日後、姉は復讐を果たした。夕食で野菜に手を伸ばしたわたしの右手に、力いっぱいフォークを突き刺してきた。フォークの先端部が、わたしの手の甲に完全に埋まった。反射的に怪我をした手を引っ込めたときに、牛乳のパックを倒してしまい、牛乳がトクトク音を立てて、床にこぼれ落ちた。手の甲から流れ出る血が、白い牛乳に赤い筋になって混じった。それからわたしは、何も言わずにフォークを引き抜いた。泣いた記憶はない。ショックを受けていたからかもしれないし、泣かないよう期待されていると感じたからかもしれない。両親の反応は、いつもと同様、異様なほどに感情に乏しかった。テーブルの血と牛乳を拭き取り、わたしを救急病院に連れていってはくれたが、何も言わなかった。そのときは何も。

父は、人間は〝感情を換気〟すべきだと考えていた。彼はそう言った。軍人として彼が従っていた二つの原則のうちのひとつだ。もうひとつの原則は規律。父は法と規則に従っていただけだと思うが、兵士たちに〝圧力を解放〟させない限り、規律の徹底は不可能だということを、兵舎の練兵場で学んでいたのだと思う。

わたしたちを罰したあと——〝わたしたち二人を引き離すために〟姉は母方の祖母宅に送られ、祖母と二人でひと夏を過ごす羽目になった——父はわたしたちに、武器の使い方と戦技を教えてくれた。わたしたちが段ボールで作った兵士に向けて弾倉を空にすることで、攻撃性を解放できる、と父は真剣に信じていたようだ。

十歳のわたしたちが、父の職務用拳銃で撃つことを許されていると社会福祉事務所が知ったら、そのときに限り、彼らは措置を講じただろう。田舎の森の奥深くにある空き地での訓練だった。他にだれもおらず、大佐である父が、わたしたちをしっかり監督していた――とはいえ、自分はその訓練を気に入っていたのは覚えている。拳銃のヒヤッとする重みに、安堵を感じた。段ボールの兵士に穴が開くのを見たときに感じる力が好きだった。拳銃の反動で、体が震えるのを感じた。

皮肉なことに、姉の耳たぶの切り込みは、それほどの意味を持たないことになる。数年後に一匹の犬が、姉の顔をずたずたにしてしまった。でも、わたしの手の甲には、いまだに白い点が四つ残っている。

47

五月十三日　火曜日

五十一歳のクラース・クルベリは、ヒステリックに電話口で叫んでいた。切迫した声が裏返った。同じことを何度も繰り返していたにもかかわらず、彼の言っていることはなかなか理解してもらえなかった。

「ぺしゃんこなんだよ……男がぺしゃんこになってるんだ……」

交換手が電話の内容を理解するまで、数分を要した。

「怪我人ですか？」

「違うって言ってるでしょうが。亡くなってるんだよ。死んでるんだ！」

「ご近所の方が亡くなった？」

「違う！　男が死んでるんだ！」

「つまり、亡くなった男性を発見したということですか？」

「違う！　バスターが発見した」

「バスターというのはどなたですか？」

「おれの犬だよ。走っていって、吠えはじめたんだ……」

「わかりました。今どこにいますか？」

「自分のローダーに乗ってる」

「で、そのローダーはどこにありますか？」

「石灰石の採石場」

「えっ？」

「フォシュビーの」

「ああ、あそこ」交換手は、その場所をよく知っているかのように言った。「そこで、男性の遺体を発見したというわけですね？」

「ああ！」クラース・クルベリは苛立った声で言った。

「まあまあ、落ち着いてください」

「こっちは冷静だよ」

「それで、遺体は採石場のどのあたりに？」

「ここ。急斜面の下」

「もう少し詳しく教えてください」

「言ったじゃないか。フォシュビー、フォシュビーの石灰石の採石場！　急斜面の下！」

電話の向こうが静かになった。パソコンのキーボードを打つ音が聞こえてきた。

「ああ、場所がわかりました。では、用件を係の者に転送します」

「ありがたい！」

「警察と救急車が到着するまで、そこに残っていられますか？」

「ああ……ああ、でも、ローダーからは降りないよ。もう降りたくないね」

＊

最初のパトカーが、カトリーネホルムから広い砂利道経由で石灰石の採石場に到着するまで、三十五分かかった。両側に、高さ二、三十メートルの、白くて急勾配の岩壁がそびえ立っている。ところどころに青緑色の湖ができている。水が溜まった、地面の大きな穴だ。

パトカーがようやくアスファルトの巨大な敷地に曲がって入ってきたとき、青色灯も回さず、サイレンも鳴らしていなかったので、運転室にいたクラース・クルベリはびくりとした。彼は、ローダーに乗って待っていた。

「やっと来たか！」彼は運転室から段を降りて、パトカーに急ぎ足で向かいながら叫ぶと、その声が裏返った。「どうしてこんなに時間がかかったんだか」

助手席に座っていた警官がパトカーから降り、制帽をきちんとかぶってから、クラースに目をやった。

「クラース・クルベリさんですか？」

「ああ、それ以外考えられないでしょうが」

「緊急電話をしてきた……」

「そうだよ！」

警官はメモ帳を出して、書き留めはじめた。クラースはその姿を見つめていた。警官が続けた。

「ここが職場なんですか？」

クラースはネオンイエローの職務用ジャケットを手で擦りながら、びっくりした目を彼に向けた。

「ああ、でも何の意味があるんだ……？」

警官は、彼の質問には無関心のようだった。

「どんなお仕事をされているのですか？」

「おれは……ローダーを運転したり、いろいろ。石灰石置き場として、この場所を使ってるんだ」

警官はうなずいて、何かメモした。

「緊急ダイヤルに、男性の遺体を発見したと通報していますね」

「ああ、電話でそう伝えたけど……」

「緊急センターの交換手から情報をすべて聞かせてもらえるわけではないので、現場に着いたときにあらためて質問する必要があるんです」警官が説明した。

「現場？」理解できずに、クラースは言った。

同時に、もう一人の警官、女性警官がパトカーから降りて、ゆっくりと二人のもとへやってきた。

「遺体はどこに？」

クラースは彼女に目をやった。

「だれだよ、あんた？」

「巡査のカミラ・ノードです」

クラースはあやふやに、雑木林で覆われた敷地の端を顎で指した。採石場の岩壁がほぼ垂直にそびえ立っている。

「がれ場の下」そう言ったクラースは、ほぼ一時間前に目にした光景を思い出して、思わず震えた。

「案内してもらえますか？」

クラースはゴクリと唾を呑み込んでから、アスファルトの敷地を歩きだした。フラットコーテッド・レトリーバーのバスターが、ローダーの運転室で吠えていたが、クラースは、バスターを外へ出したくなかった、もう死体に近づけたくなかった。

彼は、カミラ・ノード巡査の前を行った。歩いていたアスファルトの敷地が途切れ、そこから続く白樺の雑木林へ足を踏み入れた。自分が手で払った枝が、後ろの警官の腕や脚に当たることなどお構いなく、彼はずんずん歩いた。

「ここ」

目の前に、十メートルから十五メートルの高さの石壁がそびえている。彼は雑木林の中を指した。

「そこ」彼は目を向けずに、指で示した。「死体は、急斜面のすぐそばにあるよ」

二人は少しの間、黙って立っていた。採石場の反対側から、機械の音が不自然なほど大きく聞こえてくる。砕いた石灰石をトラックに満載する音が、険しい石壁と石壁の間で跳ね返って、より大きく聞こえてくるようだった。

「遺体に触れませんでしたか？　動かしたとかそういったことは？」巡査が言った。

クラースは首を激しく振った。

「いやいや、めっそうもない……何にも触れてませんって。バスターが雑木林の中に走っていきましてね。呼び戻そうとしたんだけど、戻ってこなかったんだよ。急斜面から落ちたノロジカか、何か他の動物でも見つけたんだろうと思って。それで、バスターが走っていったほうへ行ってみたら、死体があったってわけで……」

クラースはまた唾を呑み込んで、記憶を頭から追いやろうとした。

「男は落ちたんだと思ったんだよ。縁には石がゴロゴロ転がってるからね……声をかけたけど返事がなかったから、近くに寄ってみたら……」

彼は懇願するような表情で、巡査を見た。

「あの姿が目に入っちまって……」

クラースは頭を振った。

「押しつぶされてたよ。何かに轢《ひ》かれたみたいに。ローダーか何かにさ」

巡査は急斜面を見上げた。

「かなりの勢いで落ちたに違い……」

「いやいや！」クラースは彼女を遮った。「そんなんじゃない。つぶれているんだよ……ぺしゃんこに」

巡査はいぶかしげにクラースに目をやってから、ラテックス製の手袋をはめて、枝をかわしながら、最後の数メートルを慎重に歩いていった。死体は横向きだったが、手足が不自然な角度で、体からだらっと伸びている。彼女は、本当に亡くなっているか確認するために、人物の顔を見ようと、死体のほうへ体を傾けた。

それから、いきなり後ずさりしたが、転がっている石につまずいて、雑木林の中に仰向けに倒れた。同時に死体から少しでも遠ざかろうと、蹴るように足を動かした。アスファルトの敷地に戻ったところで、脇に行って嘔吐した。

同僚が驚いたように彼女を見てから、白樺林に向かって歩きはじめた。カミラは片手で合図して、もう片方の手で、口元を拭いた。

「アンデシュ、行っちゃダメ！」彼女は弱々しい声で言いながら、首を激しく振った。「殺人事件特捜班に電話をして！」

同僚は敷地の縁で立ち止まった。

「今すぐ！」彼女は、掠れた声で叫んだ。「今すぐ、電話をして！」

48

「なんてことだ！」二時間後に、死体に近づいたカール・エードソンが言った。死体は雑木林に横たわった状態で、その目はカールをじっと見つめている。だが、その顔には何の表情もない。顔はつぶれて、どことなくヒラメのように、ぺしゃんこになっている。片目は頭蓋骨が圧迫に耐えられなくなったときに眼窩から押し出され、唯一何とか原形をとどめている鼻の前に垂れ下がっていた。眼球と傷口には、砂利と松葉がこびりついている。鑑識官が二人、しゃがみこんで、死体の周りを集中的に調べていた。

「上着はずたずたに破れている、背中と後頭部に擦過傷あり」ラーシュ＝エーリック・ヴァルクヴィストが、死体と上着の写真を撮りながら言った。

彼は急斜面を見上げた。

「両腕と両足首が、結束バンドとロープで縛られている。ロープの先は、鋭利な刃物で断ち切られている。おそらく、被害者は落とされる前に、砂利道を短い距離引きずられたんだろう。脳みそと一緒に鼻と口から流出した血液以外、シャツには血痕なし」ラーシュ＝エーリックが言った。「犯人が、被害者を何らかの道具を使って殴っていないのは明らかだ。それなら、打撲傷と血液飛散があるはずだからな」

「じわじわと圧迫を受けたようですね」もう一人の鑑識官が言った。「液圧プレスのようなもので」

「あるいは万力《まんりき》とか……」

カールは咳払いをした。二人の鑑識官が渋々振り向いた。

「ここで何してる？」ラーシュ＝エーリックが言った。

カールは被害者の顔から目を背けて体のほうに目をやった。骨も関節もないようにグニャッとしている。万力という言葉が頭の中で響きわたり、嘔吐寸前になった。

「つまり、この男性は落ちる前に死亡していたということですか？」

ラーシュ＝エーリックは、カールにいらついた表情を向けた。

「そういう質問は法医学者にしてくれ。だけど、ああ、あんたがしつこいから言うが、遺体の落下した地面周辺に血痕がほとんどない。だから、落ちる前に死んでいたんだろう。おれに言わせれば、完全に死んでいた」

彼は、被害者の頭を顎で指した。

「落下してできる損傷じゃない」

「事故に見せかけようとしたんですかね？」

ラーシュ＝エーリックは、あきれた顔をした。

「犯人に訊いてくれよ！」

カールは挑発に乗る気はなかった。

「犯人の痕跡はありませんか？」いつもラーシュ＝エーリックに用いるような、丁寧な言い方をした。

「そっちに報告書を送るつもりだが、今のところはノー、明らかな痕跡は何もない。急斜面の上も立ち入り禁止にしてある。犯行現場の可能性だってあるからな。だが、まだ調べるには至っていない。すまないが、ここに到着したのは二十分前なんでね」

彼に睨まれたカールは、諦めてうなずいた。

「類似点については？」ラーシュ＝エーリックに聞こえないくらい小さな声で、カールは呟いた。

だが、聞こえていた。

「土曜日に、目にアイスピックが刺さった状態で発見された男性との類似点ということかね？　それとも、それ以前の事件のことか？」

「この捜査で見つかった、すべての遺体の類似点ということです」

「二つある。おれが鑑識官として勤務してきた三十五年間で目にしてきた拷問を上回る、凄まじい拷問であること——それと、犯人の痕跡が発見できないこと。今までのところな。それ以外は何もない」

カールはうなずいた。

「この男性はだれなんでしょう？　身元がわかるものは所持していましたか？」

ラーシュ＝エーリックは肩をすくめた。

「免許証によると、名前はシド・トレーヴェル。だが、免許証がこの人物のものか判断するのは楽じゃない。遺体には、免許証の写真との類似点があまり残っていないんでね……」

彼は、意図的でない自分の冗談に、うんざりした表情でニヤッと笑った。カールは何も返さなかった。

「それ以外」ラーシュ＝エーリックが続けた。「まったく不明だ。こっちが百パーセント確信できるまで待ってくれ」

カールは被害者の顔から急いで視線を逸らし、雑木林の中を歩いて戻った。

場違いのような、違和感を覚える場所だ。採石場の大きさのせいかもしれない。自分が小さく感じられる。ここは機械、しかも大型機械の場所であり、人間の場所ではない。アスファルトの敷地には、車が五台とまっている。後部のドアが開いている、鑑識班のバン、最初に到着したパトカー、カール自身の捜査車両、男性二人が荷積みスペースからストレッチャーを運び出している遺体搬送のグレーのバン――そして、セシリア・アーブラハムソンの黒いベンツのステーションワゴン。カールはセシリアの車に近づいた。カール自ら、彼女にこの事件を担当してもらえるよう、要請を出していた。

彼女は運転席に座り、ディクタフォンで録音していた。カールは彼女が指輪をしていないことに初めて気づいて驚いた。結婚していると思っていたからだ。それから、職務中の感染リスクに備え、医師は指輪ができないことを思い出した。

カールは窓をコンコンと叩いて、隣に座っていいかと問うようなしぐさをした。セシリアは無表情で彼を見つめたが、少しして、うなずいた。彼はドアを開けて、彼女の隣に座った。

「何が知りたいの？」彼女は早口で言うと同時に、ディクタフォンを止めた。

「類似点を」カールは言った。

「予備的見解では、死因は頭蓋骨粉砕およびそれに伴う激しい脳内出血と脳損傷。でも、解剖が終わるまでは断定できません。それ以前に、男性が死亡していた可能性もありますから」

セシリアは間を置いた。

「死後二日から六日というところかしら。でも、より正確な時間については、またお知らせするわ。遺体が屋外にあると、死亡推定時刻の確実性が低くなってしまうから。はっきり言えることは、被害者は別の場所で亡くなって、死後ここに搬送されたということ」

「他の事件との類似点は？」カールはあらためて訊いた。

彼女は重要事項は最後まで取っておきたいように、間を置いた。

「テーザー銃の痕跡がありました。胸部左側。以前の事件と同様に」

「イェンス・ファルクにもですか？　お願いしたように、ファルクのほうも調べてもらえましたか？」

彼女は、多少気まずそうにうなずいた。同僚の仕事に干渉するよう、自分が頼んだからだろう、とカールは思った。

「いいえ。イェンス・ファルクに、テーザー銃の痕跡はありませんでした」

「それは確実ですか？」

「ええ、検証テストをしていますから。他の遺体に見られる痕は、テーザー銃によって生じる痕跡と一致します。でも、イェンス・ファルクとアメリア・ジェロフには、そうした痕跡を見つけることができませんでした」

カールは困惑した表情で彼女を見つめた。どんなテストなのか、だれに何をしたのかと考えたが、何も訊かなかった。知りたくもなかった。

「その他の点では何も」彼女は話し続けた。「今回の被害者は、マルコ・ホルストとファーディ・ソーラとアメリア・ジェロフに加えられた損傷とは類似点がまるでない。損傷の度合いと……時間のかけ方を除くとね。イェンス・ファルクに関しては、暴行の種類が異なるの。どう説明したらいいのかしら、より効率的？」

「効率的？」カールは言った。

「ええ。他の被害者の拷問ほど巧妙ではない。ファルクも顔面や性器周辺にいくつも刺し傷がある。でも、左目への一突きで、すこぶる効率的に殺されている。ファルクへの暴行に費やした時間は、他の事件と比べると、うんと短いだろうというのがわたしの見解。ともかく、ホルスト、ソーラ、ジェロフに費やした時間と、今回の男性に費やした時間とでは比較にならないのよ」

「アメリア・ジェロフは、われわれの捜査対象から外しました」カールは言った。

セシリアが、了解を意味するしぐさをした。

「あなたの見解では」カールは続けた。「ホルスト、ソーラ、ファルク、そして今回の男性被害者を殺害したのは同一犯の可能性はありますか？」

セシリアは少し躊躇してから言った。

「ええ、その可能性はある」

「なるほど」カールは抑えた声で言って、助手席のドアを開けた。「ありがとうございました」

彼は車を降りた。例の女性警官と目撃者のホイールローダーの運転手が、少し離れた場所に立って、シーモンとジョディから質問を受けている。

急斜面からラーシュ゠エーリックが叫んだ。

「カール！　カール・エードソン、今すぐここへ来てくれ！」

カールは振り返って、雑木林のほうへ戻りはじめた。腕時計に目をやると、すでに二時四十分。今晩も、自宅での夕食には間に合わないと悟った。カーリンに電話しようと携帯電話を取り出しながら、小声で悪態をついた。

同時に、少し離れた場所から、女性の呼ぶ声が聞こえた。

「カール！」

だれに呼ばれたのかと見上げると、カシャッというカメラの音が聞こえた。長い望遠レンズを持ったカメラマンが、カールに笑いかけた。その隣に立つ、見覚えのある女性。《アフトンブラーデット》紙の記者アレクサンドラ・ベンクトソン。今回の一連の事件で、カールに数回インタビューした女性だ。

「発見した遺体について一言」

カールは彼女にやめるよう伝えるために片手を上げたが、それを挨拶と解釈したのか、彼女は急ぎ足で敷地を横切って、彼のもとへやってきた。カメラマンがそのすぐ後ろについてきて、早歩きしながら、短くて平たいレンズのついたカメラを器用に取り出し、写真を撮りはじめた。

「ここへは立ち入らないでください」カールは毅然として言った。「事件現場ですから」

アレクサンドラは、彼の言葉を気に留めていない。

「遺体には拷問の痕跡がありましたか？」

「そういったことはお話しできません」カールはぶっきらぼうに言った。

「また連続殺人犯の仕業ですか？　だとしたら、五人目の被害者ということになる？」

最後の言葉が質問に聞こえるよう、巧みに言ってくる。カールはうんざりした。

「男性の遺体を発見しました。犯罪の疑いがあるため、捜査を始めたところです。わたしが言えるのはそれだけ。どうしてここに？」

「あなた方と同じ理由で。事件が起こったからです」

アレクサンドラは、カールに向かって微笑んだ。彼は微笑み返さなかった。

「ここは事件現場なんです」カールは繰り返した。「立ち入り禁止ですから、禁止区域外まで戻ってください」

アレクサンドラはあたりを見回した。

「立ち入り禁止区域って、どこのことですか？」

もちろん、ここだろうが！　そう考えたカールは、うんざりした。

「シーモン！」カールは呼んだ。「その警官を連れて、この地区を封鎖してくれ」

シーモンは驚いたが、それから、問うように女性警官に目をやった。

「あと、この二人が立ち入り禁止区域外にとどまるよう、目を配るように」話し続けながらカールは、アレクサンドラとカメラマンを顎で指した。

同時に、遺体搬送担当の男性二人が、雑木林からストレッチャーの両端を抱えながら出てきた。遺体は納体袋に納められていた。カメラマンには見向きもせず、ストレッチャーをグレーのバンに押し入れてからドアを閉めた。カールは、二人が出てきた道を歩いていった。背後からは、カシャカシャというカメラマンが写真を撮る音と、シーモンが不愛想に二人を追い払う声が聞こえてきた。自分がするより、よっぽどいい仕事ぶりだ。

アレクサンドラがこんなに早く来られたのは、なぜなのだろう？　だれが情報を漏らしている？　それから、この疑問は声に出すことすら許されないことに気づいた。法に触れることになる。取材源の秘匿なんぞクソ食らえだ！

49

「何してたんだ？」ラーシュ＝エーリック・ヴァルクヴィストが言った。「コーヒー休憩でもとっていたのか？」

「おれは……」カールは言いかけたが、続ける気力がなかった。「用件というのは？」

死体はなくなっていたが、体液による地面の黒い染みで、そこに死体が横たわっていたことがわかる。

「遺体を動かしたときに、発見したものがひとつある。関心があるんじゃないかと思ったものだから」

ラーシュ＝エーリックは、地面の何かをカメラに収めている部下のほうに首を動かした。

「余計なお世話かもしれんが、そっちが今すぐにでも聞きたいんじゃないかと思ってね。これを見てくれ！」

彼は、死体があった地面の灰白色の小さな塊を指した。胸のあたりで腕組みをしたまま、カールはうなずいた。

「これが何か？」

「本気で言っているのか？」ラーシュ＝エーリックが非難するように言った。「おいおい、かがんで、よく見てみろ！」

カールはその言葉に従い、死体のあった場所に足を踏み入れないよう気を配りながら、しゃがんだ。

「そこだ！　見えるか？」ラーシュ＝エーリックが言った。

「ああ」カールはめまいの波を感じた。「これって……ガムのようですね」

「ビンゴ！　被害者の頭部の下にあった。耳の中に入っていたみたいにな」

「なんてことだ……」カールは言った。

ラーシュ＝エーリックは満足げにうなずいた。

「だれかが故意に置いたかのように」教育者の口調をオーバーにした言い方で、彼が言った。

立ち上がったカールは、しゃがんでいたために膝に痛みを覚えたが、それを見せないよう努めた。

「でも、どうして？　どういうことだろう？」

ラーシュ＝エーリックは首を振った。

「このガムについては何とも言えんが、今まで発見されたニコチンガムからは、同一のDNAが採取された」

「イェンス・ファルクの口内にあったガムからもですか？」

「それはわからん。まだ結果を知らされていないからな。だが言えるのは、その同一のDNAが、アントン・レフのDNAとは一致しなかったということだ」

「なるほど」カールはもっと楽に立っていられるよう、姿勢を変えた。

「だが奇妙だ」ラーシュ＝エーリックが続けた。「今までは髪の毛一本残さないほど慎重だった犯人が、何度もガムを残すとは……署名みたいに……名刺みたいなものか」

「待ってください」カールは言った。「今何と言いました？」

「ある種の署名みたいなもの」

「いいえ、犯人は髪の毛一本残さなかったと言いましたよね。もしかしたら、犯人には髪がないのかもしれません。剃っているとか、髪をすべて失う皮膚病か何かを患っているとか」

ラーシュ＝エーリックは、あしらうように眉をひそめながら、カールに目をやった。

「なかなか興味深い発想ではあるね。だが、皮膚片などの一般生体組織も発見できていない。おれの見解では、犯人はわれわれと同じような防護服を身に着けていた」

「プロの仕業ということか」カールは言った。

「ああ」

ラーシュ＝エーリックの部下は、被害者の足があった付近の写真を撮っている真っ最中だった。カールは向きを変えて、あの女性記者のことや、彼女がどんな記事を書く可能性があるかを考えながら、自分の車に向かった。大きな太字タイトルを想像した。「ガム殺人犯の新たな被害者」。

彼の車のそばで、ジョディが待っていた。

「どうかしましたか？」たどり着いたカールに訊いた。

「殺人事件が六件」意気消沈したカールは言った。「ジェロフを除いて。しかも、容疑者は挙がっていない」

彼女は数えた。

「マルクス・イングヴァションとイブラヒム・エスラルを含めてということですね？」

「ああ。でも、含めるべきかどうかもわからない。あの二人は射殺されている。拷問ではなく処刑だ。ガムもなければ、テーザー銃の痕跡もなし」

「わたしもそのことを考えていました。あの二人は、われわれの捜査から除外するべきでは……」

　カールはうなずいた。

「セシリアは、イェンス・ファルク殺人事件も他の事件とは異なると言っていた」

　ジョディが眉を上げた。

「犯人は三人いるとお考えですか？」

　カールは顔を歪めた。

「わからない」

「ギャングが考えられますよね……イングヴァションもエスラルも、犯罪集団に属していたようです」

「ああ、そうだな」

　カールは、ストックホルム北部の一部を支配下に収めているギャング、タイガーズ、それとウップサーラのギャングを頭に浮かべた。

「もうひとつ考えてみました」ジョディは彼を横目で見て、かすかに微笑んだ。

「何だ？」

「一種の好訴妄想かもしれません。私的制裁を加えようと決心した人物とか」

「頭がおかしいやつか？」

「右翼の過激派とか狂信者」ジョディが言った。「社会が犯罪との闘いに対処できないでいると思っている人間、われわれがきちんと仕事をしていないと思っている人物……」

カールは額にしわを寄せた。ジョディは、ファルクが発見された駐車場でおととい考えたことを、カールに語った。無作為性。彼は何も言わずに、ジョディを見つめた。

「わたしの想像だと軍人。接近戦で人を殺したことのある人物……」

「よく考えついたな。おれも好訴妄想が頭に浮かんだが、そうは思いたくないね。一匹狼の狂信者を突き止めるのは至難の業《わざ》だ——現行犯で押さえるしかない。あと、軍人……きみの推測が間違っていることを祈る。でも、調査してみてくれ」

微笑んだジョディはうなずいた。

「おれは街に戻るよ」カールは言った。

「わたしはシーモンを待たなくてはなりませんので」

カールは運転席のドアを開けて、〝ガム殺人犯〟のことを考えないよう努めた。だが、つい頭に浮かんでしまう。

主要道路近くの立ち入り禁止テープのそばに、アレクサンドラ・ベンクトソンとカメラマンが立っていた。カールは車をとめた。ハイビームを点灯させたのに、カメラマンが道の真ん中に立って、どこうとしなかったのだ。アレクサンドラがすぐにカールの車に寄ってきて、窓ガラスを叩き、窓を開けるよう頼むしぐさをした。

カールが開けると、彼女は微笑んでみせた。

「今回の被害者が、連続殺人犯の五人目の被害者かどうか、教えてもらえませんか？」無頓着な口調で彼女が言った。

カールは口をつぐんだ。もう少しで六人目と言うところだったが、マスコミがイングヴァションとエスラルを、カールたちの捜査と関連づけていないことを思い出した。そうさせるべきでないとも思った。

「お願いします！　でなければ、どうしてここへいらしたんですか？」アレクサンドラは愛想よく笑った。

カールは、彼女が自分たちは仲間であると思わせようとしていることに気づいていた。

「やれやれ」

彼は窓から身を乗り出して、彼女の薄青い目と向き合った。

その数分後にカールがその場を走り去ったとき、アレクサンドラは彼に手を振った。

＊

五月十三日付《アフトンブラーデット》紙
警察の仮説：連続殺人犯の新たな被害者
今日の午前、セーデルマンランド県の石灰石採石場で、五十歳前後の男性の遺体が発見された。
男性は暴行を受けて亡くなっており、リンボ殺人犯の最新被害者の可能性がある。
「われわれは、その仮説をもとに捜査を行っています」とカール・エードソン警部は語った。

本紙が独自に入手した情報によると、被害者は万力のような工具でつぶされて圧死に至ったとのことである。

遺体がどのくらい石灰石採石場にあったかについて、今のところ、警察はコメントを控えている。

捜査対象から除外

今回の事件被害者は、連続殺人犯の四人目の犠牲者の可能性がある。ヘーカルエンゲンで若い女性が殺された事件が、今回の連続殺人事件の捜査対象から除外されたためである。除外の理由は、過去に拷問殺人の容疑者だった四十三歳男性が、週末に逮捕されたことによる。

「目下、警察はこの女性を殺害した容疑者の身柄を拘束していますが、他の殺人事件との関係性は今のところないと考えています」とカール・エードソン警部は話す。

警察によると、新たな容疑者はまだ挙がっていないとのことである。

これまでの事件経過：

五月五日：ストックホルム県北部ノルテリエ地区の納屋で、マルコ・ホルストが激しい暴行を受けた状態で発見。発見された時点では生存していたが、翌日、モルヒネの過量投与により、搬送先の病院で死亡。病院側はこの出来事を医療社会福祉監察局へ通報している。

五月八日：ストックホルム中心街で、ファーディ・ソーラの遺体が、彼の所有する車のトランクから発見される。この人物も拷問を受けていた。本紙の情報筋によると、死因はタバコの火を用いた熱傷死。

五月十日：ストックホルム北部のスポンガで、同一犯のさらなる犠牲者と思われる男性が、自身の車のトランクから発見される。

最後の瞬間、シド・トレーヴェルは叫んだ。不明瞭な発音で。言葉にならない声で。注意深く聞くと、「許してくれ」ととれた。

でも、「やめてくれ」だったかもしれない。はっきりしなかったし、どうでもいいことだ。わたしは許さない――絶対に許すことなどできない。

あの男が死んで、やっと動かなくなってからも、わたしは締めつけ続けた。

すでに死んでいることは百も承知だった。知力は欠いていない。でも、あいつの中に何があるのか見たかった。

あの男の中身が見たかった。

残念ながら、シド・トレーヴェルの中に、驚くようなものは何もなかった。不思議なことに、わたしはひどく失望した。すべてが偽りだったかのように。姉の耳たぶに切り込みをつけたときのように。想像の中で生きているかのように。

身体的な苦痛こそが、正真正銘の感覚だ。否定しようがないし、誤魔化せない。他の感覚とは違う。強い痛みを感じないなんて自分を騙すことは決してできない。

晴れた夏の日に、わたしたちは父親の虫メガネを持って、庭に出た。自分たちを〝裁く〟目的で。父の言葉だ。でも、わたしたちは、苦痛に解放感を感じていたのだと思う。罰で自分たちがありのままになれるような、本物になれるような気がした。

姉がわたしの、土曜日にしかもらえないお菓子を取ったので、その償いをすることになった。虫メガネで十秒。わたしは姉の手をつかんで、掌を下にした状態で地面に押しつけた。それから、姉の手の甲の薄い皮膚の上に、虫メガネの焦点を合わせた。たった一、二秒で、彼女は痛みにあえぎはじめ、十秒後には、皮膚が淡い赤になった。姉は叫ばなかった、うめき声をあげることすらしなかった。でも、わたしが姉の手を放したとき、彼女の目はギラギラして、大きく見開いていた。わたしは姉の内面が覗き込めた。

わたしたちは旧約聖書にある処罰の原則を適用した。目には目を、歯には歯を。念入りに試した処罰スケールを設けていた。お菓子やソフトドリンクを盗んだときは十秒。それ以外の物を盗んだときは二十秒。不意に背後から攻撃するなど、不公平な暴力の場合は三十秒。陰口や裏切りは一分。

これが最も重い罰だったが、実行したことはなかった。実行すべきだったのかもしれないが。姉はわたしを裏切り、二人で一緒にしてきたことを否定した。わたしを見捨てた。姉の手を一分焦がすべきだった。火傷による水膨れで皮膚が破れるまで、何分も焦がすべきだった。

姉からの電話が、また入る。夜にだけ。電話口で呼吸を聞かせる。時折、「わたしがやったの」と言う。それ以外、何も言わない。今はそうやって交信している。

50

五月十四日　水曜日

駐車監視員の名前はヨアキム・ステーン、二十五歳前後で髪がとても赤く、熱心。そう、とても熱心な男だった。彼は、一番奥の列に駐車してある車両を目指して、カール・エードソンとジョディ・セーデルベリを誘導した。何度も振り返って、二人がついて来るのを確かめた。

ジョディは疲れている様子だった。捜査に加わるとそうなるものだ、とカールは思った。

疲れ切る。そして、数年もすると——ぼろぼろになる。

だが今朝、情報提供を呼びかけると、シド・トレーヴェルの車に関する通報があった。甲斐があった。

まだ午前中なのにすでに日は高く、暑くなりはじめている。ストックホルム・アーランダ空港の〈ベータ〉という名称の長期利用の駐車場にとめてある長い車列の上に陽炎《かげろう》が立っている。砂利敷きの巨大な駐車場で、駐車スペースが何列も連なっており、敷地の中央にはバス乗り場を含む、アスファルト舗装道があり、ここから各ターミナルへ向かうシャトルバスが出ている。

この敷地の奥行きは五百メートル、幅も同じくらいあるだろう、とカールは推定した。彼自身、カーリンとスペインのマジョルカ島へ休暇に向かう際にここを利用し、一週間後に帰国したときに、車を見つけるのにずいぶん苦労したことがある。それ以来、どの駐車枠に車をとめたか書き留めることを学んだ。

「これです！」

ヨアキム・ステーンが興奮しながら指した車は、駐車枠Kにあった。アウディQ7。

ジョディはラテックス製の手袋をつけて、その車の周りをゆっくり回った。くまなく目をやった。それから突然、右後輪の上に手を差し込んだ。その手を引き出したときには、鍵を握っていた。

「やった！」彼女はその鍵をちらつかせた。

「本当に開くと……」そう言いはじめたカールは、口をつぐんだ。

ジョディが鍵で解錠すると、非常灯が点滅した。ゆっくりと助手席のドアを開けてから、においを嗅いだ。

「何もにおいません」

カールはほっとした。車の中に新たな死体はない。他の車両と違って。

「他にご用件は？」ヨアキム・ステーンが言った。

もう少し年齢を重ねたら警官になりたいと、彼はすでに二人に話していた。カールは首を振った。

「いや結構だ。きみはもう行っていいよ。二人で何とかなるから」

ヨアキム・ステーンは失望した表情で、オフィスに戻りはじめた。

「ところで、きみ、ひとつ頼みがある」カールは言った。

ヨアキムは振り返って、すぐに戻ってきた。

「入り口に『当駐車場はビデオ監視システムを導入しています』とあるね」

「ええ」

「テープは残しておくのかい？」

「テープじゃなくて、ハードディスクです」ヨアキムが言った。

「なるほど。そのハードディスクに映像は残っているのかな？」

「一週間だけなら。その後は自動的に消去されるんです」

「この車を駐車した人物が映っているか調べてもらえないか？　おそらく、数日前だと思うんだが……」

　ヨアキムの顔が輝いた。

「もちろん。今ですか？」

「それが可能なら助かるよ」

「できますとも！」

　カールが微笑みながらうなずいて、感謝の気持ちを表すと、ヨアキムは素早く、その場を去った。ジョディは、不思議そうな視線で彼を追った。

「犯人は自ら、ここに車を置いていった」車のドアを閉めながらそう言った彼女は、カールのもとへ行った。

「だとしたら」彼女は続けた。「犯人はここから去った？」

「国外に出たということかね？」

　ジョディがうなずいた。

「どうだろうな」カールは、おびただしい数の自動車の屋根を見渡した。「そうでないことを願うばかりだ」

「警察がすぐに発見しないよう、犯人はここに車を乗り捨てただけということはありませんか？　車を置いておくにはうってつけの場所ですし。罰金もなければ、清掃日もない。スポンガのような場所ですよね。車をここに置いて、シャトルバスでターミナルへ向かい、

〈アーランダ・エクスプレス（ストックホルム中央駅とアーランダ空港を結ぶ列車）〉に乗って帰宅したかもしれません」

「あるいは、空港バスを利用したかもしれませんよ、節約したいならね」皮肉な笑いを浮かべながら、ジョディはカールを見上げた。「犯人はおそらく、シド・トレーヴェルのクレジットカードを使って、駐車場に入ったのではないかと」

「かもしれないな」

　カールは首を振った。

「それはどうかな。ここには人が大勢いるし、バスの中やターミナル、〈アーランダ・エクスプレス〉——どこもかしこも、監視カメラが設置されている。だったら、またスポンガに駐車しない手はないんじゃないか？　でなければ、他のパークアンドライド式駐車場だって利用できた」

「バリエーション。パターンを作らないようにするため。警察を困惑させて、今挙げたようなどうしてという疑問を、われわれに抱かせるため」

　ジョディはまた笑った。皮肉か、とカールは思った。からかわれたような気分になった。

「きみは犯人を利口な人物に作り上げているな。利口すぎないか？　気に入らないね」

　彼女は肩をすくめた。

「わたしはただ……持論にすぎないわけで」

「なるほど」カールは冷静さを取り戻した。「わかったよ。じゃあ、この車両を移してもらおう。ラーシュ＝エーリックに電話をしてくれ。まあ、前回の車両の中以上のものは見つからないと思うが」

ジョディは、驚いたようにカールを見た。

「どういうことですか？　前回の車両からは死体が見つかった。死体以上のものって？」

「いやいや、そういうことが……言いたかったわけじゃない。今から駐車監視員のところへ行って、ビデオテープ……映像……ハードディスク――呼び名はどうであれ、とにかく、見つかったかどうかチェックしに行こう」

51

「ありましたよ！」二人が駐車場の出口そばの小さなオフィスに入ると、ヨアキムが待ちかねたように言った。

彼がパソコンの小さい画面を指さしたので、カールとジョディは、極小サイズのデスクのそばに立ち、画面を覗き込んだ。デスクの上には、マクドナルドの食べ残しやピザボックス、コカ・コーラの缶が散乱していて、仕事はまず不可能なほどの散らかりようだ。健康にいい場所ではないな、とカールは思った。

キーボード前のスペースは少しだけ片づけられていた。ヨアキムが再生ボタンを押すと、画質の粗い、駐車場の映像が映し出された。ほぼ満車の駐車場、特段動きはない。

「もうすぐですから」ヨアキムが説明をした。

「いつ録画したものですか？」ジョディが言った。

ヨアキムは、画面右上の時刻印を指した。

「五月十日、午前五時十五分」

カールは思案した。

「マルコ・ホルスト発見の五日後だ」小声で言った。

「はい？」ヨアキムが言った。

「いや、何でもない」カールは言った。

「この時間、車の出入りはまだ少ないですが、一時間もすると、どんどん入ってきますよ。朝の便が飛びはじめますからね……これだ！」

一台の車両が、画面に入ってくる。カールとジョディは身を乗り出した。見覚えのある、シド・トレーヴェルのアウディQ7。画面に映りはじめたところで、スピードを落とす。運転手が空きスペースを探しているのだろう。

「停止してくれ！」カールは言った。

ヨアキムは指示に従った。カールは画面に顔を近づけた。運転手の上半身は見えるが、顔は、必要もないのに下ろしているサンバイザーで隠れている。防犯カメラの存在を知っているのだろうか？　だとしたら――そもそもこの駐車場を選んだのはなぜなのか？　ともかく、この映像から、これといった情報は得られない。

「再生してくれ」

　車をゆっくりと前進させてから、運転手は右に曲がり、急に加速させて、カメラから一番遠い、一番奥の列へと向かう。後部をカメラに向けた形で、空きスペースに駐車させる。画面のブレーキライトが赤いトーチのようにつく。一分ほどして、ライトが消える。運転席のドアが開く。野球帽を目深にかぶった、黒い服を着た人物が見える。カメラに背を向けた状態でドアを閉めて、顔が見えないように頭を下げながら歩いていく。後ろのタイヤを通り過ぎるときにかがんで、タイヤの上に手を差し込む。ほんの一秒ほどの動作で、その後姿勢を正して、バス乗り場に向かう。うつむいたまま。顔は見えないが、映像から判断すると、比較的背の低い男性。そして、彼は消える。

「この人物はどこへ向かったんだろう？」カールは言った。「防犯カメラは、他のところにも設置されているのかな？」

「バス乗り場までです」駐車監視員が言った。「バス乗り場Kが、この映像のちょうど外側に当たるんです」

「バス乗り場に向けたカメラは？」

ヨアキムは、二人を失望させるのを恐れるような顔つきで、首を横に振った。

「ないんですよ。元々、車両盗難や車上荒らしを撮影する目的で設置していますから」

カールはうなずいた。質問した時点で、すでに答えは想定できた。愚かな質問だった。

「映像を持っていきたい。テープをもらえないだろうか？　またはハードディスクを」

「USBに動画をコピーしましょうか？」

「ああ、それは助かるよ」カールは言った。「ただ、ハードディスクも借りなくてはならないと思う。一時的に」

ヨアキムは不安そうな顔をした。

「証拠となるかもしれないからね」カールは、微笑みながら言い足した。「電話番号を教えてもらえたら、きみの上司と話してみるよ」

52

五月十五日　木曜日

ヤット・ウーヴェ警視は、椅子から身を乗り出した。カールからすると、この会議に熱心なのは警視だけのようだ。セシリア・アーブラハムソンは資料に目を落としており、本来なら別の場所にいるはずだといわんばかりに、無頓着な様子だ。ラーシュ＝エーリック・ヴァルクヴィストは、カップの中のコーヒーをぐるぐるかき混ぜている。カールは、彼が凄まじい量の砂糖を入れることを知っていた。大量の砂糖を溶かすのに、しっかり混ぜる必要があるのだろう。ジョディとシーモンはそれぞれ携帯電話を手に座っている。捜査会議室の一番後ろに、カールにとって顔見知りの男性が座っていた。できれば、いてほしくない人物。その男性の隣に、さらに四人腰かけていた。部屋にいるのは、合わせて十一人。

「会議を始める前に」ヤット・ウーヴェが咳払いをしてから言った。「今回の一連の殺人事件は……」

話し続ける前に、間を入れた。

「……被害者が増え続けていることから、マスコミの大きな関心を招く形になってしまった。それゆえ、一刻も早く解決に導くことがきわめて重要である。カール、きみを批判するつもりはないが、万全を期して、さらなる人員を投入することにした。きみには……」

警視は、カールにうなずいてみせた。

「……追加要員のリーダー、アクセル・ビョルクストレムと一緒に、捜査を指揮してもらう」

カールが振り返って一番後ろにいる男性に目をやると、その男性はうなずいて応じた。

「きみの部下二人の他に、アクセルが捜査員をさらに四人揃えてくれた。準備ができ次第、参加してもらうことになるが、今日は顔合わせでこの会議に出席するよう、アクセルに頼んでおいた」

カールは、ぐったりとした表情でうなずいた。こうなることは、かなり前から覚悟していた。それでもなお、受け入れがたかった。小さい班を作って、所轄と協力し合うほうがよかった。それに、あの厳格で想像力に欠ける、アクセル・ビョルクストレムを嫌っていた。彼をあらわす言葉はただひとつ——間抜け。この言葉の持つ本来の意味で、そう言える。そのうえ気取っている。

「素晴らしい」ヤット・ウーヴェが言った。「では、始めてくれ、カール！」

ウーヴェは笑顔だった。能天気なもんだ、とカールは思った。こんなミーティングで、よくあんなに能天気でいられるものだ。そう考えてから、カールは咳払いをした。

「被害者の身元が判明しました。石灰石採石場で発見された男性の名前はシド・トレーヴェル。四十九歳で、警察の〝常連〟。それ以前の被害者とまさしく同様に」

カールはメモをめくった。

「十四歳のときに、窃盗と強盗で初めて警察の世話になり、その後は、よくあるパターンをたどっています。少年院。里親。さらなる犯罪。最初の服役は十九歳のときで、またしても窃盗と強盗の罪によるものです。地方裁判所で三年の判決を受けました。車の窃盗、暴行、麻薬取引と、その後も犯罪を重ねていますが、こちらが知る限り、大規模な麻薬取引ではないようです」

カールは、自分のメモ帳をめくり続けた。

「おわかりのように、かなりの犯罪歴です」

「レイプの前科は？」ジョディが言った。「あるいは、その容疑を受けたことは？」

「ない。小児性愛といった類の容疑もかけられたことはない」

彼女はため息をついた。

「シド・トレーヴェルが圧死したことにつながるような、過去の事件はないんですか？」

シーモン・イェーンが言った。

全員が彼のほうを向いた。

「だって」シーモンは両腕を広げた。「一連の被害者たちのやられ方を見たら、関連性があるのは明らかじゃないですか。だとしたら、トレーヴェルみたいにぺしゃんこにされた人物がいるはずですよ。ファーディ・ソーラは、女の子のあそこに火傷を負わせたら焼き殺されたし、ホルストはレイプ……」

「おい、もう十分だ！」ヤット・ウーヴェ警視が頭を振った。「もっとまともな物言いはできないのか！」

シーモンは肩をすくめた。

「事実を言ったまでで……」

「それにだな」ヤット・ウーヴェは、さとすような口調で言った。「今回の一連の殺人事件の根底にあるのは、まったく別のことだ。何かというと、犯罪組織同士の抗争――ずいぶん凶悪な抗争ではあるにせよ」

シーモンが何か言おうとしたが、カールが止めたので、室内はまたしんとなった。カールは続けた。

「警視に同意します。暴行の度合いを考慮すると、まず考えられるのは、凶暴な犯人というこことでしょう。ですが、トレーヴェル事件の動機としていえば、自分なりに仮説もあります。でも、その話をする前に、死因を取り上げたいと思います。セシリア？」

セシリア・アーブラハムソンが立ち上がった。

「あたりまえのこと以外、ご報告できることはあまりありません」彼女が早口で言った。

「被害者は、頭蓋骨粉砕が原因で死亡しています。おそらく凶器は万力。一気に加える圧力ではなく、ゆっくりと均等に圧力を加えたと考えられます。亡くなる前に同様の方法で、全身の大半の関節がつぶされています。そうなると、即座の治療を受けなければ、内出血で死に至ります。ただし、この被害者の場合は、頭蓋骨粉砕が加わっています。発見時は仰向けの状態で、背中と太もも裏と大殿筋《だいでんきん》周辺、つまり臀部《でんぶ》に、死斑がはっきり見られます。ここ数日の日中の気温を考えると、亡くなったのは四日から五日前ぐらいでしょう」

セシリアは中断して、目の前のデスクの上に置かれている、水の入ったコップから一口飲んだ。

「少しコメントをつけ加えますと、以前の被害者のほぼ全員と同様、今回の被害者にもテーザー銃の痕がありました。死因以外の暴力を受けた痕跡、毒物の混入も見られません。また、血液から微量のアルコールが検出されました。以上です」

カールがうなずくと、セシリアは席に着いた。

「ありがとうございました。ラーシュ＝エーリック、現場に関する情報は？」

ラーシュ＝エーリックは立ち上がる代わりに、椅子の背にもたれた。

「今のところ、発見現場からは有力な手掛かりはなし。繊維が少々見つかったが、いずれも被害者のもので、ローダー運転手と警官以外の指紋や靴跡は見つかってない」

「うむ……」ヤット・ウーヴェが低くうなった。

「綿棒でサンプルを採取したが、結果は同じ。すべて、被害者シド・トレーヴェルか発見者、でなければ、われわれの同僚のもの」

ラーシュ＝エーリックは、憤慨したような視線を会議の参加者に向けた。

「ニコチンガムも発見した」彼は、一本調子で続けた。「被害者の頭の下の地面にあった。ホルスト、ソーラ、それにファルクの現場で発見したのと同じタイプの、ニコチンガム二ミリグラム。そして同じDNA」

「えっ？」カールは言った。「じゃあ、イェンス・ファルク……同一犯の犯行ということか」

「ああ」ラーシュ＝エーリックが言った。

視線を上げたヤット・ウーヴェは、珍しく満足げだった。

「では、容疑者から綿棒でサンプルを採取すれば、犯人が見つかるわけだ」

カールは、当惑気味に咳払いをした。

「アントン・レフを除外してからは、容疑者がだれもいません」

それでも、ヤット・ウーヴェは、まったく失望していなかった。

「何はともあれ」カールの背中を軽く叩いて、鼓舞するように続けた。「現場を保全し、被害者全員と犯人を関連づけるDNA鑑定結果があるわけじゃないか。被害者たちと裏社会とのつながりをまだ捜査していないなら、する必要があるな。あとは、その連中たちから綿棒でサンプルを採取すればいいだけだ。アクセル、任せていいかね？」

「被害者たちの犯罪歴なら、もう調べました」ジョディが言った。「ですが、彼らに共通する特徴はまるでありません。知り合いですらないようです……」

「まあまあ、いいだろう。よくやった」ヤット・ウーヴェは人を見下すような口調で続けた。「アクセルは、より徹底した包括的な捜査を行える人材を抱えている、そうだね？」

アクセルは無表情でうなずいた。感情を見せない男だ。成人してから、一度も見せたことがないんじゃないか。

カールは、上司に反論する気力がなかった。抵抗する相手を選ぶことが大切だ。だとしたら、だれを選択すべきなのか考えた。

「ラーシュ、終わりかね？」ヤット・ウーヴェが言った。

「いいえ」ラーシュ＝エーリックが苛立ったように言った。「シド・トレーヴェルの車を調べてみた。車種はアウディQ7で、年式は二〇一一年。ドイツからの輸入車。スウェーデンで使用されること、約十一か月」

彼は咳払いをした。

「車内で指紋を多数採取したが、ひとつを除いてすべて本人のものだった。繊維や生物学的サンプルも採取したが、目下のところ、犯人に結びつくような結果は何もなし」

「駐車場の監視カメラの映像については？」

「身元は判明していない。犯人の顔も識別可能な特徴も不明。だが、この男の背丈は一七五から一八〇センチのはず」

「または女」カールは小声で独り言を言った。

「何だね？」ヤット・ウーヴェが言った。

「別に」カールはラーシュ＝エーリックに視線を移して言った。「すみません。続けてください」

ラーシュ＝エーリックは、またただれかに話を中断されはしないかと警戒するかのように、攻撃的な表情で、部屋の中を見回した。

だれも何も言わないのを見届けたところで、話を続けた。

「車に搭載されているGPSも調べた。最後の移動履歴はスカルプネックの自宅からフォシュビー地区の見晴らしのいい地点。その前には、バンドハーゲン、クングスホルメンのノッラ・アグネ通り、サーレムのイェーガル通りその他、六箇所。すべての場所を調べている最中だが、今のところ、これといった成果はなし」

「ありがとう、よくやった、ラーシュ！」ヤット・ウーヴェが言った。

ラーシュ＝エーリックが吐き捨てるように言った。

「おれの名前はラーシュ＝エーリック。それに、まだ話し終わっていない。それとも、こっちの言いたいことが、すでにわかっているとか……？」

ヤット・ウーヴェは、鑑識官の突然の感情の爆発に驚いて眉を上げた。こんなことには慣れっこになっているカールは、忍耐強く待った。

「これは失礼、ラーシュ＝エーリック」カールは冷静に言った。「話し続けてもらえると助かります。そちらが言いたいこともわかりませんからね」

「だと思ったよ。実はGPSの『お気に入り』に保存されている場所がひとつあった。その名もS.A.」

ラーシュ＝エーリックは、劇的な効果を狙って、間を入れた。だれも何も言わなかった。

「ノルテリエ郊外の別荘だった」

「それで、そこに何があるんだね？」ヤット・ウーヴェが言った。

ラーシュ＝エーリックは振り返った。

「知るわけないでしょうが！　こっちの仕事じゃありません。事件現場に鑑識官が出向く要請があったら行きますよ。でも、GPSの『お気に入り』を追跡調査する気はありませんから」

カールは資料を集めた。

「上々ですよ、ラーシュ＝エーリック！　今回の会議を要約すると、われわれが気づいた唯一の共通点は、被害者全員が前科者で、すべての現場でガムが見つかったこと。おそらく、犯人は意図的に残していったと思われます」

彼は一呼吸置いて、ジョディに目をやってから続けた。

「ジョディが以前思いついたことですが、犯人は好訴妄想者という可能性もあります。私的制裁を加えたい人物。軍人という線も考えられます。今のところ、この仮説を裏付けるような証拠は見つけていませんが……」

ジョディは下を向いていた。

「なので、ヤット・ウーヴェ警視のご提案どおり、被害者と裏社会とのつながりを調べ続けるのが賢明だと思われます。ですが、この前科のある被害者、つまり被害者の被害者にもさらに目を向け、その線も調べる必要があると思います」

ヤット・ウーヴェは咳払いをした。

「もちろんだ。ただ言っておくが、こういった殺しの九割は勢力争いが原因だ。犯罪者が別の犯罪者に襲いかかるってやつだ」

カールは上司にうなずいた。

「ありがとうございます、ヤット。では、さっそく始めましょう。ジョディ、一緒にGPSの『お気に入り』の追跡調査を。シーモンはアクセルと協力し合ってくれ。ただし、主に被害者の被害者に重点をおいて調べてほしい」

シーモンは憤激しているようだった。カールには彼の気持ちが理解できた。アクセルと仕事をしたい人間はいないし、本来なら、ジョディが過去の捜査と犯罪容疑者リストをくまなく調べる番だった――が、単にカールには、ノルテリエまでの長距離をシーモンと二人だけで行く気がなかった。

「ちょっと待ってくださいよ！」シーモンが言った。「さっき、動機に関して、仮説があるって言ってたじゃないですか……」

　みんながまた腰かけた。

「ああ、そうだった」カールは言った。「トレーヴェルに関連する昔の事件なので、動機としては弱いと思いますが――シド・トレーヴェルは五年前にセーデルテリエで起きた宝石店強盗事件に関わっています。その後、白のフォードのトランジットバンで、仲間三人と現場から北へ向かって逃走。パトカーに追尾された強盗団は、ストックホルム南部の郊外のほぼ全域で追跡されました。追いつめられた犯人たちは追跡を免れようとした挙句、自転車歩行車道に猛スピードで突っ込み、自転車に乗っていた六歳の少年をはねた。その子は不幸にも、そのときの損傷で亡くなりました。強盗犯たちは現場から逃走。ブレーキを踏む余裕がなかったのか、踏む気などさらさらなかったのか、いずれにしても、事故現場にブレーキを踏んだ形跡はありませんでした。検死報告書を読みましたが、少年は全身の骨が砕けていました」

　シーモンは結論を待っていた。それに気づいたカールは、張り切りすぎだ、競争心が強すぎる、と思った。関連性を聞き漏らしている。

「その子の死因を知った自分は、あることに気づきました」カールは言った。「報告書には『頭蓋骨粉砕およびそれが原因で生じた深刻な脳損傷』とあるのですが、頭蓋骨損傷がなかったとしても、少年は亡くなっていたでしょう。シド・トレーヴェルに関するセシリアの報告とほとんど同じです」

ヤット・ウーヴェは同意できないとばかりに頭を振った。シーモンも懐疑的だった。

「それに対する罰が今回の事件だと言うのかね？　五年後の今？」ヤット・ウーヴェが言った。

「強盗団は焦りに焦っていたのでしょう。数キロ走ったところでタイヤが溝に落ちて、犯人たちは逮捕されました。シド・トレーヴェルが出所して一年も経っていません。ですがまあ、仮説としては弱いかもしれないというのは、自覚しています。偶然ということもあり得ますし。だがシーモン、きみにはこの事件を調べて、リストを作成してもらいたい」

「それで、やつの仲間二人は？」シーモンが言った。

「三人だ。連中も出所した。半年前に」

「そいつらは、今回の一連の事件の被害者なんですか？」

「いや、そこが弱いところなんだ」カールはそう言って、少し肩を落とした。「三人のうちの一人、ソンニ・アンデションは恋人から行方不明届が出されている。ですが、アンデションとよくつるんでいる連中の話では、おそらく彼は〝トリップ状態〟だろうということです」

「トリップ？」ヤット・ウーヴェが言った。

「〝薬物でラリってる〟って意味ですよ」シーモンが説明した。

カールは黙ったまま、立っていた。仮説が崩れて、きわめて不明瞭になっていくのを感じた。

「以上です。では、仕事にかかるとしましょう」

全員がまた立ち上がり、部屋から出はじめた。

カールはセシリア・アーブラハムソンを探した。

「セシリア、ちょっと待って！」

カールは早足で、廊下に続くドア近くで彼女に追いつき、彼女の腕にそっと手を置いた。

「五分ほどお時間ありますか？」

彼女は立ち止まって、警戒しながらも同時にもの問いたげに、彼を見つめた。カールにはこの彼女の身振りが意味することが理解できなかったが、そもそも、今までも理解できたことはない。

「なかなかよかったぞ、カール！」ドア口を通り抜けながら、ヤット・ウーヴェがカールの背中を叩いた。

「ありがとうございます」

ヤット・ウーヴェはカールとハイタッチでもするかのように、手を上げた。

「やつらをゲットしようじゃないか！」アメリカの大学のスポーツコーチのような口ぶりだった。

カールはきまり悪そうにうなずいた。

「座って」上司が出ていったドアを閉めながら、カールは手で椅子を示した。

セシリアはためらいがちに、その指示に従った。カールは、彼女の向かいに腰かけた。

「実はオフレコで質問したいことがあって。デリケートな内容なので、ここだけの話にしたいのですが、いいですか？」

彼に視線を定めながら、セシリアはうなずいた。カールはすでに後悔しはじめていた。

「じつは少し前から思っていたことで、同僚とは話せないことです。そうでない人の意見が訊きたかったものですから。あなたのような」

彼は微笑もうとした。

「話したいことというのは？」

「あなたの専門的、かつ個人的な意見が訊きたい」

「と言うと？」彼女は、じれったげに言った。

「今回の殺人、つまり連続殺人を犯したのが、警察内部の人間ということはあり得ますか？」

セシリアは、けげんそうにカールを見つめた。

「つまり、警官」彼は続けた。「警察組織内にいる人間、あるいは、その、ええっと……」

彼は両手を大きく広げた。

「……法医学者」彼女はカールの言葉を補った。

彼はお辞儀をした。

「そうです」

「もちろん、その可能性はあるでしょう。警察組織内の人間なら、犯罪者の情報が手に入るし、被害者を拘束することだって十分可能。ただ、そのあと、拷問できるかについてはわからない」

「でも？」そう言ったカールは、セシリアを観察した。「『でも』で始まる続きがあるんですよね？」

「ええ。『でも』で続くわ。どうしてそんなことをする必要があるの？　動機……その人物の動機は何？」

「おそらく」カールが考え深げに言った。「犯人を逮捕したところで、数年後、数か月後、場合によっては、わずか数日で自由の身になる連中を目にすることにうんざりしているからではないかと。何かをきっかけに犯罪者たちに私的制裁を始めたということだって考えられる。ジョディが考えたような好訴妄想者。警官ならだれでも一度は、警官と裁判官と処刑執行人がひとつになった自分を夢見るはずです。そりゃあ、心をそそりますからね」

「言いたいことは理解できるわ。可能性は大いにあります」彼女は静かに言った。「以前も指摘したように、今回の犯行の手口には職業上のスキルが見られます。テーザー銃の説明だってつくわ。一般人より、警察のほうが入手しやすいでしょうから」

カールはうなずいた。

「ありがとうございました。この説は、まだだれにも話してなくて。ウーヴェを巻き込みたくないし、シーモンやジョディも。ですから、このことは内密にしてもらえたら助かります」

「もちろん。ご希望とあれば、その線で、もう一度遺体を調べてみることも可能ですが。何か見つかるかもしれませんし」

「ぜひお願いします」

セシリアは立ち上がって、ドアへ向かった。

「他に何もないのなら」手をドアノブに置いた彼女が言った。

「あなたの個人的な意見は？」カールは言った。

セシリアはドアノブから手を離して、彼を見つめた。ためらっていた。

「どう思います？」

彼女はゆっくり頭を振った。

「信じがたいですね。まず起こりそうもないし。あなたが言うとおり、うんざりしているにせよ、ずっと法で取り締まってきた人たちよ。そんな自分を捨てて、加害者になろうだなんて思わないのではないかしら……法を執行することが、体に染み込んでいるでしょ」

カールはうなずいた。

「ありがとうございます。それが正しいことを願います」

彼は立ったまま、彼女がドアを閉める様子を見ていた。彼女に訊いたのは間違いだったのだろうか？

53

その風景は、不思議と身近に感じられた。まるで、よくここを訪れていたかのように。発芽した冬小麦の、緑に輝く野辺が広がっている。時折、ブタの糞尿のにおいが、クーペの中に漂い込んでくる。野辺の風景が次第に林に代わり、そこには葉をつけはじめたばかりの樹木が並んでいる。柔らかい薄緑色が枝と枝の間に光っている。肥料のにおいが消え、埃っぽいアスファルト臭に代わった。

アレクサンドラ・ベンクトソンは、快適に走るクーペと交通量の少ない道にくつろぎを感じていた。〈イェルマレスンド〉と標識にあるのを見て、ふと、橋の手前にあるピクニック用テーブルのそばに車をとめた。食べ物や飲み物は持参していなかったが、それでも、緑色のベンチに腰かけて、目の前にぐるりと広がる海を見つめた。青くて冷たそうだ。どうして水は青いのだろう？　どこかで説明を読んだが、忘れてしまった。つまらない説明だったのは覚えている。学問的で空想を台無しにするような内容だった。

走り続けると、すでに半分ほどキャンピングカーで埋まった、キャンプ場が見えてきた。

テントはない。人もいない。時期としては、早すぎるからだろう。

彼女がエーリックと離婚したとき、自分の勤務時間と娘のヨハンナといられる時間が重ならないようにしたかったが、それでは娘と過ごす予定表をこちらの都合に合わせて変更することになるため、エーリックが反対した。結局、一週間おきに娘を預かるということになった——アレクサンドラが仕事をしているか否かにかかわらず。

今日、アレクサンドラは仕事が入っていない。そして、ヨハンナは父親宅にいる。彼女は一人のドライブを満喫し、元夫のことは頭の隅に追いやった。ほんの一瞬目を閉じ、深呼吸をしてリラックスした。

ビーエ近くで左に曲がり、小さな集落を通り過ぎた。白い出隅《でずみ》のある赤と黄色の家々、手入れされた庭、車のない私道。みんな職場にいるのだろう。さびれた雑貨屋を通り越した。ずっと前に取り外された〈ＩＣＡ〉（北欧最大の小売業者）のアルファベットの跡がまだ壁に残っていた。その隣にはバス待合所が立っていたが、バス停の標識はない。バスはもう、ここを通らないのだろう。

アレクサンドラは脇道へ入り、主要道路からどんどん遠ざかっていき、ほどなくして田舎道へ入った。馬牧場や数軒の民家、農場、いくつもの野辺と林を通り過ぎた。アスファルトの道が砂利道に代わった。車の下部から、タイヤに擦られた石が車台にぶつかる音が聞こえる。子供時代によく耳にした音。父親と車でドライブしたときのことを思い出した。あの頃は、砂利道が多かった。

腕時計を見ると、午前十時ちょっと過ぎ。まだまだ時間がある。他の車を目にすることもなかったので、気長に走り続けた。やっと、建物がない地域に入った。

駐車スペースが見えたので、道から逸れて、そこで車をとめた。エンジンを切って待った。片手でバックミラーを動かして、後ろの道が見えるようにした。

二十五分して、ようやく現れた。遠くからだと、自家用車のように小さく見えたが、近づいてきたそのトラックは大きい。トラックの両サイドに〈K‐Express〉のロゴがついている。

アレクサンドラはエンジンをかけ、そのまま駐車スペースにとどまっていた。ナンバープレートの番号が読めるほどトラックが近づいたところで、ローギアに入れ、アクセルを踏んで、道に出た。

トラックがぐんぐん近づいてくる。無意識に身をこわばらせた。ハンドルを握る両手に力が入り、知らぬ間に、指関節が白くなっていた。それでも、心は落ち着いていた。

次にバックミラーを見ると、トラックはすぐそばまで迫っていた。ハイビームを点滅させてパッシングしている。アレクサンドラは速度計に目をやった。時速三十キロ。彼女はかまわず同じ速度で走り続けた。

時折、バックミラーに目をやった。トラックはもう間近で、何度もクラクションを鳴らし、またもハイビームで警告してくる。彼女はそんな警告を無視した。突然、ドンと車がぶつかり、衝撃を感じた。バックミラーを見ると、トラックはまたぶつかってこようと、スピードを上げている。またも衝撃を感じ、トランク運転手がクラクションを鳴らしてきた。何なのよ！　バカじゃないの！

彼女は前方を見つめた。道が狭すぎるし、待避所もないから、トラックが追い越すことも、道から逸れて、トラックに追い越させることもできない。

また、トラックがぶつかってきた。

もうすぐ。砂利道が森に入ったところで、彼女はアクセルを緩めはじめ、車が完全に停止するまで、スピードを落としていった。トラック運転手はクラクションを鳴らし続けたが、彼女はそんな音を無視した。

助手席から小さいバッグを取った。それからドアを開けて、車を降り、トラックへ向かった。運転台で悪態をついている運転手が見える。彼女が近づくと、男は窓を開けた。

「おい、どういうつもりだ、クソ女！　どけ！」太った男が言った。

アレクサンドラは男には目もくれず、トラックの後ろの道に焦点を合わせていた。人も車も見えない。交通量がごく少ない道だから、新たな車が来る可能性は低い。

「こっちこそ、同じことを訊きたいわ」彼女は運転手に向き直った。「ノロジカが道に飛び出してきて、わたしがブレーキを踏んだらどういうことになるかわからないの？」

「おれの知ったことか！」

男が窓からペッと唾を吐いた。その唾が、彼女の足元の地面に落ちた。その唾を少しの間見つめてから、彼女はまた男のほうを向いた。

「そっちは、トラックを運転しているのよね、重さ十五トンかそれくらいの。そんなトラックがわたしの車のバンパーの一メートル後ろを――」

「二十五トンだよ！　クソばばあみてえに、のろのろ運転するおまえのほうが悪いんだよ！」

アレクサンドラは男を凝視したまま、眉を上げた。

「車をぶつけられたら、わたしがどうなるかわからないの？」

「うるせえ、車をどけろ！　おまえやおまえの車がどうなろうと、おれの知ったこっちゃねえ！　さっさと失せろ。おれは時間を……」

「他の人たちがどうなっても構わないってわけ？　高齢者とか子供が……」

男は鼻を鳴らした。

「何の話だよ⁉　おれの言うことが聞こえねえのか？　車をどけろ、さもなきゃ、おまえの車をぺしゃんこにしてやるぞ……」

本気だと示すために、男はディーゼルエンジンの回転数を上げると同時に、運転台から身を乗り出した。

「このビッチ、頭がいかれて……」

男が、言い終えることはなかった。シュッという鈍い音とともにその体はこわばり、それから、痙攣しながら、運転台に消えていった。

54

別荘は白い出隅のある赤い建物で、世紀の変わり目あたりに建てられたものだ。前庭に車をとめたカール・エードソンは、すぐにいやな気配を感じた。ただの気のせいかもしれないが、それでも、ハンドルに両手を載せて、別荘の玄関ドアを重々しく見つめていた。

表玄関は、美しい彫りガラスが施されたサンルームになっていて、窓を通して、中にある折り畳みベンチと古いタペストリーが見える。そして建物の正面に、幅十メートル、奥行き十五メートルほどの、芝生の前庭が広がり、そこを囲むように、倉庫と離れが立っている。庭の真ん中には、鋳鉄の美しい緑色のポンプがついた、石造りの井戸がある。車のタイヤ痕といった、つい最近だれかがここを訪れたような形跡はまるでない。地面に寝ている、黄褐色で長い、去年の芝にまじって、新しい緑の芝が生えてきている。

別荘はのどかに見える。アストリッド・リンドグレーンの童話のようだ。

「行きましょうか？」ジョディが用心深い声で言った。

カールはうなずいて、ハンドルから手を離した。車のドアを開けて、ブルっと震えた。風向きが変わっていて、ここ数日の、日中の気温が二十度を超えるような夏の雰囲気はすっかり消えていた。今は、せいぜい十度。曇り空で、緑に見えていたものも、今では灰色にしか見えない。

「そうだな」カールはジョディに、ラテックス製の手袋を渡した。「行動範囲は最小限にとどめること。現場を荒らしたくないからな。もし、ここが犯行現場なら……」

ジョディは感情を害した様子だった。カールは、彼女と彼女の職業意識を侮辱してしまったことに気づいた。

「何が見つかると思います？」ジョディが言った。

「犯人が、おれたちに発見してもらいたいと思っているもの」失言を埋め合わせようと、カールは親しげな口調で言った。「ファーディ・ソーラの部屋にあったタバコの箱みたいなもの。彼が、おれたちをここへ導いたわけだからな」

ジョディがうなずいた。彼女は緊張している、集中している、とカールは思った。彼も同じ気持ちだった。

「おれが先に入ろう」

低い石造りの階段が、玄関ドアまで続いている。階段の芝生に目をやったが、ここにも最近、人が歩いた形跡はない。

彼はドアまで行った。こじ開けた形跡はないが、ノブに触れると、いとも簡単にドアが開いた。ゆっくりとドアが開き、蝶番《ちょうつがい》がわずかにきしみ音を立てた。

二人とも同時に感じた。カールは本能的に顔を背け、ジョディは慌てて口に手を当てた。

「これって……」ジョディが言った。

カールは答えることなく、彼女を見た。凄まじい腐敗臭だ。カールは一瞬、中に入って現場を荒らすことなく、ラーシュ＝エーリックと彼の鑑識班を呼ぼうと思ったが、考え直した。自分が間違っていて、中に死んだノロジカでも横たわっていようものなら、これから先、何年にもわたって、ラーシュ＝エーリックに冷笑される羽目になる。

背広の袖を口に当てて、カールはゆっくりと別荘の中へ入っていった。ガラスのサンルームの奥のドアを開けて、細いホールへ入った。この狭い空間では、においが十倍ひどく、彼は常にこみ上げる嘔吐反射をこらえるため、意識を集中させようと努めた。ホールにはドアが二つあった。奥のドアは開いていて、キッチンへ続いているようだ。戸口からすぐの壁際に置かれた冷蔵庫が見える。一方、手前のドアは閉まっていた。その向こうから、特定できないような、奇妙な音が聞こえている。おそるおそるドアに耳を当ててみた。くぐもった、うなるような音。作動しているモーターか、扇風機のような音。

カールはゆっくりとドアノブを下げて、ドアを開けた。

室内の様子を目の当たりにしたカールは、あまりに突然かつ不意をつかれ、不覚にもよろめきながら後ずさりして、帽子棚に頭をぶつけた。

戸口から、黒い雲のようなハエの大群が飛び出してきた。凄まじい数のハエに、開いたままの玄関ドアから差し込む光が遮られ、ホールが一瞬暗くなった。ハエはカールの髪に止まり、なかば寝ぼけているかのように彼の顔に当たってきて、背広とシャツの中に落ちては這い回り、ブンブンと音を立てた……

カールは必死に払いのけようとしたが、ハエの数はあまりにも多かった。

背後から、ジョディが外へ出る音が聞こえた。おそらく、吐くためだろう。カールは、急いでホールの奥のキッチンに向かった。小さな窓と中庭へ続くドアから、灰色の日の光が霧状に注いでいる。ドアの向こうは木製テラスになっていた。ここにたどり着いたハエはほんのわずかだ。ほとんどは、強い光が差し込んでくる玄関ドアから外へ出たようだ。カールは髪の毛にくっついているハエを払い落とし、背広を脱いで、さらに振るい落とした。

面食らったように、床の上をあちこち飛び回ったあと、ハエは方向感覚を取り戻して、閉まっている窓ガラスに激しくぶつかりはじめた。

カールは背広を着直して、ハエがほとんどいなくなるのを待った。ドアが開けっぱなしになっているせいで、腐敗臭はますますひどくなっていた。また吐き気を覚えたが、気持ちを引き締め、背広の袖を口に当てて、ホール手前の戸口へと進んでいった。

死体と言うより、死体の〝残骸〟が床にあった。両腕は空洞状になった胴体から突き出た状態で、両脚は大きく開いている。干からびた両手首の皮膚に打ち込まれた頑丈そうな釘が、肉を貫通して、床まで到達しているのが見える。足首も同様だ。ハエがまだ、死体の周りをブンブン飛び回っている。そして、へこんだ腹部の下の皮膚が動いている。〝次の世代〟のクロバエの仕業だ。うじ虫が、腐敗した肉の最後の残りを食い漁っているのだ。頭皮も顔の皮膚も干からびている。頰はくぼんでいて、両目が頭蓋骨の中に滑り落ちているので、眼窩が丸見えだ。

頭蓋骨の両側が陥没している。カールは慎重にかがみ込んで、死体をじっくり見た。死臭で目がチクチクしたが、嗅覚は鈍っているようだ。死体の左肘が、不自然な角度で曲がっている。膝と臀部も同様。ラーシュ＝エーリックと法医学者が来るまで死体に触れたくなかったが、何があったのかは想像がついた。この死体は、シド・トレーヴェルのつぶれた体を、あまりにもはっきりと連想させた。

静けさと悪臭のなか、携帯電話が不自然なほど高く鳴り響いた。カールはびっくりして、バランスを崩した。バランスを取り戻そうともがくうちに、自分に近いほうの、被害者の足首にぶつかった。身を守ろうと、とっさに片手を伸ばして、男の腹部に置いてしまった。その人物が着ていたシャツが破けて、皮膚と死体の残骸と白いうじ虫のごちゃ混ぜの中に、手がなすすべもなく、滑り込んでいった。うじ虫が一斉に、彼の指の周りを這い回りはじめた。

また電話が鳴った。

「いい加減にしてくれ！」珍しく気が動転したカールは叫んだ。

吐き気を催しながら手を引き抜くも、その手はまだうじ虫だらけ。手を突き出した状態で部屋を走り出て、狭いホールとサンルームを通り抜け、前庭へ飛び出した。

「中には何があったんですか……？」

カールの表情と突き出した手を目にしたジョディが、立ち止まった。

電話がまた鳴った。

「ああクソッ!」カールは大声で悪態をついた。

彼は必死にあたりを見回した。出隅のそばに、雨水が入った青い水桶が置かれていた。

彼はそこまで行って、腕をどっぷり浸けてすすいだ。白いうじ虫は、水中で体をよじりながら、桶の底へと沈んでいった。背広の袖に目をやると、死体の汚物で染みだらけだった。

「なんてことだ!」

背広を脱ぎながら、内ポケットから携帯電話を取り出した。ところが、出る直前に電話が切れた。

画面に目をやると、シーモン・イェーンからだった。苛立ちながら、着信番号に折り返した。

「もしもし」カールは不機嫌そうに言った。

「シーモンですが」

「わかっている。どうした?」

「またしても発生です!」

「何が発生したんだ?」

「例のイカれ野郎ですよ。また、そいつの仕業……」

「ちょっと待て!」

シーモンが話し続けるのを遮ろうとして、カールは思わず空いている手を上げた。

「今どこにいる？」

「ビーエ郊外です。南にある田舎町」

「どうしてまた発生したとわかるんだ？　どうしてやつの仕業とわかる？」

「だって、カール、ここに来てもらえれば……ひどい有り様ですって。どう見たって、やつの仕業ですよ」

「まったく、なんてこった！」カールはまた毒づいた。「わかった、そっちへ向かう」

彼は電話を切って芝生から背広を拾い上げたが、これ以上、死体からの汚物で身に着けている衣服を汚さないよう、離して持った。

一日に死体が二体とは、ひどすぎる。そして、カーリンの待つ自宅へは戻れない——今日も無理だ。

カーリンのことを頭に浮かべた。

「今日は何時に帰るの？」カールが今朝家を出るときに、彼女が訊いた。

悲しげな表情だった。冷静な口ぶりだったが、彼女が気持ちを抑えていることには気づいていた。それに、彼女の目にも悲しさが宿っていた。彼がかつて彼女に惚れ込んだ理由のひとつだ。離婚して、あんなふうに悲しげだった彼女、そしてそんな彼女を喜ばせなければという思いに駆られた自分がいた。

ここ最近、カーリンは、カールのアパートを出ていくと暗に伝えようとしていた。離婚はできない。というのも、二人は結婚していないから。していたら、きっと「離婚」だって口にしていただろう。

早く帰宅して、彼女を喜ばせたかった。チョコレートとか花、映画のチケットといった、ちょっとしたものを買って帰るのも悪くない。

「どうかしましたか?」ジョディが、心配そうに上司をうかがった。

いまだに背広を精一杯離して持つ自分の姿が奇妙に映ったのだろう。

「ジョディ、きみはここに残って、ラーシュ＝エーリックを呼んでくれ。この場所を調査するよう頼んでほしい。中で見つかったよ」

「だれですか?」

「判別しがたい……完全に腐敗しているから。だが、ソンニ・アンデションだろうと思う」

「見分けはついたのですか?」

カールは首を振った。

「死体はほぼ分解されているから、答えはノー、見分けはつかなかった。それでも、GPSに残されていたイニシャルがあっただろう。S.A.。ソンニ・アンデションではないかと……いずれにせよ、そうであることを願うよ」

「ソンニ・アンデションが死亡していることを願っているのですか?」

「いや。でも、あの死体が彼なら、被害者のうち二人には、より具体的な関連性が浮かび上がる。初めてのことだ。鑑識班に裏付けてもらわなくては。あと、セシリアに連絡がとれるようなら、彼女にも来てもらうよう手配してもらいたい。死亡日時の特定を、彼女に頼んでくれ。まあ、あの男は長いこと放置されていたようだ。数週間ってところか。彼がファーディ・ソーラより前に死亡したか、知りたいんだ。もしかしたら、一連の事件の最初の被害者かもしれない。重要な手掛かりになるかもしれない」

それから小声で言った。

「おれが、現場を荒らしさえしなければよかったんだが……」

「はあっ？」ジョディが言った。

「現場が荒らされているとラーシュ＝エーリックが怒鳴りはじめたら……伝えてくれ。おれがやったとな」

ジョディはうなずいた。

「で、警部は？　何をするつもりですか？」

「電話はシーモンからだった。やつらも死体を発見したらしい。ただし、あっちのほうは、死亡して間もないようだ」

カールは頭を振りつつ、車へ向かった。

「ラーシュ＝エーリックと帰宅するように」振り返ることなく、彼は言った。「あるいは、だれか他の警官と」

「どうしてですか？」

カールは背広をたたんだ。クリーニングに出さないと使い物にならない。いや、出してもダメかもしれない。

「何か問題でも？」

ジョディは地面に目をやった。

「いいえ、いいえ。そんなことありません」

「よかった」

カールは少し黙ってから、優しい口調で続けた。

「今は他に選択肢がない。アクセルにも電話をして、彼の班からも二人ほど送り込むよう頼んでもらいたい。地取り捜査を任せられるだろう」

開いている玄関ドアから別荘の中に目を向けたジョディは、観念したように携帯電話を取り出した。死臭は庭にまで広がっていた。彼女はもう一歩後ずさりしてから、電話番号を押しはじめた。

55

青色灯を点滅させて、法定速度よりかなりスピードを出して運転したにもかかわらず、二時間近くかかった。カールが到着したとき、細い砂利道は、救急車で塞がれていた。さらに奥には、パトカーが一台と、捜査車両が数台とまっていた。その背後に、高い樹木に囲まれてトラックがとまっていた。カールはシーモン・イェーンの自家用車の後ろに駐車した。シーモンが、彼を迎えにきた。

「今何時だかわかってるんですか？」シーモンが、車のドアを開けたカールに言った。

「一体、何してたんです？」

カールは何も言わなかったが、二時間前に手を突っ込んだ、悲惨な状態の死体が頭に浮かんだ。

「彼も来ているのか」

カールは、アクセル・ビョルクストレムを顎で指した。セーデルマンランド県内の管轄区域から来たと思われる警官二人と立ち話をしている、カールの不本意な職務パートナー。

「ええ、それが何か？」

「別に」カールは、ジョディのことを考えた。彼女は、あの別荘に長くとどまることを強いられるだろう。

「電話に出ませんでしたよね」シーモンは、自分の上司に目をやった。

「ノルテリエでちょっとあったものだから。ほら、例のGPSの『お気に入り』に入っていた場所だ。あとで説明する。運転に時間がかかってしまってね」

シーモンは興味津々のようだったが、何も訊かなかった。

「ここで何があった？」カールは言った。

「来てください」シーモンは、トラックのほうへ歩きはじめた。

運転席側のドアは開いたままだ。その周りで、鑑識官が二人、仕事の最中だった。カールはラーシュ＝エーリック・ヴァルクヴィストに会釈した。

「それで？」カールが拍子ぬけした顔でシーモンの横に立つと、彼は身振りでトラックを示した。

カールはその視線を追っていき、鑑識官たちが何を調べているのか知った。前輪の下から、死体がのぞいていた。喉のあたりはタイヤに隠れていて、見えない。この男性――衣服と体形から判断すると男性だろう――は轢き殺されていた。

「だれなんだ……？」

「トラック運転手っぽいです」シーモンが言った。「だれかが彼を引きずり出して、彼のトラックで頭を轢いたみたいですよ」

カールは、男の死体をじっくり見た。かなりの太鼓腹に張りついた、短すぎるTシャツ。グレーのジャージーパンツに木靴。ごつい手にがっちりした腕が、体と平行して伸びている。両手首からTシャツの袖口までタトゥーが入っている。おそらく、肩まで続いているのだろう。しかし、カールが見たことのあるような、ギャング組織のシンボルマークではなかった。

「身元は？」彼は訊いた。

シーモンがうなずいた。

「今わかっている情報では、モッテン・ラスク、トラック運転手」

「モッテン……」カールは繰り返した。

「軽犯罪で服役してたやつですよ。飲酒運転、暴行、ちょっとした麻薬犯罪……それに、あとひとつ」シーモンが続けた。

「ちょっと待ってくれ。あのモッテン・ラスクか？」

「当たり。あなたが話していたシド・トレーヴェル……その人物と一緒にセーデルテリエで強盗事件を起こした男」

カールは唇を舐めた。

「われわれが追っていた線かもしれないぞ」

「はあっ？」

カールは、ジョディと一緒に別荘で発見した死体、それとGPSの『お気に入り』にあったイニシャルについて語った。シーモンは胸の前で腕組みをして、注意深く聞いていた。

「もし、あれがソンニ・アンデションなら、強盗四人組で残っているのはベーント・アンデシェンだけということになる」別荘の話を終えたカールは言った。

「えっ？　そいつらは兄弟なんですか？」

驚いたカールは、あきれた目で彼を見つめた。

「違う」カールは、ぐったりした教師のような表情をした。「一人はデンマーク系の接尾辞がついたアンデシェン、そしてもう一人のほうは、典型的なスウェーデンの接尾辞で終わる名前のアンデション。ベーント・アンデシェンも殺されているんだろうか？」

「さあ、そんなの知るわけないでしょ。五秒前まで、名前すら知らなかったんですから」

カールは何も言わなかった。シーモンは熟考してから、上司のほうを向いた。

「じゃあ。おれたちは突然、共通点を見つけた……セーデルテリエ強盗事件？　違いますか？」

「あり得るな」カールはトラックに目を向けた。

「本当に……」

シーモンは口をつぐんで、こわばった表情になった。横柄な言動を抑えたのだろう。

「もし、それが共通点だとしたら」シーモンは続けた。「どうしてファーディ・ソーラは消されたんですかね？　それにイェンス・ファルクとマルコ・ホルストだって」

カールは考え深げに、トラックを囲んでいる森を見渡した。

「わからない。もしかしたら、共通点はないとか？」

「えっ？」

カールはそんな考えを振り払ってから、シーモンに視線を移した。

「あとだ。この話はあとにしよう。さあっ、ここでの仕事にかかるぞ。何か気づいた点は？」

苛立ったシーモンが石を蹴ると、その石は、音を立てて溝に落ちた。

「犯行の手口。それに、これ……」

シーモンは携帯電話を取り出してから、一枚の写真までスクロールし、カールに掲げてみせた。最初は何なのかわからなかったが、そのうちに、被害者のTシャツのクローズアップであることが判明した。

「その痕が見えますか？」

カールはうなずいた。

「これ、見てください！」

シーモンはまた次の写真までスクロールした。

「鑑識官にTシャツをめくり上げるよう頼んだら……」

だらっとした白い肌に、不明瞭な赤い痕が二つ。

「テーザー銃」シーモンが言った。「他の連中と同様……」

カールは、法医学者が死体を調べにくるのを待つ間、トラックの前輪からはみ出している死体を見つめていた。

シーモンが、彼の隣に立った。

「こんなことするイカれた人間は、やつ以外にいませんって」

第二部

五月十五日　木曜日

「初めまして、わたしの名前はアレクサンドラ・ベンクトソン。殺人者です！」

アルコホーリクス・アノニマス（飲酒問題を抱え、依存症克服を希望する人々の集まり）のミーティングとかで、そう言えたらいいのに。そう告白してから、人生を歩み続けたい。でも、そんなこと、できるわけがない。

わたしは両サイドの窓を開けて、顔と髪に当たる風を感じている。ビーエから帰宅しようと、高速道路を運転している。窓から強い風が、轟音を立てるように吹き込んでくる。また自分自身に囁く。「わたしは殺人者です！」

そう口にするたびに、「わたしが一体、何をしたというの⁉」という頭に浮かぶ考えにめまいがして、気分が悪くなる。それから、自分が実際にしたことを考え、警察の視点から見た場合にどう映ろうと、ある種の安堵を覚える。誇りかもしれない。

モッテン・ラスクがわめくことはなかった。わめくことができなかったから。わたしのアメリカ製のテーザー銃が命中し、あの男はじたばたしながら運転台に崩れた。わたしは彼を引きずり出して、タイヤのすぐそばの地面に横たえた。道に仰向けになってすべてを悟った男の目に、無力感が映っていた。そして、パニックを起こし、麻痺した筋肉を動かそうとした。無駄な試み……

事をすませたわたしは、とても穏やかにその場から車で走り去った。

＊

昨夜、また姉から電話があった。吐息を聞かせてきた。まるで子供の頃に戻って、眠りにつけないときに、お互いのベッドで一緒に寝て、お互いの吐息を聞き合ったときのように。あの頃、わたしを理解してくれて、わたしとすべてを共有していたのは姉だけだった。それから彼女は顔を失い、すべてが変わってしまった。

あの事件が起きたとき、二人は十三歳だった。わたしたちは、自転車で自宅近くの湖に泳ぎにいった。ティーンエイジャーとしての、初めての夏だった。あの日はいつになく、クスクス笑いどおしだったのを覚えている。あの年齢の子にはとても重要なこと、だけど、その時期を過ぎると何の意味もなくなるようなことで溢れていた。他の女の子たちと、ほとんど変わらなかった。

水浴場までの最後の道のりは、歩かなくてはならなかった。わたしたちは自転車に鍵をかけて、スイムバッグを肩にかけた。

あの犬が来たのは、そのときだった。枝を折りながら、ブルーベリーの茂みを抜けて、走ってきた。体高があるようには見えなかったし、茂みの中では小さく見えた。でも、近くにきたその犬は、とてもがっちりしていて、体高と幅が同じくらいあった。茶色で滑らかな毛並み、幅広い頭部に頑丈そうな顎。そんな犬が、わたしたちに突進してきた。わたしたちは恐怖におののいて、立ちすくんだ。わたしは姉にしがみついたが、姉はわたしの前に立った。

「おすわり!」犬を命令に従わせてとどまらせようと、姉が叫んだ。

自信に満ちたわたしの姉、何をすべきか常に確信を持っていたわたしの姉。吠えたてた犬は、彼女の胸に飛びかかって咬みついた。彼女は犬を乗りかかられて倒れた。一心不乱に犬は姉を咬み続け、姉は叫んだ。わたしは、姉の顔がめちゃくちゃになる様子を見ていた。姉は身を守ろうと、顔を背け、犬の顎を押しのけようと必死だったが、どうしようもなかった。犬はあまりにも強くて攻撃的だった。わたしは叫んだように記憶しているが、定かではない。あっという間の出来事だった。わたしは、スイムバッグの中から、父親から失敬したアーミーナイフを探し出した。

わたしは、犬が姉の顔をがつがつかじる生々しい音に耳を傾けないよう努めながら、犬の周りを歩いた。それから、一気に犬の喉をかき切った。武器の扱いに厳しかった父だけに、刃はかみそりのように鋭い切れ味で、犬の肉に深く食い込むのを感じた。わたしの手はたちまち、温かくてべたべたした血にまみれた。それでもまだ、犬は姉の顔にかじりついて離れなかった。犬が意識を失うと、わたしはやっと顎をこじ開けて、犬を押しやった。

姉の顔は凄まじかった。顔の大半は失われており、血だらけの肉の塊になっていた。血だらけの、ぼろぼろの肉片に混じって、白い骨と歯と腱が見えた。

そのとき、犬の飼い主が現れた。鷲を象った滑稽なエンブレムを施してある、黒い革のベストと破れたジーンズを身に着けた三十代の男で、両肩にタトゥーを入れていた。

「おい、おれの犬に何をした⁉」地面に横たわる、生気のない犬を見たその男が、かすれた声で怒鳴った。

ずたずたで血だらけの姉の顔には、見向きもしなかった。

「おまえら、ランボを殺しやがって！」酔っぱらったような、気だるくうわずった声で、男は叫んだ。

男は振り向いて、犬のかじった痕だらけのこん棒を手に、わたしたちに向かってきた。棒を振り上げ、異様なほど大きく見開いた目で、わたしを凝視した。わたしは地面から石をひとつ拾い上げ、男に向かって突進した。男は向かってくるわたしを見てニヤッと笑うと、野球選手のようなポーズをとって、わたしの頭を殴ろうと構えた。走りながら、わたしはあいつに石を投げた。左手で投げたのでうまくいかず、男は反射的にかがんだ。みんなそうするのだと、まさに父親から教わっていたように。男が注意を怠ったほんの一瞬、わたしは攻撃に出た。あいつの太ももに、ナイフを深く刺してやった。走りながらナイフをねじって、筋肉を切断し、こん棒が届かない距離まで走り続けた。男は苦痛の叫び声をあげた。わたしを追いかけようと振り向いたが、ゆっくりと膝から崩れ落ちた。切断された太ももの筋肉が、男の体の重みを支えきれなくなっていた。

「このガキども！　殺してやる！」男はうなるような歪んだ声でわめいた。

それから、姉が奇妙なしわがれた、言葉にならない声で叫んだ。

「ダメ！　ダメ！　アレクサンドラ！　やめて！」

わたしは攻撃を完結しようと、構えたところだった。片手にナイフを持ち、足を肩幅に開いて、男の胸にナイフを突き刺してから、喉元をかき切ってやるつもりだった。もう何も考えていなかった。聞こえてくるのは父の声だけだった。始めたことはやり遂げろ！中途半端に終わらせるな！

でも、姉の声で少し自分を取り戻したわたしは、動きを止めて立ち尽くした。ナイフをだらりと体の脇に下げて。血が一滴、白いスニーカーの上に落ちた。

「走って家に戻って」姉が不明瞭な声で言った。元々は頰だったところに開いた穴から漏れるような声だった。「助けを呼んできて！」

＊

その後、姉は長期間入院した。医者たちは彼女の顔を復元しようと、何度も手術を行ったが、いい出来栄えとは言いがたかった。数週間覆っていた包帯を外すと、グロテスクな顔が現れた。両腕の内側の皮膚を移植して頰のように見せてある、まるでパッチワークのキルトだった。

それ以来、姉は変わった。口数が少なくなり、わたしとではなく、両親と一緒にいることが多くなった。庭で一緒に遊ぼうと誘っても、姉はグロテスクな顔を横に振って、宿題をしなくては、と言った。彼女は次第に、意地悪になった。二人がしてきたことすべてを、両親に告げ口するようになった。二人の遊びとか虫メガネとかナイフのことを——姉は、わたしが強制したから、仕方なく付き合った、本当はしたくなかった、と言った。

彼女は嘘をついた。

でも、母と父は彼女の言葉を信じ、わたしに姉と遊ぶことを禁じた。あの〝事故〟後の初めてのクリスマス休暇には、いつもクリスマスを祝っていたプロヴァンス地方へ連れていってもらえなかった。その代わり、父方の祖母が来て、わたしの世話をした。父方の祖父はかなり前に他界していたので、祖母と二人きりだった。

祖母は無口な女性だった。クリスマスイブにくだらないプレゼントを交換したあと、二人はテレビの前に黙って座っていた。その週の残りの時間、祖母は、食べ終わったら皿を片づけなさいとか、食卓に肘をつかないようにといった、実用的なことしか言わなかった。言うことすべてが命令形だった。「背筋を伸ばして座りなさい！」といった具合に。

家族が一週間後に戻ってきた時点で、わたしはクリスマス休暇を通して、言葉をほとんど発していなかった。

姉は、ますますわたしを避けるようになった。わたしは、母と父が、決してわたしを姉と二人だけにさせないようにしていることに気づいた。ほんの短時間であろうとダメだった。

だが、ある日曜日のこと、両親は買い物へ出かけた。わたしは映画を見に街へ行った。独りで。姉が学校でわたしに関する嘘を散々言いふらしていたので、わたしと仲良くしたい子はだれもいなかった。映画館に入ってから後悔した。暗いなか、二人ずつ腰かけている大勢の人たちの横に座りたくなかった。

だから、わたしは家に帰った。姉が一人でうちにいた。母と父についていきたくなかったようだ。

「あっちへ行って」姉の部屋のドアをノックしたわたしに、姉が言った。

「少し話がしたいだけ……」

でも、姉は返事をしなかった。

わたしは荒々しい怒った足取りで自分の部屋まで行き、部屋の中へは入らずに、ドアを開け、それから閉めた。

その後、忍び足で居間へ下りた。そこからは、ホールとキッチンへのドアが見えた。犬に襲われて以来、姉はだれにも見られていないと思ったとき、キッチンへ忍び込んでは、お菓子を探してパントリーを漁ったり、オープンサンドを作ったり、冷蔵庫の中のレバーペーストをケースから直接食べたりしていた。今思い返すと、それが彼女なりの嘆き方であり、やけ食いの仕方だったのだろうが、当時はただ、気もちわるいとしか思わなかった。

姉が階段を下りる音が聞こえるまで、三十分近く待った。彼女がキッチンへ入る姿を目撃し、冷蔵庫を開けて、ケースを引き出す音が聞こえた。わたしは、戸口に立って、彼女が食べる様子を見ていた。

「どうして？　どうして、あんなことするの？」

姉は振り返って、わたしを凝視した。彼女は恐れていた。わたしは、姉が恐れていることに気づいた。

「何のこと？」そう言った姉は一歩後ずさりし、流し台に背を向ける形で立った。

「告げ口したり、嘘を言ったり。あることないことをでっち上げて、わたしのことを悪く言うじゃない」

「だから？　どうでもいいことじゃないの。あなたは頭がおかしい子、だれにも信じてもらえないくせに……」

わたしは姉をじっと見た。そんなことを言われるなんて、思ってもみなかった。人生を通して、ずっと一緒だったのに。いつも一緒だったのに。

「いつからわたしのことを怖がるようになったの？」わたしは言った。

姉は立ちすくんだまま、顔を半分背けて、わたしを睨んでいた。

「あなたがあの男を殺そうとしたときからよ。わたしたち、いろいろ……以前はおかしなことをしたわよね。でも、遊びのつもりだった。だけど……あなたは遊びのレベルを超えてしまった。この目で見たわ、あなたはあいつを殺しかねなかった」

姉はわたしを押しのけて、自分の部屋へ上がっていき、ドアの鍵をかけた。

姉と話をすることはなくなった。あんなふうには。少ししてから、彼女は、わたしの姉であることをやめた。

ほぼ一年に一回の割合で彼女は美容整形を繰り返し、そのたびに、普通の見た目になっていった。でも同時に、心も手術を受けたかのように内面も変わっていき、どんどんきまじめに従順になっていった。両親のうわべだけの社会的な交流にも参加するようになった。

「まあ、なんて素敵なの！　素晴らしいわ！」まるで、連中の晩餐会や豪華なクルージング休暇に興味をそそられているかのように。

親元を離れてから、わたしたちが接触することはまるでなくなった。二十二年間の沈黙。なのに、今になってあんな電話をしてくるなんて。

昨夜、わたしは姉からの電話を着信拒否した。あの非難するような吐息を聞かされるのはご免だった。

＊

わたしは、日記から新聞記事の切り抜きを取り出し、また読んでいる。

《エクスプレッセン》紙、八月二十八日
昨夜ストックホルムで、パトカーが追跡中、強盗容疑者の運転する車に六歳の男児が轢かれ、死亡する事故が発生した。

強盗犯たちは、意図的に男児を轢いた可能性がある。

「歩道にブレーキを踏んだ跡がない」と、ストックホルム南部所轄のソーレン・タピオ氏は話している。

昨日午後三時頃、覆面をした男四人が、セーデルテリエの宝石店を襲った。強盗犯たちは、現場から白の輸送車を奪って逃走。警察はすぐにパトカーによる追跡を開始し、一時は、かなりのスピードで派手なカーチェイスを展開した。複数台のパトカーが加わり、バリケードも設けられた。

エルヴシェーに差しかかったところで、バリケードをかわすため、犯人たちの車が自転車歩行者道に乗り上げた。警察の情報によると、その際、猛スピードだったという。

そのまま強い衝撃で男児に衝突。自転車に乗っていた六歳の男児には車をかわす余裕などまったくなく、救急隊が現場に駆けつけたとき、男児は死亡していた。

強盗犯たちは、その後も減速することなく、南へ逃走した。

警察はすぐに追跡をやめたが、事故現場から少し行ったところで車が溝にはまり、犯人たちは逮捕されるに至った。

轢き逃げを目撃した警官の話では、強盗犯たちは故意に六歳児を轢いた可能性がある。

「事故現場の自転車歩行者道にブレーキ痕が見つからなかったことから、犯人たちは男児に気づかなかったか、故意に轢いたと思われる」と、ストックホルム南部所轄のニルス・

ヨンソン氏は語っている。

強盗犯たちは加重強盗、路上での重過失ならびに殺人または過失致死傷罪で逮捕された。四人とも、前科のある人物だという。

わたしはこの記事を五年間保存してきた。わたしの日記の中に挟んである。

この六歳男児の名はダーヴィッド。

この子はわたしの息子。

＊

裁判で、男たちは非難合戦を繰り広げた。だれが車を運転していたのか、明確に断定されなかった。ダーヴィッドを殺した男ということだ。

ソンニ・アンデション、シド・トレーヴェル、モッテン・ラスク、そしてベーント・アンデシェン。わたしは、男たちの名前をリストにして書き留めた。わたしにとっては、四人とも同罪だ。

リストから最初に消したのはソンニ・アンデション。

クンゲンス・クルヴァ地区の〈ユーラ〉で購入した（念のため、現金払い）シンプルな万力で、あいつの体のほとんどの骨を破砕してやった。

最後に万力をあいつの頭の上に当てて締めつける間、あいつは途切れることなく叫んでいた。

ダーヴィッドの頭蓋骨は二箇所が割れていた、左側と後頭部。おそらく、息子は車の硬いルーフピラーに頭をぶつけ——宙に投げ飛ばされて地面に落ちたときに、もう一度ぶつけたのだろう。

ダーヴィッドが、自分は怪我をしたと感じる余裕すらなかったとしても、床に横たわる、あの男には把握させたかった。自分が何をしたのか、あいつにわからせたかった。でも、わたしが説明しようとしても、あいつは一貫性なくうなったり、わめいたり、鼻をすったりするだけだった。男の頭蓋が、バリバリッと驚くほど高い音を立てて割れたとき、やっとあいつは静かになった。瀕死の状態でもがいたが、それからすべてが穏やかになり、不自然なまでの静けさが訪れた。わたしはできる限りその場をきれいにしたが、あいつは放置した。

四月で、いつになく暑い日が数日間あった。冬を乗り越えたハエが、すでに別荘内の窓でブンブン音を立てていた。越冬中は餌不足だっただろうから、新鮮な肉にありつけて、ありがたく感じるだろう。ヘラジカ一頭の死骸が何百万ものクロバエの幼虫に食い尽くされて、一週間もかからずに消えてしまう光景を、テレビの動物番組で見たことがある。

目的を遂げたわたしは、ソンニ・アンデションの大きすぎるタイヤがついた、醜くて黒いＢＭＷに乗り込んで、そこから走り去った。

それからは何も思い出せなかった。記憶が戻ったのは、シャワーを浴びながら、タイル張りの床から排水溝に流れる血の縞を目にしたときだった。

五月十六日　金曜日

玄関ドアの呼び鈴が聞こえると同時に、何かおかしいと感じた。腹部が痙攣したような感じを覚えたのだ。胃には自律神経があって、独立して生きている。そして、わたしは胃の反応を信じている。

ドアを開けると、前夫のエーリックが立っていた。不安そうな顔で。彼のこげ茶の髪はほつれて細く、生やしはじめた顎ひげには白髪が多い。

「何かあったの？　ヨハンナのこと？　ヨハンナは元気なの？」

エーリックは、なだめるようにうなずいた。

「ああ、元気だ」

「じゃあ、何なの？」

「入ってもいいかい？」

「ええ」わたしは、ためらいがちに言った。

本当は中に入れたくないし、彼だってわたしの口調で、そのことに気づいたはずだ。彼は問うようにわたしを見つめた。わたしは何も言わず、玄関ホールに招き入れた。前夫は以前、数回ここへ来たことがある。ヨハンナを迎えにきたとき、パソコンやテレビのことで手を貸してくれたとき。彼はわたしより先に居間へ入った。彼はわたしの記憶にあるより背が低い。それとも、わたしの背が伸びたのだろうか？　精神面では確実に成長しているが、それが身体面にも現れるなんて考えたことがない。現れているとしたら、姿勢かもしれない。

エーリックはソファに腰かけて、わたしを見つめた。わたしは立ったままだ。

「何か飲む？　紅茶？　コーヒー？」

彼は首を振った。

「いや、いらないよ」

そこに座る彼は、珍しくもろそうに見える。いつ壊れて泣きはじめてもおかしくないように。

「今日、うちに警察が来た」

わたしはショックを受けたふりをした。難しいことではない。胃が急に、痙攣で縮むのを感じた。胃がすでにわかっていたように。

「えっ？　どうして？」

それから、不用意なせりふを吐く寸前だったことを悟って、言い足した。

「あなた、何をしたの？」

エーリックは、わたしのその質問自体、信じられないような、きょとんとした顔でわたしを見た。

「おいおい！　もちろん、何もしていないよ！　警察は、ぼくが先週と先々週、どこにいたのか訊いてきた」

「それで？」

「ぼくはうちにいた。テレビの前に座っていた、と思う。わからなかったから、手帳を調べたけど、何も書き込んでいなかったんだ……」

「だから？」

「それだけさ。きみにも話を聞くって言っていたよ」

「どうしてわたしにも話を聞くって言っていたの？」

彼は一瞬ためらってから、小声で言った。

「ダーヴィッドを轢き殺した強盗犯たちに関することなんだ」

エーリックは、心配そうにわたしを見つめた。ソファの背もたれを強く握るわたしの指が、文字どおり白くなった。苦労してその手を緩め、胸の前で腕組みをした。

「あいつらが殺されたそうだ」わたしから視線を逸らさず、エーリックが言った。

わたしの思考が、四方八方に飛び散った。自制しようと努めた。そのことは何も知らないと考えよう。

「全員？」少ししてから、わたしは訊いた。

「いや、数名。まだ生きているやつがいるようだ」わたしはショックを受けたふりをしたが、それでもエーリックは問うようにわたしを見つめている。連中を殺したのはわたしだと疑っているように。

「どうやって死んだの？」

「警察は何も言っていなかった。こっちも訊かなかったし」

わたしはうなずいた。

「教えてくれて、ありがとう」床を見下ろしながら、わたしは言った。「ダーヴィッドは喜ぶでしょうね」

エーリックはソファから立ち上がって、ドアに向かって歩きはじめた。

「そう思うかい？　ダーヴィッドが喜ぶと思っているのかい？　あいつらが死んだところで、ダーヴィッドが生き返るわけじゃないのに」

玄関ホールで彼は振り返った。わたしは彼の顔をじっと観察したが、懸念するようなことは何も見えない。いつもどおりのエーリックだ、少し不安そうで――少し気難しげなエーリック。

それから突然、わたしに向かってきて、ハグをした。

「アレクサンドラ、ダーヴィッドのことで、またあれこれ考えたりするなよ」彼はわたしの耳元で優しく言った。「ダーヴィッドのことを諦めるのが大切だ。ぼくは、あらかじめ、きみに警告するために来た……ダーヴィッドのことをね。息子のことで、きみがひどく動揺しないように」

わたしは、エーリックの言葉に耳を貸さなかった。少ししてから、彼は抱擁する腕を緩め、わたしは彼を押しのけた。そのときに初めて、自分は抱きしめ返していないことに気づいた。自分が死んだかのように、彼に抱擁してもらっただけだ。

エーリックが帰ってから、わたしは気を取り直そうと、ソファに長いこと座っていた。もうわたしに残された時間は長くない。

＊

エーリックとわたしは、〝二人の〟別荘で結婚した。元々あの別荘はエーリックの両親が所有していたものだが、付き合っていた頃、よくあそこへ行ったので、〝二人の〟場所になった。

白い出隅のある赤い建物だが、通常の別荘より大きく、天井が高かった。居間には大きな暖炉、そしてキッチンには古い鋳鉄のオーブンがあった。エーリックの話では、あの家で育ったという男性が一度訪れてきて、当時は納屋と食料貯蔵庫と農地がある、小さな農家だったと話してくれたのだという。その後、建物は、生い茂ったライラックの茂みとぼうぼうに伸びた芝生に埋もれてしまった。納屋と食料貯蔵庫のなごりは、礎石だけになっていた。すべてが牧歌的だった。

別荘は人里離れたところにあった。わたしが一番気に入っていた点だ。訪れると、静けさが聞こえてくるようだった。耳が痛くなるほど響き渡る静けさだった。ある八月の夜遅く、外に出て、静けさが耳に鳴り響くなか、暗い空に広がる天の川を見たことをわたしは覚えている。まるで、わたしとあの何億もの星の間に何もなくて、自分が宇宙に浮かんでいるような気がした。

あそこは、わたしが自分自身になれる場所だった。だから、あそこが大好きだったのかもしれない。

別荘で結婚しようというのは、わたしのアイデアだった。ひと夏をかけて、二人で準備をした。テーブルを動かしたり家具を並べ替えたりして、招待客が全員居間に座れるよう、アレンジした。招待したのは二十三人。エーリックは来てほしい人全員を招待できないのが残念だと感じたようだが、わたしは何の不満もなかった。母と父は出席したが、姉は来なかった。旅行中だったから。行き先はニュージーランドだったと思う。他に招待したい人はあまりいなかった。友人が沢山いたことはない。

挙式そのものは、村の教会で挙げた。牧師は現代的で、ストックホルム南部で職務に当たっていて、式の打ち合わせには、レザースーツに身を包み、バイクに乗ってやってきた。オルガン演奏に合わせて、父と二人でバージンロードを歩いたとき、会衆席で数人が涙ぐんでいる姿が見えた。トレーンの短いウェディングドレスを着て、暗い色の髪にティアラを載せたわたしは美しかった。わたしの曲線を強調するドレスは、好印象を与えたと思う。

わたしたちは「はい」というべきタイミングでそう答え、キスをした。わたしの手を取って指輪をはめたとき、エーリックは泣いていた。二人が教会を出ると、みんながライスシャワーを振りかけてくれた。天気までも素晴らしかった。暖かくて乾いた七月の日だった。

パーティーもスムーズに進み、失望した人はいなかった。ワインをたっぷり用意しておいたから、みんな楽しそうにスピーチをしたり、食べて、笑って、祝辞を何度も述べてくれた。

わたしですら、涙を浮かべた瞬間があったと思う。

初夜にエーリックがベッドにバラの花びらを散らして、〝彼なりに工夫を凝らしたつもりの誘惑〟を演出してくれたとき、わたしは懸命にこらえた。口を閉ざして、「さっさと挿入しちゃってよ。終わらせちゃって」と言いたい気持ちを抑えた。

ただの結婚式よ。パーティーにすぎないのよ。だけど、わたしの両親の偽物の世界みたいになった。みんなが感傷的かつロマンチックな空想を発散できるような、着飾ったパフォーマンス。

わたしは無感覚すぎて、心を動かされるような人間ではなかった。

初めて感動したのは、結婚二年後にヨハンナを出産したとき。三・二キロの乳児にすぎないのに、それでも、自分はなすすべもなく無防備な気がした。それまでの人生で体験したことのない感情に、わたしはおののいた。

それから、ダーヴィッドが生まれた。わたしの愛するダーヴィッド。わたしの息子。どんなに彼を愛していたか、言葉では言い表せない。わたしのすべてだった。親が子供をひいきするのがよくないのはわかっている。でも、ダーヴィッドはわたしのものだった。

分娩室までの道のりを覚えている。暗くて雨の降る、秋の晩。あの子の産声を覚えている。あの子が生まれて初めての母乳を求めて、手探りでわたしの乳首を見つけたときのことは記憶に残っている。あの子のにおいだって忘れていない。生まれたその瞬間から。そして、ダーヴィッドのおかげで、わたしは完全になった。あの子がいないと、わたしは壊れたも同然だ。

五月十七日　土曜日

あの黄色い家は、森のはずれの小さな丘に立っている。近くにあるのは放牧場と林だけという、起伏に富んだ絵のように美しい風景だ。でも、庭と建物自体を見ると、アメリカのトレーラー・キャンプを連想させる。家の前に廃車が二台置かれている。あまりにもひどい錆と崩壊ぶりで、もうエンブレムすら見えなくなっている。芝生は何年も手入れしていないらしく、雑草地と化している。茂みと白樺とハンノキから成る、小さな林ができはじめている。玄関ドアへ続く階段のすぐ横に、廃棄された浴槽と便器が置いてある。ずいぶん長いことそのままにされているようだ。おそらく、何年も前にリフォームしたときから放置されたままなのだろう。便器の中から、黄色い去年の草が突き出ている。

錆びついた三輪車が、花壇に捨てられている。あの男に子供がいるのだろうか？　もう使用されていないようなので、昔の家主か、もしかしたら、一時的な恋人の子供のものかもしれない。

家はかつて黄色だったが、客観的な観察者には、何色なのかわからないだろう。切妻や建物の側面から、大きな塗装の剝がれがいくつもぶら下がっている。剝がれた部分の下に水色が露出しており、それが、何年も前の外壁の色だったことがうかがえる。窓も、ずっと手入れを怠っていたせいで、鉄製の金具の錆び跡がついた、濃い灰色に変色した木枠がほとんどだ。双眼鏡で見ると、居間の窓が一箇所、釘で打ちつけた合板で覆われている。

そのあまりのみすぼらしさに、最初、本当にあそこに人が住んでいるのか、確信が持てなかった。でも、わたしはあの男を見た。あそこはあいつの家だ。

わたしは今、道の反対側にある丘の後ろで、茂みの陰に潜んでいる。その距離、百メートルほど。建物自体は、カトリーネホルム市から数十キロ離れたところに立っている。一番近くに隣接しているのは馬牧場で、五百メートルちょっと離れたところに隠れるように存在している。そこは谷を一望できる、美しい光景の場所だと思われる。目の前の、細くて曲がりくねった田舎道を走る車はまばらで、この付近の住民しか利用しないようだ。とても孤立した場所だ。

わたしは、田舎道からはまったく見えない、森に少し入ったところに車――レンタカー――をとめた。それから、森を抜けて歩いて丘まで戻った。緑のアウトドア用衣服を身に着けて、ライカの双眼鏡を掲げている。わたしがうつ伏せ姿勢でいる丘からは、あの家の正面が完璧に見える。それと同時に、わたしを発見するのは、ほぼ不可能だ。

モッテン・ラスクを殺害した道からは、数十キロしか離れていない。一時期、その近さに不安を覚えたが、単に偶然だと結論を下した。

しかも、どうでもいいことだ。リストから消すべき名前は、ひとつしか残っていない――ベーント・アンデシェン。そして、その男は、この丘の向こうの黄色い家に住んでいる。

＊

時計に目をやると、十八時二十七分。二十一時までここに残ろうと決めていた。それまでにあの男が戻ってこなければ、計画を断念して帰宅だ。

その都度、徹底的に調査を行った。ジャーナリストという職業柄、そうしてきた。どんな手法を使うか決めるためには、細部に至るまで知る必要がある。

ベーント・アンデシェンに関しては、関節をひとつひとつ、つぶしてやろうと思っている。連中がダーヴィッドを殺したのと同じ手口で。だが、アンデシェンはより重要だ。連中が、法廷でどんな責任の押しつけ合いを展開したにせよ、運転していたのがアンデシェンだったのはわかっている。ブレーキを踏もうとすらしなかった人物。わたしの息子の命を救うより、三分半、余分に警察から逃げ回るほうが大切だと、あの男は判断した。当初の取り調べではそう自白したのに、裁判ではすべてを撤回した。全員が責任をなすりつけ合った。

でも、そんなことはどうでもいい。わたしは今、ここに来ている。残るは、どうやって殺すか、どうやってあの男を〝捕らえて〟、どこへ連れていくか決めること。この近くに納屋ならいくらでもあるし、マルコ・ホルストのときと同じく、壁に磔にしてやると、漠然と考えていた。

近隣の農作地からは肥料のにおいが漂い、少し離れた木の枝の先にとまっているクロウタドリがさえずっている。午後の日差しが、心地よく背中を温めてくれる。すべてが緑になって発芽し、力強さと爽やかさを感じさせてくれる時期は間近だ。

わたしへの合図だと見なしたい。

その二時間後、太陽は雲に隠れてしまった。暖かさは、あっという間に消え去った。もうすぐ雨になるだろう。雨のにおいがする。近くで、モリフクロウがホーホー鳴いている。数時間で、すべてが変わっていた。

その場を去ろうと立ち上がりかけたちょうどそのとき、あの男が来た。わたしはまた、慎重にうつ伏せ姿勢を取った。二十時五十七分。

車が見えるかなり前から、エンジンの音が聞こえていた。大きなエンジンが発する鈍い音。かなりスピードを出している。ブレーキを踏んで、進路を前庭に向けたとき、切妻に取り付けてある、大きな投光照明がついた。おそらく、感知式。ベンツを運転している。車種まではわからないが、スポーツカーのようだ。色はシルバー。後部のナンバープレートの番号が、くっきりと輝いている。

家に戻ったら、交通行政のデータベースで調べてみようと思うが、どうせ、架空名義で登録してあるのだろう。となれば、駐車違反やスピード違反の罰金だって溜まりに溜まっていると思うが、支払った者はいないということだ。

わたしは双眼鏡を手に、運転席に焦点を合わせた。あの男は、まだ座っている。何を待っているのだろう？　だれか来るのだろうか？　約束？　わたしは双眼鏡を下ろして、視線を道路に向けてみたが、ここ一時間そうだったように、他の車が来る気配はない。また双眼鏡を上げたとき、やつを見逃すところだった。車から降りて、家に向かいはじめている。投光照明のおかげで、その姿がはっきり見える。

長身でがっちりした体格。たくましくしなやかな歩き方ではあるが、わずかに不規則で無頓着。危険で威嚇的な印象を受ける。広い肩と首を強調するような、古いボマージャケットが、そうした印象を強めている。高質の双眼鏡なので、とぐろを巻くように喉まで続くタトゥーが、難なく見える。

男は、まだ振り返らない。だが、玄関ドアを開けて中に入ろうとしたとき、さっと振り返って、自分の後ろを確かめた。常に肩越しにだれかに攻撃されないかチェックすることを学んできた反射作用なのかもしれない。あの男の顔がはっきり見える。険しくていかつい、あばた顔。裁判のときに見た、不自然なほど薄青の目。あのときは長髪だったが、今は短髪で、スポーツ刈りに近い。でも、まだ金髪だ。わたしなら問題なく見分けがつく。あいつだ、ベーント・アンデシェン。

次の瞬間、あの男は消えてしまった。ドアの閉まる音が聞こえたが、正面の照明が消えるまで、隠れ場所に残っていよう。二分ほどで消えた。タイマーは偶数にセットされているのだと思う。つまり、動くものがなくなって二分後に消えるということだ。覚えていて損はない知識だ。

手強い相手になりそうだ。他の連中と違って、無知だったり、バカみたいに自信満々ではない。

法廷ではだれも言わなかったが、ベーント・アンデシェンがリーダーなのは明白だった。だから、あの男を最後にした。

五月十八日　日曜日

アパートの玄関の呼び鈴の音で目覚めた。エーリック？　それから考え直した。彼がまたここに来ることはないだろう。離婚してからは、顔を合わすこともめったになかったのだ。それが一番いい。

目覚まし時計に視線を送りながら、急いでジーンズとTシャツを身に着けた。八時二十分。

また呼び鈴が鳴る。しつこくて甲高い苛立つシグナル音。どことなく恐れを抱かせるような、強烈な響きだ。

ドアを開ける前に、安全チェーンをかけた。怯えている？　どうもそうらしい。隙間から、ドアに背中を向けた男性が見える。明るいグレーのスーツと白いシャツに身を包み、オールバックにしたこげ茶の髪。振り向くと、いい顔をしている。五十歳くらいか。カール・エードソン警部だ。わたしを見て微笑んでいる……高鳴る鼓動を抑えられない。

「どうも、カール・エードソン……」

彼が言い終わる前に、わたしはドアを閉めた。わたしったら、何をしているのだろう？

感情をゴクリと呑み込んで、しっかり目を覚まそうと顔を擦った。それからチェーンを外して、またドアを開けた。

「はい」わたしは、ドアの前で体重を足の前後に交互にかける男性を見た。

「お邪魔してすみません」彼は丁重に言った。「カール・エードソンといいます……先日、お会いしましたね」

彼が微笑んだ。

「アレクサンドラ・ベンクトソンさん。職場は……《アフトンブラーデット》紙ですよね？」

わたしはうなずいた。

「ご用件は？」少しためらいがちできわめて中立的な、記者らしい声で訊いた。

「中に入ってもよろしいですか？」

わたしは脇に寄った。だれもいない階段に視線を向けてから――彼は一人で来ている――ドアを閉めて、先立って居間へ行った。彼にうなずいて、ソファに腰かけるよう示した。彼はソファの隅に腰かけた。少しの沈黙ののち、彼が咳払いをした。

「わたしがここへ来た理由はご存じですか？」

わたしは首を横に振った。

「なるほど。ご主人……元ご主人から聞いていらっしゃると思ったものですから」

間違いを口にしたことを詫びるように、彼は優しく微笑んだ。わたしは何も言わずに、彼を観察した。記者としての経験から、自分があまり話さなければ、その分相手が話すということを学んでいた。

「五年前に息子さんが亡くなった事故を起こした、男四人のことです……」

「あれは事故なんかじゃありません」思いのほか強い口調で、わたしは言った。

彼はうなずいた。

「ええ、もちろん違います。故意に息子さんを轢いた形跡がありましたね」

わたしは何も言わなかった。

彼は軽く咳払いをしてから、続けた。

「男たちの数名が死亡しました」

彼はわたしを観察している。理由ならわかっている。表情か視線から何かを見抜くため。

わたしは筋肉を動かすことなく、おずおずと彼を見続けている。

「われわれは、彼らは殺されたと見ています」彼は何らかの理由で、少しきまり悪そうに笑った。「そのことに関しては、どう思われますか？」

わたしは眉をひそめたが、それから、つい、神経質に唾を呑んだ。

「どうして、そんなことを訊くのですか？」

「どうお考えなのか、と思ったものですから……この殺人事件については、あなた自身、新聞で報道していますよね……」

「どの殺人事件の話をなさっているのですか？　わたしは、そちらが捜査中の連続殺人の記事を書いてきました——そして、今わかっていることといえば、被害者の中に、息子の死に関わっている人物が一人いるということ……」

彼は微笑んだ——横柄な笑みに感じられた、わたしが知らないことを知っているかのような。でも、そんなことはない。

「ですが、その被害者の事件は記事にしましたね」彼が言った。

苛立ったように、わたしは彼を見つめた。

「わたしの記事に、何かあやふやなところでもありました？　だから、ここへいらしたのですか？　でしたら、はっきり……」

彼はわたしを止めようと、手を掲げた。

「いえいえ」彼は素早く言った。「その記事に関することではありません」

「だったら、理解できませんが」わたしは、実際よりも当惑している顔をしてみせた。

「息子さんの……犯人について、お知らせしたいことがありまして」

彼は詫びるように笑いながら、スーツの内ポケットから取り出した小さなメモ帳にちらりと目をやった。室内は不快なほど暑いのに、彼は上着を着ていても、まったくと言っていいほど暑さを気にしていないようだ。

「もうご存じとは思いますが、さらに被害者が発見されました」彼は続けた。

「わたしは休暇中でしたので」

「なるほど。ですが今回のことで、あなた——もしくは息子さんの死——につながる強盗事件が、殺された被害者数人の共通点になりましてね」

彼はまた反応を見ようと、わたしをじっと見つめている。わたしは無表情。何年も前から、むやみに感情を表に出さないコツをつかんでいる。

「そうなのですか？」けげんな表情で、わたしは言った。「思い当たることはありませんか？」

「待ってください。殺人犯が複数いるということですか？　一人がセーデルテリエ強盗犯の三人を殺害し、他の一連の殺人事件は別の犯人によるものとおっしゃるわけですか？」

そう言った瞬間、ぼろを出してしまったことに気づいた。殺された強盗犯は三人という情報は、どこからも入手していないはずなのに。

わたしが急いで記者の役割に逃げ込もうと、積み上がった新聞と紙資料の山からメモ帳を取り、テーブルに身を乗り出す間、カールは考え深げに、わたしを見つめていた。

「でしたら、そのことを記事にしたいと思いますので、いくつか質問をしてもよろしいですか？」

「いいえ」カールは、予想外に厳しい口調で言った。

それから、また冷静になった。

「それは困りますね」彼は、穏やかな声で言った。「わたしはインタビューを受けるためではなく、あなたに質問をするために来ているのですから」

「わかりました。それで、質問というのは？」わたしは、彼の鋭い視線に応えようと努めた。

「先ほども言いましたが、殺された被害者数名が、あなたと元ご主人と直接的な因果関係があることに関して、ご意見はありませんか？」

「セーデルテリエ強盗犯のことですか？」

彼がうなずいた。

「これといって言うことはありません」

彼は何も言わず、わたしを見ている。何か考えているかのように。

「彼らがどんな手口で殺されたかご存じですか？」

セーデルテリエ強盗犯のことをいっているのはわかっていたが、また罠にはまるのはご免だ。

「記事にしたとおり、ホルストは体の数箇所を切断され、ソーラは死に至る火傷を負い、トレーヴェルは採石場で、工具のようなものでつぶされた……あとの人物は、どういうふうに死んだのか、わかりません。どこにも記載されていませんし、警察も、なかなか教えてくれませんからね」

皮肉を込めた口調で言った最後の一言に、カールは満足げにうなずいた。

「あまり知られてもね」

わたしは鼻先で笑った。

「わたしは自分の仕事をしているだけですから。警察だって情報を知らせる権利が……」

彼は、また手を掲げた。

「法律なら理解していますよ。わたしはそちらの情報源について議論するためにここへ来たわけではなく、殺された人物について、話を聞かせてもらおうと来ているのです」

わたしは、わきの下と胸部に汗が流れるのを感じた。部屋は耐えがたいほどの暑さだ。でも、どうごまかそうが、汗は気づかれてしまうだろうし、カールは、わたしが神経質になっていると解釈するだろう。彼自身は、暑さにもいまだに平気な様子だ。

「強盗犯と最後に顔を合わせたのはいつですか？　シド・トレーヴェルたちのことですが」

「五年前の法廷……」

「では、それ以後は見ていないわけですね？」

わたしはうなずいた。

「入手した情報をもとに事件の記事を書いたときに、被害者があのシド・トレーヴェルだと気づいていたのでは？」

「ええ」

わたしは素早く顔を背けた。意識的なしぐさ。彼を当惑させるためだ。

「男がシド・トレーヴェルだとわかったあとも、わたしはあの事件について記事を書き続けたかったんです。わたしと被害者との関係性が編集長に知れたら、わたしは仕事から外されたでしょう。そうなると、また欧州自動車道路4号線の交通事故とか、マルメ市の発砲事件の記事を書く羽目になります……」

カールは、わたしが話し続けるのを待っていた。

「だから、何も言わなかったし、記事にもしませんでした。関連性については何も」

彼はうなずいた。理解したように。

「ですが、個人的にはどう思われましたか？　強い感情がこみ上げたのでは？」

「わたしが心から……死を悼むような相手ではありませんから」わたしは、皮肉を込めて言った。

彼は表情を変えなかった。彼のしていることはお見通しだ。自分が黙ることで、わたしにしゃべらせようとしている。わたしが彼にしたのと同じ作戦だ。

「今回の殺人事件すべてを結びつけようとするのは、なぜですか……五件、六件でしたっけ？」わたしは、明るく友好的な口調で話そうと努めた。「関連性はないはず――少なくとも、わたしの情報源からは、そう聞いています――だったら、何を根拠に、殺人犯は一人だと信じているのですか？」

カールは、答えがそこに書いてあるかのように、メモ帳を見下ろしている。

「それについてはお答えできません。ここでは、質問するのはわたしですから」

「ですが、本当のところ」わたしは粘った。「単独犯という前提で、捜査を進めているのですか？　あの連中全員を一人で殺したと。マルコ・ホルスト、ファーディ・ソーラ、イエンス・ファルク、シド・トレーヴェル、それから、他の被害者の名前は知りませんけど……」

カールはまた視線を逸らし、メモ帳をめくってから、背広のポケットにしまった。

「オフレコで……?」彼が言った。

わたしは躊躇した。記者としての得策、それは、告白は絶対にオフレコで受けないことだ。足かせになりかねない。同じ情報を、別の方法で得ることもできる――だが、だれかが同じことをオフレコで暴露したという理由で、その情報は使えない。

それでも、わたしは彼にうなずいた。

「共通点はありません。すべての被害者を結びつけるものはありません。意図的にそうしているのかと思うくらいです。故意の無差別殺人。目下われわれにとっては、息子さんの死が共通点です。複数の被害者が結びついているのです」

わたしは何の反応も示さなかった。彼がしたのと同様、わたしも彼を見つめるだけ。わたしは主導権を奪い返した。

「なのに、殺人犯は一人だと思っている?」

彼はうなずいた。

「一人だとわかっているからです」

「どうしてわかるのですか?」

彼は少しためらった。

「事件現場で、単独の犯行を示すような、確実な手掛かりを得たからです」

「DNAですか？」

「それはお教えできません」

わたしは、それがガム、あのニコチンガムであることを知っている。ただ一回会っただけの、ブロール・デュポンが言っていた。でも、記事にはしていない。気がかりだ。死ぬほど怖い。そのガムがどこからくるのかわからない。わたしはニコチンガムはかまないし、そもそもタバコは吸ったことすらない。

わたしは掌に爪を押し込んで、集中するよう、話を進めるよう、自分に言い聞かせた。

「でも、どうして？　殺人犯はどうしてそんなことをするのでしょうか？」

「こちらが考えている動機に関しては、お話しできません。ですが、そのうちのひとつは……息子さんのことです。ですから、今回の被害者たち、つまり息子さんを殺した男たちに関して、知っていることがあるかお聞きしたわけです」

「残念ですが」わたしは両腕を広げた。「言えることは、大してありません。あの男たちのことは、これといって遺憾に思わないということ以外は」

カールは静かにソファから立ち上がって、玄関ホールへ向かった。わたしはあとに続いた。彼が出ていく前に、わたしは彼の腕に手を置いた。

「手掛かりになりそうな情報があれば、いつでも連絡してください」振り返った彼に言った。「心配は無用です。そちらにとって信頼できる人間だと保証しますから」

彼は最初、けげんな表情でわたしを見た。それからうなずいて、ドアを開けた。わたしは階段を下りて立ち去る彼を見送ってから、ドアを閉めた。

少しの間、立ち尽くしたまま、呼吸をした。それから、ドアを背にホールの床にへたり込んで、両腕で自分の肩を抱いた。吐き気がする。

五分後に自分の頬をピシャリと叩き、立ち上がるよう自分に強いた。脚に力が入らない。それでも居間へ行って、ちょうどカール・エードソンが座っていたソファの位置に腰かけた。

ソファのそばに、わたしのバッグがある。ソファの肘掛けの向こうに手を伸ばして、バッグに触れた。ファスナーを開けて、わたしのテーザー銃を取り出した。

*

晩になって、ヨハンナがここへ来た。今週は、わたしが娘を預かる週だ。娘は部屋へ入る前から、すでにふてくされていた。何が不満なのか、わたしには見当もつかない。娘を送ってきたエーリックに問うような視線を向けたが、彼は肩をすくめただけだ。

「どうかしたの？」紅茶とダイジェスティブビスケットで機嫌をとって、テレビの前に座らせたあと、隣に腰かけたわたしは訊いてみた。

携帯電話の画面を食い入るように見続ける娘は、視線を上げずに、体をよじっている。見ているのはスナップチャット。

「パパのこと、怒ってるの？」

突然視線を上げた娘は、驚いたようにわたしを見つめた。

「わたしはみんなに怒ってるの」娘が言った。

「どうして？」できるだけ穏やかに、当然とばかりに、訊いてみた。

すでに携帯電話に焦点を戻していた娘は、肩をすくめた。

わたしは、彼女の手から携帯電話を払いのけて奪い、話をさせようとする衝動を抑えた。するだけ無駄なのはわかっている。こういうところは、わたしにそっくりだから。

五月十九日　月曜日

今日職場で、わたしたちは総会に招集された。みんな食堂に集まった。二百人は座れる、大きな場所だ。わたしが行ったときには溢れんばかりの満席だったので、部屋の外に立って、中を覗いた。

人員削減を実施するのだという。四十人分のポストがなくなるらしい。社の最高経営責任者が演説中だ。残る社員は、新しい職務にも備えなくてはならない。将来に適応しなくてはならないとのことだ。

その後、人事部長が話を続けた。解雇手当を支給するそうだ。クビにする必要を避けられるような自然な形（何とも奇妙な表現だ）での問題解決を望んでいるらしい。

総会のあと、社員はグループで座るか、休憩室で立ったまま話した。みんな憤慨し、でなければ不安がっていた。わたしは落ち着いていた。今晩のおかずを訊かれるようなものだ。何になろうと、最終的に食べ物にはありつける。

わたしが認める自分の利点。それは、往生際よく、区切りをつける能力だ。すべてを捨てて、新たに始めること。どこか違うところで。過去と現在に水密隔壁を築くことができる。わたしの結婚のように。離婚したとき、エーリックへのドアを閉め、一緒にしたことすべてを締め出し、結婚式を挙げたあの別荘を忘れ、一緒の夕食や、共通の友人たちを忘れ――まあ、エーリックの友人ではあるが――彼の両親のことを思い出さないようにした。催眠術にかかったように、すべてが色褪せて、完全に消え失せてくれる。

そうなると、わたしは自由。

殺しがうまいのも、そのせいかもしれない。またひとつドアを閉めて、次に進むだけだ。

わたしが閉められないのは、ダーヴィッドの部屋のドアだけ。ドアをどんなにいっぱいに開け放せても、閉めることはできない。

＊

記憶の中で、ある光景が、揺らめきながら過ぎていく。歯医者。すっかり忘れていたことだ。

七歳のとき、初めて虫歯ができた。歯医者は女性だったが、収容所のドイツ人看守を連想させるほど、体格がよくて厳しかった。彼女は険しい顔でわたしの口の中をじっくり見てから、尖った器具を持ち上げて、歯をひっかきはじめた。しばらくしてからやめた。「これ、歯垢よ！　ちゃんと歯磨きをしなくちゃ！」歯医者は、その歯垢をわたしの舌で拭き取り、「ほら！」彼女は、煽るように、ねばねばした小さな塊のついた器具を掲げた。「こうすれば、次に来るまでには、きちんと磨くことを覚えられるでしょ！」と言って、微笑んだ。

隣の椅子に背筋を伸ばして座っていた父は、治療用椅子にもたれるわたしをじっと見ていた。父は何も言わなかった。歯医者は、左右両方のわたしの大臼歯を治療しなくてはいけないと説明した。

「こういった治療の際、通常は麻酔をかけないのですが、お嬢さんはあまり……忍耐強くないようですので」歯医者が寛大に微笑むと、父は首を振った。「麻酔なしでやってみてください、そのほうが簡単であれば……」歯医者はわたしのほうに振り返った。口の中に管が入っていたわたしは、何も言えなかった。歯医者はゆっくりとうなずいた。「わかりました」あのときの治療で初めて耳にした、彼女の好意的な声だった。

それから、ドリルをかけはじめた。古めかしいドリルの音が、キーンと頭の中を貫通した。そして、少しすると焦げるようなにおいがしてきた。冷却水装置がなかったからだ。凄まじい痛みだった。

あまりの痛さに、椅子の上で小さな体をよじらせた。父親が何か言うのを待っていた。娘が痛みに耐える様子を目にして、麻酔を使用するよう頼むのを待っていた。なのに、父は黙って腰かけていた。唯一の反応は、肘掛けを強く握りしめたことだった。わたしのために、同情心からそうしているのかと思った。でも、父をちらりと見たときに、わたしは悟った。父は、わたしが麻酔を要求して、彼を失望させることを心配しているのだと。強くないがために。

その日の夜、わたしは姉のベッドに横たわり、歯医者での出来事を囁きながら伝えた。姉はわたしを抱擁し、髪をなでて慰めようとしてくれた。わたしたちは離れられない存在、二人でひとつだった。

あの経験は、他のだれにも話さなかった。こうして書き綴っている、今の今まで。わが家では、言葉とは実用的な情報を交換するためのものであり、日課をこなすための表現のみを目的とした手段にすぎなかった。「卵を買ってきてもらえる?」「帰宅はいつ?」「週末は仕事をしなくてはならない」

その日の実用的な目的がすべて果たされた晩――宿題、姉のピアノレッスン、両親の仕事、夕飯――残っているのは空虚だけだった。他の家族なら、自分たちが体験したことやその日の感情、喜びなどを話すのだろうが、わが家に漂うのは沈黙だった。せいぜい、礼儀にかなった「今日はどんな一日だったの?」という質問に、「いい日だった」と口にする程度だった。

わたしたちが底知れないほどの心的隔たりに呑み込まれなかった唯一の理由、それはテレビだった。子供時代、夜はいつもついていた。当時あった二つのチャンネルで、何が放送されていようと関係なかった。画面に映し出される映像は、わたしたちの命綱だった。わたしたちが空虚感に陥らずにいられたのも、わたしたちを家族として機能させてくれたのもテレビのおかげだった。

両親がそう感じていたとは思えない。今日なら、おそらく二人とも、何らかの障害の診断を受けることだろうと、わたしは大人になってから悟った。

じゃあ、姉は？　わたしは？

自分自身を判断するのは困難だ。どんな評価ツールを用いたところで、その診断基準の影響を受けて、ついそれに当てはまるよう、自分を作り上げようとしてしまう。

わたしに特別な点があるとすれば、それは実用的で、感傷的でないということ。それに、痛みにかなり耐えられるようになった。ダーヴィッドを出産するとき、硬膜外麻酔を避けた。自然分娩で産みたかった。痛みはとめどなく、波のようにわたしを襲ってきたが、考え事をしてまき散らした。まき散らすよう自分に言い聞かせた。二時間後、ダーヴィッドはわたしの胸の上にのっていた、まだ血だらけのままで。

＊

ダーヴィッドの髪は黒に近かった。茶色の目で、興奮すると黒っぽくなった。際立ってきれいな子だったが、瘦せていて、年齢の割に弱々しかった。

わたしは写真を目の前に掲げた。息子はわたしに微笑みかけている。水泳パンツをはいて、浜辺に立っている。あの子の背後では、大きな波が海岸に打ち寄せている。幸せそうだ。

どこで撮った写真か覚えている。

ニースの郊外、リヴィエラ。エーリックも一緒。そして、ヨハンナも。まだ家族だった。忌まわしいことは何も起きていなかった。わたしは幸せな母親、そしてセクシーで愛される妻でいようと努めていた。

実際のところ、少しはそうだった。

家族全員で飛行機で向かい、ニースから八十キロ西にあるサン＝ラファエルのアパート式ホテルの一部屋を借りた。道のりの最後は電車を利用した。飛行機が到着したニースから乗った電車の中から窓の外に目をやり、通り過ぎる海岸を眺めた。

「ママ、見て！　すごい家！」とか「あの海、見て！　あそこで泳ぐの？」とみんな興奮した。

夏の香りがした。ラベンダーとローズマリーと乾いた赤土、そして鉄道の防腐剤のエキゾチックな夏のにおいだった。すべていい香りがした。ワクワクしたし、わたしたちは……自由だったと思う。

初日の夕方、わたしたちは浜辺へ行った。エーリックと子供たちは泳いだ。わたしは見ていた。五月だった。海は、夏のスウェーデンの湖のように少し冷たく、わたしは沈む太陽の暖かさを満喫したかった。

水をかけ合うエーリックと子供たちの叫び声と笑い声を聞いていた。追いかけてくるエーリックから逃げようと、水しぶきをあげて走るダーヴィッド。わたしは、息子の顔を見ていた。あの子は、とても興奮していた。本当に嬉しそうだった。

そして、わたしもあの子と一緒に笑った。目の前で手を叩きながら、笑った。まるで、あの子の小さな心臓が、わたしの胸の中でも脈を打ち、あの子の気持ちをすべて感じられるような気がした。すぐに、ダイレクトに伝わってくるようだった。息子が幸せなら、わたしも幸せ。あの子が悲しいときは、わたしも悲しかった。二人でひとつだった。

その後、レストランで食事をとった。それ以外の日は、アパートで自炊をした。金銭的余裕がなかったせいだが、あの初日だけは外食だった。ダーヴィッドはパスタを食べた。貝を使った料理を勧めてみたが、あの子は拒否して、スパゲティ・ボロネーゼを選んだ。スウェーデンにいても、そうしただろう。

わたしは魚のスープを注文した。エーリックは……何を食べたのか、覚えていない。彼の顔までが、記憶の中でぼやけて見える。ダーヴィッドの向かいに座るヨハンナの姿は頭に浮かぶ。でも、記憶の中のエーリックは、ぼやけた薄い色の染みにしか見えない。

それとは逆に、ダーヴィッドはとても生き生きしているので、今でもわたしの隣に座って、満面の笑みを浮かべながらパスタを食べ、家では飲ませてもらえないコカ・コーラを飲んでいてもおかしくないほどだ。

わたしたちは休暇中だった。幸せだった。わたしたちは家族で、みんな生きていた。丸一週間、ハッピーだった。一週間、ダーヴィッドは波を追いかけて、風に黒っぽい巻き髪をなびかせながら、はしゃいでいた。

わたしたちは、毎日浜辺へ行った。わたしたちは水着姿だった。ダウンベストを着て歩道に立つフランス人たちは、しかるべき距離を保ちつつ、わたしたちを見つめていた。でも、わたしたちは気にしなかった。叫びながら、冷たい波に飛び込んだ。海水は塩辛かったが、海藻のにおいはしなかった。フレッシュできれいだった。

ダーヴィッドは水を怖がらなかった。腕用浮き輪をして、何のためらいもなく、波に飛び込んでいった。それから、懸命に手足をバタバタ動かして、犬かき〝泳ぎ〟をした。時折、波の後ろに姿を消した。海水を呑んだが、そんなことは気にしていなかった。エーリックが海の中で少し遠くに立って、あの子を受け止めた。浜辺に座っていたわたしは、あの子がエーリックまでたどり着いたとき、拍手を送った。

そして、わたしたち三人が日光浴をしている間も、ダーヴィッドは海辺で遊んでいた。見つけた棒を手に、波が引いたときに、ぎりぎりまで走って近づいた。そうすれば、砂に打ちかかってくる次の波しぶきに追われながら、全速力で浜辺まで走れる。

エーリックはキスをしようとわたしに手を回してきたが、わたしは彼を押しのけた。ダーヴィッドを見ていたかったから。息子が喜ぶ様子の一瞬一瞬を見たかった。

あのときすでに、終わりが来るのを知っていたかのように。すべてがうまくいきすぎていた。

春なのに、秋の気配を感じる。

今日、職場からの帰り道、ドロットニング通りの真ん中で別れのキスをするレズビアンのカップルを見かけた。二人とも若かった。一人は帽子をかぶり、破れたジーンズと大きすぎる革のジャケットを身に着けている。とても可愛らしかった。でも、別れ際、彼女は顔を歪ませて泣きはじめた。

「愛してる」と彼女が言うのが聞こえた。

そのドラマの続きには見向きもせず、わたしは地下鉄駅へ歩き続けた。

愛？　だれかがわたしを捨てたからと泣くほどの強い感情を抱いたことなどあるだろうか？　強い欲望ならある。でも愛……子供たちへの愛情ならある。でも、わが子以外への愛？　だれも浮かんでこない。

ところで、ヨハンナは、父親宅にいるほうがいいようだ。娘は何も言いはしないが、見ればわかる、あの子の顔にそう書いてある。携帯電話を手に、ソファに腰かけているときの、あの失望ぶりを見れば一目瞭然だ。

不思議だ。娘を除けば、わたしが生きることにこだわる理由はもうない。死を考えると、思いつくのは大きく息を吐き出すことだ。最後の安堵のため息。わたしが一度インタビューしたことのある男が言った。「人から死を騙し取る者はだれもいない」わたしはその言葉をずっと考えてきた。慰めみたいだ。わたしが失うものは何もない。

わたしはわたし。自分の過ちや欠陥は否定しない。自分が醜悪で病的な人間に見えるのは百も承知だ。

だけど、罪悪感は感じていない。息子を轢き殺したあの四人以外、殺すつもりなどなかった。あの連中だけでよかった。あの男たちがいると、気が休まらなかった。死んでもらわなくてはならなかった。ダーヴィッドが死んだ――そして、やつらは生きている――その思いに悩まされ、毎晩三時に目覚めるのを避けたかった。

けれども、わたしの最初の被害者が出る前から、四人全員を殺し終わる前に、警察が嗅ぎつけることは察しがついた。時間稼ぎの必要があった。さらなる被害者が必要だった。無作為の。お互いにつながりのない――何より、わたしとつながりのない被害者が。

動機や必然性のない犯罪は、警察にはほぼお手上げ、とどこかで読んだことがある。群衆の中から無作為にだれかを選んで、その人物を（目撃者なしで）殺害した場合、逮捕されるリスクはほぼゼロパーセント。

この手法が頭に浮かんだとき、もっともだと思った。歩行者天国イェートガーツプッケルンの一番上にあるカフェでラテを飲みながら——中心街によくいるサブカル好きみたいに——新聞を読んでいたときのことを思い出す。その思いつきに、凄まじい力で心を打たれたわたしは、まっすぐ前を見つめたまま、コーヒーカップを口に運ぶ手を止めた。「大丈夫ですか？」隣のテーブルに座る人が訊いてきた。わたしは体を揺すって我に返り、微笑んでみせてから、カップを受け皿に戻した。

何年もの間、わたしは犯罪者に関する記事を収集してきた。憤りを感じる事件、罰せられなかった犯人たち、恐ろしく冷酷な犯罪を実行しておきながら、重罪を逃れた犯人たち。なるほど。すべてがつながった。何か意味があったかのように。

立ち上がったわたしは、飲みかけのコーヒーと新聞をその場に残し、家へ帰った。カフェを出るとき、首筋にウェイトレスのけげんそうな視線を感じたが、気にしなかった。自分の中で、父親の声が聞こえた。始めたことはやり遂げろ！　とことんやれ！

自宅のパソコンで『犯罪』と名づけたフォルダを開けた。そこに新聞の切り抜きをすべて保存していた。

その中から選択するのは簡単だった。どの人物を、わたしの最初の無作為被害者にするかは、すでにわかっていた。

ファーディ・ソーラとマルコ・ホルスト。

ホルストに関する記事を初めて読んだときのことを覚えている。ストックホルム中心街の公園で十四歳の少女に激しい性的暴行を加えた罪で起訴され、入廷するときに、自分の写真を撮るカメラマンに向かって、中指を立ててみせた男。少女の下着から彼の精液が検出されたのに、男は裁判ですべて否認した。当然、有罪判決が下された。でも、男の受けた刑罰の軽さといったら！

十四歳の少女をアナルレイプし、少女の心を永久にずたずたにした罪で言い渡されたのは四年の刑。そこに、仮釈放中に犯した罪に対して言い渡された四年が加わった。でも、レイプで四年。たったの四年！

あいつを巻き上げ装置で持ち上げて、壁に磔にすることに、やましい気持ちはなかった。彼はわめき、交渉を試み、わたしがやめるよう祈った。「パパ、お願いだからパパ、やめて！」

パパ？　あの男がどんな幼少時代を送ってきたのか、考えたくはない。でも、わたしはやめなかった。わたしはそんな人間じゃない。そんな人間にならなかった。

直腸に野球のバットを押し込んだら、男の体の痙攣は、断末魔の苦しみだと思った。わたしは、男は死んだと思った、あいつはおとなしくなった。愚かなことに、わたしは……狼狽した。

彼が生きていたと知ったとき、わたしは……狼狽した。あいつを納屋に置き去りにしたとき、死んでいると確信していたのに。地面に置いた毛布にやつの血液をすべて集めてから、やつの車、ボルボXC90に詰め込んだ。二時間後、鍵をかけずに車を乗り捨てた――鍵は座席に置いて――地下鉄ノシュボリ駅の出口のそばに。それから、帰宅した。マルコ・ホルストの血液がついた毛布は、帰宅途中、小川に捨てた。

自信があった。記憶が抜け落ちることもなかった。姉からの電話も来なかった。なのに翌朝、新聞社に行って、ノルテリエ近郊での暴行事件に関する情報提供を耳にした。このときは、気分が悪くなった。あそこまでやったのに、あいつが生き延びたなんて信じられなかった。ぎりぎりまで生かしておいたのは確かだ。それは本当だ。あの男の部位を切断する前に、簡易ガスバーナーでナイフを熱した。そうしなければ、出血多量でほぼ即死しただろう。わからせたかった、あいつが他人に強いた苦痛を、あいつに体験させたかった。

失血死しないよう、あの男に〈Ｃｙｋｌｏ－Ｆ〉をたっぷり投与することまでした。だけど、正直言って――わたしは専門家ではない。医学部を中退している。過剰な〝生命維持対策〟を講じてしまったに違いない。

それでも、運がよかった。どっちみち、あいつは死んでくれた。二日間生き延びたことで、あの男の苦悶は長引いたわけだし。

五月二十日　火曜日

数少ない友人の一人、アリスに夕食に招待された。テーブルを囲むように、三組のカップルが座っている。女性陣は熱心なフェイスブックユーザーで、髪にハイライトを入れていて、スリムで、日々セックスとトレーニングに励み、そして、揃いも揃って、自分の子供が摘んでくれた野イチゴを食べることと、体形を維持した、社会的に成功を収めている夫が運んでくれる朝食をベッドでとるのが大好き。

そして、わたし。

バツイチで独り者。それに、どう考えてもサイコパス。少なくとも、自己診断ではそうなる。

「元気?」熱心なフェイスブックユーザーの一人、ボーディルが訊いてきた。

「即興で話さなくちゃダメ?」わたしは言った。「解雇通告のこと、前夫のことで頼った弁護士たち、それとも死……?」

聞いていた者たちの、当惑した、まばらな笑い。

「それとも、あとでゆっくり話しましょうか……?」

わたしは微笑んだが、笑いはしなかった。おもしろい話でも何でもない。冗談で言っているのではない。エーリックのことで、弁護士に頼っている。ヨハンナを引き受ける時間の変更を要求できるか相談するのが目的だ。大したことではないが、エーリックのバカが話し合いすら拒否するから、ついには、何らかの手段を講じる羽目になった。

〝死〟については、だれも質問してこない。みんな、わたしの仕事のことだと思っているのかもしれないが、真剣に聞く者はいないだろう。わたしは適当なことを言えばいい。知人は質問はしてくるが、その答えに耳を傾けるのは稀だ。だれに対してもそうなのか——それともわたしに対してだけなのか。おそらく、話を聞いてもらえる人間ではないのだろう。わたしは、ひとつの部屋で一緒に着席するべき人間ではないらしい。

だれかが——アリスだったと思うが、よく覚えていない——ヘルゲ・フォスモーとクヌートビーでの殺人事件（二〇〇四年にスウェーデンの自由教会内で起きた事件）の話をしはじめた。

「あのナニーは司法精神医学ケアを言い渡されて、七年後には退院したらしい。強い男に惑わされたからだってさ」アクセルとかいう名の、男性の一人が言った。

そのアクセルがだれの夫かはどうでもいいことだが、彼の言ったことには興味を持った。

「どういうこと？」わたしは言った。

「あのナニーの話を信じるなんてバカげてるじゃないか。マティアス・フリンク（一九七〇年〜。スウェーデンの軍人。一九九四年に突撃銃で七人を殺害）と比べてみろよ。終身刑を宣告されたじゃないか。ファールンで七人を銃殺した時点では、薬物を摂取した状態にあって正気じゃなかったことが証明されているにもかかわらず、何度赦免を嘆願しても拒絶された。結局、二十年服役したわけだからな」

わたしは憤慨した。

「じゃあ、フリンクはもっと早く釈放されるべきだったって言いたいの？」

「ああ」間抜け面をした、その男が答えた。

本当のところ、彼を殴ってやりたかった。広げた掌で鼻を強く叩きたかった、父から教わったように、下から叩くのだ。そうすれば、男は完全に麻痺状態に陥っただろう。でも、わたしは自制した。

「彼の刑が軽すぎるとは思わないわけ？　ナニーは口から出まかせを言っているから、もっと長く拘束すべきだったって思っているの？」

ボーディルの夫が口を挟んできた。彼の名前も、はっきりとは覚えていない。

「アメリカではここより刑罰がうんと重いのに、犯罪率にはまったく影響を及ぼしていないじゃないか」

バカじゃないの！　わたしは思った。

「じゃあ、娘さんが若い男たちに集団レイプされても、犯行に及んだときには酔っ払っていたから、刑を軽くしてやれって考える？　それとも、彼らは十七歳に〝すぎない〟からって言える？　一、二年したら出所させて、もう一度チャンスを与えられるに値するってこと？　もし、その少年たちが保護処分になったらの話だけど……」

どうもわたしは、あまりにも真剣かつ攻撃的に質問をしてしまったようだ。自分でも気づいたが、あとの祭りだ。一瞬、座がしらけた。

それから、ボーディルが言った。

「いやだわ、恐ろしいったら。他の話をしましょうよ。仕事のほうはどう、アクセル？　新しい職に就いたんですって？」

アクセルは、うぬぼれた表情でふんぞり返った。

彼は詳細に説明したが、わたしは、彼が自分の新しい肩書はプロダクトオーナーだと言った時点で、耳を貸すのをやめた。でも、他の人たちは身を乗り出していた。〝品質保証〟だの〝ヴィジョン〟だの〝プロセス〟だのといった言葉が、会話の中で虚しく響いていた。

それから、みんなは、タイで起きた津波について話しはじめた。どうしてその話題になったものやら。どんなに恐ろしいことだったかとか、語られる話にどれほど胸が痛むかとか。

いつも、わたしには関係のないことだと思っていた。なのに何の罪もないスウェーデン人が数名亡くなったからと、突然、お涙頂戴に付き合わされる羽目になった。そして、生存者は、より賢明で洞察力があるかのように語られている。人々は毎日生き延びている――だが、まるで賢明になんてなっていない。

わたしはひねくれているのかもしれない。だからといって、おかしいことなんて何もない。死には動揺しない。わたし自身も死ぬと考えると、安心感や落ち着きを覚える。他の人たちが死をそう見なさないなら、それはそれで仕方がないことだ。

一度、脳腫瘍を患った男性にインタビューしたことがある。唯一残された手術法だと、記憶をすべて失う可能性が高いのだという。摘出しなければ、六十歳まで生きられるかもしれないということだった――七十歳まで生きるかもしれないし、たった一年かもしれない。腫瘍は休眠状態だったが、いつ活性化してもおかしくなかった。そうなったら、長くてあと六か月の命だった。

「だから、他の人たちと変わりません」その男性は言った。「いつ死ぬかわからないのです」

わたしたちはみんな、それぞれの〝脳腫瘍〟を抱えている。わたしは大きい声では何も言わなかった。自衛本能なら、わたしだって持っている。だから、よそよそしさを感じていることに気づかれないよう、時折「まあひどい」とか「ご家族が気の毒だわ」といった、無意味なコメントをした。

帰宅時間になったところで、みんなハグをした。

「本当に楽しかったわ、有意義な話もできたし。来てもらえて、本当によかった」アリスが言った。

「そうよね。ここに来られて、本当に楽しかったわ」

まるでフランス人の頰へのキスのような、形式化したセリフ。何の意味もなさない。食事は何だった？　覚えていない。サーモンだったかも。そう、おそらくサーモン。この手の招待を受けたときの食事は、サーモンと決まっている。他の魚を与えられて育ち、栄養分の七十五パーセントは排泄するという、無意味な魚。魚の乱獲に貢献するということか。わたしたちが、刺したクッキング用温度計がちょうど四十八度に達するまで網焼きにしたサーモンを、フェタチーズとチリ・ペッパーのソースをかけて食べる一方で、周りのものがすべて絶滅に向かっているというのに。

帰宅中、地下鉄の中で、さっそくフェイスブックに投稿されている写真を目にした。わたしは心構えをして、コメントを読んだ。「おいしい食事、おいしいワイン、親友たち――最高だった」

写真に写るみんなは、大いに楽しそうだ。わたしまでも。

『いいね』ボタンを押した。注目を集めたくないというのが主な理由だ。死の話をしたことで、わたしはいまだに動揺していた。言うつもりはなかったのに、口から滑り出てしまった。だったら、「それに、わたしは人をたくさん殺したのよ」と言ってもよかったのかもしれない。

耳を傾ける者などいただろうか？　そうは思わない。笑うだけだっただろう。礼儀正しく。みんな、冗談だと思っただろう。それ以上の反応はなかったと思う。せいぜい「彼女は特別なのよ。変わったユーモアの持ち主なの」くらいか。

それでも、余計なリスクということに変わりはない。

＊

今まで、わたしがとどめを刺すとき、被害者全員に意識があった。ダーヴィッドが味わった痛み、わたしが味わった痛みを感じさせたかったからだ。

罰は、無痛で人道的で、抑制され、気を配られるべきと認識されている。殺人犯、強盗犯、強姦犯、妻虐待者――みんな、社会のケアと福祉を必要としているようだ。

そういった連中を気の毒だと見なすかのように！

冗談じゃない！

子供たちは、正義という言葉を、損なわれていない形で解釈する——叩かれたら叩き返す。引き分けになるまで。自分も相手も同じだけの痛みを味わうということだ。公平なのだ。

宝石店に押し入り、遊び場のすぐそばにある、公園内の自転車歩行車道にいた六歳男児を轢き殺した罪で、あの男たちは懲役四年ならびに五年の判決を受けた。これには、強盗行為そのものに対する刑も含まれている。犯罪類型としては——路上での重過失と過失致死幇助。

裁判が終わり、控訴裁判所で判決が下されたとき、わたしの弁護士は言った。「このことは忘れなくてはならないのですよ。お辛いでしょうが、前に進まなくてはいけないのです」

その弁護士は三十五歳くらいで若く、スーツを着こなし、白いシャツと水色のネクタイ、ダークカラーの髪をオールバックにしていた。一体、何を知っているというの？　ストゥーレプラーン（ストックホルム都心の広場）のマネキン・ボーイのくせに！

「そんなこと、したくありません」わたしは言った。

「あなたのことを思って、言っているのです。あなたのような方々がどうなったかを見てきました。前へ進んでください、それがわたしからの一番のアドバイスです……」

さらに、あの飼い慣らされた子ザルは、大胆にも微笑んでみせた。

わたしにあの男の忠告は必要なかった。ダーヴィッドのことを忘れるなんてできやしない。それに、自分自身のやり方で前へ進む。

別荘でソンニ・アンデションを床に打ちつけて、わたしの息子を殺したから、同じような殺し方をしてやると話したとき、あいつは許しを請うた。どうしようもなかったことを理解してくれと言った。運転していたのは自分ではないと主張し、何もしていない自分を哀れんだ……

わたしがようやくあいつの頭に万力をねじで固定すると、あの男は恐怖の叫び声をあげながら、スチール製の口金を振り払おうともがいた。

わたしは耳を貸さなかった。万力のねじを締めるたびに、耐えがたい悲しみを和らげようとした。

ソンニ・アンデションは、わたしの最初の被害者だった。初めて人を殺すのは、不快な体験だった。緊張で吐き気がした。わたしはこの先ずっと殺人者だと考えて、怯えた。他の世界への境界線を越えて、一生戻ってこられないような感じだった。自分がずっと殺人者でいる世界。

あのあと、どうやって帰宅したのか思い出せないまま、シャワーを浴び、裸体にかかる湯を感じながら、あの男の死の叫び声が、まだ聞こえていた。頭蓋骨が砕けたときの、あの鈍い音。わたしはシャワーの下で、何も出てこなくなるまで、ひきつけるように何度も嘔吐した。

その次にファーディ・ソーラを殺したときには、すべてがまったく異なった。あの男を熱傷死させたのに、不思議と、魚の頭をおとす程度の感覚しかなかった。あるいは、犬の喉をかき切るような感覚か。

他人に正気でないと見なされるであろうことは、十分承知している。犯罪者と見られることを。わたしはバカではない。でも、邪悪でもない。自分自身をそういうふうには見ていない。わたしが殺した連中は被害者ではない、犠牲者じゃない。あいつらは犯人。邪悪な男たち。死んで当然の男たちだ。

ところで、わたしがファーディ・ソーラの仲間たち、イブラヒム・エスラルとマルクス・イングヴァションを熱傷死させなかったのは、そうしたくなかったからではない。単に気力がなかっただけ。タバコの煙、肉の焼けるにおい――にうんざりだったから。それに、銃のほうが自分には合っている。父親がわたしと姉に撃ち方を教えてくれてから、ずっとそうだった。

＊

わたしは眠れないままベッドで横になり、寝室の壁を見つめながら、外の通りを車が走り過ぎるたびに壁紙の上を動く、明るい筋を目で追っている。わたしの思考が筋に従って、行ったり来たりさ迷う。最近よくあることだ。突然、記憶が蘇る――暖かい秋の日のこと。

葉が黄色や茶色やオレンジ色や赤に輝いていた。火曜日だったのは憶えている、というのも、毎週火曜日に迎えに行っていたから。でも、あの火曜日には迎えに行けなかった。マルヴィンから残業を言い渡されていた。

エーリックも無理だったから、隣人のエッバに電話をかけて、幼稚園までダーヴィッドを迎えに行ってもらうよう頼んだ。エッバは退職した六十五歳の女性で、若くして未亡人になったが、今では、ダーヴィッドの親友の一人、フレードリックの世話をして年金を補っていた。フレードリックは、ダーヴィッドの唯一の友だちだった。二人とも五歳で、二歳のときから同じ保育園と幼稚園に通っていた。

わたしは面倒をかけてすまないと謝り、よければ、二人をわが家で遊ばせてもいいと提案した。ダーヴィッドは自分用の鍵を持っていたから、自分で中へ入れた。それに、二人は午後、よくうちで遊んでいた。エッバは問題ないと丁重に答えたが、本心ではない言い方だった。

わたしが帰宅したのは、午後六時を少し回ったときだった。エッバ宅の呼び鈴を鳴らしたが、だれもいなかった。だから、わが家へ行った。ドアを開けると、ヨハンナがわたしのもとへ駆けてきたが、とにかく、エッバのほうが早かった。

「やっと帰ってきた！」彼女が、叫びに近い声で言うと同時にわたしの腕を強くつかんだので、痛かった。「ダーヴィッドのせいよ！　さあ、責任をとってちょうだい！」

わたしは唖然とし、何のことかさっぱりわからなかった。そのうえ、彼女がわが家にいることにも当惑したが、何も言わなかった。わたしが、子供たちはうちで遊んでいいと言ったわけだから。

「何があったの？」空いている腕でヨハンナを抱きしめながら、できるだけ穏やかな声で言った。

わたしは疲れていて、頭痛がして、マルヴィンに腹を立てていた。

「いなくなったのよ！」

「どういうこと？　だれがいなくなったの？」

「ダーヴィッドとフレードリック」ヨハンナが言った。

「子供たちが？」わたしは言った。

「そうよ！」立腹したエッバが言った。「わたし、言ったでしょ？　ダーヴィッドのせいよ！　あの子が二人で隠れようって、フレードリックをそそのかしたんだわ。でなくちゃ、フレードリックがこんなことするはずないもの！」

エッバは頬を真っ赤にして、激しく息をした。彼女のヒステリーに対して抱いた軽蔑の念を隠しながら、わたしは彼女を懐疑的に見つめた。

「一体どういうこと？　ダーヴィッドがフレードリックを誘拐したとでも言いたいの？」

わたしは笑った。あまりにもバカげていた。

「そんなふうに、わたしのことを笑ったりして！　今日の午後、ずっと二人を捜してたのよ！　フレードリックのご両親になんて言ったらいいの。いつ帰ってきてもおかしくないのよ！」

「ありのままを話せばいいでしょ」わたしはきつい口調で言った。「しっかり監視していなかったから、息子さんを見失いましたって」

わたしは顎でドアを指した。

「さあ、行って。フレードリックなら見つかり次第、そちらへ行かせるから」

エッバは何も言わず、かといって、そこから去る気配も見せず、わたしの前に不動で立っていた。それから、へたり込んだ。

「ごめんなさい……」彼女が小声で言った。「苛立っていたものだから。でも、フレードリックなしで、家には戻れない……」

彼女は泣き出す寸前だった。わたしはもう、何も言わなかった。代わりにヨハンナのほうを向いて、二人を見なかったか訊いた。

「隠れてるわ。二階のどこかに」

娘は上階を指した。

「わかったわ。じゃあ、上に捜しにいきましょう」

二人の名前を呼びながら、わたしはヨハンナと一緒に階段を上がっていった。返事はなかった。

「ちょっと、いい加減にして。エッバおばさんが、あなたたちがいないってすごく怒ってるわよ。それにフレードリック、お父さんとお母さんがもうすぐうちに帰ってくるわ。どこに隠れているのか知らないけれど、今すぐ出てきなさい」

テレビのある、二階のホールの壁から、ひっかくような音が聞こえた。

「何の音?」背後から、興奮したエッバの声が聞こえた。

でも、わたしは何なのかわかっていた。壁の真ん中にある隠し扉——残りの壁と同じ壁紙を貼ってある——が、家の屋根裏部屋へ続いていた。

わたしは扉を開け、電気をつけて、覗いてみた。空のスーツケースや引っ越し用段ボール箱に混じって、少年が二人、強い光に目をぱちくりさせながら、寝転んでいた。

「ただいま。ここに隠れていたの? こんな暗いところに?」

「ぼくたち、ここにすむんだよ」ダーヴィッドが言った。「ここはぼくたちのおうち」

二人は濃縮ジュースとダイジェスティブビスケット、それに懐中電灯を持参して、そこへ入り込んでいた。

「どうして出てこないの?」

「だって……」ダーヴィッドがためらいがちに言った。「みんなバカなんだもん!」

這って出てきたフレードリックが、わたしの後ろに立っていたエッバのところへ行くと、エッバはフレードリックを抱きしめた。彼女は彼を引っ張って、あたふたと一階へ下りていった。

「もう絶対こんなことしちゃダメよ!」エッバは、厳しい口調でフレードリックに言っていた。「本当に心配だったんだから!」

さようならも言わずに二人がドアを閉めて、外に出るのが聞こえた。

「ダーヴィッド、エッバおばさんから隠れるのはダメ、わかるでしょ?」わたしは優しく言った。「あなたの面倒も見てって、わたしがエッバに頼んだの……」

息子は屋根裏部屋のざらざらした板張りの床に座ったまま、自分の手を見下ろしていた。

「どうしたの、ダーヴィッド? どうして二人で隠れたりしたの?」

「フレードリックじゃなくて、ぼく」彼が小声で言った。「もうでたくなかった。ぜったいにイヤだったんだもん!」

「でも、どうして?」

「イヤだったから」ふてくされたダーヴィッドが言った。

「オーケー、わかったわ。じゃあ、今は出てきてくれる? そうしたら、一緒に下りて、何かおいしい夕食を作りましょう」

わたしの横に立っていたヨハンナは、問うように弟を見た。

「なにかって?」ダーヴィッドが言った。「ラザニア?」

「ううん、それだと時間がかかりすぎるわ。でも、パスタとミートソースはどう? それともパンケーキ?」

「パンケーキ!」ヨハンナが叫びに近い大きい声をあげて、跳びはねた。

でも、ダーヴィッドは何も言わなかった。細長い屋根裏部屋に座ったまま、まだ床を見ていた。そして、片手で髪を巻き上げながら、上半身をゆっくりと前後に揺らしはじめた。

「やめなさい、ダーヴィッド。それはやめなさいって言ったでしょ！」

息子は何も言わずに、指でくるくる髪の毛をねじりながら、ゆっくりと視線を上げて、虚ろな目でわたしを見た。息子は何時間もこうやって座っていられる子だった。取り憑かれたように放心状態で、ぼんやりと空間を見つめながら、髪をねじっていられた。わたしはそれが恐ろしかった。

「さあっ、下に行って、晩ご飯を作りましょう」わたしは強制的に言った。

あの子はわたしの言うことが聞こえないかのように、じっと座り続けていた。わたしはしゃがんで、屋根裏部屋の中へ這って進んだ。わたしが腕をつかんで引っ張りはじめても、息子は動かなかった。わたしはおそるおそる、か細い息子の体を引きずるようにして、屋根裏部屋から出た。あの子はぼろ切れのように、引きずられるままだった。やっと出られたところで、わたしはソファに腰かけて、息子を抱きしめた。

「どうしたの、ダーヴィッド？　どうしてこんなことするの？」

返事はなかったけれど、息子が髪をねじり続けていることに気づいた。

「ママ」ヨハンナが言った。「ダーヴィッドがまた、髪の毛をいじってる。ダメなのに」

「わかってるわ」わたしはそう言ったが、心の中では無力を感じ、なすすべを知らなかった。

息子と同じように。

＊

ふと心をよぎった――アリスは、いまも方言を使っている。わたしたちが十歳の頃と同じ話し方をする。はっきりとしたきついストックホルム訛り。子供の頃と比べると、わたしの方言は消えてしまった。薄れて隠れてしまい、退屈で無意味な標準語の一種になってしまった。時折、どこの出身か訊かれることもあるくらいだ。

でも、アリスはそうではない。わたしと違って、子供時代の楽しい思い出がたくさんあるのだろう。すべてがまだ、生き生きとしているのだろう。すべてがまだ明るい気さえする。だから、まだ、同じ方言を話しているのではないだろうか。

誤解しないでもらいたい。わたしは、自分の話し方が気に入っている。ある種の隠れみのと見なしている。自分自身を象徴していると思っている。

だけど、ときどき、違う人間だったらとか、違った人生を送っていたらと願うときがある。

五月二十一日　水曜日

わたしは、ベーントト・アンデシェンの家の向かいにある小さな丘にうつ伏せになり、空想にふけりながら、静かな前庭を監視している。ここに来るのは四回目。同じことを繰返すと、発見される危険性は指数関数的に増加する、と聞いたことがある。もしそうなら、わたしが見つかるリスクは十六倍になったという計算だ。

そんなことは構わない。これを実行しなくてはいけない。

今、午前八時三十五分。家の中で、まだ動きはない。鳥が盛んにさえずっている。あの男の車、ぴかぴかのベンツは、前庭にとまっている。

十時まで待って、やっとアンデシェンが玄関ドアから出てきた。朝日のなか、あいつの顔が、双眼鏡を通して、はっきりと見える。頬から左の口角にかけて傷痕があり、そのせいで、慢性的に口を歪めて微笑んでいるような顔をしている。

ただ、アンデシェンは何かの気配を発しているのだが、それが何なのか指摘しがたい。恐ろしい何かを感じる。他の男たちより手強そうだ。

車で出かけるのは明らかなのに、すぐに車へは向かわず、何かをチェックするかのように、家と前庭の周りをぶらついている。恐れているかのように、あるいは警戒しているかのように。でなければ、何か別の理由で。

わたしはそっと後方に這いながら、小さな丘を下り、急いで自分の車へ向かった。通り過ぎなくてはならない放牧場のそばで立ち止まった。ここは、通りやベーント・アンデシエンの家からは見えないが、馬牧場からは見下ろせる。そして、わたしは目撃されたくない。

双眼鏡で馬牧場をじっくり見る。手入れの行き届いた住家と翼棟と離れ屋。前庭は角度の関係で見えないが、砂利は熊手で掃いてあり、花壇は雑草を取り除いてあると思われる。アンデシエンの家とはまるで違う。

観察していると、男性が一人、馬小屋から出てきた。その人物が前庭を抜けて、離れ屋に消えるまで待った。だれも見えなくなったので、わたしは急いで放牧場を通り過ぎた。三頭の馬が遠くからわたしを観察していたが、面白くないと思ったのか、草を食みはじめた。

わたしは、車をとめてある細い森の道を進んだ。この道がほとんど使用されていないのは一目瞭然だ。草木が生い茂っていて、通じている田舎道からも見つかりにくい。レンタカー――前回とは別の――は、隠れていて見えない。解錠して運転席に座ったが、エンジンはかけない。まだ。今車を出したら、アンデシエンに見られる恐れがある。サイドウィンドウを半分開けていたので、あの男の車が見える前にエンジンの音が聞こえた。低い轟音が、どんどん大きくなって近づいてくる。つまり、あの男はエスキルストゥーナ方面には向かわず、この森の道のすぐそばを通り過ぎるということだ。危険を冒さぬよう、わたしはシートに身をうずめたが、警戒しすぎだろう。ここは猟場や農作地だから、このあたりの人は、ひと気のない森の道にとめた車があることに慣れている。

田舎道に出ると、丘の頂を越えるあの男のベンツがちらりと見えた。距離なら気にしなくていい。この道は、いずれにせよほぼ一直線だ。ここは走ったことがあるし、十キロ以内に分岐点はない。あの男を見逃すことはない。

車の追跡に関しては素人だが、その割にはうまくいっている。近すぎず遠すぎず、距離を保っている。

あの男はどんどん田舎へ向かっていく。やっと、発芽した穀物の畑に囲まれた砂利道に曲がった。遠くに、風景の中にそびえ立つサイロ、農家の屋根の上部がいくつか見えるが、それ以外は何もない。

そして、あの男は突然消えてしまった。シルバーのベンツは、もう見えない。たったひとつ見えるのは、〈ヨンソンの野菜〉と書いた案内看板のある小道への入り口で、その長い道は、奥の丘を越えると見えなくなる。

わたしは、減速せずにその入り口を走り過ぎ、小道から確実に見えなくなるまで、砂利道を走り続けた。この道から見える建物はない。

二百メートルほど行ったところで、木立の中に入った。またも、森の中に続く、古い伐採用道路を見つけたので、そこへ車をバックさせた。砂利道が見えなくなった時点で駐車して、車から降りた。静かだ。聞こえるのは鳥のさえずりだけ。携帯電話を取り出したが、サービスエリア圏外のようだ。不安になるし、この地域の地図を携帯電話で見られない。父は軍人の正確さを備えていて、素晴らしい方向感覚の持ち主だったが、わたしはその遺伝子を受け継いでいない。少し立ち尽くしながら、論理的に考えてみる。森を抜けて、来た方向へ戻り、わずかに右方向へ進み続ければ、徐々に〈ヨンソンの野菜〉とかいう場所へ到達するはずだ。車に鍵をかけて歩きだす前に、戻ってくる際に方向で苦労しないよう、携帯電話のコンパス機能を起動してから、緑のアウトドア用ジャケットと縁なし帽を身に着けた。

トウヒで覆われた森だ。かき分けて進むわたしの頬と手が、枝に引っかかれる。苔むした石につまずいた。時折、地面に落ちている枝を踏むと、ボキッという高い音を立てて折れる。静かに進めたらいいのにと願ってはみるが、そうもいかない。

十五分後、樹木がまばらになりはじめた。間伐された場所だ。定期的に木を間引いたあとの切り株があり、茶色の枝が落ちている。わたしは、林業機械の深いタイヤの跡をたどる。ときどき、携帯電話のコンパスで方向をチェックした。正しい方向のはずだ。

突然、森が開けて、手入れのずさんな芝生が現れた。その向こうに、並んだ温室が見える。温室を数えると十棟。温室はそれぞれ、少なくとも二十五メートルの長さはあるに違いない。だが、設備は荒れ果てている。一棟の温室から剝がれている看板は、ほとんど読めないが、察するところ、以前は〈ヨンソンの野菜〉と書いてあったのだろう。他の設備も老朽化している。温室から六十メートルほど離れたところに、黄色い住居が立っている。そこも塗装が剝げていて、花壇は手入れを怠ったふうだ。

でも、その家の前庭には、真新しいフォード・ピックアップトラックがとまっていて、そのそばに、ベーント・アンデシェンのベンツが見える。庭で動き回っている人はだれもいない。わたしは双眼鏡を取り出して、ピントを合わせた。

温室設備は老朽化してはいるが、使われているようだ。汚れた窓ガラスの内側に、緑の苗床が見える。一番近い温室は、わたしが隠れているところから二十メートルくらい離れている。汚れで覆われていない窓を探した。やっと、少しはましな窓が見つかった。双眼鏡のピントを合わせると、尖った葉が認識できる――大麻。

次の温室に双眼鏡を移すと、同じものが見える。

そのとき、鋭い音が聞こえた。わたしは双眼鏡を移した。温室の扉が開いて、ベーント・アンデシェンが出てきた。彼の後ろに、すこぶる体格のいい男がいる。髪を後ろでまとめて顎ひげを生やし、わたしが今まで見たことがないほど大きなビール腹をした、粗野なタイプ。擦り切れたデニムジャケットを着ている。口角にタバコをくわえ、扉を閉める前に、ズボンを引っ張り上げた。

「よく育ってるな」ベーント・アンデシェンはそう言って、地面に唾を吐いた。「できあがるのはいつ頃だ？」

大柄な男がタバコを捨てて踏みつけた。

「一週間くらい。それから乾燥して刻むから……二週間ってところか」

ベーント・アンデシェンがうなずいた。満足げだ。それから、突然振り向いて、わたしのいる方向を直視した。あの男の異様なほど青い目と頬の傷痕が見え、双眼鏡を通してなのに、あいつと目が合ったような気がした。

わたしはつい、一歩後ずさりして、森に足を踏み入れた。そのとき、枝が一本折れた。

「おい、何だ？」アンデシェンが大声で言った。

大柄な男も振り返って、わたしのほうへ目をやった。

「ノロジカかアナグマあたりじゃねえのか？　おれたちは森の真ん中にいるんだぜ」

アンデシェンは素早く、ジャケットの下のホルスターから拳銃を取り出し、わたしのいる方向に向けて、引き金を引いた。あまりの速さに、わたしは反応する余裕がなかった。発砲音が聞こえる前に、銃弾が肩を引き裂くのを感じた。どうしようもなく、つい叫んでしまった。短い叫びだったが、男たちに聞こえてしまった。

「聞こえたか？」アンデシェンがまた言った。「だれかに当たったんだ！　クソ、捕まえてやる！　来いよ！」

彼は、わたしが隠れている森の端を目指し、芝生を歩きはじめた。わたしは向きを変えて、可能な限り音を立てず、森を抜けて車に戻ろうと懸命に走った。腕がズキズキし、傷を押さえたとき、温かくてべたべたする何かが指の間を伝うのを感じた。

その腕は、芝生に横たわるダーヴィッドの体から、不自然な角度で突き出ていた。あの子は、家の裏の敷地にある石から飛び降りた。わたしが、取り除こうとしつこく文句を言っていたのに、エーリックが残しておくべきだと主張したあの石だ。

「ママ！」息子は、声を限りに叫んでいた。

事故が起きた様子を見ていなかったわたしに聞こえてきたのは、息子の悲痛な叫びとわたしを呼ぶ声だった。

「ダーヴィッド、ダーヴィッド……」

芝生の上を走りながら息子のもとへ向かう、自分の叫び声が聞こえた。

六月、いや七月だったかもしれないが、とにかく夏のことだった。わたしは仕事を休んで、夕方の水浴場でのピクニックのために、食事を作っている最中だった。エーリックが帰宅したら、すぐに出かける予定で、準備は整っていた。

「ママ！」あの子がまた叫んだ。

わたしは、ショック状態の息子の顔を見た。何が起こったのか理解できないというように、目を大きく見開いていた。

おそるおそる息子を立ち上がらせたわたしは、痛いところがあるか訊いた。腕が体の側面に沿って、だらりと下がっていた。

「ママ、ぼくころんだの」少し外側にねじれている自分の腕を見ながら、息子が言った。

息子はまだ本格的な痛みを感じる前のショック状態だった。

「コツコツって、へんなおとがするよ」

「腕の骨が折れたのよ。お医者さんのところへ行って、ギプスをしてもらわなくちゃ」

息子はまた、怯えた顔をした。病院が好きではなかった。

「おちゅうしゃされるかな？」不安げにあの子は言った。

わたしはうなずいた。

「わからないけど、痛くならないように、注射を打たれるかもしれないわね」

「でも、ぼくいたくないよ」

それから、息子の小さな体が硬くなった。目が大きくなり、腕からの痛みが広がるなか、ぐずりはじめた。

「ママ、いたいよ」

「わかってるわ、ギプスをしてもらうまではね。ギプスをしてもらったら、痛みは少し消えるはずよ」

少しして、わたしたち二人が車に乗っている間、息子は上下に揺れるたび、カーブのたびにわめいた。そして、病院に到着したとき、ダーヴィッドはひどく痛がり、歩くのもやっとだった。

わたしは、息子の怪我をしていないほうの手を握って、病院の廊下を連れて歩いたが、その間、自分の脚が震えるのを感じていた。

成人してから、脚を骨折したことがある。スキー場でゲレンデからゲレンデへ移動中の軽率な事故だった。あのときわたしは、ほぼ一言も発しなかった。だれかが鎮痛剤をくれて、わたしを救急病院に車で連れていってくれるまで、歯を食いしばって痛みに耐えた。

物心ついたときから、わたしの人生はずっとそんなふうだった。考え事をして痛みを紛らわし、体と精神を引き離し、痛みを克服した。皮膚の下に深く刺さったトゲを抜くためなら、指を切断することもためらわないだろう。一度わたしが貝殻で足を切り、その傷口に入り込んだ殻が中で割れてしまったため、自ら傷口を切って殻の残りを取り出したとき、それを見たエーリックは嘔吐した。

はっきりさせておきたい。わたしは痛みを感じるし、どこかしら欠陥があるわけでもない。けれども、わたしは、痛みの存在には気づいても、激しく痛がるタイプの人間ではない。痛みを恐れることはない。自分自身の痛みならば。

でも、待合室に腰かけて、ダーヴィッドの歪んだ腕に目をやり、すすり泣いたり、痛みでうめき声をあげたりする息子の声を聞いていたあのときは、どうしようもなかった。自身の体と精神を引き離すこともできなければ、考え事をして紛らわせることもできなかった。息子の痛みに対してわたしは無防備で、その痛みは心に深く突き刺さった。痛みを耐え抜いてきたそれまでの年月が、わたしの上に倒れかかり、わたしを窒息させてしまいそうな気がした。看護師に名前を呼ばれたとき、わたしは泣いた。その看護師は、驚いたような目でわたしを見た。わたしは急いで涙を拭いて、気を取り直そうと努めた。自分自身に戻り、落ち着いた母親に戻ろうとしたが、ダーヴィッドの折れた腕を見てひどく心を痛め、トイレに駆け込んで嘔吐する必要に駆られた。トイレを出ると、ダーヴィッドが驚いた表情でわたしを見つめていた。

受診後、車で帰宅の道中――ダーヴィッドは、腕に白いギプスをしていた。鎮痛剤のおかげで、もう痛みは感じていなかった。とろんとした目をしており、眠りに落ちる寸前だったが、突然、わたしに視線を向けた。

「どうしたの、ママ？　びょういんで。びょうきになったの？」

わたしは答えられず、ただうなずいただけだった。

背後から、森を通り抜けてわたしを追うアンデシェンの足音が聞こえる。わたしはスピードを出そうと自分を駆り立てた。木の枝が顔をひっかき、口の中に血の味を感じる。銃創が驚くほど痛く感じられ、血が指先を流れ落ちるのに気づいたが、それ以上のことを気にする余裕はない。来たときと同じ道を走っているつもりだが、正しい道という確証もない。それでも、ひたすら走り続けるだけだ。後ろから、アンデシェンの足音がよりはっきり、より近くに聞こえてくる。あの男は顔に木の枝が当たるたびに、かみしめた唇から息を漏らし、小声で悪態をついた。そして、その声には決意がこもっていた。猛獣の声だ――荒い吐息と鼻息。

車はどこ? 温室に歩いてたどり着くまで二十分かかった。今は走っている。このあたりのはず……間違った方向に向かっていなければ。

「ったく、何なのよ?」わたしは毒づいた。

ちょうどそのとき、つまずいた。足を小枝に引っかけ、激しく転倒した。尖った枝が手に刺さり、激痛が走った。同時に、わたしの背後の茂みから、アンデシェンがうなり声をあげて突進してくるのが聞こえた。わたしは、懸命に立ち上がって走った。アンデシェンは、獲物に近づき吠えたてる猟犬のように、しゃがれた声で、勝利の雄叫びをあげている。わたしは必死で速度を上げた。走りながら、手に刺さった枝を抜いて捨てた。いまや、あいつは、わたしにあと数歩のところまで近づいている。振り返りはしなかったが、距離にして、十からせいぜい十五メートル。それに、あいつには、わたしがはっきりと見える。新たな弾丸がわたしの体を貫く音が聞こえるのを覚悟した。でも、何も起こらなかった。

同時に、車が見えた。白い車で、緑の中で灯台のように輝いている。わたしはスピードを上げた。鼓動でこめかみが脈打ち、肺が痛み、口の中に血の味を感じるが、もっと速く走るよう、自分を駆り立てた。アンデシェンもわたしの車に気づき、悪態をついた。

やっと車にたどり着いたわたしは、運転席のドアを勢いよく開けて車内に飛びこむと、ドアを閉じてセントラルロッキングを作動させた。同時に、アンデシェンが車の後部を叩いた。衝突したような感じがした。車の中に入り込もうとするかのように、ボディとリアウィンドウをガンガン叩いた。それとも、単にフラストレーションから叩いているのかもしれないが、よくわからない。

わたしはエンジンを始動させた——かかって、かかって、かかって、とわたしは小声で祈った。セルモーターはすぐに回り、エンジンがかかった。わたしはアクセルを踏んで、クラッチを外した。前輪が、草で覆われた砂利に滑り込んだ。アンデシェンはまだ車にしがみついたまま、でこぼこの森の道を引きずられている。わたしは砂利道にハンドルを切った。もう、くそくらえだ。時間がない。加速すると、後部がスリップし、砂利が前輪に飛び散った。アンデシェンはやっと手を離し、転げ落ちた。バックミラーに道を転がるあいつの姿が映った。でも、すぐに起き上がって、何か叫びながら、わたしの車を見つめている。それからわたしは〈ヨンソンの野菜〉へ続く小道を通り越した。一瞬、アンデシェンの仲間が、あの巨大なピックアップトラックに乗って道から出てきて、わたしの車を追跡するかもしれないと思った。

でも、だれも来なかった。

＊

わたしはスピードを出して走った。唯一頭にあったのは、男たちが追いかけてくる前に、十分な距離を空けておくこと。

だが、十分経っても、バックミラーに映る車両はない。わたしはほっと一息つき、アクセルペダルを緩めた。逃げ延びた。それと同時に、痛みを感じ、不自然な疲労感が、壁のごとくぶつかってくるような気がした。全力を尽くさなければ、運転し続ける気力が保てない。両手がぶるぶる震え、車が道で左右に揺れた。

あの男がどうして撃たなかったのか不思議だ。銃を持っていたのに。優しさ、それとも逃げる者は殺さないという、一般的な道徳観からだろうか？　最も妥当な推測は、ハンティングが目的だから。スポーツであるかのように、わたしを追い、捕らえる。わたしが何者かわからないから、控えたのかもしれない。

ともかく、武器を持参しなかったのは、考えがひどく甘かった。テーザー銃すら持参しなかったなんて。

最悪なのは――あの男に見られたこと、そして車も見られていることだ。あいつにほんの少しでも冷静さがあれば、車のナンバーも記憶しただろう。

あいつがたどり着くのは、ありがたいことにレンタカー会社だが、あの男なら、車の借主を容易に突き止めるのは疑いの余地もない。自分の車がそのレンタカーにぶつけられて、運転手は逃げ去ったと言うだけで、わたしの名前と住所を聞き出せるはずだ。

わたしの身元がすぐにばれることを覚悟しなくてはいけない。

エスキルストゥーナのショッピングモールのすぐそばの大きな駐車場で、車をとめた。気持ちを落ち着かせて、傷を調べる必要があった。注目を浴びないよう、他に駐車している車のない、一番奥にとめた。わたしの大きなバッグは、後部座席に置いてある。座席を倒して手を伸ばせば、外に出ずに中身が取り出せる。肩は見られたくない。ジャケットは銃弾で破れているし、袖には黒ずんだ血の染みがついている。

手の怪我だってズキズキする。消毒すべきなのだろうが、必要なものは持参していない。代わりに、道具を包んでいたぼろ切れを引っ張り出した。油の染みがついているが、何とか使えそうだ。わたしはジャケットとセーターを脱いだ。それから、一番下に着ているブラウスのボタンを外して、肩の部分を引きおろした。

銃創は思っていたより浅い。重要な動脈や骨に損傷はない。筋肉はやられているが、腕が動かせないというほどではない。これなら治る。医者にはかかれないから、大きな傷痕が残ることになる。銃創は常に捜査の対象となる。そして、そんな危険は冒せない。

歯を使って、ぼろ切れを細く二本に引き裂いた。一本は何とか肩に巻いて、もう一本は手に強く巻きつけた。

自分自身をバックミラーで見てみる。最初、自分だと思えなかった。ぼさぼさの髪に、小枝や針葉がまだついている。片方の頬には血の染みと切り傷がいくつかある。だが、まるで自分のものと思えないのは、視線と目。

見開いていて、まったく見慣れない、獲物のように恐れた目。

わたしは髪から小枝を取り除いて、いつものヘアスタイルになるよう、撫でつけた。唾で、頬の切り傷の血を拭き取った。

それから、バックミラーの向きを変えた。こんな自分は見たくない。こんなのわたしじゃない。

傷が痛むような動きを避けながら、慎重にセーターとジャケットを着て、エンジンをかけた。

駐車場から出るとき、アンデシェンのベンツやもう一人の男のピックアップトラックを探したが、それらしき車は見えなかった。あてもなく走り回って車を探すのは無駄だと思ったのかもしれない。すでに、車のナンバーを知っているわけだから。

家までは百キロ。高速道路に入ってからは、クルーズコントロールをオンにして、体を後方に大きくそらした。体はまだ震えていた。わたしはショックを受けていた。

家に戻ったとき、最後の八十キロをどう運転したのか覚えていなかった。シャワー室で、白いタイルの床を伝って排水溝に流れる赤い筋状の湯を目にして、我に返った。

以前体験したのと同じ、記憶喪失現象。わたしは怖くなった。

＊

その日の夜、姉から電話があった。何も言わずに、息をするだけ。メッセージのように。

何を言い聞かせようとしているのか、わたしにはわからない。

運よく、夜になったらヨハンナを迎えにくるよう、エーリックに頼んでいた。遅い時間のインタビューの仕事が入ったという言い訳をして……

真夜中をかなり過ぎて、やっと眠りについたわたしは、ダーヴィッドの夢を見た。夢の中の息子はリアルだった。生きているかのように。熱で汗だくになり、肩を切り裂くような痛みで、わずか数時間の浅い眠りから目覚めたとき、息子のことを鮮明に思い出した。みんなで父方の祖父と祖母の家へ車で行ったとき、あの子がどんなに幸せそうだったかを思い出した。

みんな無言で座っていた。ラジオは消してあった。聞こえるのは、単調なエンジンの音とアスファルト上のタイヤの音だけだった。ヨハンナは、頭の下に枕を置いて、窓に頭をもたせかけて眠っていた。時折、車の動きに合わせて体を揺らし、バランスを失って、頭が前のめりになりかけていた。

でも、ダーヴィッドは起きていた。座って前を向き、フロントガラスから見える、目の前に続く寂しい道を見つめていた。あの子は笑っていた。口ではなく、目で笑っていた。わたしは振り返ったとき、そのことに気づいた。息子の中の幸福感、落ち着き、そして安心感。サイドウィンドウの外を過ぎ去るものを追う息子の目は、きょろきょろと動いていた。

あの子は、車に乗るのが大好きだった。

そして、オンゲルマンランド県に住む、父方の祖父と祖母のところへ車で行くのが大好きだった。

あそこに行くのは、一日がかりの旅だった。最初の数時間、わたしたちはおしゃべりをしたり、お菓子を食べたり、ゲームをしたりして遊んだ。例えば『二十の質問』。「わたしが今考えていることってなーんだ?」

それから会話が一段落し、ゲームは退屈になった。みんな窓から外を眺め、ラジオを聞いた。それからラジオも退屈になり——残ったのは車の音だけ。

見るものすらなくなった。窓の外では、海のごとく人を寄せつけない、無限のトウヒの森が過ぎていった。ときどき、林間の空き地や湖や家や町が現れた。でも、不意に現れるのと同様に、突然また、深いトウヒの森に呑み込まれてしまう。赤みを帯びた車道——花崗岩の砂利——は、周りを囲むようにそびえ立つ濃緑の森を貫く、光る縞のように延びていた。

この最後の数時間が、わたしの一番のお気に入りだった。ダーヴィッドも、そう感じていたと思う。たまに二人の目が合うと、お互いの中に、不思議なほどに溢れんばかりの希望を見いだせた。自分たちは、さすらい歩くときのみ自由で活力を感じる、流浪の民のような気がした。まるで二人は、地球で自分たちを取り囲む苦痛から逃れようと、永遠へと向かう宇宙船に乗っているかのようだった。

到着するのは、たいてい夜の十時過ぎだった。でも、夏だと外はまだ明るかった。わたしたちは、よろめきながら車から降りた。私道に敷いた丸い海砂利が、こわばったわたしたちの足の下で優しい音を立てた。そして、玄関前の階段に立つエーリックの両親が、元気いっぱいにわたしたちを迎えてくれた。

「これはこれは、いらっしゃい！」「長旅、ご苦労さま！」

二人は本当に嬉しそうだった。わたしの両親と違って。わたしの親とまったく異なる二人に、いつも興味をそそられたのを覚えている。

エーリックは、オンゲルマン川沿いの小さな農場で育った。農場はずっと前に閉鎖され、家畜もいなくなっていた。農場にはハイランド牛、ヤギ、ブタ、ニワトリがいたが、利益をもたらさなかった、とエーリックの母親アルマが話してくれた。「小さすぎたのよ。大きく育っていなくちゃ儲からない！」会うたびに、そう言っていた。農作地は、とある自作農に貸し出していたが、建物は、その農業経営者にとって使い道がなかった。納屋や鶏舎やブタ小屋と同様、牛舎は空っぽのままで荒れ果てていた。まるで家畜たちが一夜で消えてしまったかのように、建物を手放したときと同じ状態で立っていた。

ダーヴィッドは、すぐさま祖父と祖母への挨拶を終わらせると、二人を通り越して急いで階段を駆け上がり、屋根裏へ飛び込んだ。建物の二階部分は、一部がホールと寝室一室と洗面所になっているが、それ以外は梁がむき出しの大きな空間だった。入ってすぐのところに床材が敷いてあって、ベッドが数台とソファベッドが置いてあった。夏には、ダーヴィッドとヨハンナがそこで寝ていた。屋根裏のその他のところには床材が敷かれていなかった。でも、長い厚板から成る〝小橋〟が、おがくずと梁の上に架かっていたので、その上を歩けばよかった。

ダーヴィッドは屋根裏が大好きだった。そこには、息子がいじったり発見したりできるような、古いがらくたがたくさんあった。エーリックの両親は、彼に好きなようにさせてくれた。二人にとって、壊されて困るようなものは何もなかった。一度、息子は大きくて身幅の広い斧を見つけ、屋根裏から持ち出したことがある。黒い巻き髪はおがくずだらけで、満面の笑みを浮かべていた。

「おばあちゃん、これなあに？」息子は、刃についている黒いいくつかの染みを指した。

祖母は前かがみになって調べた。

「おやおや、どこでこれを見つけたの？」彼女は心地よいオンゲルマンランド方言で言った。

「やねうらで。これなあに？」

「それは、おばあちゃんが昔使っていたニワトリ斧だよ。ニワトリの首を切り落とすのに使っていたの。そこについているのは血。古いニワトリの血よ」

ダーヴィッドの目が輝いた。

あの農場にいるとき、わたしたちが子供に気を配ることはほとんどなかった。ダーヴィッドはすべての倉庫や離れ屋を出たり入ったりしていて、自分の小さな冒険の世界に浸っていた。ヨハンナには、道を渡ったところに住んでいる友だちがいた。ヨハンナと同年代の女の子だった。二人はよく、自転車で泳ぎにいったり、ベリーを摘んだり、空のボトルを集めては、それをリサイクル用の回収機に入れ、戻ってきたお金でお菓子を買ったりしていた。

わたしとエーリックは、彼の両親と話をし、二人の、長々と尽きることのない、思い出話に耳を傾けた。すべて何度も聞いたことのある話だが、二人を止めることはできなかった。

でなければ、わたしたち二人は、野辺を通り抜けて、村を流れる川へと長い散歩に出かけた。時がゆっくりと流れる、心地よい日々だった。もしかしたら、わたしは前世では農場主の妻だったのかもしれない。そう思えるくらい、あの農地ではくつろげて穏やかな気持ちになれた。

そして、食事の時間に家の中に戻ってくる子供たちは、いつも顔を輝かせていた。特にダーヴィッドが。

あそこで息子は幸せだったと思う。好きなところへ行けたし、だれからも目を配られることも小言を言われたりすることもなかった。あそこは自由のオアシスだった。そして息子は、元気を取り戻した、希少な砂漠の花のようだった。

それから町に帰ると、息子はしおれた花のようになり、また、少しぼんやりとして悲しげな自身の孤独な世界に戻った。数日後、わたしは息子の様子を見に、真夜中に二階へ行った。すると、あの子は目を開けて横になっており、指を髪に絡ませながら、天井を見つめていた。ある種の空想の世界に浸っているのか、意思疎通は不可能だった。

あるいは、息子がわめき声をあげているときもそうだった。

*

息子が叫ぶのを待っていたかのように、わたしはよく、その直前にハッとして目を覚ました。それは人間というより、動物の叫びで、わたしの夢の中に突き刺さってきた。掛布団を払いのけ、暗いホールを抜けて、初めてダーヴィッドの部屋へ駆け込んだときのことを覚えている。あの叫び声は、わたしの心を突き抜けた。わたしが明かりをつけると、息子は体をこわばらせてベッドに腰かけ、十種類、いや二十種類ものぬいぐるみに囲まれて——キリン、恐竜、サル、クマ、ペンギン、竜——恐怖の叫びをあげていた。目を見開いていて、理解しがたい視線で、まっすぐ前を見つめていた。

「ダーヴィッド、どうしたの？」不安そうに言ったわたしは、かがんで息子を覗き込んだ。息子に触れたが、彼は反応しなかった。あの子の体を揺すると、熟睡しているかのように、息子の頭が人形の頭みたいにゆらゆら揺れた。落ち着かせようと抱擁してやると、あの子はわたしを突き飛ばした。そして、呼吸するためのわずかな休息を挟みながら、ずっと叫び続けた。

「どうしたんだ？」背後から、エーリックが眠そうに呟いた。「何かあったのか？」

「ううん」わたしは答えた。「怖い夢を見ているだけよ」

「だったら、起こせばいいだろう。こんなんじゃ眠れないよ。明日は早く起きなくちゃいけないんだし」

わたしは驚いて夫を見た。

「どうしてそういう言い方するの？　ダーヴィッドがどんなに怖がっているか聞こえたでしょ！」

「頼むよ！　怖い夢なんだろ？　だったら、起こせばいいことじゃないか。ぼくは明日、すごく大事な報告書に目を通さなくちゃいけないんだ」

「ええ、わかっているわ。そう言っていたものね。でも、ダーヴィッドは起きないのよ。どうすればいいの？　この子の口を手で塞げって言うの？」

「ああ」エーリックは一瞬、むしゃくしゃしたようにダーヴィッドを見た。

それから、きまりが悪そうな顔をした。

「いや、そんなつもりで言ったんじゃない……こっちはただ寝たいだけだ！」

わたしは夫を見つめて、頭を振った。

「ああくそっ」エーリックがまた悪態をついた。「こんなんじゃたまらないよ！　ぼくは寝なくちゃいけないんだ！」

「だったら、怒鳴らないでよ。部屋に戻って、寝ればいいでしょ！」

ダーヴィッドが落ち着いて眠りにつくまで、三十分かかった。あとで学んだことだが、夜驚症といって、夢と覚醒の中間のような状態を指す。睡眠不足が原因の可能性があるので、生活習慣に気を配るのが大切なのだという。

でも、ダーヴィッドの場合、夜驚症だけが原因ではないことはわかっていた。

ダーヴィッドは怯えていた。夜、寝つけないことが多かった。髪の毛をいじりながら、怯えきった表情で暗闇を見つめていた。わたしは頻繁に、何が怖いのか訊いてみた。ある夜に訊いたときのことを記憶している。息子が腕を骨折してからに違いない。

「ぼくはこわくなんてないもん」あのとき、息子はそう答えた。

「でも、怖がっているじゃない。叫んでいるし……」

「ううん、さけんでないよ！」びっくりしたように、あの子は言った。

息子は黙って横たわり、暗闇を凝視していた。

「ママ、でんきをつけてもいい？」息子が訊いた。

わたしは躊躇しながら、息子を見た。それから身を起こして、天井の照明をつけた。

「あなたが眠るまで、一緒にここにいてあげる」

わたしは、骨折した腕を撫でてやった。ギプスをしていたせいで、もう片方の腕より、まだ少し細かった。少しすると、息子は目を閉じ、吐息は穏やかになった。

わたしは立ち上がって、静かに部屋を出た。天井の照明を消したとき、息子の動く音が聞こえた。わたしの目に、息子の姿は、布団を掛けた影のようにしか映らなかった。枕の上にある、黒くてふさふさした何かにしか見えなかった。でも、あの子が寝ていないことに気づいていた。怯えた目を見開いて、暗闇を見つめているのはわかっていた。

わたしはそれからドアを閉めて、自分の部屋へ戻った。うんざりしていたのかもしれない。疲れていただけなのかもしれない。そう思いたい。そう思わなくては。

五月二十二日　木曜日

家を出る前に、腕に包帯をきつく巻いた。それでも、編集室に入ったときには、血がにじみ出ていないか、ひやひやしていた。腕は痛み、熱がある感じがする。今日は、大きな出来事が起こらぬよう、編集室から出なくてすむよう祈った。

コンシーラーで、顔の怪我と引っかき傷をできるだけ隠した。手の傷は、洗浄してからサージカルテープで傷口をくっつけ、大きな絆創膏を貼った。包帯はしたくない。関心を集めて、同僚に訊かれるのが嫌だ。それに、手のズキズキ感は治まっている。

ニュース編集部に来たところで、同僚数人に挨拶をして、自分の席に着いた。マルヴィンがのそのそとわたしのところへやってきて、オフィスチェアを自分のほうに引いた。

「おいおい、どうしたんだ？　すごい外見じゃないか！」

わたしはデスクを見下ろしたまま、無頓着でいるよう、自分に言い聞かせた。

「ランニングをしているときに、ヘラジカに追いかけられて」

言い訳は家で考えておいたのだが、独りで考えたときほど説得力があるとは言いがたい。

「雑木林の茂みの中を走らざるを得なかったので。そりゃ、痛かったですよ」わたしは自信なく言った。

マルヴィンは懐疑的な顔をした。

「それで、ヘラジカは？」

わたしは首を振った。

「しばらくしたら諦めたみたいです。自分の縄張りだって示しかっただけなんだと思います。猛獣ではないですからね」

わたしは微笑んだが、どちらかというと、こわばったしかめっ面に近かった。マルヴィンはまだ、不思議そうにわたしを見ている。それから、肩をすくめた。

「例の殺されたトラック運転手についてどう思う？　この男も同じ犯人に殺されたと思うか？」

何のことなのか理解するまで、多少時間を要した。わたしがモッテン・ラスクを殺したのは、一週間前のことだ。警察側はすでに一連の殺人を関連づけていることと思うが、ここ数日は新聞を読んでいない。

「トラック運転手が、連続殺人犯の被害者の一人かということですか？」わたしは当惑したふりをした。

マルヴィンがうなずいた。

「かなり残虐な手口ですからね……」わたしは、考え込んだ様子で言った。「だから、同じ犯人かも……」

「《エクスプレッセン》紙が、警察は同一犯だと見ているという未確認情報を握っている」

わたしは静かにうなずいた。

「なるほど。わたしがそのことを書くわけですか？」

「まずは、確認が先だ。すごい記事になりそうだ、連続殺人犯だぞ。新たな角度から、光を当てるような記事になれば最高だ」

「警察は裏社会の抗争に関連していると言ったのですか？　それとも、動機は他にあると見ているのでしょうか？」

「何も言っていない」マルヴィンが言った。「やたらと寡黙だ。だが、もう一度訊いてみてくれ」

マルヴィンは間を空けた。

「『連続殺人犯の五人目の被害者』」そう言って、懐かしいタイプライターで大見出しを打つように、人差し指でデスクを連打した。

大見出しや前文が浮かぶと、彼は毎回同じしぐさをする。

「五人ですか？」わたしは言った。

マルヴィンは、自信たっぷりにうなずいた。いつでも自信満々だ。

「ああ」彼はそう言って、片手の指をわたしの前に掲げて、数えはじめた。

「一、マルコ・ホルスト、二、ファーディ・ソーラ、三、採石場のシド・トレーヴェル、四、スポンガのイェンス・ファルク――そして、五、トラック運転手」

マルヴィンは、勝ち誇ったようにわたしを見た。マスコミは、わたしの最初の被害者ソンニ・アンデションはまだ他の連続殺人に関連づけられていないということか。これから数日間の、わたしの仕事になるかもしれない。

それから、ふと思った。マルヴィンが、どうやって運転手に関する情報を得たのかわからなかった。わたしは、新聞でトラック運転手に関する記事は読んでいないし、どの程度の情報をつかんでいるべきなのかもまったくわからない。考えずに、殺人の手口は残虐だと言ってしまった。

わたしは腹部にうずくようなパニックを感じ、冷たい波が体を走り抜けるような気がした。軽率なバカ者。判断力が鈍りはじめているわよ。

「調べてみます」慌ててそう言ったわたしは、頰の内側を強く嚙んだ。痛みで、自身を引き締めるために。

「情報源のほうは、何か言ってきたか?」マルヴィンが続けた。

「警察のですか?」

「ああ、きみが数回会った男性だ。いい情報をつかんでいるようじゃないか」

わたしはうなずいた。

「連絡をとってみます……」

わたしの秘密の情報源、〝ブロール・デュポン〟は、実のところ、駐車場で一度会って以来、何も言ってこない。何度か連絡を入れてみたが、答えるのを拒否すると言う。

だから、わたしが、自分自身の情報提供者になっていた。この事件の記事を書き続けさせてもらうには、そうするしかなかった。

マルヴィンはうなずいた。励ますようにではなく、要求するように。彼が記者たちを誘導するやり方とは――いい仕事をした記者には不十分だと感じさせ、彼を失望させた記者には役立たずと感じさせることだ。

「強引にネタを提供させてみます……」

「そうしてくれ」マルヴィンは立ち上がった。「ガムのことも訊いてみてくれ」

わたしはぎくりとした。

「ガムって?」

「《エクスプレッセン》紙が今日、警察が殺人現場でガムを発見したという記事を出した。ニコチンガム。犯人の署名みたいなものかもしれない。〝チューインガム殺人犯〟ってな」

わたしは、緊張した顔つきでうなずいた。〝ブロール・デュポン〟からその話を聞かされて以来、避けようとしてきた。ガムガムって、一体何なのよ?

わたしが知っている確かなこと、それは、わたしはニコチンガムを現場に残さなかった

という こと。

「殺人現場って？　すべての現場ですか？」

マルヴィンは肩をすくめた。

「いい質問だ。《エクスプレッセン》紙の記事を読んで、警察に訊いてくれ。すべての現場で発見されていると思うがね。ともかく、トラックの下敷きになった男のそばでは発見されている」

「調べてみます」可能な限り自信に満ちた声で、わたしは言った。

「あとは、すべての死体がどこで発見されたのか、詳しい情報をリストにして、イラスト担当に渡してくれ。グラフィック作業ができるようにな」

わたしはうなずいて、書き留めた。

「よし」マルヴィンは愛想よく、わたしの肩を軽く叩いた。

励ますしぐさだったのだろうが、肩から放たれた痛みで、小さなうめき声をあげてしまった。

「えっ？　痛かったか？」マルヴィンが言った。

「ヘラジカのせいで」わたしは、ぎこちなく微笑んだ。「肩をぶつけてしまって」

「すまなかった」

マルヴィンはデスクに戻りかけたが、数歩行ったところで立ち止まった。

「ところで、警察があのサディストを容疑者から外してから、容疑者は他にいるのか？」

わたしは首を振った。

「わたしが知る限りではいません」そう言いながら、自分とエーリックは、おそらくリストに名前が挙がっているのだろうと思った。

「オーケー！　チェックしてくれ！」

わたしは、痛みが消えてくれるのを集中して待ちながら、静かに座って、前を見つめていた。それから、携帯電話を出して、カール・エードソンに電話をかけた。

今回はきちんとした質問がある――《エクスプレッセン》紙の記事にあるニコチンガム。怖い。本当に知りたい。

呼び出し音が七回鳴って、やっとカール・エードソンが電話に出た。ちょうど、切ろうとしていたところだった。彼はぶっきらぼうだった。わたしが容疑者として、彼のリストに載っているからだろうか？　わたしはすぐに質問に入った。またわたしを取り調べるような余地は与えたくない。

「トラックの運転手を殺害したのは、他の殺人を実行したのと同じ犯人ですか？」

「まだ答える段階にはありません」

「ですが、その仮説に基づいて、捜査をなさっていますよね？」

「可能性のひとつとして、捜査に当たっています」

「容疑者は挙がっているのですか？」

「いいえ、目下のところはいません」

「犯人は今まで、犯罪者ばかりを殺してきましたが、トラック運転手も犯罪者だったのですか？」

「警察では知られた人物でした。そちらが知りたいのが、そういうことでしたら」

「どんな手口だったのですか？」

「そのことについては、お話しできません」

「本日付の《エクスプレッセン》紙の記事によりますと、警察が複数の現場でガムを発見したという情報提供があったようですが。ニコチンガムとか。そのことについて、お話し願えませんか？」

　沈黙。

「もしもし、聞こえますか？」

「そのことに関してはノーコメントです」

「ですが、複数の現場で犯人が残したガムが見つかったという事実だけでも認めていただけませんか？」

　カールはまた一瞬、静かになった。微妙な質問なのは明らかだった。

「すべての現場でガムを発見しました」やっと言った。「だれのものかはわかっていません。正直なところ、このことについては話したくないのですが、すでに記事になってしまいましたから……」

「ガムを残したのは犯人だとお考えですか？」

「われわれの捜査の仮説のひとつではあります」

「名刺のようなものなのでしょうか？」

「そういった憶測はしたくありません」

「一番最近の殺人事件に目撃者はいますか？」

「殺人事件発生時に不審な人物や車両を見聞きしなかったか、数人に話を聞いたところです」

「決定的な手掛かりは得られましたか？」

「興味深い情報が何人かから得られましたので、調べる予定でいます」

「どんな情報なのか、聞かせていただけませんか？」

「それは、捜査上の理由から、お話しできません」

「わかりました。質問はこれくらいです。お話を聞かせていただき、ありがとうございました」

わたしは電話を切り、会話を反芻《はんすう》しながら、メモ帳に視線を落とした。

不安要素が二つ。ひとつ目：カールが、ガムは本当にあったと裏付けたこと。二つ目：目撃者。目撃者って？　いてはいけないのに。

目をつぶって、記憶をたどった。砂利道の真ん中に駐車しているトラック。死んだ運転手。あの道に、わたししかいなかったのは確かだ。森があったから、見えなかったはず。

あそこを車で去ったとき、すれ違った車はあるだろうか？　いや、すれ違わなかったと確信が持てる。ただ、いくつかの家を通り過ぎた……

窓のそばに立って、カーテンの陰から見ていたに違いない。でも、わたしの顔が見えたはずはないし、車のナンバープレートだって見えなかったはず。

問題はないはずだ。

視線を上げたわたしは、無意識に携帯電話を握りしめていた。手から離すと、電話が汗でべたついていた。

編集室を見回してみたが、わたしに注意を向ける人はいない。それから、急いで短い記事を書き上げた。わたしの〝情報源〟に話を聞いてから、文を補える。マルヴィンに提出する前に、《カトリーネホルムス・クリーレン》紙のサイトに入り、新しい情報が載っていないかチェックしたが、何もない。

マルヴィンがデスクにいないので、記事は受信箱にあるとメールで知らせ、イラスト担当へ渡す、現場に関する資料を書きはじめた。執筆はすいすい進む。だって、場所なら熟知しているから。

作業を終えてから、トイレへ行った。頭がボーッとしないよう鎮痛剤は避けてきたが、いっぺんに数錠呑み込んだ。体全体が震えて、いつ痙攣を起こしてもおかしくなかった。

わたしは便座に腰かけて、錠剤が効きはじめて体がリラックスするのを待った。

混乱した頭の中に、また目撃者のことが浮かび上がった。双眼鏡でわたしを観察していて、車のナンバーをメモしていたとしたら？　警察がわたしがあそこにいたことを、もう知っているとしたら？

冷静さを取り戻そうと、腕をつねった。

わたしの車のナンバーを書き留めた人物がいる可能性は限りなく低い。他の人たちと変わりない速度で、焦ることなく運転したから、特別な理由でもない限り、ナンバーを記憶している人はいない。あのとき、そんな人はいなかったはずだ。現場から逃げ去る車の番号をメモする人は稀だ、とどこかで読んだことがある。

それに、わたしがあの家々を通り過ぎたとき、数キロ離れたところに、トラック運転手の死体が遺棄してあることを知っていた人はいない。警察が聞き込みにきて初めて、あの車だったかも、ということになる。あとになって、初めて気づくわけだ。

今のところ、警察は危険ではないという結論に達した。

その一方で、ベーント・アンデシェンの危険性はかなり高い。

昨日の温室での出来事を思い起こしてみた。あの男は、わたしがあそこにいたのは、大麻栽培所を見つけたからだと思っているだろう。わたしの動機がまったく別の、五年前の出来事に関連しているとは、想像できないはずだ。

そのことは、わたしにとっては有利だ。わたしの唯一の有利な点だ。

昨夜、わたしは自宅で寝たが、今夜は無理だ。アンデシェンは現時点で、わたしの住所を把握しているだろう。少なくとも、そう覚悟しておかなくてはならない。

トイレから戻ると——一体どのくらい、トイレにいたのだろう？——わたしの書いた記事は、すでにネットに掲載されていた。マルヴィンの提案した大見出しのタイトルだ——「連続殺人犯の五人目の被害者の可能性」。「カトリーネホルム郊外で遺体となって発見されたトラック運転手が、連続殺人犯の五人目の被害者という仮説をもとに、警察は捜査中」。

＊

わたしが帰宅しようと新聞社を出ると、カール・エードソンが歩道で待っていた。あたりを見回したが、逃げ道はなく、そのうえ、すでに彼に姿を見られていた。五月にしては珍しく暖かい晩なのに、彼は今日もスーツを着て春用のコートまで身に着けている。人込みでも目立つくらい、洗練されたいでたちだ。

彼はわたしのところへやってきて、会釈をした。

「少しお時間をいただけますか？」丁重に訊いてきた。

いいえ！　彼に向かって叫びたかったが、そうせずに言った。

「ええ、もちろん……」

わたしたちは駐車している黒いボルボへ向かった。彼は助手席側のドアを開けて、わたしのために押さえてくれた。窓ガラスにスモークフィルムが貼ってあるので、外からは何も見えない。腰を下ろしながら、罠にかかった気がしたが、他の選択肢はなかった。軽い音でドアが閉まり、カールは車の前を半周した。わたしは急いで振り返って、後部座席をチェックした。何もない。それと同時に、運転席のドアが開いた。彼はすっと乗り込み、天井のルームランプをつけてから、わたしに微笑みかけた。

「お時間を割いていただいて、ありがとうございます」

「わざわざ話を聞きに来てくださり、恐れ入ります。それで、ご用件は？」

わたしは内心、恐れると同時に疲れていた。鎮痛剤を服用したのに、肩がズキズキ痛む。ただ、うちへ帰りたい。

「数日前にご自宅に伺った際に、気になったことがひとつありまして……」

わたしは、体を半分彼のほうへ向けて、静かに待った。

「息子さんを轢き殺した男のうちの三人は死んだとおっしゃっていましたが」

「そうでしたか……？」

「ええ、セーデルテリエ強盗事件に関わった三人の殺人事件と言っていましたよ」

彼は、ばつが悪そうに微笑んだ。

「会話を録音させてもらいました。すみませんが、記憶力が乏しいものですから。それに、そちらは記者さんですから、ご理解いただけるのではないかと……」

カールは両腕を大きく広げてみせた。

「ええ、それで……？」わたしは動じていないふりをした。

「実際、亡くなったのは三人ですから、正しいわけです。息子さんを轢き殺した犯人のうちの一人は、まだ生存しています。ですが、どうやってあなたはそのことを知ったのでしょうか？ その三人の身元に関しては、まだどの新聞も公表していませんし、ほとんどが記事にすらしていません。それに、警察側もそうした情報は流していないはず……」

曖昧な質問の仕方だ。わたしは自分を抑えようとした。顔の筋肉がピクッと動いて動揺を暴露しないように、リラックスしようと努めた。本当は言いたかった——最後の男も死ぬことになるのよ！ すぐにね！

でも、わたしは言わなかった。

「何かそちらのおっしゃったことが原因ではないかと……」

「わたしは三人とは言っていませんし、名前だって口にしませんでした。念のため、録音した会話を二回聴いてみましたが」

わたしは、無頓着に肩をすくめた。

「わかりませんね」できるだけ物怖じせずに言った。

「それに」カールは冷静に言った。「わたしたちが話した時点では、あなたとあなたの同僚たちが連続殺人に結びつけたのは一件だけでした。シド・トレーヴェル事件です。われわれが別荘で発見したソンニ・アンデションと、トラック運転手モッテン・ラスク殺人事件については、通常の殺人事件扱いの記事にしかなっていませんでしたよね」

わたしは何も言わず、彼から顔を背けた。フロントガラスから外を見ながら、考えていた。肩の怪我がひどく痛んだので、つい目をつぶった。

「今日電話でわたしに訊きましたね、警察が、モッテン・ラスク殺人事件を他の連続殺人事件と結びつけているかどうか……被害者がラスクだと知らなかったはずなのに……」

わたしは、何と言ったらいいのかわからなかった。カールは静かにわたしの隣に座って待っている。彼の吐息が聞こえるようだ。忍耐強く座っている。わたしがどんなに長く黙って座っていようと、彼は、何も言う気はないようだ。

わたしは目を開けて、彼のほうを向いた。

「残念ですが」できる限り、冷静に言った。「情報提供者を裏切ることはできません。取材源の秘匿は絶対ですから」

カールは失望した目でわたしを見た。違う答えを期待していたのだろう、もっといい答えを。

「あの時点で、その殺人事件のことを知っていたのは、警察内でもほんの一握りの人間だけなんですよ」彼は、わずかに脅迫めいた口調で言った。

わたしは首を振った。

「だれが警察からのリークだって言いました？　情報源は他にもあるのですよ」穏やかに言った。

気分が悪くなってきた。肩の痛みのせいなのか、それとも隠そうとしている緊張感のせいなのか。

「遺体搬送業者、法医学室、秘書、鑑識官、地元住民、所轄署……まだ挙げ続ける必要がありますか？」

わたしのはったりが、彼に見破られないことを願った。彼は何も言わず、うなずくだけだった。

「あと、わたしの情報源については調べないでください。情報提供者秘匿……」

カールはわたしを止めようと、手を掲げた。わたしは黙った。

「わかりました。あなたの言葉を信じると仮定しましょう。そうすると、次の質問が生じることになります。例えば、ソンニ・アンデション事件が、連続殺人事件の一件として捜査されていることを知っていたのなら、どうしてそのことを記事にしなかったのですか？あなたの同僚が書いた記事を読んだところ、警察がノルテリエ郊外の別荘で男性の遺体を発見し、殺人とみて捜査を開始したとあります。ですが、わたしが捜査を担当しているとか、他の連続殺人事件に関連しているといったことは、一言も書かれていませんでしたね。ご存じだったのなら、なぜ書かなかったのですか？」

彼がわたしを見ているのには気づいている。わたしを観察している。

「休暇をとっていたものですから……」説得力に乏しいのは、自分でもわかった。声まで細くて不確かになっていた。

「優秀な記者なら、スクープはすかさず記事にするのが常ではないかと……」彼が言った。

二人は少しの間、黙って座っていた。

「それに、モッテン・ラスクについても同じです。情報を入手していたのであれば、今日になって初めて、連続殺人の被害者の一人だと裏付けるよう聞いてきたのはなぜなんです？　あなたは優秀な記者じゃありませんか……」

「情報源を考慮して、掲載を待たざるを得ませんでした。それに、その情報が正しいと確認できないでいましたから」

「わたしに電話をすることもできたはず」彼は、問うようにわたしを見つめた。「今までは、そうされていましたが……」

　彼は、わたしが嘘をついていることを知っている！　彼のことをみくびっていたかもしれない。彼は頭が切れる。わたしよりも。そのことは認める。チェスでチェックメイトに追い込まれた気分だ。

「できなかったんです」わたしは小声で言った。「先ほど言ったように、情報源のほうから、情報公開を待つよう要望があって……」

　カールは微笑んだ。脅迫的な口調を使われるより気まずかった。

「わたしのところへ電話をくれて、なおかつ情報公開は控えるという手段もあったのではないですか……？」彼は優しく言った。

　わたしは首を横に振った。

「加えて、捜査資料も入手しようとしていたので」

「それで？」

「さすがに機密扱いでした……」

「そんなことは、すでにご存じだったはず」

わたしはうなずいた。それから、深呼吸をした。しっかりしなさい！

「情報提供者保護はあなたも対象になります」わたしは話題を変えて、罠から脱出しようと、そう言った。「情報をわたしに話してくださっても大丈夫ですよ。秘密は守ります。わたしが信頼できる人間であることは、おわかりいただけたばかりですよね。わたしは情報提供者を裏切るようなことはしません」

カールは答えることなく、まっすぐフロントガラスの向こうを見つめている。

「もうよろしいですか？　それとも、まだ他にお訊きになりたいことでも？」

いまだ、何の答えも返ってこない。ドアを開けて車を降りようとしたとき、うかつにも怪我をしている腕に体重をかけてしまった。体に激痛が走り、つい、うなり声をあげてしまった。

「どうしましたか？」カールは、わたしのほうを向いた。

気遣ってくれているような、心配そうな口調だ。

「肩を痛めているだけです」わたしはかすかに微笑んだ。「森をランニング中にぶつけたものですから。転んでしまって……」

彼は、同情を込めてうなずいた。

「お手伝いしましょうか？」

わたしは首を振った。

「いいえ、大丈夫です。うっかりしただけですから」

左腕でドアを押して、何とか車を降りようとしながら、彼に微笑んでみせた。

「医者に行ったほうがいいですよ」彼が背後から言った。

わたしはうなずいた。

「先ほど申し出たように、わたしを信じて、お電話ください」

そう言って、わたしはドアを閉めた。一歩踏み出すたびに体に走る痛みをこらえるように、ぎこちない歩みで地下鉄の駅へ向かった。傷口が開いて、生温かいものが腕を伝わるのを感じた。運よく、ダークカラーのデニムジャケットを着ていた。生地を通して、血がはっきり見えたということはないだろう。でも、痛みで汗が噴き出てくる。額の汗を吹き払った。


「ごめんなさい」ダーヴィッドが素早く言った。素早すぎるほどだった。

ミルクグラスが、茶色のキッチンテーブルの上をまだ転がっていて、テーブルにこぼれた白いミルクが、ゆっくりと床に滴りはじめていた。テーブルクロスと皿の上の薄切りのパンとエーリックの新聞はすでに濡れていた。

朝食中、ダーヴィッドはご機嫌で、笑ったり、姉とふざけ合ったり、エーリックをくすぐろうとしたりしていた。

叱られるとわかっている息子は、いまや、縮こまってテーブルを見つめていた。わたしは息子の心の痛みをわかっていながら、つい、言ってしまった。

「ダーヴィッド！　落ち着きなさいって言ったでしょ！」

エーリックは苛立った表情で息子を見ていたが、何も言わなかった。

「聞いていなかったの？」わたしは言った。

返事はなかった。

「ともかく、きちんと拭きなさい！」

ダーヴィッドは、まだ答えなかった。落胆したわたしが舌打ちをすると、息子は立ち上がって、流し台から布巾を取ってきた。

「聞こえていたのね？」わたしは呟いた。「難しいことじゃないでしょ」

「ちょっと、そんなにグダグダ言わなくたっていいじゃない！」いかにも〝姉〟という口調で、ヨハンナが言った。「ダーヴィッドの誕生日なのよ！」

「だけど……」

わたしは口をつぐんだ。ダーヴィッドはミルクを拭いて――かなり適当に――布巾を持って、流し台に戻った。それからドスンと席について、ミルクが入った深皿の中で、徐々に柔らかくなっていくコーンフレークの山をスプーンで突いた。そのすぐ横には、息子の大好きなジャムとチーズを載せたトーストがあったが、ミルクで濡れて、手つかずのままだった。テーブルからまだミルクが少し滴って息子の膝に落ちていたけれど、息子は気にかけていないようだった。

ダーヴィッドは悲しそうだった。

「ごめんね」わたしは、優しい声で言おうとしたが、優しくならなかった。「あなたの誕生日ではあるけど、わかるでしょ……」

「もういいだろう?」エーリックがわたしを遮った。

彼は立ち上がって、素早く効果的に、ダーヴィッドがこぼしたミルクの残りを拭き取り、濡れたパンの皿をさげた。

「新しいトーストを作ってあげるよ」彼が言った。

わたしは黙って座ったまま、様子を見ていた。

天井には、前日の夜に膨らませた青と緑とオレンジ色の風船がかろうじて浮かんでいた。すでに、空気が抜けていた。どういうわけか、しぼんでしまった。それでも、ひとつの風船に書いてある文字はまだ読めた――ろくさいのたんじょうび、おめでとう!

「悪かったわ。ダーヴィッドの誕生日なのに、ごめんね……」

でも、ダーヴィッドは聞いていない様子だった。

「プレゼント、開けないの?」わたしは穏やかに言って、キッチンテーブルの上に山積みになったプレゼントの箱を顎で指した。

ダーヴィッドはテーブルを見つめたまま、首を横に振った。

「ごめんね」もう遅すぎるとわかっていながらも、わたしはまた言った。「許して、ダーヴィッド」

フラッシュの露光のような一瞬の光が浮かび上がり、わたしにはすべてが見えた。わたしが無条件に愛してきた唯一の人間を、傷つけてしまうなんて。どうして自制できなかったのだろう？　反射行動だった。父に訓練された反射行動。どんなに取り除こうと、ベテラン兵士のように、骨の髄まで染み込んでしまっていた。心地よさより秩序、人間より物を優先。

＊

午後には、ダーヴィッドの同級生を招待してパーティーを予定していた。準備ができるよう、職場から早めに帰宅した。ケチャップとマスタードをかけたホットドッグ――それと、釣り堀遊びを用意していた。すでにできあがったケーキは、冷蔵庫に入っていた。しぼんだ風船を新しいものに交換し、紙テープで飾り付けをして、大きな鍋にソーセージを茹でるお湯を沸かし、釣り堀遊びで釣り上げるお菓子を袋に詰めた。特別な釣り竿も一本買っておいた。

「釣り竿とかがあったら楽しくなると思う？」わたしは、児童センターへダーヴィッドを迎えにいったときに訊いた。

「うん」息子は嬉しそうだった。

二人で一緒に家へ向かった。わたしが息子の手を取ると、息子は手を引っ込めなかった。

つないだその手は、温かく柔らかかった。朝の出来事は、もう忘れられていた。でも、息子の心のどこかに残っているのをわたしは知っている。いつ舞い上がって、人生を濁らせ混乱させてもおかしくない沈泥のような、暗い記憶として。

「パーティーはいつはじまるの？」帰宅したときに、息子が訊いた。

「あと一時間くらいかな。着替えをしたければ、時間があるからするといいわ。それにプレゼントを開ける時間だってあるわよ」

息子は急いで自分の部屋へ行って、あらかじめ自分で選んでおいた、パーティー用の服に着替えた。黒いジーンズと、〝ぼくはかいぞく〟という英語のテキストが真ん中に書いてあり、うしろに海賊旗のイラストがプリントされている、黒いTシャツ。

それから、わたしたち二人はキッチンテーブルに着いて、プレゼントを開けはじめた。半分ほど開け終わったところで、ヨハンナが帰ってきた。

「わあっ！　プレゼントを開けてるの？」

ダーヴィッドがうなずいた。

「みて！　レゴのふねをもらったよ。かいぞくせんだ」

ヨハンナも腰かけて、弟が残りのプレゼントを開ける様子を見ていた。それから玄関の呼び鈴が鳴り、パーティーが始まった。

＊

違う。

そうはならなかった。わたしの記憶は正しくない。

自分に嘘をついている。

わたしが、目の前に手にしている小さな写真はボロボロだ。もう何度も見てきた。擦り切れてしまうくらい。でも、問題ない。写真のオリジナルは、パソコンに保存してある。

写真では、ダーヴィッドが夕飯の食卓に着いている。息子の隣にあるのは、しぼんだ風船とびりびりに破れた包装紙。

息子はカメラに向かって微笑もうとしているが、悲しそうだ。わたしたちが心配して、「大丈夫?」とか「困ったことでもあるの?」とか「学校で意地悪な子がいるの?」といった質問攻めをしはじめないよう、息子なりに努めている。

思い出したくないが、つい思い出してしまう。

わたしたちはキッチンテーブルに着いて、待っていた。パーティーは午後五時からの予定だった。なのに、五時十五分の時点で、だれも来ていなかった。五時二十分になって、フレードリックが来た。幸運なことに、あのエッバとの出来事のあとも、息子たちは友人同士だった。

「遅くなってごめんなさい」わたしがドアを開けると、彼がそう言った。

それから、キッチンの中を見回して、驚いた顔をした。

「ぼくがいちばんさきにきたの?」

五時半に、また呼び鈴が鳴った。ダーヴィッドがドアを開けようと、玄関ホールに走ったが、ドアを開けた途端、エーリックの声が聞こえた。

「おめでとう！　パーティーは盛り上がってるかい？」

ダーヴィッドは何も言わず、キッチンへ戻った。

「いらっしゃい、フレードリック」エーリックはあたりを見回した。「他にはまだだれも来ていないのかい？」

「そうなの」ダーヴィッドが答えなくてもすむよう、わたしが答えた。「二人のパーティーになっちゃったのよ。それはそれで……楽しいじゃない。それにケーキとお菓子も、余分に食べられるわよ！」

わたしは笑おうとしたが、ぎこちない笑みしか浮かばなかった。

エーリックは黙って立ったまま、ダーヴィッドとフレードリックとわたしを見つめた。

「オーケー」エーリックが言った。「とにかく、ホットドッグでも食べないか？　それに、テレビで映画を見るのも悪くないな。二人がダーヴィッドがもらったプレゼントで遊びたくないならの話だけどね」

みんなでホットドッグとケーキを食べて、ジュースを飲んで、釣り堀遊びをした――でも、みんなが努めて楽しそうに振る舞っているのが、終始感じられた。公式の祝賀会のように。わたしの両親が招待する夕食会のように。

二時間後に、フレードリックの母親が息子を迎えにきた。車に向かいながら、フレードリックが母親のほうを向いて話しているのが聞こえた。「あのね、だれもこなかったんだよ。きたのはぼくだけ……」母親は、心底から驚いていた。「他にだれも呼ばれなかったの？」そして、子供らしい正直な答えが聞こえた。「ううん、でも、だれもこなかった……」中立的な発言だった。子供が批評をするのは稀だ。「あらまあ！　どうしてかしら？」母親が言った。

わたしは、その理由を知っていた。

その前の年、ダーヴィッドが五歳になったときに、保育所のグループメンバー全員を招待してパーティーを開いた。キャーキャーと騒々しく、大混乱となった――子供のパーティーとは、たいていそういうものだ。でも、突然ダーヴィッドが取り乱しはじめた。みんなに、静かにしろ、ぼくのおもちゃを壊しちゃダメと、泣きわめいた（レゴピースは絶対なくさないよう、レゴのキットには気をつけるよう忠告したのはわたしだったのだろうか？）。

コンセントのプラグを抜いたかのように、パーティーはストップしてしまった。みんな静まり返り、動きを止めて茫然とした。

少ししてからパーティーはお開きとなり、みんなうちへ帰った。そして、その一年後、あの子たちは戻ってこなかった。

もちろんわたしたちは、招待状には〝お返事をください〟とは書かなかった。わたしは書かなかった。エーリックは仕事で忙しかった。それに、〝お返事をください〟と、母なら書いただろうが、わたしは書かなかった。少なくとも、六歳児のパーティーの招待状には。

「どうしたの、ダーヴィッド？」フレードリックが帰ってから、わたしは心配して訊いた。ダーヴィッドは首を横に振り、それから泣きはじめた。わたしは息子を強く抱きしめた。エーリックはわたしの横に立って、ダーヴィッドの頭をぽんぽんと軽く叩いた。ヨハンナまでも、弟を慰めようとした。

本当にそうだっただろうか？　それが事実だとは思いたくないが、はっきりと記憶に残っている。そんな記憶に心が苦しくなった。

わたしたちはよく、あの子を叱りつけたり小言を言ったり注意したりして、好きなようにさせなかった。机に気をつけて、おもちゃのピースは大切に扱って、おもちゃの電車でそんなふうに遊ばないで、リモコンを壊さないでね、ズボンに穴を開けないように……わたしには自分がそう言う声が聞こえる、父親の声が聞こえる。

それでも、ダーヴィッドには幸せになってほしかった。死ぬほどあの子を愛していた。でも、結局、死んだのはわたしではなく、息子だった。

地下鉄の中で、乗客はわたしを見ていた。視線を合わせないようにしながらも、わたしもこっそり彼らを観察していた。若者、高齢者、男性、女性、みんな仕事からの帰りで疲れていたり、ほっとした表情だったり。眠りこんでいる者もいれば、座席でうとうとしている人もいる。

わたしは車両の真ん中に立って、ポールにつかまっていた。肩からの出血は治まったが、まだ汗をかいていた。うなじの髪が濡れていた。時折、腕で額の汗を拭いた。

ホームレスの男性がやってきた。「ホームレスにお恵みを。クスリは一切使ってないし、アルコールにも頼ってないよ」初老の男性だ。彼に何かをあげる者はだれもいない。わたしもあげない。ほんの一瞬、この男に何があったのだろうかと思った。大きな出来事が起こらなくても、ほんの数歩、見えないラインを越えただけで、人は突然ホームレスになってしまう。

あるいは——殺人者に。

スルッセン駅で地下鉄を降りた。いつもなら、最後の道のりはカタリーナ通りからバスに乗るのだが、今日は歩くことにした。血だらけの肩を見られたくないし、バスで隣の人と密着状態で座りたくない。

痛みで体がこわばっているが、できる限りさりげなく歩くよう、自分に言い聞かせた。

シェーマンス教会の近くに来たとき、自宅に戻るのは危険だと突然思い出した。そんなことを忘れていたなんて。それから、次に頭に浮かんだのは——

ヨハンナ！

今週はわたしが娘を預かる週なのに、あの子に何も言っていなかった。携帯電話を取り出して、すぐに電話をした。

娘が「もしもし」と言うや否や、わたしは軍人のような命令口調で、娘の声を遮った。

「ヨハンナ！　アパートの部屋に入ってはダメ！」

「でもママ、もう中にいるんだけど！」

「だったら、ドアに鍵をかけて！」わたしは続けた。

道を歩く女性が振り返って、わたしを見た。女性にわたしがだれだか気づかれないよう、顔を背けた。わたしは、どんどん被害妄想を抱きはじめているようだ。

「電気は絶対つけちゃダメ！」声を低くして電話を続けた。

「一体何なの？」ヨハンナが、いつもの間延びした若者口調で言った。

「いいから、言われたとおりにして！」わたしは電話を切った。

あたりを見回したが、タクシーは見当たらない。まあ、構わないか。自宅まではせいぜい十分だ。それから、わたしは走った。

＊

霧雨が降ってきた。温かくて優しい春の雨。サルト湾方面から、黒くて厚い雨雲が、カタリーナ山を越えて向かってくる。わたしがすれ違う、街灯の光に照らされる人々は、顔のない影のようだ。だれがベーント・アンデシェンでもおかしくない。

レーンファーナス通りとフォルクンガ通りの交差点まで来たところで、立ち止まった。アパートは、コックス通りの坂をわずか五十メートルいったところにある。今、立っているところからは、二階の居間の窓が見える。二つの窓の内側には、明かりがともっている。ヨハンナはわたしの言うことを聞かなかった。また電話をかけて叱ってやりたい気分だったが、ここに立ち止まったまま、通りを見渡すことにする。ベーント・アンデシェンがわたしの住居を突き止めているなら、彼か仲間がどこでアパートを監視しているかわからない。

わたしは、わざと自宅アパートの表玄関を通り越して、次のブロックへ向かいながら、考え事をして痛みを紛らわそうとした。雨はわたしのほてりを冷まし、断続的に噴き出す汗をカモフラージュしてくれる。通り過ぎるときに、一瞬、表玄関に目をやった。コックス通り沿いにある表玄関の斜め向かいにとめてある車の中に、男性がちらりと見えた。もちろん、たまたま駐車しているだけかもしれないし、顔だって見えない。でも、ベーント・アンデシェンか仲間の可能性は高い。それに、何百万クローナもの価値がある麻薬取引に手を染めているなら、わたしを追跡するために複数の人間を雇う金銭的余裕だってある。

男が一人乗っている例の車が視界から見えなくなると、わたしは足を速めた。アパートは、共有スペースの中庭を囲むように建てられている。レーンファーナス通りに少し入ったところに門の扉がひとつあり、そこから中庭を通って、わたしのアパートまで行ける。

ベーント・アンデシェンが、そのことを知らない可能性はある。

あたりを見回さずに、表玄関と同じ暗証番号を素早く押して、頑丈な木の扉を開けた。階段を数段上がっただけで、ダークウッドと大理石でできた立派なエントランスホールへ入った。わたしを尾行する者はいない。わたしは急いでエレベーターとアパートの階段を通り過ぎ、中庭へ出る前に、だれかが隠れていないか見回した。だれもいない。そして二分後、わたしは自分の部屋に入った。

ヨハンナが、わたしのところへ駆けてきた。

「どういうつもりなの、ママ！　脅かさないでよ！　あんな言い方して電話を切るなんて。わたしがどんなに怖かったか想像できる？」

それからわたしの顔を見て、表情をこわばらせた。

「何があったの？」娘は口に手を当てた。

「わたしが言ったとおりにした？」ヨハンナの驚きやショックには目もくれず、わたしは言った。

「わたし……玄関の鍵はかけたけど」

「よかった！」

「でも、電気は……それより、何したの、ママ？」

「どうして電気を消さなかったの？」

「だって、すでについていたんだもの。消すほうがおかしいんじゃないかって思って、そのままにしておいたの……」

「よかった」わたしはまた言った。「よかった！」

娘は腰に両手を当てて、怒った顔で、理解できないとばかりにわたしを凝視した。

「ねえ、どういうことなのか、教えてもらえない？」

「それはできないの」わたしは穏やかに言った。「それより、カバンに持ち物を詰めた？」

「はあっ？　ううん、そんなこと聞いてないし。何言ってるの？　何が起きてるの？」

「いちいち訊かなくていいから！　一週間分の必要なものをすべて、カバンに詰めなさい。急いで詰めて。パパのところへ行くみたいに。わかった？」

娘がさらに質問してくる前にその場を離れ、自分のものを、慌てて詰めはじめた。ヨハンナには見せたくないものもある。例えば、わたしの寝室の、背の低い整理ダンスの下に隠しておいたテーザー銃。ファーディ・ソーラの拳銃。万力とネイルガンの入った、黒い大きなバッグは、残していかなくてはならない。今以上に、ヨハンナが疑いの目を向けかねない。

「できた？」娘の部屋に向かって、大きい声で言った。

「もうすぐ」

でも、わたしが部屋へ行くと、娘はデスクに着いて、どの化粧品を詰めようか選んでいた。

「ちょっと！」わたしは軍人口調で言った。「詰めなさい！　今すぐ！」

ヨハンナは怯えた目をわたしに向けてから、言われたとおりにした。数々の化粧品を腕で払い落とすようにカバンに入れたあと、立ち上がった。

「できたわ」だれかに聞かれるとまずいみたいに、囁いた。

「よかった！　じゃあ、出かけましょう」

娘は怯えた顔でわたしを見た。

「でも、もうすぐ夜の十一時だよ！　わたしたち、どこへ行くの？」

「あとで説明するわ」わたしはドアへ向かいはじめた。

「電気は消さないの？」

「ええ、つけたままにしておきましょう」

ヨハンナは頭を振った――明かりを消すよう、わたしがいつも口うるさかったことを娘は覚えているのだろう――でも、今はもう、何も訊いてこない。

階段は暗い。ホールの明かりを消して、娘に静かにしているよう言った。階段の手前の廊下に出て、ドアに鍵をかけた。わたしはわたしは窓から中庭を見下ろした。だれもいない。わたしは必需品を詰めたバックパックを肩にかけ、階段を下りた。バックパックの重さで傷が圧迫されるたびに痛みが襲ってくる。右手で重い物は運べなかっただろう。テーザー銃もファーディ・ソーラのグロックの拳銃も、左手に持っているハンドバッグに入れてある。手の怪我が、またズキズキしはじめた。

わたしたちはゆっくり中庭を歩いた。ヨハンナは何も言わないが、怯えているようだ。

深刻な状況だったり親が怯えたりしていると、子供はいつも感じ取る。それが本能だから。レーンファーナス通りに面した門の外に出てから、急いで左へ曲がった。アパートのブロックをぐるっと行ったところに車をとめてある。あたりは見ずに、ひたすら歩いた。目立たないように。

もう遅い時間だ。商店のネオンサインやショーウィンドウが、虚しく通りを照らしている。ほとんどだれもいない。そのとき、車のエンジンがかかる音が聞こえた。振り返ると、ヘッドライトが近づいてくる。わたしは神経を尖らせながらも、ヨハンナに腕を回して、自然に歩き続けた。車がすぐ横に来たとき、素早く中を見た。初老の男性がハンドルを握っている。ゆっくり運転しながら、レーンファーナス通りに向かっていった。わたしはほっとし、オーセ通りに曲がった。

片方の腕でヨハンナを強く抱きながら、路上駐車している車を観察した。だれも乗っていない。運転席に座って、わたしたちを待っている人物はいない。

ボリィメスタル通りにとめたわたしの車に到着したとき、ヨハンナは反射的に立ち止まった。わたしは娘の腕を強くつかんで、歩き続けさせた。娘は問うようにわたしを見つめたものの、何も言わなかった。自分の車を通り過ぎるとき、可能な限り控えめに、車をチェックした。

「どうやってここを離れるの？」驚いたヨハンナが言った。

「うちの車を使うのよ」わたしはそう言って、くるりと向きを変えた。「大丈夫か確かめたかっただけ……」

　通りはまだひと気がない。いちかばちかやってみるしかない。うちの車は安全に違いない。わたしは車の鍵を出して、ドアを開けた。

　まさにそのときだった。

　ドアを開けたのと同時に、通りを少し行ったところから、エンジンをかける音が聞こえた。振り返ると、駐車スペースから猛スピードで飛び出してくる、一台の車が目に入った。連中だ。わたしの車を監視していた。待っていたのだ。

　わたしはバックパックを下ろして、後部座席に投げ入れた。痛みを感じている余裕もなかった。

「車に乗って！」ヨハンナに叫んだ。

　娘は、問うような視線でわたしを見た。

「今すぐ！」大声で言うと、後部座席のドアを閉めた。

　わたしは運転席に飛び乗った。ヨハンナは、いまだ理解できずに、のろのろと助手席に座った。

「シートベルト」できるだけ落ち着いた声で、わたしは言った。

　バックミラーに、速度を上げてわたしたちに近づいてくる車が映っている。わたしの車にぶつけてきて、駐車スペースに閉じ込めようとしている。わたしはイグニッションキーを回して、祈った。

エンジンがかかった。

ギアを入れて車を出そうとしたが、スペースが狭すぎるため、前の車に衝突してしまった。悪態をつきながらシフトレバーを引っ張り、ハンドルを切って、アクセルを踏んだ。車は後方へ突進して、後ろの車にぶつかった。タイヤをきしませながら、またローギアに入れて、車を通りに出した。バックミラーに目をやると、あの車とはわずか数メートルしか離れていない。ぐんぐん近づいてくる。エンジンの轟音が、脅迫的に車内に侵入してくる。

「こらえて！」わたしはヨハンナにそう言いながら、座席の後方に体を反らした。

次の瞬間、あの車が後方から追突してきた。ドスンと激しい音を立てた。車がガタンと前方に放たれると同時に、わたしたちは、前のめりになった。わたしはハンドルを強く握り、アクセルを踏み続けた。タイヤが路面に擦れる。クラッチを切って、ギアチェンジをして、スピードを上げた。次にバックミラーを見ると、後方の車との距離は、ほぼ百メートル。追突でわたしたちの車が加速したのに対し、追跡車の速度は落ちたようだ。

「ママ、何が、起きてるの？」ヨハンナが途切れ途切れの声でわめき、パニックを起こす寸前になっていた。「どうして、あんなことするのよ？　あの人たち、だれなの？」

「あとで説明するから」わたしはそう言いながら、話せないと思った。偽りのない真実は語れない。すべては語れない。

用心する余裕もないまま、フォルクンガ通りを目指した。タクシーが一台、フルスピー

ド で向かってきた。運転手がわたしたちの車との側面衝突を回避しようとして、急ブレーキをかけ、タイヤがロックした。

ヨハンナが叫んだ。わたしがハンドルを右に切ると、車はスリップして傾き、ひっくり返りそうになった。それからタイヤがキーッという音を立てながら、アスファルトの上を滑っていく。対向車線の車が、わたしの車と衝突しないよう、慌ててよけた。背後からは、タクシーのクラクションが聞こえる。でも、次の瞬間、凄まじい衝突の音がし、クラクションがやんだ。わたしはバックミラーに目をやった。わたしたちを追っていた車がタクシーの側面に激突したため、タクシーが吹っ飛んで向きを変え、いまや、進行方向と反対の向きにとまっている。

わたしはこみ上げる安堵を感じたが、またバックミラーを見ると、連中はまだわたしたちを追跡し続けていた。ヘッドライトがひとつ外れて、配線の先にぶら下がって、提灯のように前後左右に揺れている。わたしはロンドン高架橋へ向けて、下り坂でアクセルを踏んだ。連中の車のエンジン部から煙が出ているのが、バックミラーに映っている。追跡車はすぐに失速しはじめた。わたしがスタッツゴーズ埠頭へ向けて、左にハンドルを切ったとき、連中の車のボンネットから炎が上がっているのが見えた。それから、車は見えなくなった。

わたしはそのまま車を飛ばした。写真博物館のそばの信号が赤になった。

「とまってよ！」ヨハンナがヒステリックに叫んだ。

「いいえ」毅然として言ったわたしは、さらにスピードを上げた。走り続けなくてはならない。あの男たちは、追跡に複数の車を使っているかもしれない。賭けに出る余裕はない。

「ママ！」娘の声が裏返った。「何がどうなってるの？　あの人たちだれ？　答えてよ！あの人たち、何が目的なの？」

答えは、他に追跡車がないことがはっきりし、スルッセン地区のセントラル橋に到達するまで待つつもりだった。

「麻薬がらみの犯罪組織の調査をしていたんだけど」道から目を逸らさず、わたしは言った。

百パーセントの嘘ではない。

「偶然、大規模な大麻栽培所を見つけてしまって、車のナンバーを見られてしまったの」

わたしはヨハンナに目をやった。わたしの言うことを信じたようだ。信じたはいいが、理解に苦しんでいるようだ。娘の脳は、まだショックで塞がっている。

それから、何とか把握したようだ。

「ええっ⁉」娘は声が裏返ったまま、叫んだ。「麻薬組織のこと書いてるの？　正気じゃないわ！　わたしのことはどうでもいいの？　自分の周りの人間のこと、考えてるの？パパとか！」

わたしは答えなかった。言うことは何もない。これ以上の真実は語れない。ヨハンナはそのあとずっと、窓の外を見ていた。これ以上、わたしと話すのを拒否していた。

リーディンゲーにある、両親の住宅の私道に車をとめた。わたしはため息をついた。疲労感がハンマーのごとく、傷ついた体を打ちのめすのを感じた。休まなくては。治さなくては。

＊

そこは巨大な三階建ての住宅で、複数のテラスや応接間やバルコニーや食料貯蔵室がある。庭はちょっとした公園ほどもある大きさで、植物と石垣に囲まれた池に向かって傾斜していて、フランスの城を思わせる。ここを建築を担当した人物が、誇大妄想狂だったのは明らかだ。

庭の世話は、わたしと姉が小さい頃から、今も週に二回、ここへ出向いてくる庭師のラウルに任せてある。

今では、彼の仕事ぶりに喜ぶ者もいない。両親は毎年夏になると、プロヴァンスにある、小さくてのどかな、フランスの典型的な石造家屋で過ごしている。毎年初春に行って、夏中ずっと、小さな川のそばで、ラベンダーやひまわり、それにブドウ畑に囲まれた生活を送っている。

ダーヴィッドが生きていた頃、一度子供たちを連れて、訪れたことがある。エーリックは仕事のため、自宅に残った。わたしと子供たちだけで、二日がかりでドイツ国内を車で移動して、夜遅くなって目的地に着いた。

「あら、もう着いたの？」ドアを開けた母が、階段のポーチに立つわたしたちを見て、非難するように言った。

「ええ……」わたしは不安げに言った。「今晩着くって言ったじゃない」

「そんなこと聞いてないわ！　本当のところ、何の準備もできていないのよ！」母の声が裏返った。ストレスを感じると、いつもこうなる。

状況が手に負えなくなったのか、母は例によって、父に声をかけた。

「グスタフ、どうにかしてちょうだい！　ただし、ここには泊まってもらえないわ！　準備ができていないと、わたしが落ち着かないのは、知っているでしょ！」

わたしたちは一時間探し回った末に、村のはずれにホテルを見つけた。シーツはじめじめしていて、トイレの床にはゴキブリが這っていた。母が〝準備〟し終わって、泊まれるようになるまで、わたしたちはそのホテルで二晩過ごした。その時点で、スウェーデンに戻るまでの休暇の残りは三日間だった。

それ以後、プロヴァンスの両親の家を訪れることはなかった。

向こうから招待してくることもなかった。その一方で、姉と姉の家族は、毎年夏になると、あそこに泊まっている。少なくとも、両親はそれらしきことを言っていた。

一年ほど前、姉の息子のオスカルが、自分の家族が、あのプロヴァンスの家をもらうのだと何気なく言ったことがある。

「えっ？」

わたしが驚きの声をあげると、彼は裏付けるようにうなずいた。

母がリーディンゲーの自宅で、姉の子供の子守を引き受け、手助けに来てくれとわたしに声をかけてきたときのことだった。

「あらあら、何おかしなこと言ってるの」母は笑いながら、オスカルの頬をつねった。愛情表現のつもりでそうしたのだろうが、彼女はそもそも、愛というものがよくわからない人間だ。オスカルは泣き出し、つねられた箇所は赤くなっていた。母が孫に罰を与えたかのように。

母は、わたしたちにもそういうことをしていたのだろうか？　記憶にないけれど、わたしと姉にしたのだろうか？

ともかく、わたしは居間のコーヒーテーブルから立ち上がると、失望を抑えようとしながら、言い訳をした。

「そろそろ帰らなくちゃ。書き上げなきゃいけない記事があるのよ」

「あんなスクープ記事の執筆なんてやめたほうがいいと思うわ。医学部に戻る気はないの？　まともな仕事を見つけてちょうだい。あなたのお姉さんは、もっと……」

わたしは母の話を遮った。

「やめて、ママ！　それがわたしの仕事なの。姉さんが何をしようと、わたしにはどうでもいいことなのよ！」

部屋から出ようとしたわたしは装飾用の花瓶にぶつかり、花瓶は床に落ちた。厚い手織りのじゅうたんの上で跳ねた花瓶は、壊れなかった。でも、どことなく、母の目に映るわたしが、どんなに不出来なのかを証明するような出来事だった。わたしは、花瓶を元の位置に戻そうかと迷って、最後には無視することに決め、ホールへ出た。背後から、母の声が聞こえた。

「まあ、アレクサンドラったら……」

あれから数か月間、リーディンゲーの両親宅へは行かなかった。そのうち母から電話があり、どうして全然遊びに来ないのかと訊いてきた。何ごともなかったかのように。非難するように。母の背後にいる父の声が聞こえた。

「ここの鍵を持たせなさい。娘にそう伝えるんだ！」

懇願とか切望を含む口調ではなく、命令形だった。

この春にも、父から家の鍵を受け取っていた。毎年春になると手渡され、秋に返す。「家をときどき見にくるように」父は、部下に指示を出すような言い方をする。「少なくとも一週間に一回！」

毎年春にわたしはうなずき、鍵を受け取り、安全な場所に置く。そして、一度も両親宅を訪ねることなく、秋になると返してきた。どうせ二人は何も気づかない。

でも今、その鍵を取り出して、玄関ドアを開けた。アンティーク風に見せかけた大理石の玄関ホールの空気はこもっていてむっとする。

親元を離れてから、両親のいない家に入るのは初めてだ。

模造金でできたハンガー（母の、過剰で高価な悪趣味）には、何も掛かっていない。ホール全体が、医療施設のように清潔だ。

ヨハンナとわたしは、慎重にキッチンへ入った。何も置いていない大理石の調理台、ぴかぴかのコンロと流し台、アイランドキッチンの上の天井からぶら下がっている、ぴかぴかの銅製の片手鍋。アイランドキッチンは、わたしが最後にここに来たあとで取り付けたものだ。全体が、レストランのキッチンのように大きい。

居間は、わたしの子供時代と同じだが、キッチンと同様、人間が住む目的でデザインされたとは思えないほど、殺風景な雰囲気をかもし出している。ブルーノ・マットソンがデザインしたライトグレーのソファ（新品）、見事なまでに汚れを拭き取ってあるガラステーブル（昔からのもの）、そして、部屋の反対側には、艶やかなダークウッドの特大のダイニングテーブルが置かれており、その側面には、椅子がきちんと並んでいる（明らかに古い物、確かデンマークのデザインだったはず）。

母は、大勢の人たちをもてなすのがとても好きだ。わたしは子供の頃、それが大嫌いだった。招待客たちの心にもないお世辞、両親の溢れんばかりの親切さ。まるで室内劇だった。すべてが素晴らしく、みんな善人で成功を収め、生き生きとしていた。この部屋のオーバーなデザインは、そんな人間たちのためにあった。来客たちのためにあるのであって、この家に住んでいたわたしたちのためではなかった。

どの部屋を見ても、すべてがきれいで空っぽ。母は異常なほどの掃除好きで、散らかった状態とバクテリアを病的に怖がっている。そのせいなのか他に原因があるのかわたしには知る由《よし》もないが、すべての部屋が、家具店のショールームよりも個性がない。

「ここに住まなくちゃダメなの？」ヨハンナが言った。

「そうよ。住まなくちゃダメ。他に行くところがないもの。数日だけのことよ。そのあと、あなたはまたパパのところに行くじゃない」

娘は、怒りを込めた目でわたしを見た。

「ママって、いつも自分のことばっかり。他の人のことは考えられないの？　わたしの友だちは、みんな街にいるのよ！　どうして……」

わたしはぞんざいに、娘の言葉を遮った。

「やめてちょうだい！」わたしは怒鳴った。「どうしてかわかっているでしょ！」

傷ついたヨハンナは、黙って居間へ行ってマットソンのソファに身を投げ出し、体をはずませた。テーブルの上のリモコンを探して、テレビをつけて、音量を最大にした。

「それって必要なの？」わたしはそう言いながら、答えが想像できた。

「そうよ！」

わたしは緊張型頭痛を感じていた。カーチェイスや肩の銃創、すべてがわたしをむしばみはじめていた。

「お願いだから、音量を下げてもらえない？」

ヨハンナは答えない。

「こっちの言うことが聞こえないの？　少しはこっちのことも考えてよ！」

何の返事もない。

わたしは娘のところへ向かい、傷を負っていないほうの腕で、娘の肩をつかんだ。

「返事をしなさい！」

娘はわたしの腕を振り払って、立ち上がった。

「どうして？」彼女は叫んだ。「どうしてママを思いやらなくちゃいけないわけ？　わたしには全然思いやりを示してくれないくせに。パパにだってて！　他の人にだってそう！　みんながママに合わせるべきだと思ってるんでしょ！」

娘は静かになった。ほんの一瞬。

「そんなことないわよ」

「何言ってるの！　じゃあ、なんでわたしたちが、自宅じゃなくて、ここにいるのか教えてよ。麻薬組織の記事を書くって決めたからでしょ！　上司に、すみませんがわたしには家族がいますとか、家族を考慮しなくてはいけないんですって言えなかったんだ！　そう、言えなかったのよ！　どうしてもとか、仕事だから仕方がないなんて言い訳は聞きたくないから。冗談じゃないわよ！」

「大変だったのよ、ダーヴィッドがいなく……」

ヨハンナは笑った。

「ダーヴィッドが生きていたときだって、同じだったじゃない」娘は鼻を鳴らした。「ママに合わせて、ママの言うとおりにしてたわよ！　ママはあの子を支配していたの、まるで……」

娘は言葉が出てこなかった。わたしは何も言わずに、床に落ちたリモコンを見つめながら、両手を脇に垂らし、黙って立っていた。リモコンを拾い上げたい衝動に駆られたが抑えた。自分がわたしの母親のように思えた。

「ダーヴィッドの話を持ち出さないで」わたしは小声で言った。

ヨハンナは頭を振った。泣いていた。腹立たしげに、涙を拭いていた。

「どうして？　わたしだって、あの子の話をしたっていいじゃない！　ダーヴィッド、ダーヴィッド、ダーヴィッド！　あの子のことを話したいのよ。ダーヴィッドはママの息子だっただけじゃないの。わたしの弟でもあったんだから！　でも、ママは全然……他のことを覚えていないじゃない！」

いまや娘は大声で泣き叫び、顔に手を当てて、部屋から出ていった。自分の家でないとハッと気づいたかのように、少し立ち止まって、どこへ行ったらいいのか当惑している様子だった。それから、階段を駆け上がっていった。三階の寝室のドアが、バタンと閉まる音が聞こえた。

しばらくしてから、娘が閉じこもっている、わたしの昔の部屋のドアをおそるおそる開けてみると、娘は枕に顔をうずめて、ベッドに横たわっていた。まだしくしく泣いている。わたしは彼女のそばに腰かけて、慎重に髪と背中を撫でた。こうしてやると、ダーヴィッドは喜んだものだと思って、そう考えたことをすぐに後悔した。そんな考えを恥じた。

「本当よ」枕に顔をうずめた娘が言った。「わたしが言ったこと。ダーヴィッドはわたしの弟でもあるの。わたしだってあの子を思い出して、あの子の話をする権利はあるってこと」

「わかっているわ。悪かったわ」

ヨハンナは、突然ベッドから身を起こした。目は赤く、顔はむくんでいる。わたしをまじまじと見た。

「夜にいつも何書いてるの？」娘が訊いた。

わたしは、ついビクッとした。秘密にしておこうと心掛けてきたことだ。

「別に」そう言ったが、受け入れてもらえるような答えでないことを自覚した。

少し躊躇してから、言い添えた。

「本の……下書きよ」

ヨハンナは、涙ながらに、驚いたようにわたしを見た。好意的に。

「ママ、本を書いてるの？　読ませてもらえる？」

わたしは微笑みながら、首を左右に振った。

「ううん、それはちょっと。まだね。書き終えたら……」

娘はうなずいた。

「約束よ！」

「約束するわ」

嘘だ。娘には絶対に読ませられない。わたしの殺人レポート。

わたしのほうに身を乗り出したヨハンナを引き寄せて抱擁した。強く抱きしめた。よくダーヴィッドにしてあげたように。


わたしは、ダーヴィッドがベッドのそばに立っている気配を感じて、よく夜中に目覚めた。夜、あの子はいつもわたしのところへ来たが、エーリックのところへは決して行かなかった。

息子が震えながら立っている姿を、はっきりと覚えている。ちょうど今のような初夏の、ある夜のこと。外はすでに明るくなりかけていた。

「ねむれないよ」あの子が不安げな声で言った。

わたしは時計に目をやった。午前三時十五分。

「どうしたの？」わたしは眠たそうに言った。

息子は答えなかった。

「夢でも見たの？」

「ねむれないだけ」息子は小声で言った。

わたしは掛け布団をめくって、体を起こした。ベッドから足を下ろすと、床が冷たかった。

「じゃあ、一緒に寝ましょう」わたしはそう言って、息子を部屋へ連れていった。

息子はベッドに入り、わたしは掛け布団をかけてやった。それから、ベッドの縁に腰かけて、髪の毛をポンポンと叩いてやった。こうすると、息子は落ち着き、リラックスした。

しばらくすると、うとうとしはじめたわたしは前に倒れそうになり、ハッとして目覚めた。ダーヴィッドは、指を髪の毛に絡ませながら、わたしを見つめていた。

「ねむれないよ」息子はまた言った。

「眠ろうとしなくちゃ」

「できない」そう言った息子の声には、抑えたパニックがこもっていた。

「目をつぶらなくちゃ、眠れないでしょ」

わたしは苛立った口調にならないよう努力したが、ひどい疲労感に襲われていた。息子は髪の毛をいじり続けながら、素直に目をつぶった。わたしは息子のか細い肩を撫でながら、鼻歌を歌った。二十分後にダーヴィッドは穏やかになり、体の力が抜けた。そっと立ち上がったわたしは、部屋から出ようとした。

「ママ」背後から息子の声が聞こえた。「どこいくの？」

「ダーヴィッド、あなた、寝ていたじゃない！」

息子は首を振った。

「ううん、おきてたよ。ねてなんかいなかったもん……」

「もう、いいから寝てちょうだい！」

つい、声を荒らげてしまった。怒鳴り声のような響きだったのが、自分でもわかった。

「がんばっているんだけど……」あの子は泣き出しそうだった。

「もう一回やってみて！　がんばって、ダーヴィッド、体の力を抜いて。あまり考えないで。あと、いつもいつも、髪の毛をくるくるするのはやめなさい」

もはや、わたしはイライラして、怒った言い方をしていた。我慢の限界だった。もううんざりだった。

「がんばってみる……」息子は、めそめそしながら小声で言った。

慰めてやろうと息子を抱きしめはしたが、心の中では、息子が眠らないことに毒づいていた。そんな難しいわけないでしょうが！

「すごくおこってるの、ママ？」わたしの肩にもたれながら、あの子が言った。

「ママは怒ってなんかいないわよ」わたしは息子の背中をさすってやったが、自分でも嘘だとわかるような口調だった。

わたしは頭にきていた。息子が他のだれかならよかったのにと思った。もっと扱いやすくて、普通の男の子ならよかったのに。

五月二十三日　金曜日

目覚めたとき、最初は自分がどこにいるのかわからなかった。天井を凝視してもわからない。一瞬恐怖を感じた。

それから、思い出した——両親の家。

わたしは、客室を一室、使わせてもらっている。ヨハンナは、母が裁縫室兼客間に模様替えした、昔のわたしの部屋で寝ている。姉の部屋はいまだに、子供時代のままにしてある。「とても可愛らしい思い出として……」母に訊いたら、そういう答えが返ってきた。わたしの部屋のことは、口にしたことがない。

起きるよう声をかけてみたが、ヨハンナは返事をしなかった。でも、朝食を食べに下りてきた。わたしたちは沈黙のなか、食事をとった。並んで座る、二人の赤の他人のように。ヨハンナはイヤホンをして携帯電話を見ながら、座っている。何を見ているのやら。「ユーチューブ」わたしの質問に娘はそう答えたが、何の意味もない。ヨハンナに昨日よりは落ち着いたかと訊いたところで、「疲れてるだけ」としか答えない。

突然、娘が笑いはじめた。「スナップチャット」彼女は、説明するように言った。

朝食がすむと、娘は居間へ行った。グランドピアノの前に腰かけて——父が、才能があるからと、姉に買ったものだ——弾きはじめた。

わが家にはデジタル楽器が一台あるだけで、娘はよくヘッドホンをつけて演奏している。わたしには、静かで抑えた、キーボードのカタカタという音しか聞こえてこない。今は、ピアノの音色が部屋全体を満たしている。あまり大きな音で弾かないよう娘に言おうと、わたしは立ち上がったが、そういえば、迷惑をかけるような隣人はいない。だから、戸口に立って、耳を傾けた。ヨハンナは上手に弾いている。わたしの知らない、哀愁を帯びた美しいメロディー。ピアノに集中している娘は、わたしが観察していることに気づいていない。曲が終わったところで、彼女は見上げた。

「何？」

「別に。あなたのことを見ているだけよ」わたしは娘に微笑みかけた。

娘が微笑み返してきた。一瞬だが、二人は母と娘だった。それから、娘はピアノの鍵盤蓋をバンと閉じて、携帯電話へ戻っていった。

わたしは何も言わないが、父の声が頭の中で響いている。そんなに強く閉めるんじゃない！ ピアノには注意を払うように。とてつもなく高かったのだから！

それから、わたしはヨハンナを車で学校へ送ることにした。娘はリーディンゲーからバスに乗ることを拒んだ。お互い黙ったまま、渋滞に巻き込まれて四十五分たったときに、ヨハンナの堪忍袋の緒が切れた。

「止めて！」彼女が大声で言った。「地下鉄に乗るわ！」

わたしは娘をスヴェア通りの地下鉄ヘートリエット駅のそばで降ろした。

「まったく」娘は降りる前に言った。「遅刻しちゃう！」

車のドアをバンと閉めて、地下鉄駅へ急いで向かっていった。娘は、ハンマルビー・シエースタード地区のクンスカープス私立学校へ通っている。エーリックの提案だった。わたしは反対だった。

時計を見た。仕事が始まるまで、あと二時間ある。だったら間に合う。わたしは南へ向かうルートをとった。レーンファーナス通りまでの五キロの移動で、さらに三十分かかった。

アパートから二ブロック離れたところに車をとめ、自宅アパートの表玄関までの最後の五百メートルを歩いた。サングラスをして、髪はお団子に結っている。連中に気づかれないよう、これで十分なことを祈った。念のため、表玄関は通り過ぎた。不審車や待ち構えている殺し屋は見当たらない。

わたしは、ブロックをぐるりと回ろうと、オーセ通りに曲がった。今回は門扉から入り口に戻ってきたが、不審な車は見当たらなかった。わたしは表玄関の前で足を止めて、あたりを見回してから、急いで鍵を開けて中へ入った。

振り返って外の通りを見たが、何も起こらなかった。怪しげな動きを見せたり、表玄関に向かってきたり、車のドアを開けて出てくる人物はいない。わたしは階段を上がって、二階へ向かった。玄関ドアは無事で、少なくとも、だれかが侵入しようとした形跡はない。昨日家を出る前に、ドアとドア枠の間に小さいスティックを二本挟んでおいた。両方とも、挟んだ箇所に残っている。急いで鍵を開けて、部屋の中へ入った。明かりはついたままだった。わたしは、そのままにしておく。あまり時間がない。連中は、わたしが逃走するのを目にしたにせよ、またわたしを発見するには、アパートの部屋が絶好の場所だ。もし、男たちが今ここにいないとしたら、単に監視スケジュールの休憩時間なのだろう。一日二十四時間の監視には多数の人間を要する。それに、わたしがここから逃走したことで、連中の仲間は、このあたりのあちこちにいることだろう。

どっちみち、そんなことはどうでもいい。わたしには選択の余地がない。昨日、持っていけなかった、わたしの黒いバッグが必要だ。バッグはとても重くて、肩に食い込んでくる。肩の傷がうずく。

玄関ドアの前に立ち、覗き穴からドアの外を見る。階段にはまだだれもいない。一瞬躊躇してからサングラスのずれを正して、ドアの外に出た。玄関ドアと枠の間にまたスティックを挟む。階段を下りているとき、重いバッグがヒップに当たり、わたしはバランスを崩しかけた。

通りは、わたしが来たときと同じ様子だった。表玄関に立つわたしの前を、車が数台通り過ぎたが、あの男たちの車ではないようだ。わたしは賭けに出ることに決めた。門扉を勢いよく押し開けて、あたりを見回すことなく、レーンファーナス通りへ出て、駐車してある自分の車へと向かった。ショーウィンドウに映る、わたしの後ろの歩道の様子に目をやったが、だれもいなかった。

最後の百メートルは、注意を引かないよう気をつけながら、できる限り足を速めた。

後部座席にバッグを投げ入れて、運転席に座ってから、素早くバックミラーを見た。まだ、不審な動きはない。

それから、エンジンをかけて、ダーヴィッドのことを考えながら、そこを離れた。息子のことが頻繁に頭に浮かぶようになってきた。心の中に入り込んでくる記憶が、次々再生されている。そうすることで、息子を生き返らせるかのように。あの子に命を吹き込むかのように。


わたしたちは、保健室の先生から用紙を受け取った。これといって特別なものではなかった。入学した生徒全員が記入するもので、六歳の幼稚園児も同様だった。健康状態とか一緒に遊ぶ友だち、アレルギーなどについてだった。

わたしとエーリックは、ダーヴィッドと一緒に記入した。キッチンにある、チーク材の茶色いテーブルに着いていた。テーブルは、エーリックが一人暮らしを始めるときに、両親からもらったものだ。休み時間にだれと遊ぶかという箇所に来たとき、ダーヴィッドは静かになった。

「遊び仲間はいるんだろ？」エーリックが言った。

ダーヴィッドは無言だった。

「ダーヴィッド?」わたしが言った。

「みんな、サッカーをするんだ……でも、ぼくはにがてだから」テーブルに視線を落としたまま、息子が小声で言った。

「それでも、一緒に遊べばいいじゃないか」エーリックが言った。

わたしは、口を挟むことなくうなずいた。

ダーヴィッドは首を左右に振って、テーブルの上の何かをいじくった。

「じゃあ、何してるの?」わたしは訊いた。

息子は答えない。

「ダーヴィッド?」

「なにもしない」

「何もしないのか?」エーリックが言った。

「なにも。ぼくは……」

「何?」

「ぼくは、たってみてる……」

「見てるって何を?」

あの子は、テーブルの上の何かを集中的にいじくっていた。

「じゃあ、何がしたいんだい?」

息子は肩をすくめた。

「あそびたい」何かを告白するかのように、息子は小声で言った。「すなばで……」

「じゃあ、砂場で遊べばいいじゃない」心底から驚いたわたしは言った。

ダーヴィッドは首を振った。

「ぼくひとりじゃおもしろくないもん。それに……」

「でも、フレードリックがいるだろ。一緒に遊べないのかい？」エーリックが言った。

息子はまた、頭を振った。

「パパ、フレードリックは、もういないよ……」

「えっ？」

わたしはうなずいた。

「あの子なら、モンテッソーリ教育の幼稚園に通っているのよ。でも、何を言おうとしたの？」

「なにって？」ダーヴィッドが言った。

「『それに……』って言ったじゃない」

息子は少しの間、無言だった。

「話したくないの？」

「そんなことないけど……あのね……ぼく……」

息子は、また口をつぐんだ。だれも何も言わなかった。息子は、テーブルを見続けていた。

「こどもっぽいんだよ」ダーヴィッドが小声で言った。「だれも、そんなあそびはしない。みんなサッカーをするんだ。それとか、フロアボール」

「じゃあ、ダーヴィッドは何もしないの……?」

息子はうなずいた。ひっきりなしに手を動かして、辛そうだった。椅子に座る息子は、小さな体を前後左右にくねらせていた。

「ダーヴィッド、落ち着いて。わたしたちがここにいるじゃない……」

「何してるんだ?」エーリックが突然言った。「テーブルに」

「なんにも」何食わぬ顔でそう言ったダーヴィッドは、手で何かを隠した。

「見せなさい!」

エーリックは息子の手をどけた。テーブルは、引っかき傷と曲線と深い切り傷だらけだった。ダーヴィッドは、テーブルに絵を描くための小石を握っていた。

「おい、なんてことをしてくれたんだ?」エーリックが言った。

ダーヴィッドは身をすくめた。すると、エーリックは息子の頭の上に手を置いた。「こんなことしちゃいけないのは、わかっているね」彼は優しく言った。「ダーヴィッド、何をしているんだい……?」

エーリックの最後の言葉には、愛情がこもっていた。わたしなら、まったく違う言い方をしていたところだ。ダーヴィッドは、きまり悪そうながらもほっとしたように、ニヤッと笑った。自分のしたことから逃れられたかのように。

「ちょっと！」怒りを込めて言ったわたしは、自分の口調が父のようだと思った。大佐の言い方だ。「キッチンテーブルに石で絵を描いちゃいけないことくらい、わかっているでしょ！　当たり前のことじゃない！　頭が悪いんじゃないの？」

ダーヴィッドはビクッとした。息子の表情が一変した。

「アレクサンドラ！」エーリックがとげとげしく言った。

彼はわたしを睨みながら、背筋を伸ばした。

「ときどき」彼が言った。「ときどき、きみは本当に正気なのかと思うよ。お父さんは一体、きみに何をしたんだ？」

「パパは、今回のことに関係ないでしょ！」わたしはなじった。

「そんな態度はやめてくれよ！」

「わかったわよ！　もちろん！　わたしを責めなさいよ。ダーヴィッドには好きなようにさせれば？　ほほえましいいたずらとでも思っているんでしょうね。すべてわたしが悪いのよね。ダーヴィッドがわたしたちのキッチンテーブルをダメにしたからと怒るわたしがバカなのははっきりしています！」

「ぼくだってダーヴィッドには言ったよ。だけど、テーブルはそれほど大事じゃないし」エーリックが言った。「一番大切なのは物じゃない。それをわかってくれよ！　でも、きみにとっては、決してそうではなかったよね？　グスタフの厳しい規則のせいで、きみはそうなってしまった。きみのうちでは、子供や人間よりも、物のほうが大事だった！　違うかい？」

わたしは何も言わなかった。腕を下げたまま立ち尽くして、今では泣いているダーヴィッドとわたしを睨むエーリックの二人を見つめるだけだった。

わたしはその場を離れた。背後から、エーリックがダーヴィッドを慰める声が聞こえた。

＊

ううん、記憶違いよ。そんなはずないわ。わたしはそんな人間じゃない。

でも、それが正しいのはわかっている。それがわたし。

あの子は、友だちをうちに連れてくるのを嫌がった。わたしにそう言った。面と向かって。わたしのせいだと言った。

息子がそう言ったとき、わたしたちは、あの不幸をもたらしたキッチンテーブルに着いていた。あの子はわたしの膝に座っていたと思うが、定かではない。外は太陽が照っていて、春だったと思う。そして、窓から黄色くて暖かい光が差し込んで息子の顔を照らし、美しさをかもし出していた。息子は本当に可愛かった！

エーリックは、まだ仕事から帰宅していなかった。時刻はせいぜい五時か五時半あたりで、普通の平日だった。どうしてもっと頻繁に友だちを連れてこないのかと訊いたとき、最初あの子は答えなかった。わたしはしつこく訊いた。すると――

「だって、ママのことがこわいんだもん」息子はそう言った。「ともだちをおこるでしょ。それに、ママってかわってるし」

「えっ？」

わたしは変わってなんていなかった。あの子は間違っていた。

「ときどき」息子が呟いた。「ママはすごくやさしいよ。ときどき……」

「なあに？」

「……ママのことがこわくなる」

「あなたがバカなことをしたときに、わたしが叱るから？」

「うん、それに……」

「それに？」

「……ママがへんなとき」

そう言ったあの子は、気まずそうに笑った。

何なのよ！　そうなの？

そんなことは信じたくない。普通でいようと努めていた。いいママでいようと、いい妻でいようと努めていた。

わたしが編集室に足を踏み入れると、さっそくマルヴィンに捕まった。わたしが自分の席に着いて、パソコンを開けるや否や、彼がわたしの隣に座った。

「何かいいものを持ってきたか？」新聞の特集記事のことだ。

わたしは彼を見た。自分でもうんざりした表情を浮かべたのがわかった。

「コーヒー一杯？」皮肉を込めて言った。

マルヴィンは、わたしが冗談を言ったかのように笑った。冗談なんて言っていない。

「警察内の情報源に連絡はとれたか？」

とっていなかった。

「ええ」なのに、わたしはそう言った。「午後に話をすることになっています」

「それはいい、ベンクトソン！」

マルヴィンはわたしの背中を軽く叩こうとしたが、肩の怪我のことを思い出して、手を止めた。

「情報源は、連続殺人の件を事実だと認めると思うか？」

「だといいですが……他に何かニュースは？」

「警察では、連続殺人犯が、さらにもう一件の殺人事件に絡んでいると見ているらしい。ただし、今までの事件ほど〝フレッシュ〟じゃないんだな。ほら、先週発見された腐乱死体のことだ」

今回は油断したくなかった。

「えっ？」わたしは言った。

「北部の別荘、ノルテリエあたりで。その記事ならうちが書いただろ。読んでいないのか？」

わたしは肩をすくめた。

「休暇をとっていたと思いますので……」

マルヴィンはわたしをじっと見た。彼の背丈はわたしと変わらない。彼の目を見たら、何を考えているかわかる。こいつは休みには新聞を読まないのか⁉

そう、わたしは読まない。

「ともかく、《ダーゲンス・ニーヘーテル》紙が、その死体も、例の連続殺人犯の被害者ではないかと警察が捜査していると書いている。うちでも、同じ路線でいくぞ。このスクープはやたら話題になっているからな」

特に何を意味するでもなく、わたしはうなずいた。おそらく、ほっとしたからだろう。匿名の警察関係者を情報源として、ソンニ・アンデション殺人事件の記事を、あえて書くべきか迷っていたところだった。もう、迷わなくてもいい。

「『別荘殺人犯』……」半分冗談のつもりで、わたしは言った。

マルヴィンはニヤッと笑って、大見出しを考えている顔になった。それから、微笑みが消えた。

「トラック運転手は別荘で死ななかった……それに、四人目の男も採石場で発見されたしな」彼が事実を並べた。

彼は失望した様子だった。わたしが、もっときちんと事実を把握していると期待していたかのように。わたしは把握していますとも！

「ああ、そうでした。わかりました。では『連続殺人犯の六人目の被害者』ということ

で」

マルヴィンは、その見出しが気に入らないようなしぐさをした。

「記事にします？　それとも、警察の情報源と話し終わるまで待ちましょうか？」

彼は、頭を少し横に傾けた。

「文だけでも書いてくれ、そうすれば、あとから付け足して長くできるだろうから……」

マルヴィンは立ち上がると同時に、デスクの上を人差し指で素早くコツコツと叩いた。

「さあ、怠けるなよ！」

それから、向きを変えて、自分のデスクへ戻っていった。

わたしはネットで検索しはじめた。今から数時間の間に、警察の（実在しない）情報源に会い、（実在する）警察に電話を入れて、わたし自身からの情報へのコメントを求めることになる。

まずは、実在する警察から始めるとしよう。だれからの電話かわかったカール・エードソンは、最初、わたしと話すことを躊躇したようだった。

「適切かどうか……」

わたしは彼を無視した。

「警察側が、六体目の遺体が、連続殺人犯の被害者のものという線で捜査中という情報を得ていますが、そのとおりなのでしょうか?」

「ええ」

彼の声に疲労が感じ取れた。

「殺人事件はいつ頃発生したのですか?」

「それはお教えできません」

「遺体は先週発見されて、かなり腐敗していたということですが、殺されたのは数週間前、つまり、マルコ・ホルストより前なのでしょうか……?」

「マルコ・ホルストは殺されたわけではありません」

「マルコ・ホルストが拷問を受ける前ということですが……」

「ええ」

記事を書き上げるのに四時間近くかかった。言葉のひとつひとつを熟考して、匿名の警官なら、わたしが犯した殺人に関してどう言うか決めていった。でも、これほど時間がかかったのは、それが原因だったからではない。ダーヴィッドの思い出が頭に入り込んできて、集中できなかったからだ。

*

わたしは自分の記憶が好きではない。わたしたちやわたしの公平なイメージを映し出してくれないから。だけど、そのとおりだった。わたしがいい母親だった時間だってあれば、みんなで笑って、ダーヴィッドが幸せで、自分の家族を愛していたときだってある……わたしはそんな記憶を思い起こそうとしてきたが、夕飯や掃除、送り迎え、テレビを見て過ごす退屈な夜といった、ある種の灰色がかった日常の記憶に消されてしまう。まるで、存在しなかったかのように。

わたしが思い出したくもないような他の記憶は、日常という、灰色で不透明な水の中から突き出てくる、尖った絶壁のようだ。そんな記憶は、突然、思い出さずにはいられなくなる。殺人のせいだろうか？　わたしが犯し、わたしが遂行しようとしていることが原因なのだろうか？

こんなはずではなかった。わたしは安らぎを得て、自分自身を取り戻し、増悪から逃れられるはずだった……わたしは解放され、殺人を犯すという行為が、わたしを自由に導いてくれるはずだった。あの男たちが、ダーヴィッド――それに他の被害者――と同じように苦しむ姿を目にすれば、ダーヴィッドが亡くなる前の自分に戻れるはずだった。でも、そうはならなかった。

ダーヴィッドの死に対する悲しみは変わらず、ベーント・アンデシェンへの憎しみも変わっていない。

癒しなど何もない。

はない。それどころか、思い出が浮かび上がってくる。そして、わたしはそんな思い出が好きで

ダーヴィッドの夜驚症が、また起こりはじめた。叫ぶことはなかったが、目を見開き、じっと、完全に当惑した表情を浮かべて、無言でベッドに腰かけていた。わたしは覚えている。息子の姿が目の前に浮かんでくる。ある日曜日のこと、わたしたちは翌日仕事があった。

「ダーヴィッド」用を足すために起きたついでに、あの子の部屋を覗いたわたしは囁いた。

反応なし。

「ダーヴィッド！」

いまだ、何の反応も示さなかった。わたしは腰をかがめ、息子に顔を近づけた。

「どうしたの？」

わたしは息子を揺すった。頭が前後に激しく揺れ、あの子はやっと、わたしにゆっくり視線を向けた。口が動いた、話そうとしていた。言葉が存在する水面に上がろうともがいているような、物憂げな力のない声だった。

「ぼく……からだがうごかない……」

大きな危険に晒され手助けを求めたいのに、声にならないような、絶望的な目をしていた。わたしは、息子を激しく揺すった。やっと、あの子のか細い体がビクッと反応して、急に体を起こした。水中に長くいすぎた泳ぎ手のように、あえいだ。溺れる寸前だった人間のように。

それから、ダーヴィッドは泣きはじめた。息を切らして激しく呼吸しながら、短く強く発する叫びにも似た、猛烈な泣き声だった。

「ダーヴィッド、ダーヴィッド、どうしたの？　答えて！」

でも、息子は答えられなかった。抱擁してやろうとしても、息子は身をかわして、苦しそうにあえぎ続けた。

しばらくして、やっと我に返ったダーヴィッドは、何があったのか、よく覚えていなかった。

「ゆめのなかで、からだがうごかなくなったんだ」そう言った。「いきができなかったの」

それだけだった。眠っている間に自分を支配していた世界が理解できないかのように。

息子は夜になると、寝るのを恐れた。できる限り、目を覚ましていようとしていた。テレビの前のコーヒーテーブルのそばに座っているときや、キッチンテーブルに着いているときに、眠り込むことがしばしばあった。エーリックは、慎重に息子を運んだ。あの子は重くなかった。毎回、エーリックはあの子の小さな体が軽いことに驚いている様子だった。でも、エーリックがベッドに入れるたびに、息子は目覚めた。それから、横になったまま、虚ろな目で天井を見つめていた。自分の黒髪をねじりながら、心に抱える不安の中に潜んでいた。

五月二十四日　土曜日

朝食をとろうというときに、ヨハンナが洗面所に行ってしまった。わたしが待つこと、五分、十分。それから、ドアをノックした。

「中で何してるの？」

すでに苛立ってはいたが、優しい口調で話そうと試みた。土曜日の朝食は、二人一緒の時間だ。その日以外は、娘はヘッドホンか携帯電話に没頭しているか、街へ出て友人に会う。

わたしに残された家族といえば、この子だけだ。せっかく丹精込めて朝食を作ったのに、娘が来てくれないことに失望を感じていた。

「手を洗ってるの」娘が言った。

わたしに挑戦できるものなら挑戦してみたら、と言わんばかりに、ご機嫌斜めだ。

「朝食の時間よ。お化粧なら、朝食のあとでもできるでしょ」

「何言ってるのよ？」娘は叫んだ。「手を洗ってるんだってば。それくらいはしてもいいでしょ？」

それから、口論が勃発した。くだらないことをわめき合った。

娘：「こんな不気味な家になんか住みたくない」

わたし：「恩知らず者」

娘：「ママって、何でも決めたがる、ほんとキモくてうざい独裁者」

わたし：「あなたはただの駄々っ子なのよ」

娘：「ママっていつも不機嫌。わたしが一体ママに何をしたっていうのよ？」

わたし：「少しは敬意を払うことを学んだほうがいいんじゃないの？」

こんな調子で、口論は続いた。きりがなかった。

ヨハンナは、声を限りに怒鳴った。娘の口角に泡が見えた。だれにも聞かれないのは幸いだ。家は大きくて、一番近くに住む隣人からは十分に離れている。

「もうママとは住みたくない、パパのところがいい！」娘は怒鳴った。

それから、口をつぐんだ。一線を越えてしまったことを悟ったのだろう。わたしの両手が、力なくだらりと落ちた。

その後、二人はキッチンテーブルに着いた。ヨハンナは、わたしが作ったオープンサンドに手をつけない。わたしはオートミールをつついている。二人とも視線を下げて、何も言わない。

「もう行ってもいい？」やっと娘が口を開いた。

わたしはうなずいた。母の花壇に咲いていた、多少盛りを過ぎた、黄色と赤のチューリップの花を飾って、朝食のテーブルを整えていたのに。麻のナプキンは皿の横に置かれたままで、ナイフやフォークも小皿もトーストしたパンも手つかずだ。わたしたちが、いつ腰かけて食べはじめてもおかしくないような雰囲気だ。キッチンを離れる前に、娘が振り返った。

「一体どうしちゃったの？」そう訊いてきた。「この頃はいつも腹を立ててるじゃない。何かあったの？」

わたしは娘を見た。わたしが腹を立てている？　何にも知らないくせに。

「そっちこそ、どうなのよ？」

ヨハンナはあきれた表情をした。まるで、わたしが厄介な子供であるかのように。わたしは、少しの間黙って立ったまま、気持ちを静めようとした。

「さっきのあれ、本気で言ったの？　パパのことだけど……」わたしは言った。

「わかんない」娘はその場を去った。

明日、ヨハンナはエーリックのところへ移る。娘を失いつつあることは気づいているが、あの子を残しておく手段がわからない。わたしが断崖にぶら下がっている娘の手を握っていて、徐々にその手が緩みはじめ、娘がずるずると滑って、最後には底知れぬ深い穴に落ちていく様子を、なすすべもなく見ているしかない感覚だ。

間違い…危機の縁にぶら下がっているのはわたし。わたしだけ。

そして、身のすくむような恐怖を感じている。

五月二十五日　日曜日

ダーヴィッドが芝生にしゃがんで、何かに集中している。春で、太陽は輝き、鳥がさえずっている。それらを映しているカメラが突然勢いよく動き、家族で〝わたしたちの〟別荘にいることがわかる。それから、カメラがぐるっと回り、ダーヴィッドに戻ってくる。映像では、息子が何をしているかは確かめられず、映っているのは、あの子の背中、そして垂れた頭。黒い巻き毛が風になびいている。

「何してるの？」興味津々に、動画の中のわたしが訊く。

撮影しているのはわたしだ。わたしはカメラを息子に近づける。息子は答えず、わたしはカメラを抱えて、歩き回っている。カメラをパンしてあの子の背中を通り越し、彼の行動を拡大する。ダーヴィッドが芝生の地面に小さい棒を数本差し込んで作った小さな囲いがある。カメラはその小さな囲いにズームインする。一匹のカエルがその柵に向かって跳び上がるが、芝生に落ちてしまう。わたし――カメラマン――はギョッとする。カエルはまたも、囲いの外に出ようと、懸命な試みをする。

「ちょっと、何しているの！」わたしが言う。

ダーヴィッドはカメラを見上げて、不安そうな笑みを浮かべる。何も言わずに立ち上がり、そわそわした様子で指に髪の毛を絡ませながら、地面に視線を落としている。

「どうしてこんなことしたの？」わたしが言う。

動画に収めるから、自分が優しい話し方をしようと試みているのが聞き取れるが、あまりいい出来とは言えない。息子はその場を去ろうとする。

「ダーヴィッド、戻ってきなさい！」わたしはそう叫んで、息子を追いかける。

この時点で、まだ手にカメラを持っていることを、すっかり忘れている。芝生や木や家や空の映像が、不安定に動く。わたしは息子の肩をつかんで、振り向かせようとする。

「どうしてあんなことしたの？」

映像に映っているのは、わずかにしか残っていない花が枯れた花壇だが、ダーヴィッドが肩をすくめて、微笑もうとしていたのを知っている。記憶にあるから。

「動物をいじめちゃダメでしょ！」わたしは思わず声を荒らげた。

「いじめてないよ……」ダーヴィッドが囁く。「おうちをつくってあげただけ」

わたしはカメラを上げて、まだ撮影中なことに気づき、停止させる。

次のシーンでは、ダーヴィッドが棒を手に、静かに走り回って遊んでいる。自分の世界に深く入り込んでいるようだ。

次のシーン：カメラに向かって笑うわたし。

「さあ、おやつの時間よ。シナモンロールと熱いココア」

わたしたちは、薪小屋の南の壁のそばで、ピクニックをしている。日が照っていて、確か、その年最初の暖かい日だったはず。そう記憶している。

ダーヴィッドは微笑んでいる。

「シナモンロール」息子はわたしの隣の、黄色い冬色の草の上に身を投げ出す。

「ほらほら、落ち着いて」エーリックが言う。「マグに気をつけて！」

撮影しているエーリックの顔は見えないが、集中しているのは確かだ。

「ちょっと、ダーヴィッド！」自分の前に手を伸ばされたヨハンナが、ふてくされて言う。

彼は聞いていない。シナモンロールを手に取って、ひとつずつ比べている。

「やめなさい！」エーリックが怒って言う。「お菓子にべたべた触るんじゃない！」

ダーヴィッドは耳を貸さず、ひとつ選ぶ。一番大きいシナモンロール。息子は嬉しそうにはしゃいでいる。ココアの入ったマグを取ろうと手を伸ばしたときに、他のマグのうちの二つを倒してしまう。ココアが草の上にこぼれる。カメラはこの状況についていっていないが、エーリックの声が聞こえる。彼は怒鳴っていない、声をあげることすらしないが、その言い方には軽蔑が感じられる。

「おい、落ち着きなさい！　だれも何も取り上げるようなことはしないから！　落ち着け！」この四文字の言葉に……

それから少しの間、静かになる。動画の中のわたしは、前かがみになって倒れたマグを拾い上げ、残った熱いココアを何とかしようとしている。

次のシーン：ダーヴィッドがシナモンロールを一口かじるが、カメラを見上げるのを拒否している。肩を落として、顔を伏せている。

「おいしい？」何もなかったかのように努めながら、明るい声で訊くわたし。

ダーヴィッドは見上げずにうなずく。

カメラが定まらないまま、映像が停止する。

でも、どうなったのか、わたしは覚えている。

まだイラついているエーリックがわたしたちのほうへ来て、腰かけた。わたしはダーヴィッドの髪を撫でていた。晴れた春の日だった。わたしは楽しい家族の日にしようと尽くした、愛と暖かみに満ちた日として記憶に残そうとした。

「どうしたの？」わたしはダーヴィッドに訊いて、また頭を撫でてやった。頭の中の何かを癒してやりたかった。

突然、息子が上を向いた。泣いていた。

「みんな、ぼくのことがすきじゃないんだ」

大きな声で、そう言った。

「何言ってるの？　みんなダーヴィッドが好きよ」

わたしは無意識に、息子の頭から手を引いた。息子は振り返って、責めるような目つきで、わたしとエーリックを見つめた。

「ぼくがちがうこならよかったっておもってるんでしょ、ヨハンナみたいなこどもならなあって。ぼくがかわるんじゃないか、ヨハンナみたいになるんじゃないかって、いつもぼくにもんくばかりいう。ぼくのことがすきじゃないんだ……」

＊

リーディンゲーの家はがらんとしている。ヨハンナはエーリックのところへ行った。わたしはコソコソ嗅ぎまわっている。この映像を収めたＤＶＤは、他のものと一緒に、扉付きの本棚の中にあった。両親が、クリスマスや誕生日に受け取ったものに違いない（一度も見ていない、とわたしは確信している）。でも、わたしたちはどうして二人にこれをあげたのだろう？　自分たちは何を考えていたのだろう？

覚えていない。

恍惚状態にあるかのように、わたしは立ち上がって、次のＤＶＤを取り出し、プレーヤーに入れて、テレビのちらつく映像に目をやった。

またも、家族のピクニックで、今回は海辺だ。地肌がむき出しの岩礁、吹きさらしの低いマツの木、礫浜。そして、灰色で穏やかなバルト海が広がっている。その灰色の中に、島や岩礁がいくつか見える。季節は秋で、そこにいるのはわたしたちだけ。寒かったが、サンドイッチ、それにまた熱いココアを並べている。

エーリックは機嫌がよさそうだ。子供たちは海に石を投げている。石は軽く跳ねて、水面に波紋が広がる。海面は、現実とは思えないほど穏やかだ。

「すごいぞ！」ヨハンナの投げた石が四回跳ねたのを見たエーリックが叫ぶ。

ダーヴィッドが投げた石は二回跳ねる。だれも何も言わない。わたしを含めて。みんな、立って見ているだけ。ヨハンナはすでに、海岸線をたどりながら少し先まで行ってしまっている。少ししてから、わたしたちは彼女のほうへ歩いていく。カメラは回っている。海岸の小石が、靴の下で音を立てている。

「まって！」ダーヴィッドが叫ぶ。

そこで映像が切れる。

わたしは映像をいくつか見た。山でスキーを滑ったり、サイクリングに出かけたり、自宅のキッチンに腰かけて、トランプをしたり……

どの動画にも共通点がある。「よくやった」とか「いいじゃない」とか「上手ね」といった言葉をダーヴィッドにかけてあげられる機会があったのに、わたしたちは黙っている。その瞬間を逃すことをよしとしている。文句を言わなくてもいいことに気が軽くなる一方で、励ましの言葉をかけられないかのように。

息子は正しかった。わたしたちは、あの子を愛していなかった。

それでも今になって、あの子をうんと愛している。

五月二十六日　月曜日

　前回銃で撃たれてから、ベーント・アンデシェンのところには近づいていなかったが、今またあそこへ向かっている。

　暖かい午後、蒸し暑いと言ってもいいくらいだ。市内を車で走ると、仕事から帰宅する、明るい色の薄手の服を着た人々が目に入る――帰宅でなければ、フムレゴーデンやユールゴーデンで夜のピクニックを楽しみに行くのだろう。

　わたしは、ガレージに置かれたままだった、母の〝ショッピングカー〟を借りた。赤くて醜い車――だが、わたしの白いフォードには似ていない。

　南へ向かう道中、頭の中で、地図のおさらいをした。ネットであの野菜農園を検索し、周辺の小道や道路をくまなく調べて、携帯電話の受信地域外でも利用可能な地図アプリをダウンロードした。準備万端だ。

〈ヨンソンの野菜〉は三方を森に囲まれ、田舎道からは見えない寂しい場所にある。でも、森には温室の裏手に続くもうひとつの道がある。砂利道とすら呼べないような道で、一筋の草が真ん中に走る、わだちが二本あるだけのものだ。

わたしはこの道を二キロたどっている。道のすぐそばまで、トウヒが密集している。家もなければ、何もない。この道はおそらく、森から材木を運び出すために作られたのだろう。道の終わりは、半分がた雑草が生い茂った、大きいUターン地点になっている。森の一角には、運び出されることのなかった材木が、いまだに積み重なっている。腐りはじめた丸太から樹皮が剝げ落ちている。荒廃した伐採人用の休憩小屋がそのすぐそばに残っていて、緑色の塗装が剝げ落ち、徐々にコケに覆われはじめている。

携帯電話で、正しい道のりか確かめた。よかった、正しい位置にいる。ここから森を抜けて、あの温室まで続く小道があるはずだ。

携帯電話の地図の青い点を追いながら、前方の森を見つめた。

十歩ほど進んだところで、すでにその小道を通り過ぎたことに気づき、後戻りした。かろうじて認識できるほどの、トウヒの木の間の開口部にしか見えない。人がここを歩いたのは、かなり前のことなのだろう。うっとうしい木の枝をおそるおそるかき分けて、前進した。何度も小道を見逃して、ずっと前に伐採されるべきだった、人を寄せつけないトウヒの森で迷った。ここから材木を運び出さなかったのは明らかだ。おそらくこの森林地帯も、昔あった野菜農園〈ヨンソンの野菜〉の所有地なのだろう。〝不愛想な〟トウヒの枝に強く当たって肩が痛み、前回ここに来たときの出来事を思い出させた。

二十分後に温室の屋根が見えた。また小枝を折らないよう、足を下ろす箇所をしっかり確かめながら、慎重に近づいていった。トウヒの森のはずれのすぐ手前に立ったわたしが見たのは、農場全体と並んだ温室。ピックアップトラックはない。アンデシェンのベンツも見当たらない。でも、その他にも気づいたことがある。何かが変わっている、わたしはそう感じた。住居の窓の保護用ビニールシートがはためいている。一番近い位置の温室二棟はがらんとしている。双眼鏡を覗くと、栽培用の苗床は破壊されていて、黒っぽい土だらけだ。わたしは並んだ温室に沿って、双眼鏡を素早く動かした。どこも同じだ。植物は消えている。わたしは双眼鏡を下ろして、あたりを見回した。

連中は引っ越した。越してしまった。

なんてことなの！

わたしは急いで車に戻ろうとし、枝に体当たりしては、数回転倒した。車でその場を去るときに勢いよくアクセルを踏んだので、Uターン場所で、車は抑制が利かないほどスリップした。

それから、自制した。ベーント・アンデシェンの黄色くて醜い家を通り過ぎるときに、わたしは見上げた。農場の端にある白樺の幹の間から、私道を上がっていったところに、あの男のベンツがちらりと見えた。

あの男はまだあそこにいる。

わたしは、ほっと一息ついた。一瞬、すべてが無駄になったと思ったが、早計だった。でも、急がなくてはならないことを悟った。

記憶：母がキッチンテーブルに着いている。母の前には、コーヒーの入ったカップと食べかけのケーキがある。彼女の好物、ミルフィーユだ。わたしのケーキ（同様のミルフィーユ）が入った店の箱が、まだテーブルの上に置いてある。わたしは母の向かいに座っているが、彼女はわたしには目もくれず、帰り道に購入した週刊誌を読んでいる。キッチンは、輝くばかりに清潔だ。わが家のメイドが、ここをきれいにし終わったばかりなのだろう。

わたしは母に何か言う。何を言ったのかよく覚えていないが、些細なことだと思う。でも母は答えないし、聞いてもいないようだ。

本来なら彼女をテーブルに残し、その場を離れるべきなのだろうが、わたしにはできない。母と話をしたいから。

「ママ……」

返事はない。

「ママ！」わたしは声をあげる。

彼女はやっと顔を上げて、びっくりした顔でわたしを見る。

「ケーキは食べないの？」母が訊く。「もうすぐパパが帰ってきたら、夕飯なのよ」

彼女は促すように微笑むと、また週刊誌を読みはじめる。わたしは、紙と印刷用インクのにおいを感じる。ほのかに甘い、独特のにおいを。

わたしはそんなにおいが大嫌いだ。ケーキにも手をつけない。

「ベー」母を怖がらせようと、わたしは言う。

彼女が見上げる。

「なあに？　何なの？」

「わたしね……」わたしは口ごもる。

「学校のほうはどう？」またも週刊誌に目をやりながら、母が訊く。

「順調」わたしはそう言うが、本当は違う答えを口にしたかった。

母がうなずき、少しの間、沈黙が続く――それから、彼女は再び、週刊誌に没頭する。ページをめくる彼女の顔が好奇心で輝く、いや、強欲な表情と言ってもいいくらいだ。

学校は順調ではなかった。順調だったことなどない。姉が――あの邪悪な姉が――わたしに関する嘘を広めて以来、わたしと仲良くしたい子はもういなかった。休み時間も独りだった。みんな、わたしを恐れていたようだ。わたしが正気でないか危険だと思っていたのだろう。姉はときどき、校庭でわたしを見ていた。女子のグループから振り返って、こわばった無表情な顔でわたしを見つめていた。あの視線にこもっているのが軽蔑なのか、それとも、最終的にはわたしのことを哀れんでいるのか、理解しがたかった。

覚えているのは、わたしは何かをするふりをしていたことだ。砂に絵を描いたり、興味深くアリを観察したり、靴の紐を何度も縛り直すふりをしたり。でも、本当は、次の授業が始まるチャイムが鳴るのをひたすら待っていた。

姉や他の生徒を無視したり、本を読んだり、日記を書いたり、とにかく何でもいいからできたらどんなによかったことか。でも、わたしにはできなかった。

週刊誌から視線を上げようとしない母を前にキッチンテーブルに着くわたしは、学校での沈黙を思い浮かべて胸が苦しくなる。話したくて仕方がない。何かを言いたい。語りたい。ただおしゃべりするだけでもいい。

「ママ」わたしはまた言う。

「何？」母は、視線を上げずにそう言う。

わたしは何を話していいのかわからない。

「今晩の夕飯は何？」

「魚とジャガイモ、それと澄ましバターよ」

沈黙。

「ママ……退屈だわ」

母は今度は、イライラした表情で視線を上げる。

「外で遊んだら？」

わたしは首を振る。

「もう、そんな年じゃないのよ」

「友だちに会いにいったら？　お姉さんはどこなの？」

「出かけてる」

その頃の姉は、自分の時間を過ごしていた。多分エクササイズか友人宅だったのだろう。

家にいても、わたしと話すことはもうなかった。

わたしは、母から雑誌を取り上げようとする。

「ちょっと、アレクサンドラ、何するの？」

わたしは答えない、わからない。でも、母が雑誌を取り返して読み続けると、わたしはまた、それを取り上げる。そうせずにはいられない。

「一体、どういうつもりなの⁉」

わたしは笑おうとするが、出てくるのは奇妙でぶざまな音。それから、週刊誌を調理台に向けて投げると、ページが宙でなびく。

「アレクサンドラ！　そんなことするのはやめなさい！」

でも、わたしはやめられない。何も言わず意地を張って、テーブルをぐるっと回り、雑誌を拾おうと立ち上がる母をドンと押す。

彼女は当惑しているようだ。

「アレクサンドラ！　どうしたっていうの？」

いまだ答えることなく、わたしは母の肩を強く叩く。

「アレクサンドラ！」

それから、わたしは叩いて、叩いて、叩きまくる……

放心状態に陥っているかのように、やぶれかぶれに強く、やるせなさそうに、触れられるものは何でも叩く。母が椅子から落ちて、うめき声をあげながら床に倒れたままになるまで、わたしはやめない。

　そして、わたしは泣き出す。どこかぶつけたとか腹を立てているときとは違い、わたしの中から、未知の何かが沸き上がるかのように、底知れぬ泣き方だ。

　その力に、自分自身怖くなったのを覚えている。泣きやむことができなかった。自らを抑制できなかった。ついには、わたしは痙攣を起こしながら母の隣の床に横たわり、母と泣いた。彼女は、わたしを病院に連れていかなくてはならない、と不安げに呟いていた。

　母が児童精神医学クリニックに連絡を入れ、その一週間後に予約が取れた。大きな部屋に座るわたしは、ずっと一人の女性がわたしを凝視するなか、いろいろな絵を描かされた。女性は質問してきた。「今どんな気持ち？」「怒っている？」「絵の女の子は、この青い人を叩くつもり？」とか「わたしを叩きたい？」とか。

　わたしは全然答えなかった。これはある種の罠だ、わたしを騙そうとしている、と直感的に察知した。のちに、母が父と、自閉症的特徴について話しているのが聞こえた。

　それは違う。わたしには、自閉症的特徴なんてなかった。わたしは孤独だっただけ、いつも孤独だった、それだけ。あの犬が姉の胸におどりかかって顔を食いちぎる前は、姉と一緒にいられたから、状況はまったく違っていた。

　あの〝攻撃〟――両親は、わたしが母にしたことをそう呼んでいた――が繰り返されないことがわかると、両親はわたしをクリニックに連れていくことをやめた。二人は出張や週刊誌、週末のディナーなどに再び精を出しはじめて、わたしのことは放っておいた。孤独とか悲哀とか、その他もろもろは、わたしの中に残ってはいるが、わたしがそれらに呑み込まれることはなかった。奈落の底への断崖のそばの小道で生きるようなものだ。最終的には慣れてしまう。縁まで行かず、わたしを破滅に突き落とす危険から、安全な距離を保つことを学ぶものだ。

それから、ダーヴィッドが誕生した。

あの子はわたしのようだった。わたしはあの子のようだった。二人は同じように苦しんだ。

＊

ダーヴィッドは普通の子とは違っていた。わたしたちに非難されたり叱られたりしても、反省することはなかった。あの子は微笑んだ。笑うこともあった。

だから、わたしたちは一層叱った。ひどいことを言ったのを覚えている。例えば……そのことを思い浮かべると、恥ずかしくなる。

あとになってみると、息子は笑っていなかったと思う。

まごついていたにすぎない。反応の仕方がわからなかった、何をすべきなのか、何を言うべきなのかわからなかったのだ。自分にわめき散らす、大きくて頭に血がのぼった両親とともに、土壇場に追い込まれていた。だから息子は、無理に笑顔を作った、作り笑いをした。わたしたちを喜ばせたかったのかもしれない。好きになってもらえると思ったのかもしれない。

あの子の姿が浮かんでくる。朝、ある休日の朝のこと。ヨハンナとわたしとエーリックは、キッチンテーブルに着いている。ダーヴィッドはヘッドホンをして、音楽に合わせて、両手を動かしている。

「朝食のテーブルでは、ヘッドホンを外しなさい」エーリックが言う。

ダーヴィッドには聞こえていない。エーリックは息子に触れて、ヘッドホンを外すよう、身振りで示す。ダーヴィッドは外すが、床に落としてしまう。

「こっちによこしなさい」エーリックは、受け取ったヘッドホンをチェックする。

ダーヴィッドはテーブルに着き、素早くパンを一枚取って、凄まじく大きいバターの塊を塗りはじめる。

「このヘッドホン、壊れているじゃないか」エーリックが言う。「ヘッドバンドが真ん中で折れている。ダーヴィッドが曲げて壊したのか？」

息子は首を横に振る。

「ぼく、なにもしてないよ」

そう言って、微笑む。

「だけど、ダーヴィッドが壊したに違いない。おまえに渡したときは、折れていなかっただろう……」

でも、あの子は微笑み続けている。だから、わたしも息子を叱りはじめる。

「そんなことしちゃダメってこと、わからないの⁉」

そして、ダーヴィッドはわたしたちの視線を受け止め、わたしたちを見据えながら――微笑む。

「何なのよ⁉　高価なものを壊しておきながら、へらへら笑うなんていけないことくらいわかるでしょ！　新しく買うとなると、わたしたちがお金を出すことになるのよ！」

それが反抗によるものでも、わたしたちを挑発したいからでもないことを、わたしたちは知る由もなかった。親を喜ばせたかっただけ、自分を好きになってもらいたかっただけ。あの子は家族の中で一番無神経だ、とわたしたちは思っていたが、実は反対だった。息子が家族で一番敏感だった。

なのに、あの子が微笑めば微笑むほど、わたしたちはさらに怒り、きつく当たり続けた。番犬のように――いじめっ子のように。

自分を変えられたらよかったのに。気づいてあげて、もっといい母親になれたらよかったのに。今は、変えようとしている。遅すぎるにせよ。息子は、もうこの世にはいないにせよ。

＊

昨夜、また携帯電話の着信音で起こされた。最初、ビクッとして震え上がった。自分がどこにいるのかわからず、一瞬、警察からの電話だと思い込んだ。それから、電話に出た。「もしもし」電話口で、あえぎながら言った。「アレクサンドラ……」

だれも何も言わなかったが、少し間をおいてから、吐息が聞こえてきた。姉の吐息。彼女の非難めいた、静かな吐息。わたしが、姉に何か悪いことでもしたかのように。

「何？　用件は何なの？」

答えはない。同じ吐息だけ。

「何なのよ！　あなただってわかっているのよ！　用件は何なのよ⁉」

まだ返事はないが、しばらくすると姉は電話を切り、静かになった。また彼女から電話が入ることを考慮し、電話をサイレントモードにした。その後は数時間、寝つけなかった。上向きになって指に髪を絡ませながら、暗闇を見つめていた。

＊

肩の銃創の話をするのを忘れていた。順調に回復している。まだ動きは硬く、通常どおりには腕を使えないが、それでも、よくなってきた感じだ。感染症の心配はない。まだ毎朝毎晩、かさぶたをクロルヘキシジンで消毒し、常時、包帯をきつく巻いている。

編集室で、わたしのセーターやブラウスに、突然、血の赤い染みがつくのはまずい。頭の中で、マルヴィンの荒々しい声が聞こえる。おいおい、何したんだ、アレクサンドラ！ 訊かれたところで、答えは用意してある。ヘラジカに追いかけられて転んだときに痛めた肩を……今度は、椅子にぶつけてしまったものですから……

そして、笑ってみせる。

その状況を想像してみるが、マルヴィンは毎回、懐疑的な目を向けて、頭を振る——想像の中ですらこの調子だ。

現実だと、何があったのか話すよう、要求するだろう。

今すぐ話すんだ！ それに、医者が傷を縫合しなかったのはなぜなんだ？

五月二十七日　火曜日

仕事を終えたわたしは、スルッセンまで地下鉄に乗り、カタリーナ通りに沿って歩いたが、フォルクンガ通りまで来たところで曲がり、ボリィメスタル通り、それからコックス通り経由で、裏側からアパートへ近づいた。わたしのアパートの表玄関は、この通りの百メートル先にある。

今日は暑い。やっと夏の到来だ。レーンファーナス通りに目をやると、黒いアスファルトの上に陽炎が見える。

男たちがわたしを撃ってからほぼ一週間になる。連中がまだわたしを監視しているのか、それとも忘れてしまったのか確かめたい。

薄手のタンクトップの上にカーディガンを着て、傷を隠している。吹く風がスカートの下に入ってきて、涼しく感じる。わたしは通りを渡って、日陰側に入った。肩にかけているハンドバッグには、テーザー銃とソーラのグロック製銃を入れている。

表玄関まであと二十五メートルのところで、あの男が目に入った。温室にいた、体格のいい男が、アパートの壁にもたれている。黒い革のベストとチェック柄のシャツを着て、腕のタトゥーを見せるため、シャツの袖をまくり上げている。ジーンズに革のブーツという姿で、赤みがかった顎ひげに、後ろで一本に束ねた髪、そしてサングラス。男は、見るからに暑そうだ。

わたしが近づくと、男はむくんだ丸い顔をこちらへ向けた。サングラスの奥から、わたしを見つめているかは不明だが、おそらく見ているのだろう。

表玄関には目もくれず、わたしはさりげなく男の前を通り過ぎようとする。男との距離は一メートルもない。できることなら、手を伸ばして、あいつの横っ面を殴ってやりたいところだ。

通り過ぎたそのとき、わたしのほうへ向きを変えるあいつの、革のベストのきしむ音が聞こえた。

わたしは平然とレーンファーナス通りへ進んでいったが、角を曲がってフォルクンガ通りへ向かってからは歩みを速めて、小走りになった。通りを少し行ったところに、古いビデオショップがある。五、六年前だと、まだ来客も結構いたのに、今では、サブカル好きのような映画オタクしか入らない店。

ドアの上のチャイムが鳴り、カウンターに立つ男性が、愛想よくわたしに会釈をした。わたしはうなずき返してから、店内を見回した。客は他にいない。通りの反対側が見られるように、棚の後ろに隠れて、適当に映画のパッケージをひとつ取り上げた。『ベルリン・天使の詩』というタイトル。聞いたこともない映画だ。パッケージの裏の内容紹介をその気もないのに眺めながら、通りに目をやる。数人の歩行者、サイクリストが二、三人、車の長い列――だが、腕にタトゥーを入れた、革のベストを着たバイク野郎は見当たらない。

男は、わたしだと気づかなかった。

でも、連中はまだわたしを追っている。忘れたわけではない。

　ある晩、子供たちが就寝する時間に、キッチンの片づけが残っていたわたしは、二人に先に二階へ上がるように言った。わたしだけが子供たちと家にいて、エーリックは残業だった。

「何だか怖い」ヨハンナが言った。

「でも、ダーヴィッドが一緒なんだし……」わたしは言ってみた。

　娘は無言でうなずいた。

「ダーヴィッド、二階に上がって、ヨハンナと一緒にパジャマに着替えていてちょうだい」

　でも、ダーヴィッドは階段の一段目に腰かけたまま、上に行きたがらなかった。

「ダーヴィッド！　今すぐ、お姉ちゃんと二階へ行きなさい！」

「今すぐ来てよ、ダーヴィッド！　二階が怖いんだってば！」ヨハンナが言った。

　それでも、ダーヴィッドは聞こえないように両耳に指を入れて、歌を口ずさんでいた。

　突然、わたしの感情が爆発した。理性を失い、口やかましい女のように、息子に怒鳴った。

「ダーヴィッドはいつも、助けを必要としているじゃない。あなたが怖いときは、わたしたちが来ると思っているでしょ！　でも、何のお返しもしないのよね。ただただ、あなたは自分のことばかり！　わたしたち家族とか他の人のことはどうでもいい。自分のことしか考えていないのよ！」

どこから出てくるのかわからないような言葉が、わたしの口から噴き出た。そんなことを言うつもりはなかった。

ダーヴィッドは最初、不安そうな笑みを浮かべながらわたしを見つめていたが、そのうち泣きはじめた。わたしは息子の片腕をつかんで、引っ張るようにして階段を上がった。

「今晩怖くなって、わたしの部屋に来られても、迷惑だから！」

どうしてそんなことを言ったのか、わたしにはわかっていた。他人をぞんざいに扱えば、自分もそれなりの扱いを受けるということを教えるため。仕返しするため。罰するため。わたしの父親にとっての正義とは――目には目を、歯には歯を。

わたしは、息子がパジャマに着替えるのを手伝い、いつもよりぶっきらぼうに、歯を磨いてやった。

「ママ、やめて、いたいよ」ダーヴィッドが言った。

歯ブラシをすすいでから、息子を自分の部屋へ行かせた。わたしは、まずヨハンナにおやすみを言って、額にキスをしてやった。

「電気を消していい？」

娘はうなずいた。それから、ダーヴィッドの部屋へ入った。あの子は、彼には大きすぎるベッドに横になって、星の絵柄つきの青い布団を掛けていた。

「おやすみ」わたしは言った。

息子は最初、応えなかった。それから横向きになって、不安そうに怯えた目でわたしを見つめた。

「ママのへやにいっちゃダメなの？　ぼくがめをさましても……？」

ぎこちない試みではあったにせよ、わたしは息子を凝視して、自分のしたことを理解させようとした。

「ヨハンナにあんなことしたあなたにとって、公平って何なの？　自分で決めてちょうだい」

ダーヴィッドは答えなかった。わたしに背を向けただけだった。少しして、身をかがめて覗き込むと、息子は眠っていた。

夜遅くなって罪悪感に襲われても、わたしはあの子に謝ることすらできなかった。テレビの前に座って、両手を揉み合わせて嘆いた。

そんな記憶は大嫌いだ。思い出したくもない。でも、目を閉じると、自然と浮かんでくる。座って記事を書いていると、あのときの言葉が浮かんでくる。

わたしはだれ？

*

母が大嫌いだった。わたしは十三歳で、どんなことも簡単で明確だと思っていた。

今となっては、説明しがたい。

あの週刊誌のせいだったのかもしれないし、わたしと話してくれなかったからかもしれない。あるいは、わたしより姉のことを好いていたから、でなければ、わたしを抑圧するような母親の態度が原因だったのかもしれない……

その年のある晩のことを覚えている。あの犬の出来事のあとで、秋だった。同じクラスのリスベットが、わが家の玄関の呼び鈴を鳴らした。わたしは当初、彼女は姉に会いにきたのだろうと思った。リスベットは、クラスでもクールでおしゃれな女子の一人だった。わたしなんて決して相手にしないタイプの子。

「お姉ちゃんを呼んでくるから、待ってて」わたしは言った。

彼女は首を横に振った。

「一緒にキオスクに行く気ない？」とても大きなガムを舌に絡ませながら、彼女が言った。

「わたしと？」

彼女は、少し恥ずかしそうにうなずいた。

キオスクはうちから一キロのところにあり、みんながたむろしていた。その多くは年上で、小型バイクに乗り、少し離れた高層住宅地区から来ていた。煙草を吸っている子もいた。わたしの知らないことも、ずいぶんしているに違いない連中だった。

そこまでの道中、リスベットは口数が少なかった。不愛想で、気難しそうな面持ちだった。何にふてくされているのか、わたしは訊く勇気がなかった。それに、姉を誘わなかったのはなぜなのかも訊けなかった。わたしはただ、リスベットの横を歩きながら、彼女と同じようにジャケットのポケットに手を入れて、彼女と同じように石を蹴った。

歩き方まで彼女の真似をしようとした、多少だらしなくも大胆に。夜になると寒くなる時期だったので、歩きながら、わたしは震えた。でも、リスベットはジャケットの下にセーターを着ていなかったから、わたしも着なかった。

到着すると、リスベットが放つ魔法の輝きは褪せた。

年上の男子や女子たちが、鼻たれ時期を卒業したばかりの幼児を見るように、彼女を見つめた。

「おい、ガキども。ここに何の用だ？　帰れ！」小型バイクに乗った一人の男子が言った。

リスベットは答えず、少し後ずさりした。驚いたわたしは、彼女に目をやった。抵抗もせず、あの男子の言いなりになるなんて。わたしは彼女のあとに続き、その横に立って、小型バイク集団を見つめた。でも、わたしは悟ったような気がした。彼女もわたしと同じくらい絶望的だったことを。ただ、わたしとは表現の仕方が違っただけ。

わたしたちは、キオスクの周りにたむろしている集団の片隅に立っていた。だれかがバイクのエンジンをスタートさせて、アクセルを少し回してからエンジンを切った。何分経っても、何も起こらなかった。

「お金持ってる？」やっとリスベットが口を開いた。

わたしは首を横に振った。彼女は地面を少し蹴った。

「残念」

わたしも地面を少し蹴りながら、同意した。キオスクに入って、何か買えれば楽しいのに。

なのに、わたしたちは、立っているだけ。彼女はまだ、ガムを噛んでいた。白い靴底でアスファルトに模様を描きながら、わたしは自分の靴を見ていた。

「なんであんなことしたの？」彼女が突然言った。

「何のこと？」理解できずに、わたしは言った。

「お姉さんが言ったこと。ナイフで……」

何と言ったらいいのかわからなかった。殺されそうになった姉を救うために、犬の首を切った。そして、わたしたちに襲いかかってきた犬の飼い主の脚をナイフでぐさりとやった。姉はどんな話をしたのだろう？

わたしは肩をすくめて、力を込めて地面を強く蹴った。でも、わたしは答える必要がなかった。バイク集団の男子の一人が、わたしたちの前にやってきた。長くて細い金髪の男子で、その髪は小さな束状になって、顔と描写しがたい色の目にかかっていた。彼の視線は定まらず、どことなくぼんやりしているようだった。何かに酔っているふうだった。

彼はリスベットの前に立ち、軽蔑するように彼女を見つめてからうなずき、わたしのほうを向いた。わたしたちは動かなかった、恐怖で立ちすくんでいた。

「だれだおまえ？」男子は、かすれた声で吐き出すように言った。「ひってえ格好だな。日曜学校の生徒かよ⁉」

彼がわたしのところへやってきて、わたしのブラウスの胸元を引きちぎったので、一番上のボタンが取れて、舗道の向こうに飛んでいった。母からもらったブラウス。レースがついていて多少時代遅れだが、とても素敵だと母が言っていたのを覚えている。それに、高価だとも言っていた。

「このほうがいいぜ」ニヤニヤしながら言った男子は、一歩下がって、成長期の十三歳の小さな胸の上部に見入った。

リスベットは、一歩前に出ようとした。

「ベッラ、あんた……」

「うるせえ！」

彼はリスベットを手で追い払うしぐさをして、鈍い脳をわたしに集中させた。自身の考えにニヤニヤした。

「ここでたむろしたいなら、あそこを見せてもらわなきゃな。みんな、そうしなきゃいけねえんだぜ」

彼は、またニヤリとした。小さい歯で、歯の間隔が狭い。変色している歯もあった。ジャンキー、とわたしは思った。見たことのない顔だった。わたしの住む地区には住んでいない。わたしは家の鍵束を握って、その中の一本の、尖ったエール錠の先端部が、指と指の間から突き出るように持った。

危険なのはわかっていたが、父が教えてくれた――喉、目、鼻。常に、そこに狙いを定める。最も傷つきやすい箇所。

わたしは、ベッラという男子をじっと見た。彼は、わたしのジーンズを下ろそうと近づいてきた。自信たっぷりに傲慢な態度でニヤニヤし続けているところを見ると、わたしが怖がっていると思い込んでいたのだろう。

「ほら、あそこ見せろよ！　おれの言ってることが聞こえねえのかよ！」

そのかすれた吐き出すような声に、わたしはおじけづいた。体がこわばって、手の指の間に汗を感じた。鍵の束を握り直した。

「おつむが弱いのか、このガキ！」

彼はわたしに顔を近づけて、わたしのジーンズに手を伸ばした。いまだに威張り腐って、自信たっぷりの態度だ。

わたしは喉を狙い、指の間から突き出している鍵を強く握り、ありったけの力を込めて一撃を食らわせた。だが、的を外してしまった。彼はその瞬間、身をかがめたのだと思う。代わりに、彼の左頰に鍵が突き刺さった。頰の内側の並んだ歯に、鍵が擦りつく感触があった。ショックを受けた彼が、頭を引いた。その穴からすぐに血が流れだし、小さな流れが、螺旋状に頰を伝った。

「おい、何しやがる！」

声が裏返っていた。彼は手で頰を擦った。痛みは感じていないようだった。血だらけの自分の手を見て、完全に正気を失った。

「このクソ売女！」彼が怒鳴った。

男子に一歩詰め寄られたわたしは、また手の中の鍵を握りしめて、さっきは外したことを呪ったが、同じ過ちはしないと確信していた。今度は、彼の目を狙うつもりだった。

「アレクサンドラ！」

その声は厳しくて低く、わたしはだれの声かすぐにわかった。男子もその声を聞いて振り返り、一歩後ずさりした。

父は、しばしば人々にそうした影響を与えた。みなが、後ずさりした。その父が今、歩道に立っていて、そのすぐそばには、わが家の車がとめてあった。

「ここに来なさい！」父が鋭い声で言った。

わたしは、血を流している男子から走り去った。

「走って！」リスベットの前を通り過ぎるときに言った。「うちに戻って！　今すぐ！」

わたしが車の後部座席に滑り込むように乗ってドアを閉めると、父は加速して、その場を離れた。

「何をしたんだ？」バックミラーでわたしをチェックしながら、不安そうに父が言った。

わたしは首を振った。

「わたしじゃない。あの男子がわたしのジーンズを脱がそうとしたから、自分の身を守っただけ。パパが教えてくれたように」

五月三十一日　土曜日

わたしがあの大きい馬牧場――ベーント・アンデシェンの住居に一番近い隣家――にちらりと目をやったのは、夜の十時。黄昏《たそがれ》どきだ。ちょうど、青みを帯びた暗闇が耕地と木立を覆ったところで、木立は夜の空を背景に暗い影のように見えている。外は暖かいと言ってもいいくらいだ。心地よい初夏の夜。

以前、ここに立っていたときのことは頭に浮かべないようにしている。なのに、失敗したという感情は戻ってくる。父の声が響いている。おまえにはやり遂げられない……

ここ数日は仕事で忙しく、ここへは来られなかった。交通事故、スコーネ地方の不思議な気象現象、学校の教師不足といった日常の記事。連続殺人犯に関する記事はない。

でも今、アンデシェンの、メンテナンスを怠った家のある丘を通り越して、以前駐車した場所に車をとめた。一回目より危険はない、わたしは自分にそう言い聞かせた。アンデシェンはこの車を見たことがない。わたしが様子をうかがっていることを知らない。あの男とその相棒が知っているのは、わたしが大麻栽培畑のそばにいたことだけ。

アンデシェンの家がある道の向かい側の丘に登って、茂みの後ろのしかるべき位置でうつ伏せになると、家は暗闇に建っている。

わたしは双眼鏡を取り出して、百メートルも離れていない前庭を見た。照明がついていないが、それでも月光の下、二台の車が庭にあるのはわかる。アンデシェンのベンツと大麻仲間の大きなピックアップ。だが、とても静かだ。白樺の木の若葉が穏やかな夜風に吹かれて、かすかに揺れ動いている。

不思議だ。わたしは私道、前庭、家の前、二階と、双眼鏡を素早く動かした……どこの窓にも、明かりがともっていない。前庭では、何の動きもない。

本来ならば、この場を去るべきなのだろう。彼のところにだれかが来ているなら、わたしはプランを実行できない。でも、何かがわたしをここにとどめていた。

また双眼鏡を上げて、窓をひとつひとつ調べていった。

すると見えた。地下室の通気口から、細い光の筋が漏れている。ごく目立たないものなので、最初に家を観察したときは見逃していた。

つまり、男たちは在宅ということだ。でも、どうして地下に？　あそこに何があるのだろう？

わたしは考えをめぐらした。自宅に麻薬製造所を構えるのはあまりにも愚かだし、リスクが大きすぎる。娯楽室、ビリヤード台……？　ベーント・アンデシェンがそういうタイプの人間だとは思えない。それに、他の部屋の明かりを消しているのはなぜなのだろう？　外がまだ明るいうちに地下に行った、あるいは、自分たちの在宅がバレないように。

慌てて訂正する。そう、居留守が目的のはずはない前庭に車が二台駐車してある。連中が慎重だったなら、車をあそこにはとめないだろう。

わたしは茂みの背後に隠れ、うつ伏せになったまま、丘の上で待ち続けた。時間がじりじりと過ぎていく。ヨタカの、うめくような特徴のある鳴き声が聞こえてくる。夜の寒さが、冷たくて湿った霧のように、わたしを覆っている。わたしは身震いした。腕時計に目をやると、午前零時半。まだ家の中では何の動きもない。目に入るのは、地下室の通気口から漏れる、興味をそそるわずかな光の筋だけ。

その三十分後、わたしが諦めようとしたとき、やっと動きがあった。

突然、一室の明かりがついた。すぐに、玄関ホールだろうと想像した。黄色みを帯びた照明の光が家の前の小さなポーチを照らし、前庭に小さい四角い光を投じた。それから、一階の一部屋の明かりがついた。

玄関ドアが開いた。静かな初夏の夜。開いたドアの音、重々しい足取り、くぐもった男の呟き声がはっきりと聞こえてくる。

あの温室の大男がまず出てきた。ポーチで立ち止まり、すこぶる大きな腹までズボンを引っ張り上げてから、ベルトを締めた。わたしは二人を双眼鏡で見ている。完璧な視界だ。二人が、わたしから数メートルしか離れていないところに立っているように見える。

アンデシェンが大男のあとから出てきた。彼が何か言っている。聞き取りづらいが、こんなことを言っているようだ。

「痕跡を消し去らなきゃいけない……」

それから男の名前を言った。「クリッレ」

大男は体を震わせた。

「今夜はダメだ。気力がない」

大男の声のほうが聞き取りやすい。アンデシェンより耳障りな声で、あの巨大な体からのよく響く声だ。アンデシェンは不満そうだ。

「じゃあ、明日だ！」アンデシェンが大声で言った。

そのこわばった表情を読むのは困難だが、腹を立てているようで、脅迫的だ。

クリッレがうなずいた。アンデシェンは静かに彼を見てから、肩の力を抜いた。クリッレのことを信用しているのは明らかだ。アンデシェンが何か低い声で言っているが、よく聞こえない。このようなことか。

「次の出荷も準備中だ」

筋が通っていると言えるだろう。ハシシか他の麻薬のことだ。クリッレはアンデシェンの肩をバンと叩いて、ニヤリと笑った。それから、二人は握手を交わした、といっても、通常の掌を合わせる握手ではなく、お互いの親指をがっちり絡める握手だった。アメリカの映画に出てくるような。

クリッレが、玄関前の階段を下りていき、前庭に一歩足を踏み入れると、正面の投光照明がついて、前庭全体が照らされた。目がくらんだわたしは、双眼鏡を目から離した。視力を取り戻そうとまばたきをしたが、光る点がわたしの視野内を飛び回っている。エンジンがかかる音を聞いて、また双眼鏡をのぞいた。クリッレが、サイドウィンドウから片手を突き出して挨拶をして、車の速度を上げて丘を下っていく様子が、ぎりぎりで目に入った。彼は注意を払うこともなく田舎道に出ると、大麻栽培畑のある右に曲がった。大きなピックアップトラックは危険なほど傾き、それから元に戻った。あの男は、まだ温室のそばにある住居に住んでいるのかもしれない。

一瞬、クリッレの車のヘッドライトが、わたしの車がある森の小道を照らした。車が見つかると気づいたところで手遅れだ。少しの間、わたしは息をひそめた。そのまま車は走り去り、わたしはほっとした。

視線を黄色い家に戻すと、玄関ドアは閉まっており、前庭の照明は消えていた。数室の電気がつき、前庭に光を放っている。一瞬、家の中に入ろうかと思った。呼び鈴を鳴らして、あいつがドアを開けるなり、テーザー銃で気を失わせる。

でも、わたしがそんな行動に出る前に、彼には気づかれることを悟った。まず、正面の投光照明がついた時点で見つかる。危険が多すぎる。

加えて、どう実行するかは詳細に考え抜いてあるが、こんなやり方ではない。

わたしは、這うように少しずつ丘を下り、置いていた場所から重いバッグを持ち上げて、車へ戻った。そこに立ち止まって、聞き耳を立てた。田舎道を走る車はなく、ベーント・アンデシェン宅からは、何も聞こえてこない。バッグを投げ入れようと、わたしはトランクを開けた。それと同時に、ルームライトが点灯した。今、もし車が道路を通り過ぎたら、わたしに気づくことだろう。慌ててバッグを投げ入れて、トランクのドアを閉めた。車内のルームライトは、まだついたままだ。運転席に座ってドアを閉め、エンジンをかけた。天井の照明はやっと消えたが、その代わりにヘッドライトが点灯し、小道全体と田舎道を照らした。わたしはギアを入れて、急いで小道から田舎道に出た。

ベーント・アンデシェンの家がある丘を通り過ぎるとき、まだ窓に灯る明かりが見えた。夜中の一時過ぎだ。あたりは暗くて静かだ。わたしは往来の絶えた道で車を飛ばし、リーディンゲーにある両親宅まで急いだ。

＊

両親宅に戻ってきたのに、眠れない。頭の中で考えがわたしを追い回し、思い出したくない記憶が、消えることを知らない日中の悪夢のように、次々に浮かんでくる……

わたしたちは、ダーヴィッドのことで援助を求めて、児童精神医学クリニックを訪れた。ダーヴィッド自身は連れていかず、わたしとエーリックの二人だけで行った。事前に電話で予約を入れ、まずはわたしたちだけが、女性の精神分析医に会うことになっていた。医師はわたしたちを、簡易な部屋に迎え入れた。一台のソファとオーク材のエレガントな楕円形テーブルと大きな本棚があり、明らかに子供が描いた絵が貼ってあった。彼女が微笑みながら会釈をすると、ページボーイにカットしたこげ茶の髪が、天秤のように揺れ動いた。そして、わたしたちに腰かけるよう、しぐさで示した。

わたしは、テーブルの上に箱入りティッシュが置いてあることに気づいた。わたしとエーリックは、それぞれソファの端に座って、いつもどおりに脚を組んだ。夫婦ではなく、偶然隣り合わせになった他人同士のように。二人とも、相手に近いほうの脚が上になるよう組んだ。医師は回転椅子に腰かけた。彼女とわたしたちの間には、テーブルがバリアのように鎮座する形となった。

彼女は柔和な声で自己紹介をした。感情を込めず、職業上、心地よく聞こえるだけの声だった。わたしはすぐに、挑発された気がした。

「まずは三人で話をして、ダーヴィッドくんにも会う必要があるか確認することにしましょう」彼女は穏やかに言った。

エーリックは、いかにもバカみたいにうなずいていた。彼女に見せつけているようだった。自分たちがいい両親だと示したかったのだろう。さらに、女医は、わたしが想像していたようなベージュがかったグレーの退屈な服ではなく、エレガントなラルフ・ローレンの服を着ていた。襟ぐりは深くないが、体にフィットしていて、彼女のひときわ大きい胸を強調していた。エーリックが彼女の言うことはすべて正しいと思い込むであろうことは予測できた。バカ丸出し！

彼女がわたしたちの家族関係や生活ぶりや、クリニックへ来た理由について訊く間、わたしは露骨に、窓の外を見つめていた。わたしたちが、ダーヴィッドとの接し方に苦労していることや、息子が人付き合いを避けて自分の中に閉じこもる話をすると、女医はいかにも精神分析医ですと言わんばかりの、穏やかさと疑念の両方を兼ね備えた声で言った。「自分の中に閉じこもるのは、周囲からわが身をかばう手段であることが少なくないのです」

「なるほど」わたしが何か言う前に、間抜けにもエーリックが言った。

「ご家庭での環境はどうですか？　お子さんに多くを求めていませんか？」

「いいえ」わたしはすぐに答えた。「息子は六歳ですから、求められるようなことは多くありませんし……」

女医はなだめるように、わたしに微笑んだ。

「わたしがお聞きしたかったのは、学業などの成果ではありません。でしたら、多くを求めるには早すぎるというのは理解できます。わたしの言う要求というのは、例えば、強くなれとか、泣いちゃダメだとか、一人で寝なさい、恐れるな、テーブルマナー……そういった類の要求です。そういう点ではどうですか？」

わたしは立ち上がって部屋を出たかったが、エーリックは座ったままだった。熟考している様子ですらあった。

「息子が間違ったことをしたときには、きつく叱っています」少ししてから、彼が言った。

名前は忘れたが、とにかく、この精神分析医は、励ますようにエーリックにうなずいた。だが、それ以上のことは、彼の口から出てこなかった。少しの沈黙ののち、女医が言った。

「ご家庭では、失敗や弱さに対して、それほど寛大ではないと解釈してよろしいでしょうか？」

エーリックは、理解できないようだった。

「例えば、何かを壊すといった失敗を叱ったり、自転車に乗れないとか、暗闇を怖がったりして弱さを見せたときとか、寝ないからお子さんを叱るかということです」

女医は、また微笑んだ。これを、美しい微笑みと描写する人もいるかもしれないが、わたしの目には、非難としか映らなかった。

「まあ」エーリックが言った。「そういうことなのでしょうね」

「息子さんが他の人から……孤立するような兆候を示すのであれば、お二人は、自分たちの息子さんに対する態度を変えようとしたことはありますか？　例えば、寛大になるとか」

エーリックは肩をすくめた。

「わたしたちは、そう考えていなかったかもしれません。むしろ……」

彼は口をつぐんで、すがるようにわたしを見たが、わたしは何も言わなかった。

エーリックは、感情を呑み込んでから話し続けた。

「……息子に非があるのかと思っていました。わたしたちではなくて」

精神分析医は理解を示すようにうなずいたが、また愚かな両親が来たと言わんばかりに、わたしたちに残念そうな眼差しを向けていることに、わたしは気づいていた。

「お二人の夫婦関係について、お聞かせ願えますか？」

わたしたちは顔を見合わせた。二人とも何も言わなかったし、言いたくもなかった。わたしがようやく答えた。

「たいていの夫婦と変わりないと思いますが。いいときもあれば、悪いときもあります」

「セックスはなさいますか？」

「はあっ？」

女医はもう笑っていなかった。答えざるを得ない重要なことであるかのように、真剣な目で根気強く、わたしを見つめた。

「ええ」不快感を示しながら、わたしは言った。「ですが、どうしてそんな……」

「どれくらいの頻度でしていますか？」

「何ですって？」

彼女は、わたしからエーリックへ視線を移し、またわたしに戻した。ふざけているのかと思ったが、どうもこの女医は真剣らしい。

「どのくらいの頻度でセックスをなさいますか？　夫婦の関係を知るうえで、大切な目安になりますので……」

気まずそうな笑いもなければ、微笑むことすらしない。辛抱強くわたしたちの答えを待つように、かすかに眉を上げただけだった。詫びるように。

「まあ」エーリックがばつの悪そうな顔で言った。「ときどきですかね。以前ほど頻繁ではありませんが、それって普通ではないかと」

「どれくらいの頻度だと推定なさいますか?」

エーリックは肩をすくめた。

「一か月に一度ぐらい。それより多いときもありますし、反対に……」

「それより少ない?」彼女はメモを取りながら、また話を遮った。

「はあ……」エーリックは不服そうだった。ふと思いついたこの答えが、気に入らないかのように。

わたしはイライラした。

「このこととダーヴィッドと、どんな関係があるのですか?」わたしは言った。

「わたしはただ、お二人の夫婦としての関係をはっきりさせたいだけです。どのくらい愛情に満ちたものなのかということです。セックスは、両親が親密な関係なのか、それとも……よそよそしい関係なのかを、とてもわかりやすく示してくれます」

わたしは何も言わなかった。

「離婚を考えたことはありますか?」

「もう、いい加減にしてください!」わたしは言った。

「わたしがお訊きする理由は、子供はそういうことを感じ取るからです。もちろん、決断そのものではなく、決断に至るまでの経緯ということです。気まずい雰囲気、両親間の愛情やスキンシップの欠如などです。子供はそういうところを見ていますから」

わたしたち二人は、何も言わなかった。その必要がなかったから、わかっていたから。わたしはどこかで、自分の両親の結婚を再現していたのだ。

＊

父は厳しい人間だった。「ニッケル球のような人」——母方の伯母インガがいつも言っていた。伯母が母と二人のとき、どうして父と結婚したのか、母によく訊いていた。わたしが聞いているとも知らずに。母は答えられずに何かを口ごもっては、笑い飛ばそうとするだけだった。

聞くつもりはなかったが、あのとき、わたしは、キッチンにある掃除用具入れに隠れていた。一人になりたいとき、そうしていた。だれにも見つからない、秘密の場所だった。暗闇、それと洗剤や掃除機のにおいが好きだった。それに、いろいろ聞けることも。

「あの人に叩かれるの？」伯母のインガが訊いた。

沈黙。キッチンテーブルに着く母は、何も答えなかった。わたしには二人の姿は見えなかったが、沈黙は聞こえた。わたしにはわかっていた。全身がこわばった。そこが突然、わたしの安心できる、確かな隠れ場所ではなくなった。わたしが立つ掃除用具入れは、狭くて息苦しい空間に変わった。不安がクモのように、皮膚の上を這い回った。どこへ行ったらいいのかわからなかった。

それから、もう我慢できなくなったまさにそのとき、おのずと頭に浮かんだものがある。

ある記憶。

この目で見たのに、理解しなかったこと。

わたしが居間に入ると、母がソファのそばの床に倒れていた、あの光景が、暗闇の中に立つわたしの脳裏に浮かんできた。

顔から血を流し、唇が切れている母は泣いていた。落ち着いて微動だにしない父は、母の上に前かがみに立ったまま、わたしをじっと見ながら、何も言わなかった。

「どうしたの？」わたしが訊いた。「怪我でもしたの？」

血と涙を流す母が微笑んだ。

「何でもないのよ。転んだだけ。じゅうたんにつまずいて、コーヒーテーブルにぶつかっちゃったのよ。本当にドジよね！」

母は笑おうとした。

父はまだ身動きしなかったが、体の力が抜けたようだった。

「立つのに手を貸してくれる、グスタフ？」

躊躇しながら手を伸ばした父は、母を引き上げた。

「大丈夫よ、アレクサンドラ。部屋に戻って寝なさい。もう遅いじゃない、きちんと寝なくちゃ」

掃除用具入れの暗闇の中で、わたしはすべてを思い出した。洗剤や雑巾のにおいに混じって、父親のタバコと汗のにおいを感じた——そして、わたしは父が嫌いだった。

「ひどいの？」伯母のインガが訊いた。

母はまだ何も言わなかったが、うなずいたのだと想像した。というのも、インガが残念そうな、同情をこめた声で反応したからだ。

「どうして通報しないの？」

やっと、母が話しはじめた。

「できないわ」母がすすり泣くのが聞こえた。「子供たちのことを考えるとね。どこへ行けって言うの？　何をすればいいの？　それに、アレクサンドラはあでしょ……わたしたち、路頭に迷うことになるわ。ここがあの子たちの家なのよ……」

涙で言葉がかき消された。二人とも、もう何も言わなかった。聞こえてくるのは、まさに母がわたしを慰めてくれたときのように、インガが母を慰める声だった。

「大丈夫……」

でも、慰めにはなっていなかった。本当の意味での慰めではなかった。

思うに――ベーント・アンデシェンは父のようだ。同様の粗暴さ。暴力的な、危険な雰囲気の持ち主。

六月一日　日曜日

ヨハンナは父親のエーリックのところにいるので、わたしはリーディンゲーの家に一人でいる。一週間が過ぎ、わたしはその間、ベーント・アンデシェンのところへ二回行った――でも、何もせずじまいだった。何もできずじまいだった。今日の午後にはヨハンナがここへ戻ってくるから、再挑戦するにしても、さらに一週間待たなくてはならない。

わたしがまだリーディンゲーの両親の家にいるのか電話で訊いてきた娘は、わたしがそうだと答えると、電話を切った。学校まで車で迎えに行くと提案するつもりだったが、言う余裕もなかった。

最初、娘のわがままぶりに腹が立った。それから、埋め合わせをしようと決心した。自分がどんなに娘を愛しているかを示すために、あの子の好きなもので驚かせようという作戦だ。

わたしは今、光沢仕上げを施した、両親の非実用的な白いキッチンテーブルに着いて、箱に入ったピザを二枚と大きなコカ・コーラのボトルをテーブルの上に置いている。

わたしがしていることは、母がケーキやお菓子で愛情表現しようとしたのと同じだ。言葉とか他の方法で表せない。

　自分はいつもこうだっただろうか？　ダーヴィッドに対してもそうだっただろうか？　そんなことはない、わたしは自分にそう答えたが、確信は持てない。ヨハンナに対しては、そうだから。壁を見上げると、キッチンの時計は夜の七時過ぎを指している。箱に入っているとはいえ、ピザは冷たい。またヨハンナに電話をしてみる。呼び出し音が何度か鳴り続いた後、留守番電話サービスにつながった。わたしはまた、電話をかけてくるように、心配しているという内容の伝言メッセージを残した。五分後にもかけると、今度は直接、留守番電話サービスにつながった。

　これといった考えもなく、わたしはピザをひと切れ切って、食べはじめた。油は奇妙な硬さになっているが、冷めてもおいしい。コカ・コーラをグラスに注いだときに、携帯電話が鳴った。

　ヨハンナからだと確信しながら、すぐに電話に出た。

　エーリックからだった。

「きみのところにヨハンナがいるか確かめたくて、電話をしたんだ。カバンを忘れていったから、何度も電話をしたんだけど、出ないんだよ。そっちにいるのかい？」

「ううん」わたしが言うと、彼が不安そうに息を呑むのが聞こえた。「この電話をかけてきたのは、あの子だと思ったのよ」

　エーリックの吐息が短くて浅くなった。ストレスを感じたときの彼は、いつもこうだ。

「きみは今、どこにいるんだ？」彼が苛立ったように言った。

「リーディンゲー。両親宅よ。当分ここにいるつもりなの」

「ああ、ヨハンナから聞いたよ。麻薬に関する記事がどうとか……あの子が巻き込まれたとか……」

「まさか」わたしは素早く言った。「心配しないで。あの子がオーバーなだけよ。それほど危険じゃないわ」

「でも、きみだって、ご両親の家に住んでいるじゃないか……」

「念のために講じた安全対策みたいなものよ」わたしは、ヨハンナがどの程度カーチェイスの話をしたのか気になった。

五分かけても彼を落ち着かせられなかったということは、娘はおそらく、あの出来事をかなりありのままに伝えたのだろう。とにかく、電話を切った。一時間後にまたエーリックから電話が入った。警察に通報したという。わたしにも話を聞くことになるとのことだった。

「ただ、ヨハンナのことをはっきりさせるためにね」エーリックは苛立ったような、思わせぶりな口調で続けた。「警察側は、犯罪としては扱わない。行方不明になった人の八十パーセントは、二十四時間以内に戻ってくるからね」

彼は警察のような口ぶりだ。まるで自分が専門家のように、警察が彼に言ったことを繰り返している。

わたしは、警察はおそらく正しいと言った。ヨハンナには、何かもっともな理由があるはずだ。

「友だちのうちに行って、わたしたちに伝え忘れたのかもしれないし……」

「あの子の友だちにも電話をしたんだけど、どこにもいないんだ。一体きみは、どんな記事を書いているんだい？」

〝どんな〟と強調されて、もう一度考えてみる。どういうわけか、さっきまでは関連づけたくなかったことだ。ヨハンナはひねくれてわがままだから、わたしたちを懲らしめるためにいなくなったのだ、と自分に言い聞かせていた。なのに今になって、エーリックの不安が、全力でわたしに降りかかってきた。

「普通の記事よ」わたしは小声で言った。「今回のこととは関係ないと思うわ」

でも突然、それが間違っていたことを悟った。〝あの記事〟は、完全にヨハンナに関わっている。何が起きたのかを理解した。

ベーント・アンデシェンとその仲間のクリッレとかいう男が、娘を拉致した。二人は確実に、すでにわたしの家族について、知っているはずだ――そして、わたしの一番の弱点が娘なことに気づかないほどバカではない。

突然、ベーントの家の地下室の通気口から漏れるわずかな光の筋が、わたしの中に浮かび上がった。そう考えただけで、面と向かって言われたかのように、ひどいショックを受けた。男たちが娘を連れていったのはあそこだ、あの地下室だ。

*

五年前にわたしたちは離婚した、エーリックとわたし。原因はダーヴィッドだけではなかった。あの子の死は、わたしたちを追いつめただけ。

わたしたちは、もうセックスをしていなかった。いずれにしても、あの精神分析医は、ひとつ正しいことを言った。医者に言った、〝お決まりの〟一か月に一回すらなかった。離婚の話が出はじめたとき、わたしたちは、ほぼ一年、関係を持っていなかった。わたしは、したくなかったわけではない。たまになら、喜んでしただろう。わたしがベッドで眠ろうとしているときとか、入浴しているときとか、食器洗いをしているときに後ろからでもよかった。エーリックを愛していたからではなく、単にセックスをしたかったから。欲望を発散したかっただけ。でも、彼がしてくれることはなかった。わたしも言い寄ることはなかった。

夜な夜な、横にいる彼が自慰にふけるのを耳にした。わたしが眠っていると思っていたのだろう。わたしは何も言わなかった。多分、彼に恥をかかせたくなかったから。

不倫だって考えたことはあるし、相手はだれでもよかった。フェイスブックで火遊びをしたこともあるが、エーリックが勘ぐりはじめて、いろいろ質問してきた。わたしは何もない、フェイスブックの〝友達〟からその男性を削除すると言った。だが、エーリックは疑い続けた。ある日、彼はわたしの携帯電話のテキスト・メッセージを調べた。彼がわたしの携帯電話をつきつけにきたとき、わたしはダーヴィッドとヨハンナを寝かしつけていた。

「何だこれは？」

わたしはメッセージに目をやった。

「ぼくなら、きみにこんな仕打ちは決してしない！」トーマスからだった。わたしのフェイスブックの火遊び相手の名前。

「あなたの目に触れたのは残念だわ。でも、その人ならわたしのフェイスブックから削除して、彼にもそう伝えたのよ。だから……」

エーリックはわたしに電話を投げつけて、その場を去った。

疑ったことは数回あるにせよ、不思議なことに、彼が愛人を作ったことはなかった。精力が残っていなかったのかもしれないし、二人の子供と、不機嫌でイライラした妻だけで余裕がなかったのかもしれない。

離婚してから一時期、彼には付き合っている女性がいた。ヨハンナが、その女性はヴィクトリアという名だと言っていたような気がする。でも、長くは続かなかった。うまくいっていたようなのに。ただ、そういうことってわからない。自分を偽ったり、フェイスブックには誰でも前向きなうわべの言葉しか載せない。わたしたちだって、ダーヴィッドが亡くなるまでは、それなりにうまくいっていたと思う。あの子の死で、すべてがはじけた。

精神分析医の言うとおりだ。わたしたちが自覚していなかっただけ、把握していなかっただけ。クリニックを出ると、わたしたちは、ダーヴィッドに対する自分たちの欠陥をすべて、他のことのせいにした。住居が狭いだの、職場でのストレスだの、風邪、子供たちのスポーツクラブや習い事、睡眠不足——何のせいにでもした。

自分たちのせいにだけはしなかった。

どんな写真を見ても、あの子は王子様のようだ。愛らしい、素晴らしくて美しい、おとなしくて可愛い王子。

そして、息子が車にはねられてから——息子に関して苦痛だったことは、すべて消え去った。

でも今、わたしが恋しく思っているのは、あのとき苦痛だったこと——あの子の忍び笑いや静かで囁くような声、簡単な質問に答えるのを拒否したときの、あの子の内気な微笑み。寝つくまで指に髪を絡ませていたあの子の様子。夜にわたしを起こしに来たときのあの子。

また一人子供を失うようなことはしたくない。

六月二日　月曜日

暗闇。わたしは暗闇が好きだ。わたしを包み込んでくれる。安心感を抱かせてくれる。わたしは、ストレスを感じることなく、冷静に呼吸をしようとしている。

今、午前零時四十五分。わたしは、ベーント・アンデシェン宅の前庭のはずれに立っている。車は目につかないよう、田舎道沿いのいつもの森の小道にとめてある。迷彩服に身を包み、テーザー銃を手にしている。体勢を変えると、ファーディ・ソーラの拳銃のホルスターが軽く脚に擦れるのを感じる。

ヨハンナは、まだ帰ってきていない。昨夜、警察と話をした際、娘の行きそうな場所、娘と喧嘩をしたか、娘の行方不明時の服装、過去にもあの子がいなくなったことはあるか……といった質問に答えた。わたしはできるだけ詳しく話し、〈ヨンソンの野菜〉にまで触れた。警察はそこも調べると約束をしてから、落ち着かせる言葉をかけて、会話を終了した。「お嬢さんはきっと帰ってきますよ」

それ以降、エーリックからひっきりなしに電話が来た。市内を車で回って、娘を捜そうと言ってきた。出なくてもいいよう、わたしは携帯電話を切った。

娘の居場所はわかっている。ここ。

わたしは前庭のすぐそばの物置小屋の後ろに隠れていて、見つかることはまずない。待機している。あの男はどこかへ行ってしまった、温室かもしれない、戻ってこないかもしれないといった考えは振り払っている。今が最大のチャンスだ。わたしの計画はこうだ。わたアンデシェンは、車をとめたら降りて、追跡者がいないか、振り返って道を見る。わたしが観察するたびに、あの男はそうしていた。あいつがわたしに背中を向けたまま、架空の敵を探している間に、わたしはテーザー銃の確実な射程距離内に近づく。わたしが撃つと、あいつは地面に倒れ、もがきながらどうすることもできない。ヨハンナの居場所を聞き出す時間はたっぷりあるはずだ。答えは得られるはず。万力で、文字どおり、あいつから答えを絞り出す。

あとは待つばかりだ。

また時計に目をやった。鳥たちは静かだ。庭の外の森は穏やかだ。わたしと同じように、森も、すべてのものも待っている。

すると、あいつが来た。

最初にエンジンの音が聞こえて、それから田舎道にヘッドライトが見えてきた。そして最後に、ベンツが前庭に入ってきた。家までの小さな坂道を走るベンツのヘッドライトが、木々を素早く照らしたので、目を背ける前に一瞬、目がくらんだ。

あいつがエンジンを止めると、前庭はまた暗くなった。

今になって初めて、胸の内で感じた。何かがおかしいという、曖昧な感覚を覚えた。

それから、それが何なのかを悟った。正面の投光照明がついていない。どうしてもっと早く気づかなかったのだろう？　車も暗色で、室内灯はついていない。

わたしは物置小屋の古びた壁にしがみついて、口の中に金臭《かな》い苦味を感じた。体がこわばっている。それでも構えた。暗い車の影を一心に見つめながら、絶好のチャンスをうかがっている。運転席のドアがゆっくりと開いた。体格のいい男が一人降りてきて、前庭に立ち、坂道を振り返った。

テーザー銃を手にしたわたしは、素早く近づいた。銃の射程距離内に入ったところで、男が急に振り返った。

銃を発射した瞬間、自分の過ちに気づいた。

ピクピクと痙攣しながらドサッと地面に倒れた男は、ベーント・アンデシェンではない。クリッレだ。

罠だと悟った瞬間、わたしは向きを変えようとしたが、間に合わなかった。

どこからともなく来た一撃を食らい、すべてが真っ暗になった。

ダーヴィッドは九月二十五日に七歳になった。亡くなってから、ほぼ一か月が経過していた。息子が死亡したのは八月二十七日の晩で、死因は、エルヴシェーの自転車歩行者道でバンにはねられた際に負った、重度の内出血だった。この衝突で、息子は――目撃者の証言によると――十〜二十メートル飛ばされ、地面に叩きつけられた際、あの子の体の重要な部位は、損傷するか破砕した。ほぼ即死で、独りでこの世を去った。あの子はトゲのあるメギが並ぶ花壇のすぐそばの芝生に、横向きに倒れていた。医師の話だと、痛みを感じる余裕はなかっただろうとのことだ。

その一時間後に警察が玄関の呼び鈴を鳴らしたとき、ちょうどわたしは、ダーヴィッドの友人フレードリックのところへ向かうところだった。息子がそこへ遊びに行っていて、仲良く遊んでいるか確認し、ダーヴィッドに、もうすぐ帰宅するように言うつもりでいた。

「ダーヴィッド・ベンクトソンくんのお母さん、アレクサンドラ・ベンクトソンさんですか？」

「ええ」わたしはすぐに、腸がねじれるような不安を覚えた。

「中に入ってもよろしいですか？」警官が言った。

誠実そうで色白の六十歳ぐらいの初老の警官で、青い目でわたしをじっと見つめた。目を伏せないその警官は信用できる人だ、と感じたのを覚えている。

「息子さんのことで、残念なお知らせがあります」

わたしは何も言わなかったが、口の中に血の味がした。頰の内側を嚙んでしまったのかもしれない。

「息子さんは車に轢かれて、そのときの怪我が原因で、先ほどお亡くなりになりました」

くぐもったすすり泣きとともに、わたしは床にへたり込んだ。失神こそしなかったが、崩れおちた。わたしは世界から引き離され、直立できなかった。もう、バランスが取れなくなり、流されていくような気分だった。

それから、すべてが真っ暗になった。

顔に水をかけられて、わたしは意識を取り戻した。体中に水がはねた。わたしは溺れる者のように、懸命に空気を吸い込もうとした。声を張り上げるが、こもった動物の鳴き声のようになってしまう。でも、呼吸はしていた。

自分がどこにいるのか見ようと、頭をゆっくり上に向けようとするが、あの一撃のせいで、頭がひどく痛む。天井から、裸電球がぶら下がっている。光がまぶしくて、目がチカチカする。片腕を上げて自らをかばおうとしたが、腕が動かせないことに気づいた。首を横にひねって、自分のいる場所を確かめようとした。動くと痛いが、それでも電球を直視するほうがつらい。部屋は大きい。打ちっぱなしのコンクリートの壁、窓はない。湿気とカビのにおいがする。

ここはベーント・アンデシェンの家の地下だ。小さな光の筋の内側にある、あの部屋にいる。

懸命に頭を持ち上げると、自分は裸で、広げた手足を椅子かベッドのようなものに縛られていた。体の自由が利かない。どれくらい長いこと、意識を失っていたのだろう？

クリッツレが、腰をかがめて顔を近づけてきた。ニヤニヤしている。すぐ近くにいるので、わたしの左手が男の股に届きそうだが、両腕がロープであまりにもきつく固定されているため、この男を痛い目に遭わせられない。不揃いの、長くて乱れた顎ひげが、わたしのむき出しの腕を軽くかすめる。

クリッレはわたしを冷笑し、茶色の染みだらけの歯を見せて、赤い染みだらけの顔にかかっているぼさぼさの髪を掻き上げた。裸電球の光は、彼の外見を余すところなく照らしている。視線を下に向けたわたしは、この男の見事な太鼓腹をぴちぴちに覆っているTシャツの英語の文字を読んだ。「やらせないなら――レイプしろ」。

わたしの視線に気づいたクリッレは、しわがれ声で笑った。同時にわたしの頭痛が一気に悪化して、胸がむかむかしてきた。この男が一歩後ずさりするより早く、わたしの嘔吐物が彼にかかった。

「このあばずれが！　何しやがる、クソ売女のジャーナリスト！　殺してやる……」

クリッレは体を震わせて、自分の背後にある壁へ向かっていく。わたしは視線でクリッレを追った。その行きついた先を見て、思わずあえいだ。

彼らがどうして地下の窓を覆ったのか理解した。前回の偵察で、二人が前庭に出てくるまで家が真っ暗だった理由もわかった。

自動車の整備工場のように、何列にも整然と並ぶ性玩具と拷問道具で、壁一面が覆われている。鋭い棘のようなリーシュがつき出すリード付きの首輪、巨大なディルドが数本、リベット付きの黒革のリード、鋼鉄製の結びめのついた鞭、家畜銃、頭に食い込むねじ付きの鋼鉄製ヘルメット……

この部屋に拘束されるのは、自分が最初ではない。習慣的に行われているのだ。

突然、前回ポーチから聞こえてきた言葉が理解できた。次の出荷も準備中だ……ここに連行して拷問する女性たちのことだ。殺害目的かもしれない。おそらく殺害されているのだろう。

それから、次に心に浮かんだ考えに、ギョッとした。ヨハンナ！

わたしは叫んだ。体を自由にしようともがいても、ロープは二、三ミリしか緩まず、椅子の鉄パイプがガタガタ音を立てるが、びくともしない。頭をもう一度上げてみると、古い産婦人科の検診台のようなものに、裸で両脚を広げて寝かされていた。ロープは頑丈だ、あまりにも頑丈なので、体は自由にならない。叫ぼうとしても、しわがれ声にしかならない。嘔吐したせいで、喉がヒリヒリする。酸っぱくて腐った味がする。舌に触れる歯がざらざらしている。

カタカタという音が聞こえたので、またクリッツレのほうを向いた。彼が壁から下ろした鞭を片手で振り回すと、束ねた三本の革紐が宙を舞った。

「これが何だかわかるか？」年老いたジャンキーのような、かすれてこもった声でクリッツレが言った。

わたしはやつをじっくり見た。短い記憶が、わたしの意識の中を駆け巡った。姉の顔をめちゃくちゃにした犬の飼い主。あの男はこんな声をしていた。わたしは一瞬、林間の空き地でわたしの前に立つ、あの男を思い浮かべた。それから、クリッツレが戻ってきた。

「牛追い鞭だ。十回打っただけで、おまえはお陀仏だぜ」

革紐の先には鋭い金属片が巻きつけてある。金属片は電球の光で輝き、わたしはその光景から目を逸らすことができなかった。まるで味でもあるかのように、恐怖を口の中で感じた。突然わたしは、また嘔吐した。

おそらく、前庭で殴られた際に、脳震盪《のうしんとう》を起こしたのだろう。ベチャッという音とともに、嘔吐物がクリッレの足元の床に落ちた。

「ふざけやがって、この売女！　よーし、今から教えてやる……」

まるでわたしがこの男を侮辱したかのように、致命的なほど深く傷つけたかのように、その声は、見境のない激怒で歪んでいた。

やつは鞭を振り下ろした。鋭いヒュッという音。だが、束ねた革紐と金属片はわたしに当たらず、わたしの両脚の間でうなるような音を立てただけだ。わたしを怯えさせるためにわざとそうしたのかもしれない、あるいは、激怒で自制心を失ったのかもしれない。やつが鞭を後ろに振り戻したとき、金属片のついた革紐の一本がわたしの足をかすった。その威力は容赦なかった。金属が骨にまで食い込んで、皮膚と肉を剝ぎ取るような感じだった。わたしは苦痛の叫びをあげた。止められなかった。

「おい、何してんだ、クリッレ？　少し落ち着け！」

その声は低く荒々しく、威圧的だった。わたしは目を開けた。ベーント・アンデシェンが、電球からの半円錐の光の端に立っていた。クリッレは、わたしに背中を向けて立っている。

「でもこいつ、おれにゲロかけやがった」クリッツレは、子供のように憤慨して言った。

「思い知らせてやらなきゃダメだろ!」

アンデシェンはゆっくりと頭を振った。クリッツレの手を強くつかんでから、鞭をねじり取った。鞭が床に落ちた。アンデシェンはそれを拾い上げて、壁に掛けた。

「まだだ」クリッツレに背中を向けたまま、アンデシェンが穏やかに言った。

アンデシェンが向きを変えた。わたしのほうへ向かいながら、笑みを浮かべている。そしてアンデシェンの手が太ももをたどるのを感じた。わたしは目を閉じて、起こるべきことを覚悟した。でも突然、アンデシェンは手を後ろに引いた。わたしは目を開けた。

アンデシェンはわたしのすぐそばに立って、顔を近づけてきた。その目は異様なほど薄い色で、瞳孔が黒い。わたしはこの男が嫌いだ。顔に唾をかけてやりたい。でも、わたしは何もしなかった。麻痺したような状態だったから。この男の口臭(コーヒーとタバコ)と、スウェーデン・フィンランド間のフェリー限定発売の香水の強いにおいで、また気分が悪くなった。でも吐きはしなかった。

「おまえのこと、見覚えがないなんて思うな!　栽培所にいただろう。おれがおまえを撃ったんだよ」

それから、右手の人差し指を伸ばしてきた。何をする気なのか不確かなまま、わたしはその指を見つめた。何の警告もなしに、この男はわたしの肩の銃創に、その人差し指を押し込んできた。強く。

わたしは、また叫んだ。肩から上半身、さらには頭まで、激痛が炎のように広がった。脳震盪のせいかもしれないが、考え事をして紛らわすことができないような痛みだ。アンデシェンは指を離した。痛みはすぐには消えてくれず、ズキズキ痛み、わたしは不規則に息をせざるを得なかった。

「だれだ、おまえ？　目的は何だ？」

答えないわたしに、アンデシェンは怒鳴った。

「なんでここへ来た？」

わたしはこの男を凝視した。アンデシェンはわたしの顔を殴った。さあ、やつは言うに違いない。ヨハンナを預かっていると。そうなれば、わたしになすすべはない。

「おれの言うことが聞こえねえのか！　何の用だ？」

わたしがまだ答えないので、またわたしの顔を殴った。唇が切れた。鉄と血の強い味がする。頭痛が万力のように、頭を圧迫してくる。

「どうして、おれたちの栽培場所を嗅ぎ回っていた？」

いまだ何も言わずに、わたしはこの男を見つめていた。

アンデシェンは体を伸ばして、一歩下がり、わたしに微笑んだ。口を歪めて不敵に笑うこの男を見て、わたしは怒鳴られるよりも恐ろしさを感じた。

「まあ、どうでもいい」アンデシェンは、またも落ち着いた声で言った。

ベルトを外してゆっくりとズボンのボタンを外すと、ズボンが足首まで落ちた。それからパンツをずるずると下げて、椅子のレバーを引くと、わたしは背筋を伸ばして座った状態のまま、ほぼ仰向けの姿勢になった。目をつぶったが、やつが何か呟くのが聞こえ、それから、わたしに挿入してきた。

「いや！」だれにも聞こえないのは百も承知だが、それでも叫んだ。「やめて！」やつは笑いながら、わたしの胸を触った。強く。突きながら、わたしの乳首をギュッとつまんで、親指と人差し指の間で転がした。痛みがまた、体を走る。わたしは目をつぶって、自分自身から逃れようとした、免れようとした。

数分後に、やつは静かに抑制しながら、射精した。わたしの中でビクッと痙攣するのを感じた。ああ、今、わたしの中にこの男の精液がある……

それから、それが何を意味するのかを悟った。

二人はわたしを殺すつもりだ。そして、どこかへ捨てる。

「おれの番だ！」

照明の当たらないところに立って見ていたクリッレが言った。あいつがわたしに向かってくる。やる気満々で、足音が不規則だ。わたしは目を開けなかった。あいつの丸々とした顔なんて見たくない。あいつが巨体をわたしに押しつけてくるなんて、想像すらしたくない。

わたしの股間に触れるクリッレの手が、少し震えていた。それから、何の前触れもなしに、わたしの肛門に何かを押し込んだ。おそらく、壁に掛かっていた、あの巨大なディルドのひとつだろう。わたしは痛みで体をよじらせながら、別のことを考えようとした。ヨハンナのことを、ダーヴィッドのことを。でも、わたしの脳は麻痺していて、集中できない。

「気持ちいいだろ?」すでに興奮して夢中になっているクリッレが、呂律の回らない状態の舌で言った。

ディルドを引き抜いたクリッレが、わたしに挿入してくるのを感じた。

「どうだ」クリッレは不明瞭な発音で言った。「いい子だ……」

この男のアルコールと大麻のにおいがする口臭とともに、自分の排せつ物のにおいが部屋中に広がった。そして、クリッレのうなるようなあえぎ声が聞こえた。それから、やつはわたしを打ちはじめた。最初は鞭、牛革鞭だと思ったが、目を開けてみると、穴の開いたゴムシートだ。わたしの腹部や胸や顔に当たって、ピシャリと鳴った……

わたしは歯を食いしばって黙って横たわり、やつが動くたびに、打つたびに、ただこらえようとした。自分のベーント・アンデシェンへの嫌悪に集中しようとした。あの顔、あの薄い青色の目への嫌悪感に。

それから、意識が薄れて、気を失った。

＊

夢の中で、ダーヴィッドがわたしのところへやってきた。わたしを見つめるその目は、わたしのすることが見えて、考えや感情をすべて理解しているかのように、わたしの心を見通している。

これが夢なのか、それとも幻覚なのかわからない。でも、わたしは理解した。突然、理解できた。すべてが。

ごめんね、ダーヴィッド！

あなたにとって、一番辛かったのは死ではなくて、わたしとエーリック、つまりあなたの両親だったのね。

愛するダーヴィッド、あなたはわたしたちといて、幸せなんかじゃなかった。ありのままのあなたを愛する代わりに、自分たちが望む息子になるよう叱って、あなたを不幸にしてしまった。あなたの人生をあんなに惨めで悲しくしてしまったのはわたしたち。警察の追跡を逃れようとした、数人のいかれた強盗に轢かれたからじゃない。

連中が生き地獄にしたのは、あなたじゃなくてわたしの人生。

医師たちによると、あなたはおそらく何も感じなかっただろうということだった。それが正しいと信じたい。あなたが痛みを感じることなく亡くなったと。安らぎを見つけて、やっとママとパパの非難や小言から逃れられたと信じたい。

報復もできず、何も変えられず、あなたも他のだれかも救えないことを悟り、ひどく心苦しい。わたしがしてきたことは、実はまったく別のこと――自分自身、両親、姉、自分の子供時代、すべて――のためだった、あなたのためではなかった、わたしの愛しい息子のためではなかった。ごめんなさい……

＊

日が覚めると、部屋の反対側にいる男たちの声が聞こえた。

「あいつを殺すな」アンデシェンが言った。

「だけど、あの女は自業自得だ」クリッレはいまや、怒りでかすれた声がうわずっている。

ひっぱたく音が聞こえた。

「おれの言ったことが聞こえねえのか！　あの女は殺すな。まだな。あんなふうに殺すわけにはいかねえんだよ」

沈黙。押し殺した息。

「わかった、わかった……でも、それからどうするんだよ？」

またも沈黙。

「危険すぎる！　わかんねえのか？　だれが背後にいるのかわかったもんじゃねえ。いつもどおりにはいかねえんだよ、この間抜けが」

クリッレは笑ったが、すぐに咳き込みはじめた。

「あいつは生かしておかなきゃならねえってことよ、いいな！」アンデシェンが続けた。ちょうどそのとき、玄関の呼び鈴が聞こえた。わたしは最初、よく理解できなかった。

その音が地下室で鳴ったかのように、はっきり聞こえたからだ。それから、連中は地下にブザーを設置したのだろうと思った。安全対策として。

わたしは横を向いた。天井の電球の光の当たらないところで、アンデシェンがクリッレの横に立っている。二人とも暗い影のように見え、何も言わず、用心深そうに立っている。

またブザーが鳴るよう、わたしは心の中で祈った。

それと同時に、再びブザーがはっきりと鳴った。今回のほうが長い。

アンデシェンが慌てて、地下室のドアを開けにいった。わたしは今になって初めて、ブザーの音がいかに大きいかを悟った。ドアノブを引く彼の体がこわばっている。戸口から、黄色がかった淡い朝日が差し込んでくる。わたしは一体、どれくらいここにいるのだろう？

「だれだ？」クリッレがアンデシェンに囁いた。

「見てもいないのにわかるわけねえだろ！」アンデシェンはなじってから、ドアを開けて上がっていった。

わたしはじっと横たわったまま、聞き耳を立てた。階段を上がるアンデシェンの足音と、建物の外でさえずる鳥の声が聞こえる。それから、力の限り叫んだ。

「黙れ、ビッチ！」クリッレがなじったが、わたしは叫び続けた。

こもったバタンという音を立てて、地下室のドアが閉まるのが聞こえた。そして、わたしが叫んでいるにもかかわらず、また揺るぎない静けさが訪れた。

「好きなだけわめけ、クソ売女。そんなことしたって、だれにも聞こえねえのによ」クリッレはニヤリと笑った。

それから、張りつめた様子で、ドアに目を向けた。口を半開きにしてズボンを半分下ろしたまま立っているが、そのことには気づいていないようだ。それほど長時間、気絶していたとは思えない。頭を少し上げると、染みだらけのパンツの上の、あいつのたるんだ白い臀部が見える。

それから、あっという間にすべてが起きた。

またドアが開いて、アンデシェンが部屋に戻ってきた。

「おい、クリッレ！」焦った様子でクリッレに囁いた。「ズボンを上げろ！　外にだれか立ってる。サツだろう……」

わたしはまた叫んだ。諦めるわけにはいかない。アンデシェンは急いでドアを閉めた。

「うるせえ！　黙ってるほうが身のためだぞ」

口先だけの脅迫でないのは、その声でわかった。わたしが口をつぐむと、彼はまたクリッレに視線を向けた。

「ほら！　客室へ行って準備しろ！」

クリッレは、ぎこちなく上半身を曲げて慌ててズボンを上げようとしたが、腹が邪魔をして、上げ終わるまで、何度もやり直した。

それから、二人とも部屋から出ていった。戸口へ向かうクリッレがテーブルから拳銃を取る姿が見えた。わたしの拳銃？　あいつは、不器用で緊張した手つきで、撃鉄を起こした。アンデシェンはもういない。そして、クリッレが明かりを消して、ドアを閉めた。

＊

わたしは諦めた。わたしの中で、軽蔑に満ちた厳格な父の声が聞こえる。おまえは努力が足りない。がんばらない。

でも、構わない。もう、どうでもいい。わたしはここで死ぬかもしれない。苦痛、失敗、ヨハンナ、ダーヴィッド――すべて……もう耐えられない。

なのに、わたしは力の限り大声で叫ぶ。というより、わたしには、自分の体が力の限り叫ぶのが聞こえる。その声が壁と壁の間で跳ね返ってから、だれも叫ぶことなどしなかったかのように、消えていく。

多分、地下全体が防音になっているのだ。部屋の完全な闇の中で、わたしは漂っている気がする。無限の静けさの中に浮かんでいるみたいだ。

両手がしびれている。もう何の感覚もない。両脚もしびれはじめている。脚を動かすと、枯れた木の枝を引っ張るような感じがする。

でも、まだ下半身がひどく痛むので、じっと横になっていられない。常に姿勢を変えなくてはならない。痛みを和らげようと、お尻を数センチ、前後左右に動かす。直腸から出血しているようだ。体の数箇所が壊れてしまった。わたしが壊れてしまった。もうずっと前に、壊れてしまった。

大した違いはないのに、わたしは目をつぶっている。開けていようが閉じていようが、確実に存在する暗闇に変わりはない。しばらくして、自分が泣いていることに気づいた。目から涙が流れている。涙が頬を伝わっているのに、何も感じない。まったく何も。

ドアのすぐそばの壁の隅から、カサカサという音がかすかに聞こえてきた。ネズミのような音だ。コンクリートの床を動く爪、小さくて素早い動きで、耳を澄まさなければ聞こえないような音。

でなければ、人間の爪。だれかが動こうとしている、立ち上がろうとしている音。突然、我に返り、現実が降りかかってきた。

あそこに女性でもいるのだろうか？　わたしのような人間が。連中が、殺すために部屋の隅まで引きずっていった人？　わたしはあそこで死ぬのだろうか？　あの二人がわたしを利用し終えたら……

それから気づいた。ヨハンナだ！

暗闇の中で、あの子の名前を囁いてみた。返事はない。わたしはもっと大きな声で叫んだ。

「ヨハンナ！　あなたなの、ヨハンナ？」

でも、聞こえてくるのは静けさだけ。カサカサという音すら消えてしまった。暗闇のなか、わたしは頭を上げて、遠くを見ようとした。動くと体が痛む。すべての筋肉が痛むので、また椅子に体を戻す。呼吸をして、耳をそばだてた。

*

あの男の声が聞こえる前に、光の筋が目に入った。ドアが開いた。幅がある太りすぎの人影。クリッレ。やつが天井の電球をつけた。暗闇にしばらくいたので、光がまぶしくて、わたしは思わず目をつぶった。

「起きろ、クソ女！」クリッレが、わたしに顔を近づけてしゃがれ声で吐き出すように言った。不快な口臭を感じ、頬に彼の顎ひげが触れるのを感じた。

クリッレは穴あきゴムシートでわたしを叩いた。わたしの肌にピシャリと当たり、白い斑点交じりの赤い痕ができる。懸命に目を開けてその顔を睨むと、やつは憎々しげに、ニヤリとした。肉づきのいい顔にほとんど埋もれている、小さくて青い、ブタのような目。

「今、死なれちゃ困るんだよ！　おまえが死ぬタイミングを決めるのはおれたちだ。まだ、おまえを利用し終わったわけじゃねえからな」

クリッレは、ヒューヒューと、浅くて重苦しい息をしている。

「サツだと思ったか？」笑いをこらえるかのように、声を詰まらせながら言った。「ああ、サツが一人、ここへ来たぜ……」

やつはわたしを見つめ、今度は本当に笑った。

「でも、帰っちまったんだな、これが……」

滑稽な作り声だった。かすれて荒々しい声なのに、幼女の真似をしようとして、失敗に終わったようなしゃべり方だった。

「リツが解放しに来てくれるとでも思ったのかよ？　だけどな、覚えとけ。あの警官は、おまえのことなんて訊いてこなかったんだよ。おれたちが元気にしてるか訊いてきただけさ」

クリッレは笑った、高笑いをした。

「リツはな、おれたちの体調を訊いてきた。大丈夫ですって答えてやった。そしたら、帰っていった。おれたちのことを心配してたってわけよ！」

やつは、急ぎ足で性的拷問道具の掛かっている壁に向かいながら、笑い続けた。

「さあ、今ここにいるのは、おまえとおれだけだ」

クリッレは、壁から何かを取った。

「運がよけりゃ、ちょっとは長く生きられるかもな……」

そう言って、また笑った。

「運が悪けりゃ……」

同時に、アンデシェンが部屋に入ってきて、クリッレに目をやった。

「やめろ！」とげとげしく言った。

わたしは顔の向きを変えて、何が起こっているのか見ようとした。アンデシェンは、いらなくなったガラクタでも見るかのように、わたしにしかめっ面を向けた。

「もう危険すぎる」

「はあっ？」クリッレが間抜け顔で言った。

「わかんねえのか？　こいつを始末しなきゃいけねえ。あと、そんなことはやめろ。今のところは」

「始末って、今かよ？」

二人は小声で話しているのに、クリッレの声にこもる失望が聞き取れる。土曜日にもらえるお菓子が傷んでいたからと、捨てる羽目になった幼子のようだ。

「今すぐだ！　わかったか？」

「ええっ、楽しませてもらえねえのかよ……？」

「頭悪いな、おまえってやつは！　サツが質問しにきたんだぞ。何考えてんだ？　ダメだ、今回は。こいつらには消えてもらわなきゃいけないんだよ。きれいさっぱりな」

こいつら？　わたしとヨハンナのこと？

クリッレはわたしに背を向けて立っているが、アンデシェンを茫然と見つめているのだろう。

「おまえがいつもやる、病的なあれはなしだ！」

「だけどよ……」

「うるせえ！　聞こえねえのか？　今はおれの言うとおりにしろ」

他のことを同時に考えているかのように、クリッレはゆっくりとうなずいた。

「おれがこいつを……始末するよ」小声で言った。「やらねえから……」

クリッツレは両腕を大きく広げた。

「……いつものはよ。おまえの言うとおりにするって。約束する」

アンデシェンは躊躇している。相棒を信用していないようだ。

「わかった」それでも、最後にそう言った。

アンデシェンはその場を去り、部屋から出ていった。ドアが閉まる音に続いて、クリッツレの引きずる足音が聞こえてきた。

突然、やつが夢見心地に、幸せそうな微笑みらしきものさえ浮かべて、わたしに顔を近づけてきた。

「やっと、おまえとおれだけになった」

そう呟くと、汚い不揃いな歯をむき出して、にやついた。自分なりのやり方でわたしを殺す気だ。

「お気に召さねえと思うけどよ。すげえ痛いんだぜ。それからおまえは死ぬってわけよ。じわじわとな……」

わたしと視線を合わせるこの男のブタのような目は、興奮で見開かれている。

わたしの目に、恐怖を見いだそうとしているのだろう。やつが満喫したかったのはそれだ。セックスプレーは、その気分を確認する象徴にすぎない。この男の遊びの核心、それは、わたしが恐怖に怯える姿。

少し経ってから、やつの目に浮かぶ失望に気づいた。何かがおかしいという不安が垣間見える。

でも、おかしいことなんて何もない。単にわたしが怯えていないだけ。恐れることなど、もう何もない。

この男がナイフを手にしてわたしの胸を切ったところで、ほとんど何も感じない。わたしは姉、そして姉との遊びを頭に浮かべていた。

「おい、見てみろ、クソ女！」

わたしが目を開けると、クリッレは、わたしの前にナイフを掲げていた。刃先から血が少し滴っている。やつはわたしの目を見つめて、パニックやとてつもない絶望を探し求めている――この男を強気でいさせる感情。

わたしは男に微笑みかけた。

「このあと、おまえを塩素で洗ってやる。痕跡をすべて消すためさ。わかったか？　だれもおまえがなんで死んだのかわからない。発見されることすらないってわけよ」

「怖くないわ」わたしは冷静に言った。

わたしに殴られたかのように、クリッレの目が突然、邪悪になった。半開きの口から顎ひげに唾液を少し垂れ流しながら、片腕を上げ、わたしの顔と頭を強く殴った。

わたしは何も言わなかった。ほとんど反応もしなかった。この部屋で死ぬことが、もうわかっているから。どんな死に方であろうと関係ない。連中が勝ち取り、わたしは失う

――自分自身を、ダーヴィッドを、ヨハンナを……この男に殴られるたびに、悪に打ちのめされようと、傷ついてズキズキ痛む体を捧げようと、そこには、ある種の解放感があった。

そして、わたしは死んでいく。

六月三日　火曜日

最初、自分がどこにいるのかわからなかった。当惑しながら、部屋の中を見回した――すると、記憶が戻ってきた。わたしはあえいだ。

死んでいない。

理解不可能だ。確信していたのに。ベーント・アンデシェンとクリッレがどこにいるのか見ようと、うろたえながら、懸命に頭を上げた。でも、二人の姿は見えない。

無意識にドアのほうを向いて、二人が、拷問道具が掛かった壁のそばに立ち、わたしを観察し、次にどうやってわたしを〝殺そう〟か、計画を立てていないか見てみた。

でも、男たちはあそこにもいない。

わたしは横たわったまま、あの忌まわしい壁を見つめた。少しして初めて、何かおかしいと気づいた。ボーッとしたまま、負傷した自分の手に目をやってから、前後左右にひねってみた。そして悟った。自分は解放されたと。

両手が縛られていない。脚を置台から下ろして、椅子から身を起こし、触れてみる。動かせる。

天井の裸電球はついたままで、光を浴びるわたしの体が、不気味なほど白い。わたしはまだ裸。でも、肩と手首の怪我は手当てをしてある。きれいにして消毒されている。左胸の切創には、包帯が巻いてある。

さっきまでわたしの体を麻痺させていた痛みは、もうそれほどひどくない。まだ痛むには痛むが、かすかだ。彼らが、鎮痛剤か何かを服用させてくれたかのように。

わけがわからない。

まったくわからない。

体を震わせながら立ち上がり、部屋を見回してみる。だれかが後ろからわたしを殴り倒し、切りつけ、レイプすることを常に覚悟しながら。わたしはビクッとして、素早く振り返る。

だが、部屋にはだれもいない。静かだ。階段へ続くドアは半開きになっている。床に四角い光が当たっている。わたしはじっと立ったまま、耳を澄ます。声も聞こえなければ、階段をきしませる足音や、車をとめたり、ここから走り去るようなエンジン音も聞こえない。何も聞こえない。凄まじいまでの静けさだけ。

ヨハンナ!

そう考えて、よろめいた。カサカサという音が聞こえた壁のほうに向かう。ドアの横に、くぼみのようなすきまがある。その空間は暗い。天井の電球と開いているドアからの光は、ここまで届いていない。

わたしは、何かを踏みつけるのではと恐れながら、注意深く、その空間に入った。両腕を上げると、わたしの上に位置する階段の裏面に触れた。

「ヨハンナ!」わたしは囁いた。

返事はない。

身をかがめながら、その中を少しずつ進んだ。すると、何かに触れた。柔らかくて冷たいもの……

最初、本能的に後ろへ下がった。それから、前かがみになって、手探りで進んだ。柔らかくて冷たい肌に触れたとき、また下がり、しりもちをついた。

ヨハンナ!

大声で言ったかどうかわからない。一瞬、動きを止めて耳を傾けたが、部屋も家全体もいまだにしんとしている。

それから中に戻って、髪と冷たくて柔らかい肌に触れるまで手探りを続けた。暗すぎて、顔が見えない。顔に置いた手を、鼻から口へたどらせてから、指で耳と喉を探ってみた。

女性の体。でも、ヨハンナよりは年上のようだ。髪は娘より長くて薄い。腹部にはたるんだ脂肪がついていて、平らで張りがある、十代のヨハンナのお腹と違う。女性の口に触れてみると、歯が数本抜けている。

わたしはヨハンナを見つけようと、懸命にあたりを手探りしはじめたが、この中に、死体は一体しかない。

音が聞こえたので、わたしは動きを止めて、体をこわばらせた。男たちが戻ってきた！

それから、自分自身の音だと気づいた。わたしはうめき声をあげた。気づかないうちに泣きはじめていた。ここにはもういたくない。家へ帰りたい。わたしの子供、ヨハンナのもとへ。

すすり泣きながら、わたしはぎこちなく、すきまから後退して出た。クリッレとアンデシェンを捜し出し、ヨハンナに何をしたのか訊き出したい。

部屋に戻って中を見回すと、壁の工具用パンチングボードの下の床に、大きくてぶざまな〝服を着た山〟があるのが目に入った。わたしはそこへ行ってみた。

男性。前かがみになって見てみると、クリッレ。凝固して床に膜ができた血の海に横たわっている。喉をかき切られている。喉仏のすぐ下に、幅のある深い切り傷がついている。まるで、叫んでいる口を付け加えたように。彼は死んでいる。でも、だれがクリッレを殺したのだろう？

わたしは振り返って、部屋を見回した。

アンデシェンの形跡はまるでない。殺したのはあの男？　あの男がクリッレを殺害して、この家を去った？　逃走した？

わたしは鋼鉄製のドアに近づき、全開にしようと、ドアノブを握った。ドアがゆっくりと重々しく開いた。力を込めて、やっとのことでドアを開けた。でも、外にはだれも立っておらず、わたしが出てくるのを待っている人物もいない。

ドアの外の小さいホールへ出ると、一階へ続く階段があり、その階段の下に、だれかが横たわっている。またも男性。這い上がってそこから逃げようとしたのか、片手を最下段にかけている。

身をかがめてその男性を見ると、腹部が切り裂かれている。もう片方の手で、腸がこぼれ出るのを防いでいるようだ。顔は、苦悶らしき何かで歪んでいる。

ベーント・アンデシェン。

苦悩に満ちたデスマスクを覗き込んでいると、突然、男がうなった。わたしは後ろに飛び退いて、低い位置に取り付けてある帽子棚に頭をぶつけた。棚には古くて染みだらけの靴箱と色褪せた麦わら帽子がひとつ置いてあり、その箱のひとつが落ちて、中の古いねじや釘が床に散らばった。わたしはそれを無視して、アンデシェンのところへ行った。目を閉じて、まだうめき声をあげている。わたしはやつを蹴って、上向きになるよう転がし、何も履いていない足で揺すって目を開かせた。

「ヨハンナは？」不自然なほど色の薄い目でアンデシェンがわたしを見たときに言った。

やつが何か呟いたが、聞き取れない。

「ヨハンナはどこ?」わたしは怒鳴った。

アンデシェンは、力を失った空虚な目をわたしに向けている。死ぬ直前の目だ。

「ヨハンナに何をしたの?」わたしは、また怒鳴った。

アンデシェンは頭を振るだけ。

「だれのことだ?」

「ヨハンナ! わたしの娘! あんたたちが連れてきたんでしょ!」

やつがニヤッとした。

「おまえの娘……」

アンデシェンは目を閉じて、少し朦朧としてから、また目を開けた。

「おれを助けたら、娘の居場所を教えてやる……助けてくれ……」

この男は嘘をついている。声を聞けばわかる。自分が助かりたいだけ。ヨハンナはここにはいない。この男は、ヨハンナがだれなのかすら知らない。

＊

わたしはホールに立ち尽くし、困惑しながら周りを見た。アンデシェンはまた意識を失った。この男から流れ出た、どす黒い血の海。拷問室へ続く、鋼鉄製のドア。自由へ続く、上階への階段。

「何が起こったの?」わたしは独り言を漏らした。

アンデシェンは、ゆっくりと重苦しく息をしている。もう長くない。わたしは、おそるおそるその体をまたいで、階段を上った。ずっと呟きながら。だれがこんなことをしたの？　だれがわたしを解放したの？

何がなんだかさっぱりわからない。警察？　まずあり得ない。警察なら、救急車を呼んで、現場に残っているだろう……

身体的な痛みが、じわじわと戻ってきた。下半身が痛む。陣痛のような、深い鈍痛だ。悪化するのはわかっている。一瞬、何をしたらいいのかわからず、立ち止まったが、それから、最後の数段を上り続けた。

背後から、アンデシェンのうなり声が聞こえる。わたしは振り返らず、上階のホールへ向かった。五年以上もの間、その死を心に描いてきたのに、突然、あの男が生きていることがどうでもよくなった。他の人々よりもはるかに遅く、やっと悟ったかのように。あの男を殺したところで、何も変わらない。変えられることなど何もない。すべてはもう、起こってしまったから。

一階のあちこちの部屋へ入って、自分の衣服を探したところ、寝室で見つかった。あの二人は、わたしの服を隠したり処分したりしなかった。時間的余裕がなかったのか、発見される危険性をきちんと想像しなかったのだろう。わたしはシーツを一枚引き裂いて、出血を食い止めようと、おしめ代わりに下半身に当てて縛った。痛みはすぐにひどくなってきた。痛みはわたしを麻痺させ、動きを鈍らせ、じっと立つこと以外、何もできなくさせる。わたしは歯を食いしばり、他に自分の持ち物が周囲にないか見回すことに集中するよう、自分に言い聞かせた。ベッドサイドテーブルの上で、わたしのテーザー銃を発見した。銃を持ち上げたとき、小さい紙箱をひっくり返してしまった。手に取ってみると、〝モルヒネ〟と書いてある。

だれがこれを置いていったのだろう？　これって、わたし用？

監視されているような不快感を覚えながらキッチンへ入り、蛇口のすぐ下に口を持っていって、水で錠剤を流し込んだ。そのあと、急いで建物の外へ出た。

太陽はまだ高い位置にある。その強い光で目が痛む。わたしは、ポケットの中に入れてあった携帯電話を見つけた。電源を入れて、日時をチェックした――六月三日の午前十時四十三分。すでに丸一日以上ここにいる。前庭の外側にある茂みの後ろに、わたしのバックパックがあった。わたしはそれを拾い上げて、車に向かった。まだモルヒネが効いていないので、痛みを感じる。腰をかがめながらぎこちなく、一歩ずつゆっくり歩いた。

駐車したところに車はあった。男たちは気に留めなかったようだ。探すことすらしなかったのかもしれない。

それから、冷静に運転し、家に戻った。やっと終わった。すべてが終わった。傷がすべて癒えるまで、二、三日の病気休暇をとろうと思う。ただし、医者にかかるつもりはない。説明することがありすぎる。話せないことが多すぎる。

お湯が、わたしの体にかかって流れる。両肩と胸部、それに太ももの内側に、青あざがすでに広がりはじめている。手首と足首にぐるりと一回り、血まみれの擦過傷。下半身が痛むので、転倒しないよう、常に壁に寄りかからなくてはならない。モルヒネを服用したのに、すでに帰り道の車の中とシャワー室で嘔吐してしまった。

頭の中で、ずっと疑問が鳴り響いている——わたしを解放したのはだれ? だれがあの二人を殺したのだろう?

自分自身のベッドに横になると、物が二重に見える。頭を殴られたときに脳挫傷を負ったのかもしれないが、心配する気力もない。わたしは目をつぶって、考え事をして痛みを紛らわせながら、体中に広がる、モルヒネがもたらす疲労感に身をゆだねている。ブラインドと閉めた白いカーテンから、薄明かりが差し込んでくる。心地よい。世界はまだ存在している。あんなことがわたしの身に降りかかったのに、いつもどおり、人生は続いている。何も変わっていない。

モルヒネで意識が朦朧とする前に、携帯電話を取って、エーリックの番号を押した。

「もしもし」間抜けな声で彼が言った。「きみはどこへ……?」

「ヨハンナ!」わたしはその声を遮った。「あの子はどこ? 見つかったの?」

「ヨハンナならここにいるよ」

「えっ？」

「何度も電話をしたのに、きみは出なかったじゃないか」

わたしは、感情を強く呑み込んだ。

「ええ……忙しかったものだから」

「ヨハンナなら、友人宅にいたよ。なんでも、きみのご両親の家に住むことになって、きみに対して腹を立てていたようだ。それで、きみ……それとぼくを懲らしめてやろうと決めたらしい」

「ヨハンナったら！」わたしは言った。

でも、怒りは込めず、ただすすり泣くように言った。

「あの子とはもう話をしてある。自分が間違いを犯したと理解しているよ」

「ありがとう」エーリックが他に何か言う前に、わたしは電話を切った。

携帯電話を床に置いて、横向きになった。知らぬ間に、眠りに落ちた。無意識状態に落ちていった。

人工的なモルヒネ睡眠に。

六月四日　水曜日

ドアを叩く音が聞こえたとき、どれくらい意識がなかったのか判断がつかなかった。一日か、数時間か。時間が黒い底なしの穴のように感じられた。叩く音がまた聞こえる。強く、断固とした音が。

わたしはベッドから身を起こした。携帯電話に目をやると、九時半。日付を見ると、次の日だ。つまり、十六時間眠り続けたことになる。

なのに、部屋がぐるぐる回っている。頭に血行を取り戻そうと、体を伸ばす。下に目をやると、ショーツとシーツについた血が固まって、どす黒い染みになっている。

またノックの音。

どうにかして起き上がり、洗面所へ行って、血だらけのショーツとナプキンを捨てた。血の跡は新しいものではないので、出血は治まったようだ。

「はい」ドアに向かって叫んだ。

さらに、ドアをノックする音。

わたしは洗面台で、冷水で顔をバシャバシャ洗った。水は、血で赤い縞状になった。水が何とか透明になるまで、洗い続けた。それから、頭痛がひどくならないよう、慎重にタオルで顔を拭いてから、髪をポニーテールにまとめた。

またもノックの音。

服を着ようと寝室へ入って初めて、あることが頭に浮かんだ。わたしが見たことのない、ベーント・アンデシェンの仲間かもしれない。

急いでジーンズと、手首を覆う長袖のセーターを身に着けてから、玄関ホールへ行って、覗き穴から見た。

連中の仲間ではなく、警察。わたしは深呼吸をして、ドアを開けた。

「カール・エードソンさん」できるだけ愛想よく言った。「何のご用件でしょうか?」

第三部

56

六月四日　水曜日

「アレクサンドラ・ベンクトソンさん」カール・エードソンは彼女を少し見てから、自分の背後に立つ二人を身振りで示した。

「ジョディ・セーデルベリ警部補とシーモン・イェーン警部補です」

アレクサンドラがうなずいた。彼女はジーンズを履き、緑の長袖セーターを着ていた。

カールは、また彼女の顔をじっくりと見た。暴行でも受けたかのように、腫れて傷とあざだらけだ。

「ご用件は？」

「お話を聞かせていただきたいのです。警察署で」

カールはアレクサンドラの反応を期待したが、何の反応もなかった。

「どうして今回は署で話をする必要があるのですか？」

カールは微笑んだ。

「おわかりだと思いますが」

彼女は眉をひそめた。

「今回、何をお聞きになりたいのか存じませんが、そちらから過去に二回事情聴取を受けたとき、すでに話しましたが」

彼は答えず、冷静にアレクサンドラを見つめるだけだった。

「上着を着てから、ご同行願います」

「ハンドバッグを取ってきます」彼女は寝室へ歩きはじめた。

カールが同行し、ジョディとシーモンは、静かに注意深く、戸口に立ったままだった。

「足を引きずっていますが、怪我でもしたのですか?」

アレクサンドラは答えなかった。だが、その五十三分後、窓のない取調室に座っているときに、あらためて同じ質問を受けた。

「森でランニングをしているとき、木の根につまずいてしまって」そう言った。

「またですか? 前回お話を聞かせていただいたときも、転んでいましたよね」カールが言った。

ジョディ・セーデルベリ警部補がカールの隣に座って、彼女を観察していた。アレクサンドラは肩をすくめ、開き直ったように言った。

「だから?」

彼女は、スチール脚のシンプルな椅子に座っていた。前にあるデスクには、マイクが置いてあった。録画されていることも自覚していた。モルヒネの効き目がとっくに切れていたので、下半身がズキズキ痛んだ。そのひどい痛みに気づかれないよう、セーターのわきの下と胸の谷間に溜まって染みになっている汗の滴を隠そうと必死になっていた。

「すみませんが」毅然と言った。「わたしがここにいる理由を教えていただけませんか?」

カールはため息をついた。

「連続殺人のうちの三件に動機があるからです。あなたは、今のところ、われわれの容疑者の中で被害者たちとの接点が最も多い方ですので」

「三件?」彼女は言った。「息子を轢き殺したのは、四人の男ですが」

カールがうなずいた。

「警察が四人目の男のところへ出向いたら、どういうことになるでしょう?」

「さあ」

「連続殺人の被害者と思われる三人が、あなたと関連しているなんて、偶然にしては出来すぎだと思いませんか?」

「思いません。そちらが今まで公表した情報によると、同じ殺人犯の犯行と思われる事件を、さらに三件捜査していますよね。わたしに関連性のない事件ですが」

カールは微笑んだ。

「わたしの考えがおわかりになりますか?」

アレクサンドラは、彼の考えには無関心なそぶりを見せたが、カールは冷静に続けた。

「わたしは、あなたが殺人犯で、自分との関連性を隠蔽するために、他の人物たちを殺害したと考えています。道徳的に見て、殺しても構わないような人物たちを無作為に選んで」

「いかがですか？」

カールはタバコを一箱取り出して、彼女に差し出した。

アレクサンドラは、ぽかんとして、彼を見つめた。

「タバコは吸いませんので」

「これは失礼。禁煙中なのですか？」

「いいえ、吸ったこともありません」

彼女は自分の手首に視線を落とし、緑のセーターの袖を引っ張り下ろして、傷を隠した。

表向きの礼儀正しさの裏で、実は彼女を逮捕することを切望しているような、カールの傲慢で慇懃《いんぎん》な態度に嫌悪を覚えた。もし今、目を合わせれば、彼への感情を見抜かれるだろうから、自分の手を見つめ続けていた。

「つまり、わたしが殺したとおっしゃりたいわけですか……六人でしたっけ？」

少しの間、室内は静かになった。それから、カールが咳払いをした。

「ええ」

「おっしゃっていることが理解できません……」アレクサンドラは視線を上げた。

「一連の殺人事件については、大変よくご存じですよね」カールが言った。「息子さんの事件に関わっていない人物たちのことを……」

彼女は、無関心なふりをしてみせた。

「何度も言っていますが、わたしは記者ですし、情報源もいます。それがわたしの仕事ですから」

「信じられませんね」

「ええ、そうおっしゃっていましたね。わたしがリンボの連続殺人犯だと思っているわけですね。〝チューインガム殺人犯〟だと」

カールがうなずいた。彼女は笑った。率直で軽い笑いのつもりだったのに、あまりうまくいかなかった。

「なるほど。これ以上、何と言っていいものやら。まるで、わたしが……人類史上初めて、月に足を踏み入れた人物だと主張するようなものですよ。あるいは、わたしが……とにかく、バカげています。まったく、正気じゃありません！」

アレクサンドラは、あきれたように頭を振ってから、話し続けた。

「わたしにはダーヴィッドという息子がいましたが、亡くなりました。六歳のときに、冷酷な強盗犯たちの車に轢かれたんです。だからといって、わたしが殺人犯になるわけではありません」

カールはうなずいた。

「その顔、どうしたのですか？　暴行を受けたように見受けられますが」

「すでに訊かれましたよね。転んだと言ったじゃないですか。森で走っていたときに。同時にお尻も打ってしまって。だから、足を引きずっているんです――そのこともまた尋ねられるのではないかと思って、お教えしておきます。あざをご覧になります?」

カールは首を振った。

「いいえ、結構です」

アレクサンドラは、カールを見つめた。

「本当に奇妙な話です」彼女は、今度は諦め口調で言った。「わたしには、そちらが挙げられたいくつかの……出来事のアリバイがありますし……出かけていた、でなければ仕事をしていました。娘が一緒でしたから、証言してくれます」

彼はうなずいた。

「なるほど。ではお嬢さんに話を聞いてみます。あと、元ご主人にも。わたしの挙げた殺人事件が起こった複数の時間帯にあなたがどこにいたか証明してくれる人は、他にいますか?」

アレクサンドラは熟考した。それから、首を左右に振った。

「いいえ。付き合いはそう広くないので……」

彼女は、自分の言葉を信じて解放してくれるような、カールの表情の変化や動きを期待したが、何もなかった。彼女の目に映ったのは、ある種の高慢な無関心だけだった。

「では、あなたは一連の殺人事件には関与していないと主張なさるわけですね?」

「ええ……記者として記事にはしましたが、現場には近づいたことすらありません。記事に関しても、警部とは数回、お話ししましたよね。加えて、聴取も何度か受けています し」

「あなたのDNAを採取させていただきますが、よろしいですか？」

「どうしてですか？」

「あなたを捜査対象から除外するためです」

「もちろん。でも、以前インタビューをした際、一連の殺人事件を関連づける理由を聞かせていただけませんでしたね……どんな手掛かりをつかんだのですか？」

「ご自身が、ガムについてお書きになったじゃありませんか」

アレクサンドラはうなずいた。苛立たしいったら。一体、だれのガムなのよ？

「わかりました。必要とあれば、わたしのDNAを採取していただいて構いません」できる限り無頓着に言った。

「あと、アパートの部屋を捜索させていただきたいのですが」

カールは微笑んだ。礼儀正しい口調だが、実質的には脅迫に近い、と彼女は思った。

「家宅捜索令状なしには、ちょっと。それに、取得は困難だと思います。わたしは記者です。家宅捜索を実行すれば、取材源秘匿と報道の自由について定めた法令に違反することになります……」

彼女は、あらかじめ準備しておこうと、最初の殺人を犯す前に調べておいた。でも、彼女の異議を気にかける様子もなく、カールが立ち上がった。

「あなたと一緒だったと証明できる人たちの名前と、どの日に一緒だったのか書いてください」

アレクサンドラは、証明できるのは前夫と娘だけだ、それはさっき言ったばかりだと言おうと口を開きかけたが、そうせずに、うなずいた。

カールが手を差し出した。握手をしようと手を伸ばしたときに傷ついた手首がむき出しになり、アレクサンドラは慌てて手を引っ込めた。

「これは失礼」カールは、傷を見なかったふりをして言った。「わたしはそろそろ失礼しますが、ここにいるジョディがリストを受け取って、DNA採取の手伝いをしてくれます」

彼は時計に目をやった。

「お時間はとらせませんので」

＊

カールは静かにドアを閉めてから、すぐ隣の部屋のドアを開けた。

そこは小部屋で、濃い色の半透明の大きなマジックミラーとスクリーン、録音・録画スイッチのついた小さい制御卓以外のものはなかった。部屋の真ん中には、シーモン・イェーンと、この取り調べを見るために自分のオフィスからやってきたヤット・ウーヴェ警視と一緒に、ダーニエル・サンデーン検察官が立っていた。部屋は暗く、いくぶん空気がよどんでいた。

カールは音を立てずにドアを閉めた。室内の男性たちが問うように彼を見たが、気に留めなかった。検察官と目が合ったときに、問いかけるしぐさをした。ダーニエル・サンデーンは、ゆっくりと首を横に振った。

「ダメですか？　できることは何かありませんか？」カールは言った。

「勾留尋問にも至らない。彼女のＤＮＡサンプルの鑑定結果が出るまでは。それまで――彼女は釈放！」

「家宅捜索については？」

ダーニエル・サンデーンは再び首を左右に振った。

「いや、無理だ。彼女が言うように、報道の自由は法令で守られている。もっと強い容疑がなければダメだ。ＤＮＡが一致すれば、話は別だが、今は釈放するしかない」

カールはため息をついたが、驚いてはいなかった。

＊

「これからどうしましょうか？」

オフィスへ続く廊下で、上司に急いで追いついたジョディ・セーデルベリが訊いた。カールは振り返りもせずに、肩をすくめた。

「彼女に有利なアリバイを供述した人物たちに接触することから始めよう。もう一度。これといった情報は得られないだろうが」

彼はオフィスのドアを開けた。国内が猛暑に襲われているとはいえ、ここは建物のかなり奥にあり、窓もないので涼しいことを期待していたが、それどころか、他の部屋よりも暑かった。カールには、その理由が理解できなかった。

二人はそれぞれ、ファイルや写真、地図、メモ帳、そしてコーヒーカップに占領されたデスクに着いた。コーヒーカップは主に、だらしない独身男性の典型、シーモン・イェーンのものだった。

「名前のリストを二つに分けて……」

「その必要はありませんよ」カールの言葉をジョディが遮った。「前夫と娘さんの二人だけですから」

擦り切れたオフィスチェアからカールが立ち上がると、椅子は解放されたような、きしんだ音を立てた。ホワイトボードへ向かい、過去のミーティングで書き留めたことを消していった。

「彼女のアパートに入る必要がある」独り言を言った。

「はい？」

カールは振り返った。

「彼女の自宅にあるものを調べたい」

「彼女の犯行だと信じているわけですか？」

彼はうなずいた。

「前夫は？　彼にだって同じ動機があるわけですし。それに、ほとんどの被害者は、麻薬取引とか、わたしたちがまだつかんでいない、ろくでもないことにきっと関わっていますよ……誠実な市民とは言いがたい連中です」ジョディがカールを横目で見た。

彼は不快そうに、手で振り払った。

「セーデルテリエ強盗犯たちを除くと、被害者同士には、直接的なつながりがない。それに、われわれ――きみとシーモン――もすべて調べた。その仮説はもう信じられないね」

「彼女の前夫は？」

カールは首を振った。

「前夫だとは思えない。彼に殺人事件について話を聞いたときに、きみもいただろ。彼は何と言っていたっけ？」

ジョディは頭を振った。

「わたしたち警察は正気じゃないとか何とか、はっきりと覚えてはいませんが。事情聴取を仕切っていたのは警部ですよ。メモ帳を持参して、書き込んでいましたよね……」

カールはきまり悪そうに笑った。

「メモ帳には曲線を描いていただけだ。よく描くんだよ」

ジョディはがっくりした様子だったが、彼女がさらに何か言う前に、シーモンが部屋に入ってきて、うなりながら、自分のオフィスチェアに座った。

「どうかしたのか？」カールは苛立った声で訊いた。

「昨日、新しい女性に出会いましてね……」

シーモンはニヤリとした。

「結構盛り上がっちゃったもんだから」彼はウィンクをした。

まるで、チープな自動車ディーラーだと思ったカールは、頭を振りながら、ホワイトボードに視線を戻した。

「最初の殺人事件はどれだった？」半分独り言を言った。

シーモンは肩をすくめてから、自分のデスクの最後の空いているスペースに、コーヒーカップを置いた。

「マルコ・ホルスト……」

「いや、違う」カールは言った。「ファーディ・ソーラのほうが先に殺されている。マルコ・ホルストは、われわれが最初に発見したにすぎない。そして、ファーディ・ソーラの前はソンニ・アンデション。さびれた別荘でわれわれが発見した残骸……セシリアの推測だと、ファーディ・ソーラより、少なくとも一週間前に死亡している」

別荘でのあの発見を頭に浮かべ、いまだに少し吐き気を覚えたカールは、嫌悪感を抱きながら、飲みかけのコーヒーに視線を落とした。

「オーケー、それから……？」ジョディが言った。

「最初の事件を最重要視して、その事件が、その後の事件を引き起こしたと想定すると、辻褄《つじつま》が合う……」

「別荘で発見された男が、セーデルテリエ強盗犯の一人だったからですか？」

「ああ」カールはそう言って、部下たちのほうに振り向いた。「たいていの人間は、自分に一番身近なことから始める。自分たちにとって、最も意味のあることからだ。殺人に踏み切るのは、人が思う以上に困難なことだ。そして、今回のような極端な殺人となると……単にそうしようと決意するだけでは足りない。体力が必要になるだろうし……」

カールは、ジョディとシーモンをじっと見つめた。

「……動機。感情」

「じゃあ」ジョディが言った。「アレクサンドラ・ベンクトソンが、いまだにわれわれの捜査の最大焦点だと本気で言っているわけですか？」

「ああ」

「なるほど」シーモンが、椅子にふんぞり返った。「自分は、とんだ的外れな焦点だと思いますけどね」

自分のオフィスチェアを引いて腰かけたカールは、反応しないよう努めたが、容易ではなかった。

「DNAの照合結果が一致しないと出るまではな」彼は、不自然なほど穏やかな声で言った。

「先ほどの取り調べでおっしゃってましたが」ジョディが言った。「警察が、セーデルテリエ強盗犯の四人目の男のところへ出向いたら、どういうことになるかという……」

「ああ、それが何か？」

「それって、わたしたちがすべきことではないでしょうか？」

「すでに行ってきた」カールが言った。「月曜日に。やつの健康状態は、可能な限りよかったよ」

「はあっ？　〝可能な限り〟？」シーモンが言った。

「おいおい、やつは犯罪常習犯にして麻薬常用者だぞ。健康オタクの話をしているわけではないんだからな」カールは言った。

「あと、アレクサンドラの怪我については、どう思われますか？」ジョディが言った。

「何が言いたい？」

「警部が四人目の男について訊いたとき、彼女が反応したような気がしたんです。努めて関心がないようなふりをしていたように見えたものですから……何かを隠しているみたいに。例えば、その男がどこに住んでいるのか知らないとも言いませんでしたし。わたしなら、そう言ったと思うのですが……」

「つまり、われわれは、またそこに行ったほうがいいということかね？」カールは言った。うなずいたジョディは、額にかかった髪を掻き上げた。なぜ彼女は髪をしばらくないのだろう、とカールは苛立った。すると、娘の答える声が聞こえた――ちょっと、パパ！　パ

パが何でも決めなきゃいけないわけ⁉︎
「ええ」ジョディが言った。「そう思います……」

57
「今度は一体何なんだ？」

カールが振り返ると、ベーント・アンデシェン宅の前庭を重々しく歩きながらやってくる、見慣れたラーシュ゠エーリック・ヴァルクヴィストの巨体が目に入った。青い防護服は、同じビニール製の白いものに変わっていて、彼の姿は、大きなパンダを連想させた。ビニールが夏風に吹かれて、バサバサと揺れていた。午前中に陰を作ってくれていた、わずかな雲は消え去ってしまい、焼けつくように暑い午後だった。シーモンとジョディは、前庭のはずれにある白樺の木陰に立っていた。二人ともジャケットを脱いでいる。日差しの真っただ中に立つ、スーツと白いシャツ姿のカールは、暑さを満喫していた。

ラーシュ゠エーリックが、彼のすぐ隣に立った。ビニールの防護服の下から、すでにかすかな汗のにおいを漂わせていたが、本人は気づいていないようだった。

「中は悲惨な状態か？」

カールはうなずいた。

「他の現場と同じように？」

「まあ、そんなところです。地下にひどい状態の死体が一体——それと、〝設備の整った〟拷問部屋」

ラーシュ＝エーリックは、悲しそうにカールに目をやった。

「なんてこった！」

カールはうなずいた。

「男性は二人とも切り裂かれています。自分の目で確かめてください。悲惨な光景ですよ」

ラーシュ＝エーリックはうなずいた。

「もちろんだ。おれが、おまえさんとここでしゃべりながら現場検証をするとでも思ったのか？」

カールは二回目をしばたたいたが、何も答えなかった。

「今回は手掛かりが見つかると思いますよ。たくさん」カールは言った。

「一連の殺人事件につながる手掛かり、ということかね？」

「ええ、つながりはあると思います」

うなずいたラーシュ＝エーリックは、班のメンバーに大声をあげた。

「よし、入るぞ。さあさあ」

同様の白いビニール製の防護服を着た男性三人が、重そうなカバンを三つ運んでいた。重さでよろめいていたが、上司のラーシュ＝エーリックは、無頓着に三人の前を歩いていた。

「一階から始めて、徐々に地下へ移動する」彼はそう言って、建物の中へ消えていった。前庭を歩くカールは、ベーント・アンデシェンの車を通り越して、セシリア・アーブラハムソンの黒いベンツへ向かった。エンジンはずっとかかっていた。カールが前かがみになって窓をノックすると、セシリアはビクッとしてから助手席越しに体を伸ばして、彼のためにドアを開けた。彼が隣に腰かけると、革のシートが心地よくきしんだ。車内は凍えるほど寒かった。二人は黙って腰かけていた。カールは、彼女が所見を述べはじめるのを待った。

やっと、彼女が言った。

「何なの、あれは！」

カールは、驚いたようにセシリアを見た。いつもの超然として見下すような彼女は鳴りをひそめ、立腹して、ほぼ激怒していた。

「連中があの部屋で何をしていたと？　あれは道具をぞろりと揃えた拷問部屋よ！」

カールは答えなかった。明白なことを除くと、何と言っていいのかわからなかった。

「あの男たちがだれなのかわかっているの？」

「一人目はベーント・アンデシェン。二日ほど前に会いましたが、以前、写真で見たことのある男でした。もう一人のほうは、クリスチャン・サームエルソンで間違いないと思います。サームエルソンは、ここから十五キロ離れた、かつての野菜農園に住んでいます——というか、住んでいました。やつはその農場を引き継いで、大規模な大麻栽培に利用していたようです。二人が最近栽培地を一掃した形跡があります」

セシリアはうなずいて、感情を呑み込んだ。

「あと、あの被害者は？」

「何のことですか？」カールは言った。

「あの女性……」

カールは、問うようにセシリアを見つめた。女性は目にしていない。事件現場はなるべく歩き回らないようにしていた。

「拷問部屋の壁のくぼみに倒れていた女性のことよ。わたしの予備的見解だと、暴行を受けて殺害されている。ひどく残虐な性的暴行のあと、深刻な鈍器損傷を受けてね。でも、被害者は他にもいるんじゃないかしら。連中に、あの拷問部屋に連れ込まれた女性、男性だっているかもしれない。警察はここの庭も、先ほどあなたが話していた野菜農園だって、調べるべきよ」

カールは、窓の外の前庭に駐車してある、いまだ青色灯を点滅させているパトカー、一体目の遺体を載せてここを去るため待機している搬送車、彼自身の車、そして道具を積んできたラーシュ＝エーリックの小型トラックに目をやった。

この事件捜査は、被害者が増えていく恐れがある展開になってきた。

「ラーシュ＝エーリックに話を聞いてみます」カールは言った。「鑑識班が地下を調べたあとに」

セシリアは、ぎこちなく微笑んだ。

「同一犯ですか？」カールは言った。「われわれが追っている犯人でしょうかね？」

「その可能性はもちろんあるでしょうね、残虐性、拷問部屋……類似点はたくさんあります。でも、わたしは……」

「はいはい、わかっていますよ。まずはあの男たちを解剖しなくては……」

セシリアがうなずいた。

「ええ、そのとおり」感謝の念を込めて、セシリアが言った。

「でも、予備的には？」

彼女は頭を振った。

「そちらとしては、聞きたくないことかもしれない……」

「でも……？」

「あの二人は無論、残虐な殺され方をしているけれど、以前の被害者と違って――あくまでも今見たかぎりでは――拷問の痕が見られませんでした。他の被害者のように、痛みを長引かせて、ひどく……なんて言ったらいいのかしら……感情的な暴力を受けてはいません」

「それで?」

「その男性二人……」

「……ベーント・アンデシェンとクリスチャン・サームエルソン……」

「……その二人は、もっと効果的な暴力を受けているのよ」

「効果的?」

「殺しを目的とした暴力」

「じゃあ、われわれの追っている犯人ではないと思われるわけですか?」

セシリアは、答えを熟考している様子だった。

「必ずしも他の人物ということではないわ」少ししてから、そう言った。「拷問からただの殺しに手口を変えるのは、容易なことよ。でももし、わたしがあなたの立場なら、動機を探るでしょうね。今回の事件の目的は、あの二人が死ぬこと。だったら、銃殺でもよかったのではないかと。過去の被害者に関しては——銃殺されたエスラルとイングヴァションの二人の捜査は、別の班に引き渡したとのことなので……」

カールはうなずいた。

「そうよね。でもそれ以外の事件の目的は、苦痛を与えること。長時間にわたって」

カールは何も言わなかった。

「その反面、先ほども言ったように、亡くなった女性には長時間、性的暴行を受けた痕跡が見られます」セシリアが言った。

「イェンス・ファルクやマルコ・ホルストやファーディ・ソーラのように……？」

セシリアはカールに顔を向けて、問うように彼を見つめた。

「わたしは、あの男たちが受けた暴力が、性的なものとは見なしていないわ。でも、間違いかもしれない。すべてのケースにサディスティックな要素が見られますから」

カールはうなずいた。

「すでに言いましたが、その女性と男性二人を詳しく調べてから、きちんとしたことをお伝えできるのではないかと……」

セシリアは少し間を空けてから、小声で言った。

「でも、今回に限っては、犯人を見つけないでほしい」

カールは、彼女に体を向けた。シートがきしみを立てた。

「どうして女性だと思うのですか？」

彼女は眉を上げて、彼を見つめた。

「女性？」

「だって今、通常使う男性形ではなく、犯人という単語の女性形を用いたじゃないですか」

「別に意図的にそう言ったわけではないわ。だけど、復讐をもくろむ女性という可能性だって、大いにあります。あるいは、女性の彼氏とか……」

「なるほど、そうかもしれませんね……」

カールは助手席のドアを開けて、車を降りた。

「仕事が終わり次第、報告書を送ります」セシリアが言った。

彼はうなずいて、ドアを閉めた。いつもなら職業柄、冷静で感情を見せないセシリアが、こんなに熱心に話したのは初めてのことだ。人間だれしも、神経を逆撫でされることがあるのだろう。カールはそう考えながら、前庭を見渡した。

ジョディは彼の車の助手席に座り、ドアを開けたまま建物を見つめていた。シーモンは少し離れたところにある、物置小屋のそばに立っていた。

「さあ、しっかりしろ。仕事を始めるぞ。シーモン、地元の警察と、いつもの任務についてくれ。隣人と周辺の住民全員に聞き込みをするように……アクセル・ビョルクストレムも部下を何人かよこすはずだ。帰りは、そのうちのだれかに送ってもらってくれ」

「じゃあ、警部はどこに行くんですか?」シーモンが言った。

「アレクサンドラ・ベンクトソンの前夫に話を聞きにいく。運転のほうを頼むよ、ジョディ」

58

エーリック・ベンクトソンは、エルヴシェーの小さな一戸建てに住んでいた。カール・エードソンとジョディ・セーデルベリは、住宅街の狭くて細い道を車で擦り抜けて、やっと、角砂糖のような木造の黄色い家の前に駐車した。庭は背の高い生垣で囲まれ、私道には、比較的新型のBMWがとまっていて、奥には自転車が一台置いてある。

「もっと先まで行ってくれ」カールは言った。

「でも、わたしたち……？」

「徒歩でここに戻ってくる」

曲がりくねった細道を進み、色の違う、同じような形の家を通り越した。家々は、カールに子供の頃に持っていた鉄道模型を思い出させた。小さくて可愛い細部を見るといつも視点が変わって、自分が巨人になったような、楽しい気持ちになった。

「あそこに入ってくれ」彼は、交差路を指した。

ジョディが彼を車から降ろして、きちんと刈った生垣のすぐそばの、大きなキングサリの木の下に駐車した。キングサリは、通りを包み込む夕暮れの光を浴びて、黄色く輝いていた。いいにおいがした。カールは、鼻孔から空気を吸い込んだ。夏だ、そう考えて、事件とは無縁の、不思議な安堵感を覚えた。

「前夫は、息子さんを事故で亡くしたあと、離婚してからも、同じ家に住み続けています」二人が歩いて道を戻る間、ジョディが言った。

「知っているよ」カールは言った。「前回ここに来たとき、きみが言っていたからね」

カールは、自分が離婚したときのことを思い出した。別れるのは困難ではなかった。その一方で、二人は子供を失ってはいなかった。そういったことは、すべてを変える。

「前夫にはおれが話を聞く」

ジョディはうなずいたが、気を悪くした様子だった。

庭の小道を進む二人は、自転車が女性用であることに気づいた。おそらく娘のものだろう。隣人宅と比較すると、家も庭も雑然としていて、手入れが行き届いていなかった。芝生は刈っておらず、玄関へ続く黒く塗装した鉄製の階段の手摺りは、ところどころ錆びついていた。

カールがドアをノックした。一回。そして、もう一回。

やっとドアを開けたエーリックは、驚いたように二人を見た。

「どうも」カールは言った。

「はあ」

「三週間ほど前に話をしましたので、わたしたちのことを覚えていらっしゃるのではないかと」

彼はうなずいた。ふさふさとした顎ひげを生やしていて、こげ茶色の髪を、非常に長いヘアスタイルにしていた。カールは、この男性の職業を思い出そうとした。広告関係の仕事だと記憶していた。

「ええ、覚えています」愛想よくというより、礼儀正しく微笑んだエーリックが言った。

「今日のご用件は？」

「中に入ってもよろしいですか？」

　エーリックは一歩脇に寄って、二人を中へ入れた。家の中では、大音量の不思議な電子音楽が鳴り響いていた。エーリックは急いで、二人より先に居間に入った。

「すみません」彼は音量を下げた。「一人のとき、ボリュームを上げて音楽を聞くのが好きなものですから」

　カールは、理解を示すようにうなずいた。彼が自宅で一人のとき、よくすることだ。ただし、家にいることはほとんどない。

　エーリックがステレオのそばの安楽椅子に座り、ソファに腰かけるよう、警官二人に手で示した。楕円形のコーヒーテーブルの上に、グミで半分ほど満たされた小鉢があった。自分の家では、こういうわけにはいかないだろう、とカールは思った。リンダかカーリンなら、テレビを見ながら、一晩でペロリと平らげるところだ。

「今回は何のご用でしょうか？」エーリックが言った。

「実は目下、数人が殺害された事件の捜査中でして」カールは口を開いた。「ご存じのとおり」

　エーリックはうなずいて、見開いた警戒の目でカールを見つめた。

「息子さんを轢き殺した車に同乗していた男性たちも被害者です」

「前回もそうおっしゃっていましたね。今回ここに来られた理由は？　何かあったのですか？」

「乗っていた四人全員が殺害されました」

エーリックはすぐに視線を落として、両手で太ももを擦った。それからまた、視線を上げた。

「嘘はつけません。あの四人が死んで、残念だとは思いません。わたしの気持ちをお知りになりたいのであれば、これが答えです。わたしの息子を殺した連中ですから、許したことはありませんし、今後も許すことなどあり得ません。わたしは、すべてを忘れて前へ進もうと努力しているのですが、困難なんです……」

彼は黙り、まずジョディに、それからカールに目をやった。

「わたしがあの連中を殺したと思って、ここへ来られたわけですか？　前回はそう訊かれましたよね」

カールは黙って、エーリックの言葉を待った。

「でしたら、答えはノーです。わたしはまだ、殺人は犯したことがありません。二人でスズキを釣ったときだって、その魚をなかなか殺せなかったくらいですから……」

ハッとしたように彼は体をこわばらせ、両手で顔を覆った。

「……わたしとダーヴィッドが、田舎の橋で釣りをしたときに……」

三人とも黙って座ったまま、待った。唯一聞こえるのは、ステレオからの、音量を下げた音楽だった。

やっと、エーリックが顔から手をどけた。

「裁判で、あの男たちが犯罪の常習者であることを知りました。わたしの息子の事件だけでなく、他の事件にも関わっているはずです。それに、お二人が前回ここへいらしたときに、他の殺人事件のことを尋ねられましたよね、その殺人者とやらが犯した……ダーヴィッドとは無関係の事件」

「われわれは」カールは冷静に言った。「息子さんを轢き殺した強盗犯たちとのつながりを見破られないように、だれかがその他の事件を起こしたと考えています。ギャング同士の抗争に見せかけるために」

エーリックは、当惑した目でカールを見た。

「何なんですか？　わたしが殺人を犯したとでも？　手掛かりを隠蔽するために……正気ですか？　スウェーデンの警察が出したベストな結論がそれですか？」

少し沈黙してからカールは言った。

「五月一日から五日までの間、何をしていましたか？」

エーリックは、けげんな表情で彼を見た。

「前回、お答えしたと思いますが」

「ええ」ジョディが言った。「ですが、もう一度答えていただきたいのです。確認のために」

エーリックはため息をついた。

「でしたら、携帯電話を取ってきて、調べなくてはなりません」

彼は立ち上がって、キッチンへ向かった。少ししてから、スマートフォンを手に戻ってきた。

「日中はもちろん仕事がありました。ネットで靴を販売する会社Onlineshoes.seのための仕事をしていたんです」

「どういったお仕事ですか？」ジョディが訊いた。

「わたしですか？　広告代理店勤務です」

「そこでの仕事内容は？」

「コピーライターです」

「で、夜は？　夜は何をしていましたか？」

エーリックは、また自分の携帯電話を見た。

「ほとんど自宅にいたと思います……いつもそうしていますから。いずれにせよ、何も書き込んでいません。ですが、わたしの週ではなかったので……職場の同僚とビールを飲みに行った、と言いたいところですが、行きませんでした」

「あなたの週？」カールは言った。

「ええ、ヨハンナと一緒の週ということです。この週、娘は母親のところに滞在していました」

「では、お一人だった？」

「はい」

「現在……お付き合いしている人はいますか？」

「えっ？」

「事実婚パートナーとか彼女、新しい奥様はいらっしゃいますか？　あなたが夜、何をしていたのか証明できる人物はいませんか？」

エーリックが首を振った。

「いいえ、そういった関係の人はいません。一年ほど前に、少し付き合った人はいましたが……出会い系サイトMatch.comを通してね。でも、楽しいというよりは面倒でした」

「他にだれかいませんか？」

「いえ、だれも」

「前の奥様、アレクサンドラさんも、あなたの日々の行動は把握していない、とおっしゃっていますが」

「当然じゃないですか！　わたしたちはそんな関係ではありません」

エーリックは視線を上げた。

「そういえば……アレクサンドラは、五月初めは忙しかったような。覚えていませんが、おそらく、何かの取材ではなかったかと……」

「なるほど」

「だったら、ヨハンナは確実にわたしのところにいました。必要とあれば、アレクサンドラとは助け合っていますから。彼女が証明してくれるのでは？」

ソファに座るカールとジョディは、二人揃って身を乗り出した。

「そのときの日付は覚えていますか？」ジョディが言った。

エーリックは携帯電話を取り上げて、画面をタップした。彼はうなずいた。

「カレンダーには書き込んでいません。ですが、五月の一週目の最初の数日間、ここにいたことに関しては、かなり確信が持てます。ヨハンナが、ということですが……」

ジョディは書き留めた。

「その後、娘は二、三日アレクサンドラの家で過ごしてから、またここへ戻ってきました」

「確かですか？」カールは言った。

エーリックが肩をすくめた。

「もちろん、違っているかもしれません。そういうことに関するわたしの記憶力は、どうしようもなく曖昧なので。それに、大したことではありません。アレクサンドラは、記事の執筆や取材で娘の面倒を見られないときがよくあります。わたしはこれといってすることもありませんから、あの子がここに来るのは嬉しいですよ。わたしの仕事の期限が迫って残業するときには、アレクサンドラも同じことをしてくれますし……」

カールとジョディはうなずいた。

「とにかく、五月初めのことだったのは覚えています。五月一日は祝日なのに、アレクサンドラはシフトが悪いタイミングで入ったな、と思いましたから……」

カールは、夢中で書き留めているジョディに目をやった。

「わかりました。話を進めましょう。五月八日から十二日までは何をしていましたか?」

エーリックは眉毛を上げたが、また、携帯電話を見た。

「大体同じことです。仕事をして、夜には、特に何もしませんでした。世界で一番刺激的な生活を送っているわけではないので……」

「そんなことをする必要はありませんよ。あと、ヨハンナさんはその間、母親宅にいましたか?」

エーリックが、また携帯電話に目をやった。

「わかりません。ただ、その週の中頃、一日ここにいました。娘はときどき、母親と一緒に過ごす代わりに、ここへ来るんです。どうしてかと言うと……その理由は……」

カールはじっと座ったまま、辛抱強く待った。エーリックは床を見下ろした。

「はい?」カールは言った。

「娘が言うには、わたしのところにいるほうが楽だと。食べ物とか秩序とか、そういう点で……わたしは、前妻ほど文句を言いません。アレクサンドラは、わたしはだらしなくて、気を配らないと思っていますが……」

彼が笑いながら、ぐるっと部屋を手で示すしぐさをした。

「同じことでも、見方はそれぞれ。わたしたちがもう夫婦でない理由のひとつだと思います」

「では、娘さんが八日から十二日の間、一日ここにいた可能性は十分あるわけですね?」

エーリックがうなずいた。

「ええ、そう思います。ヨハンナかアレクサンドラに訊いてください。あの二人のほうがきちんと覚えているでしょうから、証明できますよ。そう願っています」

「ありがとうございます」カールは言った。「お二人に訊いてみます。それ以外の日に関する質問があるときには、またお邪魔させていただきます」

カールは立ち上がり、ジョディもそれにならった。

「ありがとうございました」カールはまたそう言って、手を差し出した。

「わたしは何か疑われているのでしょうか?」エーリックが言った。

カールは微笑んだ。

「参考として、お話を聞かせていただいたまでです」

「ですが、わたしが何人も殺害したと、そちらが考えているうんぬんに関しては……?」

カールは、礼儀正しく微笑み続けた。

「そうなった場合は、またお話を聞かせていただきます」

＊

車に戻る間、二人は何も言わなかった。ジョディは半袖のセーターを着ていたが、それでも、ひどく暑く感じられた。彼女は、自分の上司を横目で見た。ダークカラーのスーツと白いシャツを着ているが、汗の染みらしきものは、まるで見えない。

「どうでしょう」車に到着したときにジョディは言った。「彼だと思いますか？」

「いや」カールが言った。

「そうですか」ジョディは驚いた声で言った。「あそこでは、それらしき口ぶりだったのに……」

「いまも、彼の前妻だと思っている。決め手となる日に、娘は父親宅にいたようだからな……それに、アレクサンドラ・ベンクトソンは、娘をアリバイとして挙げていた」

「なるほど。今から何をしましょうか？」

「おれが運転する」

ジョディは運転席側のドアハンドルから手を離して、助手席へ回った。カールは、通りを見渡し、キングサリや小さい家々や庭を見つめている。

カールが車のエンジンをかけた。迷路のような小道を巧みに走り抜け、ストックホルム中心街へと続く道路へ入った。

「どこへ向かっているんですか？」ジョディは言った。「またアレクサンドラの取り調べですか？」

カールがもどかしそうに、部下のほうを向いた。

「いや。最初に家宅捜索許可を取らなくてはならないし、ＤＮＡ鑑定の結果が出るまではそれも無理だ。それより、鑑定のほうはどうなっている?」

ジョディは答えなかった。動かない車の列に、不安を掻き立てるほどの速さで近づいていくのを見つめるだけだった。ブレーキでも踏むかのように、床に足を強く押しつけると同時に、発作的にアームレストを握りしめた。

カールが急ブレーキを踏んだ。前の車のバンパーまであと五十センチというところだった。ジョディは、フーッとため息をついた。カールの運転する車に乗ったのはこれが初めてだが、次回は自分が運転しようとすぐに決めた。

「ジョディ!」

「何ですか?」

「どうなんだ、DNA鑑定のほうは?」

「わかりません。何の情報も受け取っていません。まだ」

カールが前の車のぎりぎりまで車間距離を詰め、また急ブレーキをかけた。助手席のジョディは、後方それから前方に投げ出された。気分が悪くなりはじめた。シーモンですら、カールよりはましな運転をする。

「ラーシュ=エーリックに電話をしてくれ!」カールが言った。

ジョディはうなずいた。彼女は、ラーシュ=エーリック・ヴァルクヴィストが苦手だった。気まぐれで、すぐ感情に流される人物だからだ。

「到着次第、すぐに……」

またもやカールがアクセルを踏み、車列の中で車が一気に十メートル前に進んだとき、ジョディは口をつぐんだ。彼はまた、急ブレーキを踏んだ。

「今すぐにだ！」カールはハンドルを強く握った。「今、電話をしてくれ」

彼女は携帯電話を取り出して、おずおずと鑑識官の番号を押した。呼び出し音は聞こえるが、だれも出ない。切ろうかと思った五回目の呼び出し音で、やっと、不機嫌そうな声が聞こえた。

「はい！」

「どうも……ジョディ・セーデルベリです、警察……」

「だれだか知ってるよ！　カール・エードソンの雑用係だろ！　何の用だ？」

「わたし……われわれは、DNAの検査結果が出たか知りたかったものですから……アレクサンドラ・ベンクトソンの」

一瞬静かになり、それから、彼女が恐れていたとおり、鑑識官の感情が爆発した。

「おたくのインターネットに、何か問題でもあるのかね？」

「えっ？　いいえ……」

「それとも、あんたとあんたの上司は、またも、メールのチェックを怠ったってわけかね？　そんなたわ言でこっちの仕事を邪魔しようと決める前に、まずはチェックしてほしいものだ！」

「わたしは……」

だが、ラーシュ＝エーリックはすでに電話を切っていた。ジョディは、不快感を抱きながら自分の携帯電話を見つめて、メールアプリを開いた。

「鑑識官が言うには……」彼女はそう話しはじめながら、携帯電話のアイコンをタップした。

「彼の言ったことなら聞こえたよ」カールが言った。「この渋滞に巻き込まれている運転手全員にも聞こえたと思う」

ジョディは何も言わなかった。

「じゃあ、メールをチェックしてもらえるか？」

「その最中です。落ち着いてください！」

カールは一瞬、静かになった。

「悪かった」それから、そう言った。「自分は……」

「あと、がっくんがっくん運転しないでください！　急発進、急ブレーキをしょっちゅうやられたら、正しいアイコンがタップできないじゃないですか！　それに、気分も悪くなります！」

カールは、そっちこそきちんと仕事をしろ、と言い返す寸前だったが、おそらく彼女のほうが正しいのだろうと悟った。娘からも、同じ批判を受けたことがある。

「もちろん」ぎこちなく、優しい言い方をした。

それから、ジョディに目を向けた。携帯電話を人差し指でスクロールしながら、ときどきき、髪を掻き上げている。またブレーキを踏むタイミングを迎えたカールは、努めてスムーズに車を停止させようとした。

「メールのほうは？」

「来ています」

鑑識官からのメール内容を読みながら、ジョディが呟いた。

「なるほど、ニコチンガムですが……」

「ああ、なんて言ってきた？」

「アレクサンドラ・ベンクトソンのDNAとは一致しませんでした。その一方で……よく聞いてください……」

ジョディは、人差し指で、携帯電話の画面をスクロールし続けた。

「アレクサンドラは、ベーント・アンデシェン宅の地下室にいました。血液と毛髪、それに……膣液が、彼女のDNAと一致しました」

「やっぱり、何か隠していたか！」カールは、片手でハンドルを叩いた。

ジョディは視線を上げて、上司に目をやった。

「今からどうします？」

「彼女を連行しにいくぞ」

カールは右ウィンカーを出して車列を離れ、セーデルマルム方面への出口に向かった。

一台の車からクラクションが聞こえたが、カールは反応しなかった。

59

初夏の晩の、コックス通りとレーンファーナス通りの交差点は、人も車もまばらだった。二人がアレクサンドラ・ベンクトソンのアパート近くに駐車したとき、すでに午後九時を過ぎていた。ジョディとカールは歩道に立って、あたりを見回した。少し行ったところにあるオーセ通りのバス停に三番のバスが止まり、降りた数人の乗客が、それぞれのアパートを目指し、足早に脇道に消えていった。カールは一台の車が来る前に、急いで道を渡って、玄関へ向かった。郵便配達が使うのと同じ暗証番号を打ち込み、ジョディのために開けたドアを押さえた。

二人が階段の二階の踊り場まで来たとき、アレクサンドラ・ベンクトソンの部屋のドアが少し開いているのが見えた。二人は体をこわばらせた。カールが背広の内ポケットの拳銃に手をかけると、ジョディも同じ行動をとった。

二人は最後の段をゆっくりと上がり、ドアに近づいた。カールが足でドアを突くと、ドアが大きく開いた。同時にジョディに、反対側に移って彼を援護するよう、うなずいて指示した。

彼はドアをいっぱいに開けて、素早く部屋を覗き込んだ。片手に構えたグロック拳銃をまっすぐに向けた。

「今晩は」突然背後から、女性の声が聞こえた。

振り向くと、アレクサンドラ・ベンクトソンが、二人に向かって一つ上の階から階段を下りてきた。

「警察のお二人、まただれかを逮捕ですか？」

きまり悪そうに微笑みながら、カールは手にしていた拳銃をしまった。

「上で何をしていたのですか？」彼は言った。

「ゴミを捨てにいったんです。この階のダスト・シュートが壊れているので」

彼女は上を指した。

「一階上のシュートを使用しなければならなくて」

カールはうなずいた。

「お二人はどうしてここに？」

カールは咳払いをした。

「ソンニ・アンデション、シド・トレーヴェル、モッテン・ラスクならびにベーント・アンデシェン殺害容疑で、あなたを逮捕します。加えて、ファーディ・ソーラとクリスチャン・サームエルソン殺害容疑。さらには、マルコ・ホルストに対する重傷害容疑も。署までご同行願います。あと、電気機器などは消していってください。今回は、しばらく身柄を拘束することになりますので」

＊

アレクサンドラ・ベンクトソンは、前回と同じ取調室に座っていた。ただ、今回の彼女は、委縮して弱々しかった。

部屋は暑かった。彼女は汗をかいていた。下半身の激痛を隠す気力は、もうなかった。体を動かすたびに、顔を歪めた。そのうえ、クリッレの鞭で傷ついた足は化膿している。微熱もありそうだった。

カール・エードソンはアレクサンドラをじっと見ていたが、何も言わなかった。かれこれ三十分にわたって、同じ質問を繰り返していた。

「五月一日に何をしていましたか？」

彼女は力なく、カールを見た。

「もうお伝えしました」

彼女は、また顔を歪めた。

「仕事をして、夜は、娘のヨハンナと一緒に自宅にいました」

カールは、ゆっくりと首を振った。

「でも、そうでなかったことはわかっているのですよ。ヨハンナさんは、五月一日ならびにその後数日間は、父親のところにいたことがわかっています」

アレクサンドラは、空虚な目で彼を見つめた。

「先週は娘さんと一緒だった、と主張なさいましたが、そうでなかったこともわかっています。ですから、話してください、説明してください、何をしていたのですか？」

アレクサンドラは、泣き出す寸前だった。痛みや質問が原因ではなく、何も残っていなかったから。もう、おしまいだった。

取り調べの始めに、警察側から弁護士を呼んでもいいと言われたが、彼女は断った。自分が折れて白状するまで、あとどのくらい持つのか考えた。そして、心のどこかで、そうなることを望んでいた。高層ビルの手摺りのそばに立って、地面に飛び降りたいような気分だった。

「自宅にいました」アレクサンドラは、かすれた声で囁いた。

「何と言いました？」

彼女はカールを見上げた。

「自宅にいました」

カールは、椅子を後ろに引いて、立ち上がった。慎重に背広を脱いで、ゆっくりと椅子の背に掛けた。それから、部屋の中を行ったり来たりしはじめた。

「あなたのあの夜の行動を、われわれがどう推測しているか、お話ししましょうか？」

「いつの夜のことですか……？」

「五月一日ですよ」

「いいえ、結構です」

カールは向きを変えて、彼女に微笑みかけた。それから、まるで修辞疑問文を投げかけるかのように続けた。

「五月一日、あなたは仕事で忙しいという口実で、ヨハンナさんを前夫のところへ行かせたと、われわれは考えています。それから、フルーエンゲンへ向かった。地下鉄でそこまで行ってから、徒歩でフルーエングス通りへ向かった。夜、しかも深夜に、あなたは表玄関の外に駐車してあったファーディ・ソーラの車のそばで待っていた。彼が車を出そうと出てきたときに、あなたは彼をテーザー銃で撃った。彼が地面に倒れ込んだところで、ソーラを縛って、彼自身の車の中に押し込んだ。あなたはそこから、邪魔されない場所へその車を走らせた。おそらく、事前に選んでおいた別荘へとね。そこで、彼を拷問にかけた。彼の全身を、タバコの火を押しつけ火傷させた。のちに、その映像を保存してあるUSBメモリを、われわれに送りつけられるように、数回にわたり、拷問の様子を録画しましたね。拷問が終わり、ファーディ・ソーラが死ぬと、あなたは、死体を彼の車のトランクに押し込んだ。現場を徹底的にきれいにして、その場を走り去った。車をスヴェア通りに駐車して、地下鉄で帰宅。その後、空のタバコの箱を持参して、ソーラのコーヒーテーブルの上に置いたわけです」

カールは、室内を行ったり来たりするのをやめた。アレクサンドラの向かいの椅子に腰かけて、彼女を観察した。

「いいえ」彼女が言った。「違います。そちらが話したようなことは、一切していません。わたしはヨハンナと自宅にいました」

「こちらは、あなたがソーラを殺害した理由すら把握しているのですよ。目的は報復。何の罪もない若い女の子に彼がしたことに対する報復」

「まったく」アレクサンドラは頭を振った。「本気でそう思っているのですか？　わたしが……どこにでもいるような、見も知らぬ男を」

「ええ」カールが冷静に言った。「わたしはそう思っています。正しいからです。それが事件の成り行きだからですよ――そして、あなたの手によるものです」

「いいえ、違います」

「他の事件の手口の話もしましょうか？」

「いいえ、わたしは疲れています。休息が必要なんです」

「残念ですが」カールは礼儀正しく言いながら、立ち上がった。「あなたの最初の被害者ソンニ・アンデションに関しては、いつ殺されたのか、あまり確信がありません。ソーラの一週間ほど前ではないかと。四月二十日から二十五日の間だと推測しています」

アレクサンドラは身動きせずに、デスクを見下ろしていた。カールは、また部屋の中を歩き回りながら、彼女がファーディ・ソーラを捕らえたときと似た手口でアンデションを捕らえてから、万力で彼の関節と頭をつぶした様子を描写し続けた。

アレクサンドラは何も言わず、頭を上げることすらしなかった。

カールは説明し続けた。彼女がマルコ・ホルストをテーザー銃で撃ってから拉致し、どうやって巻き上げ装置《ホイスト》で被害者を引き上げたのか、その後、どうやって熱したナイフで彼を切断したのかを。

彼女はカールが話す言葉に注意を向けて、心を落ち着かせようとしていた。たまに視線を上げて、彼が室内を歩く様子を目で追ったが、それからまた、デスクの上に置いたままの、自分の手に視線を落とした。時折セーターの袖を引っ張って、傷を隠した。

「あなたは、熱したナイフに関する詳細などを記事にしましたよね。ですが、それは未公表の情報です」

アレクサンドラは初めて頭を上げて、カールに微笑んだ。

「わたしには情報源がいますので……」

カールは首を振った。

「ご自身がその情報源ではないかと推察しますが」

さらに、シド・トレーヴェル、イェンス・ファルク、モッテン・ラスク、ベーント・アンデシェン、そしてクリスチャン・サームエルソンを殺害した際の描写を続けた。

「イブラヒム・エスラルとマルクス・イングヴァション殺害に関しては多少不確かですが、この二人を殺したのもあなたかもしれません」

カールが取り調べ用デスクに着くと、アレクサンドラは顔を上げて、彼と視線を合わせた。

「終わりですか？」

彼はうなずいた。

「わたしは何を言ったらいいものやら」

「事実ですよ」彼は素っ気なく言った。

彼女は首を横に振った。

「わたしは、あなたが今言ったことはしていません。わたし……わたしではありません」

カールは微笑んだ。

「証拠もあるのですが」

彼女は眉を上げた。

「ベーント・アンデシェンとクリスチャン・サームエルソンが今朝早く遺体で見つかった、ユリータのあの家の地下で、あなたのDNAが採取されました」

「そんなバカな……」彼女は不安そうに言った。

「毛髪、血液、膣液……」カールは平然と続けた。「DNA型の合致確率は百パーセント。あそこにいましたね」

彼女は何も言わず、うつむいて座っていた。体が痛み、蘇る記憶を抑えられないような気がした。自分が泣いていることに気づいた、目を擦ると、頬が濡れていた。

ジョディがティッシュの箱を押して、彼女に近づけた。アレクサンドラは視線を上げずに箱に手を伸ばし、ティッシュを二枚引っ張り出してから、念入りに目を拭いた。

「あなたがあそこにいたのはわかっているのですよ」ジョディが優しく言った。「怪我を負われて、血痕を残したことも。おぞましい暴行を受けた可能性があることも。ただ、どうしてあなたがあそこにいたのか、わからないのです。あの二人に仕返しするためですか？　息子さんの報復？　でも、うまくいかなかったのですか？」

アレクサンドラは首を振った。

「いいえ」彼女は囁いた。

「ありのままを話してください」カールが言った。「手をお貸ししますし、医師の手配もします。苦しむ必要などないのですから」

視線を上げたアレクサンドラは躊躇した。

「オーケー」ゆっくり言った。「わかりました……お話しします。わたしはだれも殺していません。ですが、あそこへは行きました、ベーント・アンデシェンの家へ……」

「どうして？」カールが言った。

アレクサンドラは、苦笑いを浮かべた。

「男たちがヨハンナを監禁していると思ったからです。あの子は行方不明でした。わたしのところに来るはずだったのに、来なかったんです」

「では、あの二人が娘さんを監禁していると思ったのはなぜですか？」

彼女は、デスクに視線を落とした。

「仕事で、スウェーデンにおける大規模な大麻栽培の増加に関する調査をしていました」

彼女は静かに座りながら、セーターの袖を引っ張った。

「情報提供があったので、あそこへ行って、男たちの温室を見張っていたら……二人に見つかりました。ベーント・アンデシェンに肩を撃たれたんです……」

「そちらの編集室のほうで、そのことは確認できますか？」

アレクサンドラは首を振った。

「独断でしたことなので……勤務時間外に。こうでもしないと、大きな仕事をさせてもらえないのです。欧州自動車道路４号線で起こった交通事故に関する警察のニュースだけじゃなくて……十分な取材資料が揃えば、編集長から取材を任せてもらえると思い……」

カールはうなずいてみせたが、懐疑的だった。

「続けてください」

「そのあと、ヨハンナが行方不明になったので、あそこへ行きました。身勝手な行動は慎しむべきでした。でも、怖かったんです。わたしにはヨハンナしかいませんから」

アレクサンドラは、訴えるように二人に目をやった、まずカール、それからジョディに。

「でも、わたしはあの二人を殺していません」

「では、何が起こったのですか？」ジョディが訊いた。

「娘を見つけようと、アンデシェンの家の周りを調べていました。男たちは留守でしたから、何とかして中に入れるのではないかと思ったんです……そんなときに二人が戻ってきて、わたしを殴って……」

彼女は感情を呑み込んだ。地下室の記憶が、またも意識の中に押し寄せてきた。

「……わたしをあの拷問部屋に連れていきました」彼女は囁くように言った。

「それから?」ジョディが慎重に訊いた。

「あの二人は……わたしをレイプしました。わたしに暴行を加えました。拷問にかけました」

自分が椅子に縛りつけられていたことや、クリッレと呼ばれる男にひどい目に遭わされたことを語った。ジョディは、ティッシュをさらに数枚、彼女に手渡した。

「あの男たちは、わたしを殺すつもりでした。警官が一人来て、玄関ドアの呼び鈴を鳴らしたときに、わたしを殺そうと決意したようです……」

「あそこへ行ったのはわたしです」カールがくぐもった声で言った。「ベーント・アンデシェンの生存を確かめるため……」

彼は、考えを言い終わらなかった。

「わたしは意識を失いました。あの二人がわたしを殺そうとしているときに、気を失ったんです……」

「二人があなたを殺すつもりだったと、どうしてわかったのですか?」

「二人がそう言ったからです。わたしは死ぬのだ、だれにも発見されることはないと。わたしの体を塩素で洗うと言いました。それからあの男に殴られて、意識を失い……」

アレクサンドラは目を閉じた。頭の中で、自分はあの地下に戻っていて、血や排せつ物や精液、そしてかすかな死のにおいが浮かんできた。

「それから？」カールが言った。

目を開けたアレクサンドラは、肩をすくめた。

「意識が戻ったとき、わたしは自由の身でした。ロープは切断されていました。そして、床にアンデシェンともう一人のあの男が倒れていました……死んだ状態で……というか、アンデシェンは死んではいませんでしたが、もう長くない状態でした……白状します、わたしは二人を放置しました。救急車を呼ぶことも、警察に通報することもしませんでした。ヨハンナがあそこにいるか、それを知ることしか頭になかったので。でも、娘は見つかりませんでした。だから、わたしは一階へ上がってから、自分の服を見つけ、車であそこを去りました。気力がなくて……あのことを考えたくなかった。ひたすら家へ帰りたかったんです」

カールは首を振った。

「そちらの話は信じられませんね」彼が言った。「あなたは、ベーント・アンデシェンを殺害する目的で、あそこへ行った。息子さんを轢き殺した他の男たちを殺したあなたが、あの男を最後まで残しておいた、というのがこちらの考えです」

アレクサンドラは、自分の手を見下ろしていた。

「おそらく、シド・トレーヴェルとソンニ・アンデション同様、万力でやつを砕くつもりだったのではないですか？　モッテン・ラスクを別の手口で殺害した理由が、わたしには理解できませんが」

カールは間を空けて、動かぬアレクサンドラの様子をうかがった。

「でも、計画が狂ったわけですね。予想外のことが起こった。あの二人があなたを捕らえて、地下へ連れていき……レイプした」

アレクサンドラは、まだ何の反応も示さなかった。

「でも、あなたは自身を解放した。男たちがミスをしたのかもしれません。それから、あなたが二人を殺した。万力で拷問を加える時間がなかったか、そのような行為に及ぶ力が残っていなかったのかもしれません。だから、ナイフで二人を殺して……あの場を去った」

アレクサンドラは顔を上げてから、首を振った。

「いいえ、違います。わたしはヨハンナを捜していました。調べてみてください。エーリックが警察に届け出をしていますから。わたしも警察と話をして、大麻栽培の調査をしていると伝えています……警察側には事実を話しました」

彼女はカールを、それからジョディを見つめた。

「ありがとうございます、以上です」少ししてから、カールが言った。「アレクサンドラ・ベンクトソンの取り調べを……」

彼は時計を見た。

「二十二時四十二分に終了」

「帰ってもいいですか？　気分がすぐれないので、休息をとらないと……」

立ち上がったカールは、目の前にある、デスクの上の書類を集めはじめた。

「いいえ。ここにいるジョディが、留置場へ同行します。医師の手配はわたしがしますから。あと、弁護士の手配もしますよ」

アレクサンドラはうなだれた。

「わたしは、ただ家へ戻りたい……」彼女は小声で言った。

「われわれに事実を話してくだされば、すぐに帰れますよ」ジョディが言った。「ただ、それを確認する必要がありますので、おわかりとは思いますが、それまでは……」

ジョディは愛想よく微笑んだ。

カールは握手をしようと手を差し伸べたが、アレクサンドラが応じなかったため、手を引っ込めた。

「またすぐお会いしましょう」彼はそう言って、部屋を出た。

＊

ジョディが留置場から戻ると、カールが立って待っていた。天井の壊れた蛍光灯がひとつ、ついたり消えたりし、そのせいで、暗がりに立つカールの顔が照らされたり消えたりした。ぴかぴかに磨かれたリノリウム床を歩くジョディの足音が、キュッキュッと鳴った。

「何とかなったか？」カールが言った。

「ええ、そう思います。ですが、動揺していました。医師の話だと、傷が癒えるまで時間がかかるけれど、手術の必要はないとのことでした。医師が鎮痛剤を投与したので、わたしがあそこを出るとき、彼女は眠っていました」

カールはうなずいた。

「彼女の話を信じますか?」ジョディは、懐疑的に上司に目をやった。「娘を捜しにアンデシェンのところへ行って、レイプされたという話」

カールは首を振った。

「いや。さっきも言ったように、彼女は殺しが目的で、ベーント・アンデシェンのところへ行った。ただ、それを証明するとなると……」

彼はため息をついた。

「きみは? きみはどう思う?」

「わかりません。わたしも、何か腑に落ちないような気がします……麻薬に関する記事のための調査対象が――自分の息子を轢き殺した男たちの一人だなんて、少し出来すぎのような気がします……」

「そのとおり。彼女は嘘をついている。腑に落ちない点はそこだ」

「じゃあ、今からどうします?」

「帰宅する」カールは向きを変えて、廊下を歩きはじめた。

「了解。明日は?」ジョディは、彼のあとに続いた。

「まず、ダーニエル・サンデーン検察官と、また話をしてみよう。ラーシュ＝エーリックの鑑識班に彼女のアパートをくまなく調べてもらうには、家宅捜索令状が必要だ。逮捕状も発行してもらうようにする。でなければ、彼女を釈放するしかない」

カールはエレベーターの前で立ち止まり、ボタンを押して、エレベーターを呼んだ。

「アレクサンドラの話は、かなり信憑性があると思います」ジョディが言った。「家宅捜索令状は出るでしょうか？」

エレベーターの到着音が鳴って、扉がきしむ音を立てながら開いた。

「どうだろうな。彼女がアンデシェンとサームエルソンの殺人現場に居合わせたという事実で十分なことを願うよ」カールはエレベーターに足を踏み入れた。「きみは乗らないのかい？」

ジョディは、扉が閉まる寸前に乗り込んだ。エレベーターがガタガタと音を立てながら、各階を経由して下る間、二人は黙っていた。

「それより、シーモンから連絡があったか？」駐車場のある階に着いたエレベーターの扉が開いたときに、カールが言った。

「いいえ。そちらには？」

彼は首を振った。

「ユリータでの聞き込みの報告をまだしてきていない」

「電話はしてみました？」

「何度も……」

ジョディは肩をすくめた。

「多分……忙しかったのではないかと」

カールは携帯電話を取り出して、電話帳にある番号を押した。呼び出し音が数回鳴った後、留守番電話に切り替わった。

「また出ない。明日電話をしてみるさ。でなければ、われわれ二人だけで、検察官と話すことになる。まあ、重要なことではないが」

でもカールは内心、多少ながらも不安を感じていた。シーモンは間抜けだが、仕事はきちんとする男だ。連絡がとれないなんて、彼らしくない。

あいつときたらまったく……

60

六月五日　木曜日

ジョディがオフィスへ入ると、カールがすでに待機していた。

「ジャケットは脱がなくてもいい。今すぐ、ダーニエル・サンデーンのところへ行く」

ジョディは、びっくりした目でカールを見た。彼女は、ジャケットを着ていなかった。それでも、肩をすくめて、上司のあとに続いた。

ダーニエル・サンデーンは、クングス橋とストックホルム・シティー駅方面に二街区行ったところにオフィスを構えている。二人はエレベーターを下りて、歩いてポリース公園を通り抜けた。セイヨウニワトコの茂みに咲いている花が、ほのかに甘いにおいを漂わせている。カールは子供の頃、母親がこの花でシロップを作っていたことを思い出した。前日の夜が涼しかったこともあり、まだ心地よい暖かさだが、空が真っ青なので、また暑い一日になりそうだった。

「シーモンは一緒に来ないのですか?」クングスホルムス通りを歩きながら、ジョディが訊いた。

カールは首を振った。

「ああ」

ジョディが不思議そうに見つめるなか、彼は話し続けた。

「昨晩遅く、彼と連絡がとれた。何でも、〝ある考えが浮かんだ〟とかで、それを確かめたいとのことだった。それが何なのかは教えてくれなかったんだが、昼食時には署に報告をしにくるそうだ。何を考えているのやら」

カールはいまだに、シーモンの行動はどこかおかしいと感じていた。その〝考え〟とやらは、一体何なのだろう？　ともかく、ろくでもないのは確かだった。

＊

カール・エードソンとジョディ・セーデルベリが、ダーニエル・サンデーン検察官の部屋に足を踏み入れたときに、ヤット・ウーヴェが言った。

「よく来てくれた」カールは部屋の真ん中で、立ちすくんだ。

「お邪魔する気はなかったのですが」

「邪魔なんてしておらんよ」ヤット・ウーヴェが言った。

涼しくて無個性な部屋。カールは何度かここへ来たことがあるが、ベージュの壁紙や、ノートパソコン一台と愛妻の写真が一枚置かれているだけの白いデスクは、検察官の個性にマッチしていると、いつも思っていた。あるいは、個性のなさにマッチしている、と言うべきか。

「ちょうど、きみのことを話していたところだ」ヤット・ウーヴェが言った。

ジョディ・セーデルベリもいることに気づいた彼は、微笑みながらうなずいた。彼がダーニエル・サンデーンのデスクの角に腰かけて、片脚をぶらぶらさせていたので、検察官の姿はほとんど隠れて見えなかった。

デスクの前に、黒い生地を張りクロームメッキを施した来客用の椅子が二脚あったが、カールとジョディは立ったままだった。

「連続殺人の容疑者を一人拘束しました」カールは言った。「アレクサンドラ・ベンクトソンといいます。《アフトンブラーデット》紙の記者で、昨日ダーニエルが、身柄を拘束するよう指示を出した」

ヤットが視線を上げた。

「ああ、そうだったな。よし、よくやった！」

「彼女の自宅を調べるため、家宅捜索令状が必要です。そのため、こちらへ伺いました」

カールは体を横に傾けて、サンデーンと視線を合わせようとした。

しかし、検察官はデスクの上の書類をいじくり回すだけだった。彼に代わって、ヤットが興味深そうに二人を見た。まずカール、それからジョディを。彼は笑っていた。カールは訳がわからなかったが、元々この上司には、不可解な点が多い。

「その必要はない」ヤットが言った。

「どういうことですか？　アレクサンドラ・ベンクトソンの自宅の家宅捜索令状は……すでに発行されたということですか？」

「えっ？　アレクサンドラ？　いやいや、まったく」

ヤットは、芝居気たっぷりでオーバーに笑った。カールはどんどん混乱してきた。

「われわれには、アレクサンドラ・ベンクトソンがすべての殺人の犯人ではないかと強く疑うだけの根拠があります」

ヤットは、面白そうに笑い続けた。

「彼女が、最新の被害者ベーント・アンデシェンとクリスチャン・サームエルソンが発見された地下にいたのは間違いありません」カールは、不安そうに室内を見回した。「ヴァルクヴィスト鑑識官が、彼女の痕跡をいくつも確保していますし、DNAも完全に一致しています。彼女は、以前の被害者と同様の手口で二人を殺害する目的であそこへ行ったものの、アンデシェンとサームエルソンに取り押さえられたと、われわれは確信しています」

カールは検察官と視線を合わせようとしたが、うまくいかなかった。

「二人は彼女をレイプしましたが、彼女は自身を解放して、男たちを殺害しました」彼は言った。

ヤットはカールにうなずいた。

「終わりかね?」

「いいえ。アレクサンドラ・ベンクトソンは新聞記者で、今回の一連の殺人事件を記事にしてきました。ですが、まず知り得ないような詳細を取り上げています。マルコ・ホルストに用いられた熱したナイフ、シド・トレーヴェルが万力で砕かれたこと……取り調べで彼女は、被害者のうちの三人は、強盗事件の際、彼女の息子を轢き殺したと語っていました——その時点で、警察側は被害者の身元を公表していなかったにもかかわらずです……さらには、事件が起こった日々のアリバイが、彼女にはまったくありません」

ヤットがうなずいた。

「なるほど、なるほど……」

「あの……?」カールには、上司の態度が理解できなかった。「先ほど言いましたように、彼女のアパートの家宅捜索令状が必要です。自宅に凶器を保管していると信じるだけの十分な根拠がありますので……」

ヤットは首を振った。

「いや」彼は、微笑みながら言った。

「えっ?」

「事件はすでに解決したのだよ」

「えっ……話についていけないのですが……説明していただけませんか?」

「捜査は終わった。ベーント・アンデシェンとクリスチャン・サームエルソンがすべての殺人を犯した」

カールは、キツネにつままれたような気分で、唖然として上司を見つめた。冬のクリスマス・パーティーでのジョークを聞かされているようだった。

「本気で言っているのですか?」

ヤットはうなずいて、デスクから滑るように下りた。部屋の中を歩いて、カールとジョディの後ろに立った。体をひねって、彼を視線で追っていたカールは、椅子の向きを変えて座った。突然、腰かける必要性に駆られた。

「ですが、二人は死亡しているじゃありませんか」ジョディは、ヤットの赤らんだ顔を不思議そうに見つめた。「そんなこと……」

「だからといって、存命中に犯した罪が消えるわけではない」ヤットが話を遮った。

彼は室内を行ったり来たりしながら、被害者のうちの三人――マルコ・ホルストとシド・トレーヴェルとソンニ・アンデション――が五年前、大規模な麻薬不正取引に関わっていたことを詳細に語った。この三人以外にも関わっていた人物はいたのだろうが、名前は明らかになっていなかった。証拠不十分で、捜査は打ち切りになったのだという。

「きみたちを批判しているわけじゃない」ヤットはなだめるように、両腕を大きく広げてみせた。「捜査の焦点が外れたというか何というか。われわれがそれに気づいたのは単なる偶然だった」

彼は、ダーニエル・サンデーンにうなずいた。

「捜査を指揮したのはダーニエルだからね……」

ダーニエルはきまり悪そうに三人を見て、抗議したい様子だったが、ヤットに先を越された。

「大麻のロット重量は、六十キロ以上」ヤット・ウーヴェが続けた。「路上価格にすると、何百万クローナにもなる。当時、麻薬取締部に通じていた密告者の話だと――まあ、その男は、のちに不可解な状況で死んでいるのを発見されるわけだが――マルコたちは、ベーント・アンデシェンとクリスチャン・サームエルソンから、その大麻を盗んだらしい」

カールは苛立ったように、脚を組んだ。

「冗談ですよね、ヤット！　あの二人が……」

カールは、二人のことをどう呼んだらいいのか迷った。

「……あの軽犯罪常習犯のろくでなしどもが、今回のひどく残忍な殺人すべてを犯したということですか？」

ヤットは、驚いた目でカールを見た。

「もちろん！　あの男たちは、地下に身の毛もよだつような拷問部屋を構えていたじゃないか」

「ですが……」

「落ち着きたまえ、カッレ（カールの愛称）！」ヤットが言った。「ＤＮＡ鑑定によると、アレクサンドラ・ベンクトソンは完全に無罪だ！」

カールは拳を握った。

「わたしが知る限り、ＤＮＡ鑑定では、彼女はそれとは逆に、関わっているという結果が出ていますが」

「いやいや」ヤットは寛大に言った。「きみは事実を誤って解釈している。アレクサンドラ・ベンクトソンは被害者だ」

彼は、カールの肩を軽く叩いた。

「先ほども言ったように、捜査は終了」

「あの二人は自白したのですか？」カールは、皮肉を込めて訊いた。

ヤットは咳払いをした。

「ははは、面白いことを言うじゃないか、カッレ。いや、きみも知ってのとおり、やつらは死んでいるからな。ただ、こちらは、あの二人に不利な法医学的証拠をつかんでいるから、それで十分だ。ラーシュ＝エーリックが、すべての現場で、ベーント・アンデシェンのDNAを採取した。ガムがどうしたこうしたと……」

カールは驚いた。

「ニコチンガムのDNAが一致したのですか？　ベーント・アンデシェンのものと？」

「ああ！　九十九・九パーセント！　その結果、彼をすべての現場と結びつけられたわけだ。もちろん二人を取り調べるのは不可能だが、裏社会の対立抗争が原因というのは明白だ。他への見せしめとして懲らしめたんだろう。おれたちからヤクを盗むとこうなる！　という具合にな。きみも覚えているかもしれんが、捜査の早い段階で、わたしはそう指摘したんだがね。まあ、きみは耳を貸していなかったかもしれないが……」

カールは頭を振った。そんなはずはない、信じられない。

「それでも、われわれの手掛かりを追うために、アレクサンドラの部屋を調べさせてください」彼はそう言って、視線を上げた。

「とんでもない」ヤット・ウーヴェが言った。

「ダーニエル？」カールは、検察官のほうに向きを変えた。

ダーニエル・サンデーンは、カールたちに時間を浪費させられたかのように、うんざりした表情だった。

「残念だが。あの二人には、殺人事件のうちの五件に関与していると疑うに足る妥当な理由があるだけに、それ以外の人物の住居の家宅捜索許可を出すのは困難だろう。それに報道の自由と取材源秘匿を考慮すると……まあ、不可能だ。そちらの挙げた理由で、記者の住居の捜索は無理だ。残念だが」

「おいおい、カール」ヤットが言った。「きみの仮説の対象になるのは、ほんの一、二件の殺人事件じゃないか」

「四件ですが……」

「まあまあ。アレクサンドラの息子を轢き殺した男性たちってことだな。シーモン・イェーンからきみの仮説は聞いているよ。だけど、一人の女性が、あれほど恐ろしく非人間的な殺人を犯すだなんて。それに、正当な動機だってない。それが、どれほどあり得ないことかわかるかね？　冗談じゃない！　根本的に不可能だ。起こったこともない。米国ですらないだろう。どこでも、起こり得ない話だ」

「何事にも最初はあります」カールは言った。「家宅捜索を希望しているだけです」

ヤットは、ゆっくりと首を振った。

「きみの仮説は十分ではない。まったくもって、無理だ……」

カールは立ち上がった。もうこれ以上、話は進まないと悟った。

「麻薬取引との関連性を見いだしたのはだれなのですか？」職業上正しく振る舞おうとし

た。

「シーモン」ヤットが言った。「優秀なやつだ。もっと目をかけてやるようにな！」

カールはドアへ向かった。なるほど、やつの〝考え〟とはこれだったわけか。

戸口で立ち止まり、室内の二人のほうを見た。

「あの二人の死については、どう説明なさいますか？」

反応はない。ヤットはダーニエル・サンデーンと、今後の手続きの詳細について話しはじめていた。

「ヤット！」カールは声をあげた。

「ああ、何だね？」

「ベーント・アンデシェンとクリスチャン・サームエルソンの死については、どう説明なさいますか？　あの殺人者たちを殺害したのはだれなのですか？」

ヤットは視線を上げた。

「カール、きみは優れた警官だ、わたしはずっとそう思ってきた。だが今、きみはまったく余計な、複雑な殺人事件を作り上げようとしている。われわれの話に挙がっているのは、間違っても善良なタイプの人間じゃない。あの地下で、恐ろしいことを行っていた人物たちなのは、きみだってわかっているじゃないか。控えめに言ってもだぞ！　われわれは、あの連中を、未解決事件のうちの、少なくとも三件の加虐的な女性殺人事件に結びつける証拠を発見したんだ。だが、連続殺人は……」

ヤットは、派手に手を動かした。寛大とも融和的ともとれるようなしぐさだった。

「……もう解決した。追及するな」

カールは歯を食いしばって、感情を必死に呑み込んだ。

「きみの失望は理解できる」ヤットが続けた。「でも、いいか、こちらには根拠がある。捜査当局が長期間にわたって、ベーント・アンデシェンとクリスチャン・サームエルソンの麻薬取引に目を光らせてきた。連中の〝ビジネス仲間〟なら、だれだって、あの二人の命を奪った可能性がある。目下、シーモンが捜査当局で、捜査に協力中だ」

「シーモン・イェーンが？」

「ああ」ヤットが笑った。「捜査は、順調に進んでいるようだ。最も有力視しているのは、犯罪者同士のさらなる対立抗争。この手の犯罪は、ここ数年で著しく増加しているからな。爆発的と言っていい。それに、大きな声では言えない、この室内だけの話になるが――罪のない人間が巻き込まれない限りは……」

ヤットは笑った。カールは向きを変え、急いで部屋を出た。あとに続いたジョディが、ゆっくりドアを閉めた。

署への帰り道、二人は何も言わなかったが、アレクサンドラ・ベンクトソンの自宅を捜索するのが不可能なのは明白だった。

「ヤットは何か隠していると思いますか？」二人がオフィスに入って、ホワイトボードから写真を取り外しはじめたときに、ジョディが慎重に訊いた。

「隠す？　あの男が、捜査を意図的に誘導していると言いたいわけかね？　いや、彼はそんな人間ではない。最も楽で一番もっともらしい解決法を選択しているだけだ。法廷で成功につながる一番の可能性がある解決法ってわけだ。ダーニエルも同じ。人間、そうすべきなんだろうね。慣れの問題ということだ」

61

留置場のドアが、くぐもったカチッという音を立てて開いた。アレクサンドラ・ベンクトソンは簡易ベッドに腰かけ、脚をぴったりくっつけて、両手を太ももの下に入れていた。医師から受け取った鎮痛剤が効きはじめるなか、痛みを和らげようと、体を左右に揺すっていた。

ドアが開く音に、彼女は振り返って視線を上げた。

ジョディ・セーデルベリが留置室に入ってきた。アレクサンドラは、カール・エードソンから勾留尋問が行われる予定だと通知され、彼女のアパートの部屋を捜索したと伝えられることを覚悟していた。

「こんにちは」ジョディが言った。「まだ痛みますか？」

アレクサンドラはうなずいた。

「鎮痛剤は服用しましたか？」

またも、うなずいた。

「よかった」ジョディが言った。「わたしがここへ来たのは、出口へお連れするためです」

見上げたアレクサンドラは、体を左右に揺するのをやめた。

「出るってどこへ？」

「釈放ですよ」

アレクサンドラは立ち上がって、ジョディを見つめた。まったく予想外の展開だ。頭に浮かべていたのは、デスクの引き出しの三段目に入っている日記で、カール・エードソン警部がその日記を開いて読みはじめる光景だった。それから、警部か他のだれかが、衣装ダンスの奥のバッグを発見し、ファスナーを開けて、血だらけの道具を取り出す様子。そうなると、もう言い逃れはできない……

「でも……わたしはまだ容疑をかけられているのですか、それとも……？」

ジョディはうなずいた。

「容疑は晴れました。捜査対象から外れましたので、帰宅して結構です。今後、あなたを拘束することはありません。捜査は終了しました」

「どうして……」アレクサンドラは言いかけたが、途中でやめた。

記者を演じる気力がなかった。そうする代わりに、立ち上がった。ただ帰宅したかった。

所持品を探そうと室内を見回したが、没収されていた——ベルト、鍵、携帯電話、それに靴紐までも。

「所持品ならお返ししますよ」彼女の探す視線に気づいたジョディが言った。

アレクサンドラを同行してジョディが廊下を歩き、番号のついた、留置場の灰色のスチールドアを通り過ぎ、刑務官のところへ進んだ。刑務官は、肥満と薄毛になりかけの中年男だった。彼女は自分の所持品とジャケットを受け取った。それがすむと、ジョディが彼女を伴って玄関口を通り抜けたあと、手を差し伸べた。

「お元気で。これからは気をつけてください」

アレクサンドラはうなずいてジョディと握手をし、向きを変えて、体をこわばらせながら、警察をあとにした。

外は雨だった。しとしとと降る、夏の雨だった。濡れたアスファルトと草木の強いにおいを感じた彼女は、そのにおいを嗅いで、両手を広げた。現実に戻ったという強い感情を覚え、顔を上に向けて、額と頬を流れる雨のしずくを満喫した。予期せぬ慈悲を与えられたかのようだった。振り返ると、ジョディ・セーデルベリがまだドアの向こうに立って、彼女の姿を見つめていた。いまだ当惑しながら、彼女は地下鉄ロードヒューセット駅に向かい、ベリィス通りを歩きはじめた。わずか数十メートル行ったところで、彼女の前に止まっていた車のドアが突然開いた。彼女は視線を上げた。黒いベンツ・ステーションワゴン。運転席に座る人物の顔は見えなかったが、助手席にはだれも座っていない。アイドリング状態で駐車している。一瞬、また胃がキリキリと痛むような不安を覚えた――ベーント・アンデシェン。それから、彼が死んだことを思い出した。みんな死んでいることを思い出した。

彼女は、おそるおそる車に近づいた。

「乗って」車の中から声がした。

アレクサンドラは体をこわばらせた。

「え！」前かがみになった彼女は、セシリア・アーブラハムソンと目が合った。

62

黒いベンツはすぐに駐車スペースから出て、スピードを上げてベリィス通りを走った。アレクサンドラはセシリアのほうを向いた。

「わたしに何の用なの？」

彼女に微笑みかけたセシリアは、ハントヴェルカル通りに向けて、ハンドルを切った。車は静かでスムーズな走りだ。黒い革のシートがきしんだ。

「そんなことより、わたしに感謝してほしいわね」道路に目をやりながら、セシリアは穏やかに言った。「あなたが留置場から出られるように取り計らったのは、このわたしなのよ」

彼女はまた視線を移して、妹を見つめた。

「何を考えているのよ、まったく？」セシリアが言った。

「わたし……うんざりしていたのよ」

アレクサンドラはそれだけ言って黙った。疲れ切っていて、話す気力も理解しようと努める気力もなかった。セシリアがストックホルム市内を素早く巧みに通り抜け、南へ進み続ける。かつて税関があった箇所とグルマシュプラーンを走り過ぎてから、ニーネスハムン方面に向かう高速道路へ入った。ハーニンゲで高速を降りて、ダーラレーへ続く道路へ入った。

「どこへ行くの？」アレクサンドラがやっと訊いた。

「それは着いてのお楽しみ。懐かしいところよ。パパと行った場所」

アレクサンドラは眉をひそめた。二人が父親と一緒に訪れた場所など、思いつかなかった。セシリアがゴーレー方面目指して主要道路を離れたとき、初めて思い出した――オックスネー。地肌がむき出しの岩礁、風でしなるマツ、険しい海岸線の向こう側に、灰色のクッションのように広がる海。

「よくあそこで釣りをしたわね。あと、ママが一緒のときには、キノコも採った」

セシリアがうなずいた。

「ピクニックをしたりしたわよね。わたしたちをここへ連れてきたがったのはパパだったと思うわ」アレクサンドラは言った。

彼女は、いまや、はっきりと思い出した。

「あの頃のままよ」セシリアが言った。「小さな礫浜、岩礁、マツの木……すべてが残っているわ、わたしたちの子供の頃と同じように」

63

律動的に、なだめるように、波が岩に打ちかかっていた。夏の夜は、雲がかかって輝きを失っていたが、雨はすでに降りやんでいた。岩礁、海、風を受けて、しなりながらも守り合うように立つ、背の低いマツの木。すべてが灰色だった。

浜辺にいるのは、彼女たち二人だけ。

「何をしたの？」アレクサンドラは言った。

「ガム」海を見渡しながら、セシリアが冷静に言った。「現場にガムを置いたのよ」

「え？　姉さんだったの？　でも、どうして？」

セシリアは振り返って、アレクサンドラを見つめた。

「あなたはわたしの妹でしょ。遅かれ早かれ、あなたが捕まると思ったからよ」

「どうやって……？」

「わたしのところへ来たじゃない。覚えてないの？」

アレクサンドラは、二つの岩に挟まれた、狭い礫浜に穏やかに打ち寄せる波を見つめた。

全身に震えが走った。小さくて短い記憶が断片的に浮かんできた。自分はシャワーの下に立ち、血の筋が排水溝に流れていく……サルトシェーバーデンにある一戸建て住宅の外に立つ姉の歪んだ顔……無言電話……

「姉さんだったの？」アレクサンドラはゆっくりと言った。

「あなたがわたしの家に来たのよ」セシリアが言った。「二十年以上も会っていなかった……そんなときに、突然あなたが現れた。血だらけで、取り乱した状態で……」

「覚えているわ……」

「ソンニ・アンデションを殺害した、ダーヴィッドの復讐をしたって話してくれたのよ……当惑して、ほとんど我を忘れて。わたし、あなたを落ち着かせようとしたの。でも、あなたは話し続けるばかり。支離滅裂なことをね。あの連中全員をどうやって殺そうかとか……あの頃に引き戻された気がしたわ。あなたがあの男といる光景をまた目にするみたいな……」

「あの男って？」

セシリアは海を見渡した。

「外の空気を吸わせようと、あなたを連れ出したときに、自分は何をするつもりなのか……だれを殺す気なのか話してくれたじゃない……」

アレクサンドラはうなずいた。記憶が部分的に蘇ってきた。ばらばらの断片を拾い集めるように。彼女は自分の中で何かが崩れたような気がして、また身震いをした。

セシリアは海岸を歩きはじめ、細い小道を進んで、波打ち際の横の岩礁へ上がった。アレクサンドラは、見えない糸にひかれるように、そのあとをついていった。

「自分の計画を話してくれたでしょ。突き止められないように、他の人物も殺すって。無作為に被害者を選ぶって。自分は無作為の殺人者になるんだって言っていたわよ……」

アレクサンドラはうなずいた。

「覚えているわ。どうしてわたしを止めてくれなかったの？」

セシリアは立ち止まり、海に顔を向けて高い岩礁に立ちながら、地肌がむき出しの小島と水平線を眺めた。

「あなたがわたしの妹だからよ。それに、わたしなりの理由もあったし」

彼女はアレクサンドラに向き直って、妹の目をじっと見た。

「本当に覚えていないの？」

アレクサンドラはうなずいた。

「断片的には、でも……全部は覚えていないわ」

セシリアはまた向きを変えて、海を眺めた。

「あなたが捕まると思ったからよ。無作為であろうとなかろうと、警察はあなたにたどり着くと悟った。彼らは優れているもの。あなたがベーント・アンデシェンを最後に殺すって言ったから、わたしは、あの男のところへ行ったの。彼を見つけるのは困難なことじゃなかった。そして、ごみ箱からゴミ袋を三袋、失敬したわけ」

「ええっ？」

「ゴミっていろいろ暴露してくれるのよ。それをわかっていたら、みんなもっと慎重になると思うの。家族の留守中に、ガレージで袋の中を調べたのよ。最初のガムを発見したときに、探すならこれだって思ったわ」

「でも、どうして？　どうして、そんなことしたの？　どうして警察に通報しなかったの？」

セシリアは、アレクサンドラを見つめた。

「すでに遅すぎたからよ。もうソンニ・アンデションを殺していたじゃない。それに、今度はあなたを手放したくなかったこともあるわ。取り戻したかったの。あなたが前回姿を消したのは、二十年以上も前のことだもの」

「前回ってどういうこと？」

「本当に思い出せないの？　あの犬のことも？」

セシリアは、問うように妹を見た。

「ピットブルのこと？」アレクサンドラは言った。「でも、あれはわたしじゃなくて、そっちだったじゃない。わたしと話すことも、一緒にいることも拒否して……わたしを独りにさせたのよ」

セシリアは首を左右に振った。

「ううん、わたしじゃなくて、あなたよ。入院したでしょ。それ以来、あなたは変わってしまったじゃないの」

「えっ、何のこと？」

セシリアは正面から双子の妹を凝視した。

「あの日、あの男はあなたをレイプした。覚えていないの？　わたしたちが泳ぎに行く途中、あいつが木の間から現れた。犬を連れていたわ、ピットブル。わたしたちを茂みに連れ込んでから、犬にわたしを監視させながら、あなたをレイプした。そのとき……あの頃のわたしがどんなだったか、覚えているでしょ、〝いいお姉さん〟ぶっていたのよね」

アレクサンドラは笑った。

「二十分年上なだけじゃない！」

セシリアは笑った。

「それでも、年上には変わりないわ……ともかく、あのときに……」

彼女は、整形手術をした顔を指した。頰の皮膚が、トカゲのように引きつっている。アレクサンドラは記憶をたどり、やっとはっきりと見えてきた。ブルーベリーの茂みに横たわる自分、そのショートパンツとショーツを剝ぎ取り、脚を開かせて、挿入してきたあの男。十三歳の細い体に、痛みとショックが走った。それから、男は突然振り返って、レイプを中断した。

セシリアは、海のほうへ顔を背けていた。

「あの男があなたをレイプするのを見ていられなかった。だから、殴ってやろうと、あいつに突進したの。愚かだった……あの犬が襲いかかってきて、わたしの顔をずたずたにした。痛みは数年間続いたわ。今だって、わたしの顔を見た人たちが見ないふりをしたりすると、心が痛むもの」

アレクサンドラは、姉の腕に手を置いた。

「でも、あの男はあなたをレイプするのをやめた」セシリアが言った。「だけど、あの忌々しい犬が、わたしの顔にかじりつく様子を眺めはじめた。犬を止めようともせず、ニヤニヤしながら立っているだけだった」

アレクサンドラは、あのときの音を思い出した、あの音がまた聞こえてきた。犬のうなり声、犬が肉を剝ぎ取るときのべちょべちょという音、犬が姉を押さえつけて首を左右に振ったときの、ブルーベリーの茂みの音。

「自分が何をしたか覚えている？」セシリアが言った。

アレクサンドラは、首を縦に振った。犬の喉をかき切った。ブルーベリーの茂みに横向きに倒れた犬の体から、血がほとばしった。それから、何が起こったのか把握したばかりの男のほうへ向きを変えた。

「この野郎、ランボに何しやがる！　なんてことしやがった！　このクソガキ！」

何も言わず、ナイフを手にした彼女は、男に突進した。まず、彼の太ももにナイフを刺し、それから、何度も何度も刺し続けた。

「だれかが叫んだ」セシリアが小声で言った。「覚えていないけれど、わたしだったかもしれない。ショックを受けていたから。自分の顔から、大きな皮膚が垂れ下がっていたんだもの……ホラー映画みたいだったわ。とにかく、人が集まってきて、男からあなたを引き離した。その時点で、あなたは、二十回近く、あの男を刺していた、胸部とか腕とか、手あたり次第、あらゆる箇所をね。正気とは思えない状態で、叫びながら刺し続けていた」

アレクサンドラは、あのときの光景を思い浮かべた。男の破裂した肺からのシューシューという音が聞こえた。

「あの男が生き延びたのは奇跡よ」セシリアが言った。「救急隊員が何とか命を救ったの。その後、レイプの罪で懲役数年間の判決を受けた。でも、あなたは……」

アレクサンドラは姉に一歩近づいたが、膝が崩れて、バランスを失いかけた。セシリアは、急斜面でよろけて三メートル下の岩石の多い海岸に落ちそうになった妹をつかまえた。

「気をつけて！」アレクサンドラの腕をつかんだまま、セシリアが言った。「打ち所が悪いと危ないのよ、岩礁って……」

「でも、どうしてわたしに背を向けたの……？」アレクサンドラが言った。

「そんなことはしていない。あなたは精神科に入院した。児童・思春期精神科にね。あなたは、心を病んでしまった……本当に記憶にないの？」

「今……」アレクサンドラは小声で言った。「今、その話を聞かされて思い出したわ……大量の薬を服用した。思い出したわ、薬では何にも変わらなかったってことを。同じような感覚だったけれど、殻に閉じこもったみたいになって……」

「退院してからのあなたは……」セシリアが言った。

アレクサンドラは、肩をすくめた。

「断片的にしか覚えていない。手術を受けた姉さんの顔とか……わたしたち、もう一緒に遊ばなくなったこととか……」

セシリアは、彼女の話を遮った。

「あなたは、わが家の犬も殺したの。オルガよ、ほらプードル犬の……あなたは、ほんの短時間一人でいた……わたしと両親が、庭でリンゴを摘んでいるときに。秋だったわ……どんよりとした寒い日……」

セシリアは口をつぐんで、頭を振った。

「あとから、あなたが言ったのよ、オルガが吠えたって……あなたをかじろうとしたって」

「そんなこと……言ったの？」アレクサンドラは、不安げに姉に目をやった。

「あなたは、オルガの喉をかき切った。三十分後にわたしたちが家に入ったら、オルガは居間のじゅうたんに血まみれになって倒れていたわ。あなたは大きいキッチンナイフを手に、そばに立っていた」

アレクサンドラは頭を振った。思い出したくなかった。そんな記憶は、とうの昔に消し去っていた。記憶の扉を閉めていた。水密隔壁のように。

「それから、あなたはまたいなくなった。どこかに入院したのよ。ママとパパはどこか教えてくれなかった。そのときは、長いこと家に戻ってこなかったわ、一年近く」

アレクサンドラは、記憶や人々や出来事や人生観すべてが――一生を費やして防壁として築き上げたものすべてが――一斉に滑り落ちて沈み、崩壊するのを感じた。

「病院であなたがどんな扱いを受けたのかはわからない。ママとパパは決して話してくれなかったもの。でも、大量の薬を投与したらしいわ。もっとひどいことだってされたかもしれない。わたしに聞こえていないと思って、ママとパパが電気ショックの話をしていたしね。退院したとき、あなたは前よりおとなしくなっていた。以前のわたしたちのクラスに戻ってきたのよ。でも、居場所がないみたいだった、自分の殻に閉じこもってしまったみたいにね。心の奥の小さな部屋にこもっているみたいだったわ」

アレクサンドラはうなずいた。セシリアは手を伸ばして妹に触れ、肩と腕を撫でた。

「わたしたちって、元々少し変わっていたかもしれない。子供時代とかパパとか。でも、わたしたちの人生を変えたのは、あのレイプ魔よ」

アレクサンドラはダーヴィッドのことを考えて、記憶には残っていないけれど、息子にひどいことをしなかったか、不安になった。そんなことはないと思った。

「あの男の名前を覚えている？」セシリアが言った。「あのレイプ魔の名前」

「ううん」アレクサンドラは囁いた。

「イェンス・ファルク」

セシリアは、ゆっくりと向きを変えて、自分と目を合わせたアレクサンドラを見つめた。

「あの男なら死んだわ」セシリアが冷静に言った。

「イェンスって……スポンガで発見された男……あなたがやったの？」

セシリアは首を横に振った。

「あれは〝ベーント・アンデシェン〟の仕業」

微笑んだ彼女は、ほっとした表情をしていた。

「わからないの、アレクサンドラ？　もうすんだことよ」

けれど、アレクサンドラは聞いていなかった。海を眺めながら、しばし黙っていた。できれば忘れてしまいたい記憶に浸っているかのように。

「わたしが命を落としかけた、アンデシェンとクリッレのあの家での出来事、あれもあなただった、違う？」

セシリアは答えず、妹の視線を受け止めただけだった。

「連中は、あなたを殺そうとしていたんだもの」

「どうしていなくなったの？　わたしをあそこに残して……」

「そんなことはしなかったわよ」

アレクサンドラは、ゆっくりとうなずいた。記憶が戻ってきた。

「わたしの治療をしてくれた。わたしが意識を失っている間に、包帯を巻いてくれたわ」

二人は無言のまま、海を見渡した。あたりは暗くなってきた。風でしなる低いマツの木が、空からの最後の灰色の光を背景に、黒く映っていた。

「最初の現場で、あなたは注意を怠った」セシリアが言った。「痕跡を残したのよ。だから、わたしがくしゃみをしたか髪の毛を一本落としたって、言わざるを得なかったんだから……鑑識官に怒鳴られちゃった……」

アレクサンドラは、理解不可能といった表情で姉を見た。セシリアが笑った。

「わたしたち、あなたとわたしは同一なのよ。同じ遺伝子、同じ痕跡……」

「でも、あなたとわたしのことを知っている人間がいたら……？」

セシリアは微笑みながら、自分の引きつった顔をアレクサンドラに向けた。

「あの犬が変えたのよ。あの事件以来、わたしたちの関係に気づく人はいないわ。それに、あなたも注意深くなったしね。わたしが言ったとおりに行動してくれたから。現場はきれいにし、ビニールの防護服を着て、痕跡を残さないこと……」

アレクサンドラはうなずいた。

「あなたからの忠告だったとは記憶になかったわ……なんてことなの、わたし、頭の中がおかしくなっている、正気じゃない……」

「大丈夫」セシリアはなだめて、妹を片手で抱きしめた。「よくなるわよ、よくなるってば。わたしたちは、また一緒になれるもの。昔のように、子供の頃のように……」

64

カール・エードソンはエンジンを切ったが、車の中に座ったままだった。目の前にアパートの表玄関、そして二階の部屋の窓が見える。窓の奥にカーリンの動く姿は見えないが、彼女が在宅なのは知っていた。

時計に目をやると、もうすぐ午後八時。彼女は独りで食事をすませ、夕飯はもう片づけたのだろう。居間で、青みがかった光が揺らめいている。テレビがついているのだろう。トークショーあたりか。

彼が帰宅したら、今日はどんな一日だったか、カーリンは訊いてくるだろう――そして、彼はいい日だったと嘘をつく。それから、彼女の隣に腰かけて、今日の出来事をくよくよ考えながら、ぼんやりテレビを見るのだろう……

カールは、またシートにもたれた。地下鉄駅からアパートの表玄関へ視線を移して、カップルを目で追った。二十代の若い二人は、互いに腕を回して体を寄せ合いながら歩いていたが、時折立ち止まってはキスをしていた。

突然、助手席のドアが開いた。ビクッとした彼は、一瞬、身を守ろうと、何かを求めて手探りした。

「こんなところに隠れてるの？」

娘のリンダが車の中に乗り込んできて、彼の隣に座った。

「おいおい、脅かさないでくれよ」カールはあえぎながら言った。「おまえか」

リンダはあきれた表情をした。

「いいえ、あなたの息子でございます……」

彼は、娘の十代ならではの屈託のないジョークに微笑もうとしたが、せいぜい顔をしかめることしかできなかった。

「どうしてここに座ってるの？」

「おれは……」

何と言っていいのかわからなかった。

「……待っているんだよ」

娘は開けっぱなしだったドアを閉めた。

「何を？」

カールは、先ほどのカップルが消えていった、少し行ったところにある入り口を見つめた。

「気力が戻ってくるのを待っているんだ」

「何の気力？　何する気なの？」

「うちに入って、夕飯を食べて、カーリンと一緒にいて……おまえとも一緒にいるための気力……」

彼女は問うように父親を見つめたが、何も言わなかった。彼は、またシートにもたれて、ハンドルを握った。どこかへ向かって運転するように。どこでもいい、そう考えた。ずっとずっと遠くへ……

「仕事のせい？」

彼は肩をすくめた。

「そんなんじゃないさ。独りで……いるのが好きなんだ」

彼は車を指した。リンダは、少し黙って考えていた。

「わたしだって、ときどきそう感じるよ……」

カールは、驚いたように娘に目をやった。

「車の中じゃないけど。そんなわけないでしょ。階段の一番上まで行って、屋根裏のドアのそばにある窓台に腰かけるの。あそこまで来る人は、まずいないし。そして、世界を見渡すというか……まあ、少なくとも、シャルマルブリンク地区は眺められるってわけ」

カールは娘を見つめた。自分よりは、母親に似ている。だが、行動という点では、彼にそっくりだ。だから、二人はよく喧嘩をするのかもしれない。

二人は黙って座っていた。

「カーリンは、おれたち二人のもとを去るつもりだと思うよ……パパのもとを。パパと別れたいんだろうね」

リンダがうなずいた。

「うん、そう思う。カーリンと話をしなくちゃダメよ。別れてほしくないなら……」

カールは眉を上げた。娘との会話はどんどんおかしな方向に進んでいた。

「それはできないな。仕事のことは……機密扱いだからな……」

「ちょっと！　記者とかいろんなタイプのおかしな人間たちとは話すじゃないの。ネットで記事を読んでいるんだからね。だから、そんなのナンセンス！」

カールは、また驚いたように娘を見た。新聞を読んでいることすら知らなかった。というより、スナップチャットとインスタグラム以外に目を通しているとは意外だった。

「それとこれとは別だろ」彼は、言い訳がましく言った。

「ううん、そんなことないってば。カーリンに残ってほしいなら、彼女と話をしなくちゃ」

彼は、また両手をハンドルに置いた。警察学校で習ったとおり、時計の針が九時十五分を指すときのような形で。そして、地下鉄駅の出入口を見つめた。しかし、夏の休暇でひと気のない歩道は、がらんとしていた。だれも来なかった。カールは、沈黙は自分を覆う硬い殻のようなものだと思っていた。それプラス礼儀正しさと正確さ――そのすべてが貫通不可能な装甲になって、自分は……彼は熟考した。もろさを見せずにいられる。

突然、娘の手を腕に感じた。

「大丈夫よ、パパ。どうなろうとも。パパってかっこいいもん」

リンダに微笑みかけられたカールは笑った。

「そっちはどうなんだ？」

「トーマスとは別れた」

「えっ？　どうして？」

「だって、トーマスって退屈なんだもの。何にも起こらないって感じだったし……ただ座って……」

「何だ？」

「怒ったり、法と義務うんぬんみたいな、いつものコメントはしないって約束して」

カールは少し沈黙したが、それから、うなずいた。

「わかったよ」

「……大麻を吸ってばっかり。たくさん吸うのよ」

カールは、それは違法で愚かだとコメントしたい衝動を抑えた。

「それで、おまえは？」

「ちょっと、パパ！　わたしはそんなことしないから。絶対にしない。他にしたいことがあるもの。何かしたいのよ。だから、わたしのほうから別れたの」

カールは何も言わず、まっすぐ前を見ていた。この瞬間を台無しにしたくなかった。

「ごめんなさい」リンダが言った。

彼は娘に視線を移した。

「何の『ごめんなさい』だ？」

「わたし、ウザいときがあるでしょ」

彼はうなずいた。

「いいじゃないか。こっちも『ごめんなさい』だ」

「はあっ……？」

「パパだって、ひどくウザいときがあるからな」

リンダは、笑いながらドアを開けた。

「うちに帰る時間。ほら、パパ。男らしくしなさいよ」

彼女は、カールの腕を二回、強く叩いた。

「目をつぶったから二回！」

彼は笑いながら叩き返そうとしたが、娘はうまくかわした。カールにとっては、動きが速すぎた。だから、娘の体に腕を回して、玄関へ向かった。

65

六月十四日　土曜日

テレビで料理番組が放映されていたが、アレクサンドラは、これといって耳を傾けていなかった。ソファに座る彼女は、すぐ横の安楽椅子に座る娘を見つめていた。それぞれの前に紅茶が置いてある。楕円形のコーヒーテーブルの上のビスケットは、二人とも食べていない。

「何よ、くだらない！」ヨハンナは、顎でテレビを指した。

「何？」アレクサンドラは、ぽかんとして言った。

「体って、感染に反応するように、調理した食べ物に反応するんだって！」

アレクサンドラは娘の言うことが理解できなかったが、微笑みながらうなずいた。こうして家で座っていられることに、感謝の気持ちを感じていた。体がまだ痛むため、時折、姿勢を変えなくてはならないが、痛みは軽減してきたので、うめき声をあげずにトイレにも行けるようになった。よくなるはずだ。

「今日の夕食は何？」ヨハンナが訊いた。

「今日は土曜日だから、出来合いのものを、と思っているのよ。何がいい？　ピザ、お寿司、ギリシャ風……」

「ピザがいい」ヨハンナが言った。「それとコーラ」

「わかった、じゃあ、ピザにしましょう」

アレクサンドラは、アパートに戻っていた。すべてが通常の状態に戻っていた。ヨハンナは週ごとに交互にエーリックとアレクサンドラのところに住んでいる。娘とは、まだきちんと話をしていない。リーディンゲーの両親宅への逃避、カーチェイス、行方不明——そのことには触れないことにした。いつか話すときが来るかもしれない。わからないが、ヨハンナに訊かれたときのために、話は用意してある。事実を語ることは決してできない。だれにも言えない。知っているのはセシリアだけ。

「夏に何がしたい？」彼女はヨハンナに訊いた。「夏休みのことだけど」

ヨハンナはテレビから目を逸らすことなく、無頓着に肩をすくめた。

「なんで、そんなこと訊くの？」

「一緒に、プロヴァンスにいるおばあちゃんとおじいちゃんのところへ行かない？」

ヨハンナは振り返った。

「わかんない。行ったことないもの」

「あるわよ、一度。小さかったから、覚えていないだけよ。川のある、小さな村にある大きな石造りの家なの。山を散歩したり、カフェに行ったり、川で泳ぐことだってできるのよ……水は冷たいと思うけれど」

ヨハンナは肩をすくめて、視線をテレビに戻した。

「わかった……」

「セシリアも一緒よ」

「ママの〝新しい〟お姉さんね」ヨハンナは、わざとらしい声で言いながら、指で引用符を作ってみせた。

「新しいんじゃないわ。わたしたち一緒に育ったのよ」

「あの人、やたらお高くとまってるよね」

「セシリアとも親しくなれるわよ。あの人、わたしみたいなの。似ているのね、一卵性双生児だもの……」

「わかった」ヨハンナが言った。「それより、いつになったらピザを買いにいってくれるの？」

アレクサンドラは、ソファから立ち上がった。

「買ってくるわ、でも、すぐに戻るから」

謝辞

根気よく精読してくれたマルクスとペールとインガに感謝します。また、本作品の校正にあたり、賢明な見解を聞かせてくれたヤーコブとヘレーナにもお礼を述べさせてください。

同時に――本作品の執筆中、わたしを支えてくれた妻のエリーカ、ならびに、いつもインスピレーションをくれた子供たちミーラ、ローケ、そしてシーリにもありがとうを。

本作品は架空の物語です。実在する人物や出来事や場所との類似性は、偶然にすぎません。

訳者あとがき

本書は、二〇一八年発行の『*Offrens offer*』を原文のスウェーデン語から和訳したものである。著者ボー・スヴェーンストレムは一九六四年生まれの五十七歳。ストックホルム出身で、現在は家族とストックホルム郊外に在住。本書で作家デビューした当時は、本作品内の登場人物アレクサンドラ・ベンクトソンの職場《アフトンブラーデット》紙の記者だったこともあり、作品の完成まで四年を要したと某インタビューで語っている。また、自転車で通勤中に、本作品の着想を得たのだという。子供の頃の将来の夢は作家だったということなので、その夢は見事に叶ったというわけだ。ちなみに、現在は《アフトンブラーデット》紙を退社し、作家業に専念している。

本国スウェーデンでは二〇二〇年にシリーズ二作目となる『*Lekarna*』が発売されており、著者自身の子供時代のトラウマと一九九八年にスウェーデンで起きた、子供が子供を殺害したとされる〝ケヴィン事件〟に対して受けた衝撃をもとに書き上げた作品である。現在は三作目を執筆中で、現時点でわかっているのは、作品名がスウェーデン語で『*Det man inte ser*』ということだ。本書が発売されてまもない二〇一八年のインタビューで、著者が目下読んでいる作品は、という質問に対し、A・J・フィンの『ウーマン・イン・ザ・ウィンドウ』（早川書房）、マルコム・グラッドウェルの『天才！ 成功する人々の法則』（講談社）、ならびにガブリエル・ガルシア＝マルケスの『百年の孤独』（新潮社）を挙げている。

本作品について少し書かせていただくが、あとがきから読みはじめる読者の方々を考慮し（実はわたしもその一人である）、核心部分は省いている。

ストックホルム郊外で、磔にされ、体の部位を切断された男性が発見される。その後、悲惨な状態の死体が次々見つかり、そのほとんどが男性、しかも前科者だ。捜査を開始したカール・エードソン警部たちは、犯罪組織を疑う一方、過去のレイプ事件の被害者の家族に疑惑の目を向ける。また、新聞記者のアレクサンドラ・ベンクトソンも独自に事件を追う。これ以上あらすじを書くとネタバレになりかねないので割愛するが、離婚した両親の家を行き来するティーンエイジャーの子をもつカール・エードソン警部や新聞記者のアレクサンドラ・ベンクトソンだけでなく、それ以外の登場人物もそれぞれ私生活で問題を抱えており、その一人ひとりの人間ドラマが作品中にちりばめられているので、知らず知らずのうちに、親近感を抱く読者は少なくないであろう。

犯人の目的が何にせよ、本書で描かれている被害者への拷問は凄まじい。ただ、著者が本作品をとおして、読者の方々にスリルに富んだエンターテインメントとどんでん返しを味わってほしいと語っているので、エンディングにたどりつくまでは、残酷な描写も我慢して読んでいただきたい。デビュー作品ながら、国内最大の書店アカデミーボークハンデルンのペーパーバック・ベストセラー・リストの第一位となり、国内のベストセラー・リストでも六週連続トップテン入りしたというのもうなずける作品内容となっている。

ちなみに本書に登場するファーディ・ソーラとイブラヒム・エスラルはスウェーデン系の名前ではない（シド・トレーヴェルという名前も、スウェーデン系だとしたら、極めて稀だ）。それに加えて、ジョディ・セーデルベリ警部補の父親はアメリカ人、ということは、やはり移民だ。母音も子音も日本語より多いスウェーデン語の人名や土地名をカタカナ表記するのは容易なことではない。移民の名前となるとさらに難度が上がるため、ネットで発音が確認できなかった名前に関しては、スウェーデン語の発音ルールに従ってカタカナ表記してある。

スウェーデンにおける犯罪と警察に関する興味深い記事を見つけたので、ここに紹介したい。二〇二一年十月十三日付のスウェーデン北部の地元新聞《Västerbottens-Kuriren》紙によると、スウェーデンにおける人口あたりの警官数は、EU諸国の中で下から四番目である。その一方で、スウェーデンにおける銃殺事件数は最悪クラスに属しているのだという。警察官の数が少ない理由として、報酬の低さが挙げられている。より高い報酬を求めて転職する警官が少なくないとのことだ。犯罪防止や警察の効率化を図るため、二〇一五年にスウェーデン警察組織の再編が行われた。だが、犯罪は凶悪化ならびに多様化をたどる一方で、最近目立って増えているのが、違法薬物をめぐるギャング同士の抗争である。わたしが初めてスウェーデンに来た八十年代には想像もつかなかったような事件が多発している。警察の再編が効果をもたらすことを心底願うと同時に、エードソン警部たちには、今後も転職せず殺人捜査に精を出しつづけてもらいたい。

本書のみならず、スウェーデンミステリーに頻繁に登場するのが、大手夕刊紙《アフトンブラーデット》だ。スキャンダラスな事件が起きたときには、その見出しにつられて、スーパーなどでつい購入してしまう新聞である。著者はこの新聞社で二十年近く記者をしていただけあって、本書に登場する記者アレクサンドラがインタビューの相手から巧みに情報を聞き出すシーンは、さすが元記者による描写だと感心しながら訳した記憶がある。

手元にある資料によると、本作品は世界十一カ国で発売されており、英語とドイツ語ではそれぞれ『*Victims*』、『*Opfer*』、つまり『犠牲者』というタイトルがつけられている。実は原文のタイトルはそれより少し長く、『犠牲者の犠牲者』である。日本での作品名を原文と同じくしてくださったハーパーコリンズ・ジャパンの担当者の方々には、心より感謝申し上げたい。

二〇二一年十月

富山クラーソン陽子